ПЕТРОВ
1902 – 1942

for Louis! from Victoria
with
best regards :)
and
from all my heart
:)

You're very dear very different
on the stage - and - in the
life
I wish you
To take your EVEREST!
(mountain)
:)

Илья
ИЛЬФ

Евгений
ПЕТРОВ

Двенадцать стульев

Санкт-Петербург

УДК 821.161.1
ББК 84(2Рос-Рус)6-44
И 48

Оформление обложки Валерия Гореликова

На обложке:
Арчил Гомиашвили в фильме Леонида Гайдая
«Двенадцать стульев»
© Киноконцерн «Мосфильм», 1971 год

Ильф И., Петров Е.
И 48 Двенадцать стульев : роман / Илья Ильф, Евгений Петров. — СПб. : Азбука, Азбука-Аттикус, 2014. — 384 с. — (Азбука-классика).
ISBN 978-5-389-07218-3

Знаменитый роман-фельетон И. Ильфа и Е. Петрова «Двенадцать стульев» впервые был опубликован в 1928 году, а сегодня его называют в числе самых популярных произведений отечественной литературы XX века. История двух аферистов, пустившихся на поиски брильянтов мадам Петуховой, и по сей день пользуется успехом у читателей. Имя Остапа Бендера, великого комбинатора, стало нарицательным, а сам роман разошелся на цитаты и выдержал сотни успешных переизданий.

УДК 821.161.1
ББК 84(2Рос-Рус)6-44

© И. Ильф, Е. Петров (наследники), 1928
© ООО «ИФФ Финанс», 1928
© В. Пожидаев, оформление серии, 1996
© ООО «Издательская Группа
„Азбука-Аттикус"», 2014
Издательство АЗБУКА®

ISBN 978-5-389-07218-3

*ПОСВЯЩАЕТСЯ
ВАЛЕНТИНУ ПЕТРОВИЧУ КАТАЕВУ*

Часть первая
СТАРГОРОДСКИЙ ЛЕВ

Глава I
БЕЗЕНЧУК И «НИМФЫ»

В уездном городе N было так много парикмахерских заведений и бюро похоронных процессий, что казалось, жители города рождаются лишь затем, чтобы побриться, остричься, освежить голову вежеталем и сразу же умереть. А на самом деле в уездном городе N люди рождались, брились и умирали довольно редко. Жизнь города N была тишайшей. Весенние вечера были упоительны, грязь под луною сверкала, как антрацит, и вся молодежь города до такой степени была влюблена в секретаршу месткома коммунальников, что это мешало ей собирать членские взносы.

Вопросы любви и смерти не волновали Ипполита Матвеевича Воробьянинова, хотя этими вопросами по роду своей службы он ведал с девяти утра до пяти вечера ежедневно с получасовым перерывом для завтрака.

По утрам, выпив из морозного, с жилкой, стакана свою порцию горячего молока, поданного Клавдией Ивановной, он выходил из полутемного домика на просторную, полную диковинного весеннего света улицу имени товарища Губернского. Это была приятнейшая из улиц, какие встречаются в уездных городах. По левую руку за волнистыми зеленоватыми стеклами серебрились гробы похоронного бюро «Нимфа». Справа за маленькими, с обвалившейся замазкой окнами угрюмо возлежали дубовые пыльные и скучные гробы гробовых дел мастера Безенчука. Далее «Цирульный мастер Пьер и Константин» обещал своим потребителям «холю ногтей» и «ондулянсион на дому». Еще дальше расположилась гостиница с парикмахерской, а за нею на большом пустыре стоял палевый теленок и нежно лизал поржавевшую прислоненную к одиноко торчащим воротам вывеску:

> ПОГРЕБАЛЬНАЯ КОНТОРА
> *«МИЛОСТИ ПРОСИМ»*

Хотя похоронных депо было множество, но клиентура у них была небогатая. «Милости просим» лопнуло еще за три года до того, как Ипполит Матвеевич осел в городе N, а мастер Безенчук пил горькую и даже однажды пытался заложить в ломбарде свой лучший выставочный гроб.

Люди в городе N умирали редко, и Ипполит Матвеевич знал это лучше кого бы то ни было, потому что служил в загсе, где ведал столом регистрации смертей и браков.

Стол, за которым работал Ипполит Матвеевич, походил на старую надгробную плиту. Левый угол его был уничтожен крысами. Хилые его ножки тряслись под тяжестью пухлых папок табачного цвета с записями, из которых можно было почерпнуть все сведения о родословных жителей города N и о генеалогических древах, произросших на скудной уездной почве.

В пятницу 15 апреля 1927 года Ипполит Матвеевич, как обычно, проснулся в половине восьмого и сразу же просунул нос в старомодное пенсне с золотой дужкой. Очков он не носил. Однажды, решив, что носить пенсне негигиенично, Ипполит Матвеевич направился к оптику и купил очки без оправы, с позолоченными оглоблями. Очки с первого раза ему понравились, но жена (это было незадолго до ее смерти) нашла, что в очках он — вылитый Милюков, и он отдал очки дворнику. Дворник, хотя и не был близорук, к очкам привык и носил их с удовольствием.

— Бонжур! — пропел Ипполит Матвеевич самому себе, спуская ноги с постели. «Бонжур» указывало на то, что Ипполит Матвеевич проснулся в добром расположении. Сказанное при пробуждении «гут морген» обычно значило, что печень пошаливает, что пятьдесят два года — не шутка и что погода нынче сырая.

Ипполит Матвеевич сунул сухощавые ноги в довоенные штучные брюки, завязал их у щиколоток тесемками и погрузился в короткие мягкие сапоги с узкими квадратными носами. Через пять минут на Ипполите Матвеевиче красовался лунный жилет, усыпанный мелкой серебряной звездой, и переливчатый люстриновый пиджачок. Смахнув со своих седин оставшиеся после умывания росинки, Ипполит Матвеевич зверски пошевелил усами, в нерешительности потрогал рукою шероховатый подбородок, провел щеткой по коротко остриженным алюминиевым волосам и, учтиво улыбаясь, двинулся навстречу входившей в комнату теще — Клавдии Ивановне.

— Эпполе-эт, — прогремела она, — сегодня я видела дурной сон.

Слово «сон» было произнесено с французским прононсом.

Ипполит Матвеевич поглядел на тещу сверху вниз. Его рост доходил до ста восьмидесяти пяти сантиметров, и с такой высоты ему легко и удобно было относиться к теще с некоторым пренебрежением.

Клавдия Ивановна продолжала:

— Я видела покойную Мари с распущенными волосами и в золотом кушаке.

От пушечных звуков голоса Клавдии Ивановны дрожала чугунная лампа с ядром, дробью и пыльными стеклянными цацками.

— Я очень встревожена. Боюсь, не случилось бы чего.

Последние слова были произнесены с такой силой, что каре волос на голове Ипполита Матвеевича колыхнулось в разные стороны. Он сморщил лицо и раздельно сказал:

— Ничего не будет, маман. За воду вы уже вносили?

Оказывается, что не вносили. Калоши тоже не были помыты. Ипполит Матвеевич не любил своей тещи. Клавдия Ивановна была глупа, и ее преклонный возраст не позволял надеяться на то, что она когда-нибудь поумнеет. Скупа она была до чрезвычайности, и только бедность Ипполита Матвеевича не давала развернуться этому захватывающему чувству. Голос у нее был такой силы и густоты, что ему позавидовал бы Ричард Львиное Сердце, от крика которого, как известно, приседали кони. И кроме того, — что было самым ужасным, — Клавдия Ивановна видела сны. Она видела их всегда. Ей снились девушки в кушаках, лошади, обшитые желтым драгунским кантом, дворники, играющие на арфах, архангелы в сторожевых тулупах, прогуливающиеся по ночам с колотушками в руках, и вязальные спицы, которые сами собой прыгали по комнате, производя огорчительный звон. Пустая старуха была Клавдия Ивановна. Вдобавок ко всему под носом у нее выросли усы, и каждый ус был похож на кисточку для бритья.

Ипполит Матвеевич, слегка раздраженный, вышел из дому.

У входа в свое потасканное заведение стоял, прислонясь к дверному косяку и скрестив руки, гробовых дел мастер Безенчук. От систематических крахов своих коммерческих начинаний и от долговременного употребления внутрь горячительных напитков глаза мастера были ярко-желтыми, как у кота, и горели неугасимым огнем.

— Почет дорогому гостю! — прокричал он скороговоркой, завидев Ипполита Матвеевича. — С добрым утром!

Ипполит Матвеевич вежливо приподнял запятнанную касторовую шляпу.

— Как здоровье тещеньки, разрешите узнать?

— Мр-мр-мр, — неопределенно ответил Ипполит Матвеевич и, пожав прямыми плечами, проследовал дальше.

— Ну, дай бог здоровьичка, — с горечью сказал Безенчук, — одних убытков сколько несем, туды его в качель!

И снова, скрестив руки на груди, прислонился к двери.

У врат похоронного бюро «Нимфа» Ипполита Матвеевича снова попридержали.

Владельцев «Нимфы» было трое. Они враз поклонились Ипполиту Матвеевичу и хором осведомились о здоровье тещи.

— Здорова, здорова, — ответил Ипполит Матвеевич, — что ей делается! Сегодня золотую девушку видела, распущенную. Такое ей было видение во сне.

Три «нимфа» переглянулись и громко вздохнули. Все эти разговоры задержали Ипполита Матвеевича в пути, и он, против обыкновения, пришел на службу тогда, когда часы, висевшие над лозунгом «Сделал свое дело — и уходи», показывали пять минут десятого.

Ипполита Матвеевича за большой рост, а особенно за усы, прозвали в учреждении Мацистом, хотя у настоящего Мациста никаких усов не было.

Вынув из ящика стола синюю войлочную подушечку, Ипполит Матвеевич положил ее на стул, придал усам правильное направление (параллельно линии стола) и сел на подушечку, немного возвышаясь над тремя своими сослуживцами. Ипполит Матвеевич не боялся геморроя, он боялся протереть брюки и потому пользовался синим войлоком.

За всеми манипуляциями советского служащего застенчиво следили двое молодых людей — мужчина и девица. Мужчина в суконном, на вате пиджаке был совершенно подавлен служебной обстановкой, запахом ализариновых чернил, часами, которые часто и тяжело дышали, а в особенности строгим плакатом «Сделал свое дело — и уходи». Хотя дела своего мужчина в пиджаке еще и не начинал, но уйти ему уже хотелось. Ему казалось, что дело, по которому он пришел, настолько незначительно, что из-за него совестно беспокоить такого видного седого гражданина, каким был Ипполит Матвеевич. Ипполит Матвеевич и сам понимал, что у пришедшего дело маленькое, что оно терпит, а потому, раскрыв скоросшиватель № 2 и дернув щечкой, углубился в бумаги. Девица в длинном жакете, обшитом блестящей черной тесьмой, пошепталась с мужчиной и, теплея от стыда, стала медленно подвигаться к Ипполиту Матвеевичу.

— Товарищ, — сказала она, — где тут...

Мужчина в пиджаке радостно вздохнул и неожиданно для самого себя гаркнул:

— Сочетаться!

Ипполит Матвеевич внимательно поглядел на перильца, за которыми стояла чета.

— Рождение? Смерть?

— Сочетаться, — повторил мужчина в пиджаке и растерянно оглянулся по сторонам.

Девица прыснула. Дело было на мази. Ипполит Матвеевич с ловкостью фокусника принялся за работу. Записал старушечьим почерком имена новобрачных в толстые книги, строго допросил свидетелей, за которыми невеста сбегала во двор, долго и нежно дышал на квадратные штампы и, привстав, оттискивал их на потрепанных паспортах. Приняв от молодоженов два рубля и выдав квитанцию, Ипполит Матвеевич сказал, усмехнувшись: «За совершение таинства», — и поднялся во весь свой прекрасный рост, по привычке выкатив грудь (в свое время он нáшивал корсет). Толстые желтые лучи солнца лежали на его плечах, как эполеты. Вид у него был несколько смешной, но необыкновенно торжественный. Двояковогнутые стекла пенсне лучились белым прожекторным светом. Молодые стояли, как барашки.

— Молодые люди, — заявил Ипполит Матвеевич выспренно, — позвольте вас поздравить, как говаривалось раньше, с законным браком. Очень, оч-чень приятно видеть таких молодых людей, как вы, которые, держась за руки, идут к достижению вечных идеалов. Очень, оч-чень приятно!

Произнесши эту тираду, Ипполит Матвеевич пожал новобрачным руки, сел и, весьма довольный собою, продолжал чтение бумаг из скоросшивателя № 2.

За соседним столом служащие хрюкнули в чернильницы.

Началось спокойное течение служебного дня. Никто не тревожил стол регистрации смертей и браков. В окно было видно, как граждане, поеживаясь от весеннего холодка, разбредались по своим домам. Ровно в полдень запел петух в кооперативе «Плуг и молот». Никто этому не удивился. Потом раздались металлическое кряканье и клекот мотора. С улицы имени товарища Губернского выкатился плотный клуб фиолетового дыма. Клекот усилился. Из-за дыма вскоре появились контуры уисполкомовского автомобиля Гос. № 1 с крохотным радиатором и громоздким кузовом. Автомобиль, барахтаясь в грязи, пересек Старопанскую площадь и, колыхаясь, исчез в ядовитом дыму. Служащие долго еще стояли у окна, комментируя происшествие и ставя его в связь с возможным сокращением штата. Через некоторое время по деревянным мосткам осторожно прошел мастер Безенчук. Он целыми днями шатался по городу, выпытывая, не умер ли кто.

Служебный день подходил к концу. На соседней желтенькой с белым колокольне что есть мочи забили в колокола. Дрожали стекла. С колокольни посыпались галки, помитинговали над площадью и унеслись. Вечернее небо леденело над опустевшей площадью.

Ипполиту Матвеевичу пора было уходить. Все, что имело родиться в этот день, родилось и было записано в толстые книги. Все желающие повенчаться были повенчаны и тоже записаны в толстые книги. И не было лишь, к явному разорению гробовщиков, ни одного смертного случая. Ипполит Матвеевич сложил дела, спрятал в ящик войлочную подушечку, распушил гребенкой усы и уже было, мечтая об огнедышащем супе, собрался пойти прочь, как дверь канцелярии распахнулась, на пороге ее появился гробовых дел мастер Безенчук.

— Почет дорогому гостю, — улыбнулся Ипполит Матвеевич. — Что скажешь?

Хотя дикая рожа мастера и сияла в наступивших сумерках, но сказать он ничего не смог.

— Ну? — спросил Ипполит Матвеевич более строго.

— «Нимфа», туды ее в качель, разве товар дает? — смутно молвил гробовой мастер. — Разве ж она может покупателя удовлетворить? Гроб — он одного лесу сколько требует...

— Чего? — спросил Ипполит Матвеевич.

— Да вот «Нимфа»... Их три семейства с одной торговлишки живут. Уже у них и матерьял не тот, и отделка похуже, и кисть жидкая, туды ее в качель. А я — фирма старая. Основан в тысяча девятьсот седьмом году. У меня гроб — огурчик, отборный, любительский...

— Ты что же это, с ума сошел? — кротко спросил Ипполит Матвеевич и двинулся к выходу. — Обалдеешь ты среди гробов.

Безенчук предупредительно рванул дверь, пропустил Ипполита Матвеевича вперед, а сам увязался за ним, дрожа как бы от нетерпения.

— Еще когда «Милости просим» было, тогда верно! Против ихнего глазету ни одна фирма, даже в самой Твери, выстоять не могла, — туды ее в качель. А теперь, прямо скажу, лучше моего товара нет. И не ищите даже.

Ипполит Матвеевич с гневом обернулся, посмотрел секунду на Безенчука сердито и зашагал несколько быстрее. Хотя никаких неприятностей по службе с ним сегодня не произошло, но почувствовал он себя довольно гадостно.

Три владельца «Нимфы» стояли у своего заведения в тех же позах, в каких Ипполит Матвеевич оставил их утром. Казалось, что с тех пор они не сказали друг другу ни слова, но разительная перемена в лицах, таинственная удовлетворенность, томно мерцавшая в их глазах, показывала, что им известно кое-что значительное.

При виде своих коммерческих врагов Безенчук отчаянно махнул рукой, остановился и зашептал вслед Воробьянинову:

— Уступлю за тридцать два рублика.

Ипполит Матвеевич поморщился и ускорил шаг.

— Можно в кредит, — добавил Безенчук.

Трое же владельцев «Нимфы» ничего не говорили. Они молча устремились вслед за Воробьяниновым, беспрерывно снимая на ходу картузы и вежливо кланяясь.

Рассерженный вконец глупыми приставаниями гробовщиков, Ипполит Матвеевич быстрее обыкновенного взбежал на крыльцо, раздраженно соскреб о ступеньку грязь и, испытывая сильнейшие приступы аппетита, вошел в сени. Навстречу ему из комнаты вышел пышущий жаром священник церкви Фрола и Лавра отец Федор. Подобрав правой рукой рясу и не обращая внимания на Ипполита Матвеевича, отец Федор пронесся к выходу.

Тут Ипполит Матвеевич заметил излишнюю чистоту, новый, режущий глаза беспорядок в расстановке немногочисленной мебели и ощутил щекотание в носу, происшедшее от сильного лекарственного запаха. В первой комнате Ипполита Матвеевича встретила соседка, агрономша Кузнецова. Она зашептала и замахала руками:

— Ей хуже, она только что исповедовалась. Не стучите сапогами.

— Я не стучу, — покорно ответил Ипполит Матвеевич. — Что же случилось?

Мадам Кузнецова подобрала губы и показала рукой на дверь второй комнаты:

— Сильнейший сердечный припадок.

И, повторяя явно чужие слова, понравившиеся ей своей значительностью, добавила:

— Не исключена возможность смертельного исхода. Я сегодня весь день на ногах. Прихожу утром за мясорубкой, смотрю — дверь открыта, в кухне никого, в этой комнате тоже, ну, я думаю, что Клавдия Ивановна пошла за мукой для куличей. Она давеча собиралась. Мука теперь, сами знаете, если не купишь заранее...

Мадам Кузнецова долго еще рассказывала бы про муку, про дороговизну и про то, как она нашла Клавдию Ивановну лежащей у изразцовой печки в совершенно мертвенном состоянии, но стон, раздавшийся из соседней комнаты, больно поразил слух Ипполита Матвеевича. Он быстро перекрестился слегка онемевшей рукой и прошел в комнату тещи.

Глава II
КОНЧИНА МАДАМ ПЕТУХОВОЙ

Клавдия Ивановна лежала на спине, подсунув одну руку под голову. Голова ее была в чепце интенсивно абрикосового цвета, который был в какой-то моде в каком-то году, когда дамы носили «шантеклер» и только начинали танцевать аргентинский танец танго.

Лицо Клавдии Ивановны было торжественно, но ровно ничего не выражало. Глаза смотрели в потолок.

— Клавдия Ивановна! — позвал Воробьянинов.

Теща быстро зашевелила губами, но вместо привычных уху Ипполита Матвеевича трубных звуков он услышал стон, тихий, тонкий и такой жалостный, что сердце его дрогнуло. Блестящая слеза неожиданно быстро выкатилась из глаза и, словно ртуть, скользнула по лицу.

— Клавдия Ивановна,— повторил Воробьянинов,— что с вами?

Но он снова не получил ответа. Старуха закрыла глаза и слегка завалилась на бок.

В комнату тихо вошла агрономша и увела его за руку, как мальчика, которого ведут мыться.

— Она заснула. Врач не велел ее беспокоить. Вы, голубчик, вот что — сходите в аптеку. Нате квитанцию и узнайте, почем пузыри для льда.

Ипполит Матвеевич во всем покорился мадам Кузнецовой, чувствуя ее неоспоримое превосходство в подобных делах.

До аптеки бежать было далеко. По-гимназически зажав в кулаке рецепт, Ипполит Матвеевич торопливо вышел на улицу.

Было уже почти темно. На фоне иссякающей зари виднелась тщедушная фигура гробовых дел мастера Безенчука, который, прислонясь к еловым воротам, закусывал хлебом и луком. Тут же рядом сидели на корточках три «нимфа» и, облизывая ложки, ели из чугунного горшочка гречневую кашу. При виде Ипполита Матвеевича гробовщики вытянулись, как солдаты. Безенчук обидчиво пожал плечами и, протянув руку в направлении конкурентов, проворчал:

— Путаются, туды их в качель, под ногами.

Посреди Старопанской площади, у бюстика поэта Жуковского с высеченной на цоколе надписью: «Поэзия есть бог в святых мечтах земли», велись оживленные разговоры, вызванные известием о тяжелой болезни Клавдии Ивановны. Общее мнение собравшихся горожан сводилось к тому, что «все там будем» и что «бог дал, бог и взял».

Парикмахер «Пьер и Константин», охотно отзывавшийся, впрочем, на имя «Андрей Иванович», и тут не упустил случая выказать свои познания в медицинской области, почерпнутые им из московского журнала «Огонек».

— Современная наука, — говорил Андрей Иванович, — дошла до невозможного. Возьмите: скажем, у клиента прыщик на подбородке вскочил. Раньше до заражения крови доходило, а теперь в Москве, говорят, — не знаю, правда это или неправда, — на каждого клиента отдельная стерилизованная кисточка полагается.

Граждане протяжно вздохнули.

— Это ты, Андрей, малость перехватил...

— Где же это видано, чтоб на каждого человека отдельная кисточка? Выдумает же!

Бывший пролетарий умственного труда, а ныне палаточник Прусис даже разнервничался:

— Позвольте, Андрей Иванович, в Москве, по данным последней переписи, больше двух миллионов жителей? Так, значит, нужно больше двух миллионов кисточек? Довольно оригинально.

Разговор принимал горячие формы и черт знает до чего дошел бы, если б в конце Осыпной улицы не показался Ипполит Матвеевич.

— Опять в аптеку побежал. Плохи дела, значит.

— Помрет старуха. Недаром Безенчук по городу сам не свой бегает.

— А доктор что говорит?

— Что доктор! В страхкассе разве доктора? И здорового залечат!

«Пьер и Константин», давно уже порывавшийся сделать сообщение на медицинскую тему, заговорил, опасливо оглянувшись:

— Теперь вся сила в гемоглобине.

Сказав это, «Пьер и Константин» умолк.

Замолчали и горожане, каждый по-своему размышляя о таинственных силах гемоглобина.

Когда поднялась луна и ее мятный свет озарил миниатюрный бюстик Жуковского, на медной его спине можно было ясно разобрать написанное мелом краткое ругательство.

Впервые подобная надпись появилась на бюстике 15 июня 1897 года в ночь, наступившую непосредственно после открытия памятника. И как представители полиции, а впоследствии милиции ни старались, хулительная надпись аккуратно возобновлялась каждый день.

В деревянных с наружными ставнями домиках уже пели самовары. Был час ужина. Граждане не стали понапрасну терять время и разошлись. Подул ветер.

Между тем Клавдия Ивановна умирала. Она то просила пить, то говорила, что ей нужно встать и сходить за отданными в починку парадными штиблетами Ипполита Матвеевича, то жаловалась на пыль, от которой, по ее словам, можно было задохнуться, то просила зажечь все лампы.

Ипполит Матвеевич, который уже устал волноваться, ходил по комнате. В голову ему лезли неприятные хозяйственные мысли. Он думал о том, как придется брать в кассе взаимопомощи аванс, бегать за попом и отвечать на соболезнующие письма родственников. Чтобы рассеяться немного, Ипполит Матвеевич вышел на крыльцо. В зеленом свете луны стоял гробовых дел мастер Безенчук.

— Так как же прикажете, господин Воробьянинов? — спросил мастер, прижимая к груди картуз.

— Что ж, пожалуй, — угрюмо ответил Ипполит Матвеевич.

— А «Нимфа», туды ее в качель, разве товар дает! — заволновался Безенчук.

— Да пошел ты к черту! Надоел!

— Я ничего. Я насчет кистей и глазета. Как сделать, туды ее в качель? Первый сорт, прима? Или как?

— Без всяких кистей и глазетов. Простой деревянный гроб. Сосновый. Понял?

Безенчук приложил палец к губам, показывая этим, что он все понимает, повернулся и, балансируя картузом, но все же шатаясь, отправился восвояси. Тут только Ипполит Матвеевич заметил, что мастер смертельно пьян.

На душе Ипполита Матвеевича снова стало необыкновенно гадостно. Он не представлял себе, как будет приходить в опустевшую, замусоренную квартиру. Ему казалось, что со смертью тещи исчезнут те маленькие удобства и привычки, которые он с усилиями создал себе после революции, похитившей у него большие удобства и широкие привычки. «Жениться? — подумал Ипполит Матвеевич. — На ком? На племяннице начальника милиции, на Варваре Степановне, сестре Прусиса? Или, может быть, нанять домработницу? Куда там! Затаскает по судам. Да и накладно».

Жизнь сразу почернела в глазах Ипполита Матвеевича. Полный негодования и отвращения ко всему на свете, он снова вернулся в дом.

Клавдия Ивановна уже не бредила. Высоко лежа на подушках, она посматривала на вошедшего Ипполита Матвеевича вполне осмысленно и, как ему показалось, даже строго.

— Ипполит, — прошептала она явственно, — сядьте около меня. Я должна рассказать вам...

Ипполит Матвеевич с неудовольствием сел, вглядываясь в похудевшее усатое лицо тещи. Он попытался улыбнуться и сказать что-нибудь ободряющее. Но улыбка получилась дикая, а ободряющих слов совсем не нашлось. Из горла Ипполита Матвеевича вырвалось лишь неловкое пиканье.

— Ипполит, — повторила теща, — помните вы наш гостинный гарнитур?

— Какой? — спросил Ипполит Матвеевич с предупредительностью, возможной лишь к очень больным людям.

— Тот... Обитый английским ситцем...

— Ах, это в моем доме?

— Да, в Старгороде...

— Помню, отлично помню... Диван, дюжина стульев и круглый столик о шести ножках. Мебель была превосходная, гамбсовская... А почему вы вспомнили?

Но Клавдия Ивановна не смогла ответить. Лицо ее медленно стало покрываться купоросным цветом. Захватило почему-то дух и у Ипполита Матвеевича. Он отчетливо вспомнил гостиную в своем особняке, симметрично расставленную ореховую мебель с гнутыми ножками, начищенный восковой пол, старинный коричневый рояль и овальные черные рамочки с дагеротипами сановных родственников на стенах.

Тут Клавдия Ивановна деревянным, равнодушным голосом сказала:

— В сиденье стула я зашила свои брильянты.

Ипполит Матвеевич покосился на старуху.

— Какие брильянты? — спросил он машинально, но тут же спохватился: — Разве их не отобрали тогда, во время обыска?

— Я спрятала брильянты в стул, — упрямо повторила старуха.

Ипполит Матвеевич вскочил и, посмотрев на освещенное керосиновой лампой каменное лицо Клавдии Ивановны, понял, что она не бредит.

— Ваши брильянты! — закричал он, пугаясь силы своего голоса. — В стул! Кто вас надоумил? Почему вы не дали их мне?

— Как же было дать вам брильянты, когда вы пустили по ветру имение моей дочери? — спокойно и зло молвила старуха.

Ипполит Матвеевич сел и сейчас же снова встал. Сердце его с шумом рассылало потоки крови по всему телу. В голове начало гудеть.

— Но вы их вынули оттуда? Они здесь?

Старуха отрицательно покачала головой:

— Я не успела. Вы помните, как быстро и неожиданно нам пришлось бежать. Они остались в стуле, который стоял между терракотовой лампой и камином.

— Но ведь это же безумие! Как вы похожи на свою дочь! — закричал Ипполит Матвеевич полным голосом.

И, уже не стесняясь тем, что находится у постели умирающей, с грохотом отодвинул стул и засеменил по комнате. Старуха безучастно следила за действиями Ипполита Матвеевича.

— Но вы хотя бы представляете себе, куда эти стулья могли попасть? Или вы думаете, быть может, что они смирнехонько стоят в гостиной моего дома и ждут, покуда вы придете забрать ваши р-ре-галии?

Старуха ничего не ответила.

У делопроизводителя загса от злобы свалилось с носа пенсне и, мелькнув у колен золотой дужкой, грянулось об пол.

— Как? Засадить в стул брильянтов на семьдесят тысяч! В стул, на котором неизвестно кто сидит!..

Тут Клавдия Ивановна всхлипнула и подалась всем корпусом к краю кровати. Рука ее, описав полукруг, пыталась ухватить Ипполита Матвеевича, но тотчас же упала на стеганое фиолетовое одеяло.

Ипполит Матвеевич, повизгивая от страха, бросился к соседке.

— Умирает, кажется!

Агрономша деловито перекрестилась и, не скрывая своего любопытства, вместе с мужем, бородатым агрономом, побежала в дом Ипполита Матвеевича. Сам Воробьянинов ошеломленно забрел в городской сад.

Покуда чета агрономов со своей прислугой прибирала в комнате покойной, Ипполит Матвеевич бродил по саду, натыкаясь на скамьи и принимая окоченевшие от ранней весенней любви парочки за кусты.

В голове Ипполита Матвеевича творилось черт знает что. Звучали цыганские хоры, грудастые дамские оркестры беспрерывно исполняли танго-амапа, представлялись ему московская зима и черный длинный рысак, презрительно хрюкающий на пешеходов. Многое представлялось Ипполиту Матвеевичу: и оранжевые упоительно дорогие кальсоны, и лакейская преданность, и возможная поездка в Канны.

Ипполит Матвеевич зашагал медленнее и вдруг споткнулся о тело гробовых дел мастера Безенчука. Мастер спал, лежа в тулупе поперек садовой дорожки. От толчка он проснулся, чихнул и живо встал.

— Не извольте беспокоиться, господин Воробьянинов, — сказал он горячо, как бы продолжая начатый давеча разговор. — Гроб — он работу любит.

— Умерла Клавдия Ивановна, — сообщил заказчик.

— Ну, царствие небесное, — согласился Безенчук. — Преставилась, значит, старушка... Старушки, они всегда преставляются... Или богу душу отдают, — это смотря какая старушка. Ваша, например, маленькая и в теле, — значит, преставилась. А, например, которая покрупнее да похудее — та, считается, богу душу отдает...

— То есть как это считается? У кого это считается?

— У нас и считается. У мастеров. Вот вы, например, мужчина видный, возвышенного роста, хотя и худой. Вы, считается, ежели, не дай бог, помрете, что в ящик сыграли. А который человек торговый, бывшей купеческой гильдии, тот, значит, приказал долго жить. А если кто чином поменьше, дворник, например, или кто из крестьян, про того говорят: перекинулся или ноги протянул. Но самые могучие когда помирают, железнодорожные кондуктора или из начальства кто, то считается, что дуба дают. Так про них и говорят: «А наш-то, слышали, дуба дал».

Потрясенный этой странной классификацией человеческих смертей, Ипполит Матвеевич спросил:

— Ну а когда ты помрешь, как про тебя мастера скажут?

— Я — человек маленький. Скажут: «гигнулся Безенчук». А больше ничего не скажут.

И строго добавил:

— Мне дуба дать или сыграть в ящик — невозможно: у меня комплекция мелкая... А с гробом как, господин Воробьянинов? Неужто без кистей и глазету ставить будете?

Но Ипполит Матвеевич, снова потонув в ослепительных мечтах, ничего не ответил и двинулся вперед. Безенчук последовал за ним, подсчитывая что-то на пальцах и, по обыкновению, бормоча.

Луна давно сгинула. Было по-зимнему холодно. Лужи снова затянуло ломким вафельным льдом. На улице имени товарища Губернского, куда вышли спутники, ветер дрался с вывесками. Со стороны Старопанской площади, со звуками опускаемой шторы, выехал пожарный обоз на тощих лошадях.

Пожарные, свесив парусиновые ноги с площадки, мотали головами в касках и пели нарочито противными голосами:

Нашему брандмейстеру слава,
Нашему дорогому товарищу Насосову сла-ава!..

— На свадьбе у Кольки, брандмейстерова сына, гуляли, — равнодушно сказал Безенчук и почесал под тулупом грудь. — Так неужто без глазету и без всего делать?

Как раз к этому времени Ипполит Матвеевич уже решил все. «Поеду, — решил он, — найду. А там посмотрим». И в брильянтовых мечтах даже покойница-теща показалась ему милее, чем была. Он повернулся к Безенчуку:

— Черт с тобой! Делай! Глазетовый! С кистями!

Глава III
«ЗЕРЦАЛО ГРЕШНОГО»

Исповедав умирающую Клавдию Ивановну, священник церкви Фрола и Лавра, отец Федор Востриков, вышел из дома Воробьянинова в полном ажиотаже и всю дорогу до своей квартиры прошел, рассеянно глядя по сторонам и смущенно улыбаясь. К концу дороги рассеянность его дошла до такой степени, что он чуть было не угодил под уисполкомовский автомобиль Гос. № 1. Выбравшись из фиолетового тумана, напущенного адской машиной, отец Востриков пришел в совершенное расстройство и, несмотря на почтенный сан и средние годы, проделал остаток пути фривольным полугалопом.

Матушка Катерина Александровна накрывала к ужину. Отец Федор в свободные от всенощной дни любил ужинать рано. Но сейчас, сняв шляпу и теплую, на ватине, рясу, батюшка быстро проскочил в спальню, к удивлению матушки, заперся там и глухим голосом стал напевать «Достойно есть».

Матушка присела на стул и боязливо зашептала:

— Новое дело затеял...

Порывистая душа отца Федора не знала покоя. Не знала она его никогда. Ни тогда, когда он был воспитанником духовного училища, Федей, ни когда он был усатым семинаристом, Федор Иванычем. Перейдя из семинарии в университет и проучившись на юридическом факультете три года, Востриков в 1915 году убоялся возможной мобилизации и снова пошел по духовной. Сперва был рукоположен в диаконы, а потом посвящен в сан священника и назначен в уездный город N. И всегда, во всех этапах духовной и гражданской карьеры, отец Федор оставался стяжателем.

Мечтал отец Востриков о собственном свечном заводе. Терзаемый видением больших заводских барабанов, наматывающих толстые восковые канаты, отец Федор изобретал различные проекты, осуществление которых должно было доставить ему основной и оборотный капиталы для покупки давно присмотренного в Самаре заводика.

Идеи осеняли отца Федора неожиданно, и он сейчас же принимался за работу. Отец Федор начинал варить мраморное стирочное мыло; наваривал его пуды, но мыло, хотя и заключало в себе огромный процент жиров, не мылилось и вдобавок стоило втрое дороже, чем «плуг-и-молотовское». Мыло долго потом мокло и разлагалось в сенях, так что Катерина Александровна, проходя мимо него, даже всплакивала. А еще потом мыло выбрасывали в выгребную яму.

Прочитав в каком-то животноводческом журнале, что мясо кроликов нежно, как у цыпленка, что плодятся они во множестве и что разведение их может принести рачительному хозяину немалые барыши, отец Федор немедленно обзавелся полдюжиной производителей, и уже через два месяца собака Нерка, испуганная неимоверным количеством ушастых существ, заполнивших двор и дом, сбежала неизвестно куда. Проклятые обыватели города N оказались чрезвычайно консервативными и с редким единодушием не покупали востриковских кроликов. Тогда отец Федор, переговорив с попадьей, решил украсить свое меню кроликами, мясо которых превосходит по вкусу мясо цыплят. Из кроликов приготовляли жаркое, битки, пожарские котлеты; кроликов варили в супе, подавали к ужину в холодном виде и запекали в бабки. Это не привело ни к чему. Отец Федор подсчитал, что при переходе исключительно на кроличий паек семья сможет съесть за месяц не больше сорока животных, в то время как ежемесячный приплод составляет девяносто штук, причем число это с каждым месяцем будет увеличиваться в геометрической прогрессии.

Тогда Востриковы решили давать домашние обеды. Отец Федор весь вечер писал химическим карандашом на аккуратно нарезанных листках арифметической бумаги объявления о даче вкусных домашних обедов, приготовляемых исключительно на свежем коровьем масле. Объявление начиналось словами:

«Дешево и вкусно». Попадья наполнила эмалированную мисочку мучным клейстером, и отец Федор поздно вечером налепил объявления на всех телеграфных столбах и поблизости советских учреждений.

Новая затея имела большой успех. В первый же день явилось семь человек, в том числе делопроизводитель военкомата Бендин и заведующий подотделом благоустройства Козлов, тщанием которого недавно был снесен единственный в городе памятник старины — Триумфальная арка елисаветинских времен, мешавшая, по его словам, уличному движению. Всем им обед очень понравился. На другой день явилось четырнадцать человек. С кроликов не успевали сдирать шкурки. Целую неделю дело шло великолепно, и отец Федор уже подумывал об открытии небольшого скорняжного производства, без мотора, когда произошел совершенно непредвиденный случай.

Кооператив «Плуг и молот», который был заперт уже три недели по случаю переучета товаров, открылся, и работники прилавка, пыхтя от усилий, выкатили на задний двор, общий с двором отца Федора, бочку гнилой капусты, которую и свалили в выгребную яму. Привлеченные пикантным запахом, кролики сбежались к яме, и уже на другое утро среди нежных грызунов начался мор. Свирепствовал он всего только три часа, но уложил двести сорок производителей и не поддающийся учету приплод.

Ошеломленный отец Федор притих на целых два месяца и взыграл духом только теперь, возвратясь из дома Воробьянинова и запершись, к удивлению матушки, в спальне. Все указывало на то, что отец Федор озарен новой идеей, захватившей всю его душу.

Катерина Александровна косточкой согнутого пальца постучала в дверь спальни. Ответа не было, только усилилось пение. Через минуту дверь приоткрылась, и в щели показалось лицо отца Федора, на котором играл девичий румянец.

— Дай мне, мать, ножницы поскорее, — быстро проговорил отец Федор.

— А ужин как же?

— Ладно. Потом.

Отец Федор схватил ножницы, снова заперся и подошел к стенному зеркалу в поцарапанной черной раме.

Рядом с зеркалом висела старинная народная картинка «Зерцало грешного», печатанная с медной доски и приятно раскрашенная рукой. Особенно утешило отца Федора «Зерцало грешного» после неудачи с кроликами. Лубок ясно показывал бренность всего земного. По верхнему его ряду шли четыре рисунка, подписанные славянской вязью, значительные и умиротворяющие душу: «Сим молитву деет, Хам пшеницу сеет, Яфет власть имеет. Смерть всем владеет». Смерть была с косою и песочными часами с крыльями. Она была сделана как бы из протезов и ортопедических частей и стояла, широко расставив ноги, на пустой холмистой земле. Вид ее ясно говорил, что неудача с кроликами — дело пустое.

Сейчас отцу Федору больше понравилась картинка «Яфет власть имеет». Тучный богатый человек с бородою сидел в маленьком зальце на троне.

Отец Федор улыбнулся и, внимательно глядя на себя в зеркало, начал подстригать свою благообразную бороду. Волосы сыпались на пол, ножницы скрипели, и через пять минут отец Федор убедился, что подстригать бороду он совершенно не умеет. Борода его оказалась скошенной на один бок, неприличной и даже подозрительной.

Помаячив у зеркала еще немного, отец Федор обозлился, позвал жену и, протягивая ей ножницы, раздраженно сказал:

— Помоги мне хоть ты, матушка. Никак не могу вот с волосищами своими справиться.

Матушка от удивления даже руки назад отвела.

— Что же ты над собой сделал? — вымолвила она наконец.

— Ничего не сделал. Подстригаюсь. Помоги, пожалуйста. Вот здесь как будто скособочилось...

— Господи, — сказала матушка, посягая на локоны отца Федора, — неужели, Феденька, ты к обновленцам перейти собрался?

Такому направлению разговора отец Федор обрадовался.

— А почему, мать, не перейти мне к обновленцам? А обновленцы что — не люди?

— Люди, конечно, люди, — согласилась матушка ядовито, — как же: по иллюзионам ходят, алименты платят...

— Ну, и я по иллюзионам буду бегать.

— Бегай, пожалуйста.

— И буду бегать.

— Добегаешься. Ты в зеркало на себя посмотри.

И действительно, из зеркала на отца Федора глянула бойкая черноглазая физиономия с небольшой дикой бородкой и нелепо длинными усами.

Стали подстригать усы, доводя их до пропорциональных размеров.

Дальнейшее еще более поразило матушку. Отец Федор заявил, что этим же вечером должен выехать по делу, и потребовал, чтобы Катерина Александровна сбегала к брату-булочнику и взяла у него на неделю пальто с барашковым воротником и коричневый утиный картуз.

— Никуда не пойду! — заявила матушка и заплакала.

Полчаса шагал отец Федор по комнате и, пугая жену изменившимся своим лицом, молол чепуху. Матушка поняла только одно: отец Федор ни с того ни с сего остригся, хочет в дурацком картузе ехать неизвестно куда, а ее бросает.

— Не бросаю, — твердил отец Федор, — не бросаю, через неделю буду назад. Ведь может же быть у человека дело. Может или не может?

— Не может, — говорила попадья.

Отцу Федору, человеку в обращении с ближними кроткому, пришлось даже постучать кулаком по столу. Хотя стучал он осторожно и неумело, так как никогда этого раньше не делал, попадья все же очень испугалась и, накинув платок, побежала к брату за штатской одеждой.

Оставшись один, отец Федор с минуту подумал, сказал: «Женщинам тоже тяжело», — и вытянул из-под кровати сундучок, обитый жестью. Такие сундучки встречаются по большей части у красноармейцев. Оклеены они полосатыми обоями, поверх которых красуется портрет Буденного или картонка от папиросной коробки «Пляж» с тремя красавицами, лежащими на усыпанном галькой батумском берегу. Сундучок Востриковых, к неудовольствию отца Федора, также был оклеен картинками, но не было там ни Буденного, ни батумских красоток. Попадья залепила все нутро сундучка фотографиями, вырезанными из журнала «Летопись войны 1914 года». Тут было и «Взятие Перемышля», и «Раздача теплых вещей нижним чинам на позициях», и мало ли что еще там было.

Выложив на пол лежавшие сверху книги: комплект журнала «Русский паломник» за 1903 год, толстеннейшую «Историю раскола» и брошюрку «Русский в Италии», на обложке которой отпечатан был курящийся Везувий, отец Федор запустил руку на самое дно сундучка и вытащил старый, обтерханный женин капор. Зажмурившись от запаха нафталина, который внезапно ударил из сундучка, отец Федор, разрывая кружевца и прошвы, вынул из капора тяжелую полотняную колбаску. Колбаска содержала в себе двадцать золотых десяток — все, что осталось от коммерческих авантюр отца Федора.

Он привычным движением руки приподнял полу рясы и засунул колбаску в карман полосатых брюк. Потом подошел к комоду и вынул из конфетной коробки пятьдесят рублей трехрублевками и пятирублевками. В коробке оставалось еще двадцать рублей.

— На хозяйство хватит, — решил он.

Глава IV
МУЗА ДАЛЬНИХ СТРАНСТВИЙ

За час до прихода вечернего почтового поезда отец Федор, в коротеньком, чуть ниже колен пальто и с плетеной корзинкой, стоял в очереди у кассы и боязливо поглядывал на входные двери. Он боялся, что матушка, противно его настоянию, прибежит на вокзал провожать, и тогда палаточник Прусис, сидевший в буфете и угощавший пивом финагента, сразу его узнает. Отец Федор с удивлением и стыдом посматривал на свои открытые взорам всех мирян полосатые брюки.

Посадка в бесплацкартный поезд носила обычный скандальный характер. Пассажиры, согнувшись под тяжестью преогромных мешков, бегали от головы поезда к хвосту и от хвоста к голове. Отец Федор ошеломленно бегал со всеми. Он так же, как и все, говорил с проводниками искательным голосом, так же, как и все, боялся, что кассир дал ему «неправильный» билет, и только впущенный наконец в вагон вернулся к обычному спокойствию и даже повеселел.

Паровоз закричал полным голосом, и поезд тронулся, увозя с собой отца Федора в неизвестную даль по делу загадочному, но сулящему, как видно, большие выгоды.

Интересная штука — полоса отчуждения. Самый обыкновенный гражданин, попав в нее, чувствует в себе некоторую хлопотливость и быстро превращается либо в пассажира, либо в грузополучателя, либо просто в безбилетного забулдыгу, омрачающего жизнь и служебную деятельность кондукторских бригад и перронных контролеров.

С той минуты, когда гражданин вступает в полосу отчуждения, которую он по-дилетантски называет вокзалом или станцией, жизнь его резко меняется. Сейчас же к нему подскакивают Ермаки Тимофеевичи в белых передниках с никелированными бляхами на сердце и услужливо подхватывают багаж. С этой минуты гражданин уже не принадлежит самому себе. Он — пассажир и начинает исполнять все обязанности пассажира. Обязанности эти многосложны, но приятны.

Пассажир очень много ест. Простые смертные по ночам не едят, но пассажир ест и ночью. Ест он жареного цыпленка, который для него дорог, крутые яйца, вредные для желудка, и маслины. Когда поезд прорезает стрелку, на полках бряцают многочисленные чайники и подпрыгивают завернутые в газетные кульки цыплята, лишенные ножек, с корнем вырванных пассажирами.

Но пассажиры ничего этого не замечают. Они рассказывают анекдоты. Регулярно через каждые три минуты весь вагон надсаживается от смеха. Затем наступает тишина, и бархатный голос докладывает следующий анекдот:

— Умирает старый еврей. Тут жена стоит, дети. «А Моня здесь?» — еврей спрашивает еле-еле. «Здесь». — «А тетя Брана пришла?» — «Пришла». — «А где бабушка? Я ее не вижу». — «Вот она стоит». — «А Исак?» — «Исак тут». — «А дети?» — «Вот все дети». — «Кто же в лавке остался?!»

Сию же секунду чайники начинают брязгать, и цыплята летают на верхних полках, потревоженные громовым смехом. Но пассажиры этого не замечают. У каждого на сердце лежит заветный анекдот, который, трепыхаясь, дожидается своей очереди. Новый исполнитель, толкая локтем соседей и умоляюще крича: «А вот мне рассказывали!» — с трудом завладевает вниманием и начинает:

— Один еврей приходит домой и ложится спать рядом со своей женой. Вдруг он слышит — под кроватью кто-то скребется. Еврей опустил под кровать руку и спрашивает: «Это ты, Джек?» А Джек лизнул руку и отвечает: «Это я».

Пассажиры умирают от смеха, темная ночь закрывает поля, из паровозной трубы вылетают вертлявые искры, и тонкие семафоры в светящихся зеленых очках щепетильно проносятся мимо, глядя поверх поезда.

Интересная штука — полоса отчуждения! Во все концы страны бегут длинные тяжелые поезда дальнего следования. Всюду открыта дорога. Везде горит зеленый огонь — путь свободен. Полярный экспресс подымается к Мурманску. Согнувшись и сгорбясь на стрелке, с Курского вокзала выскакивает «Первый — К», прокладывая путь на Тифлис. Дальневосточный курьер огибает Байкал, полным ходом приближаясь к Тихому океану.

Муза дальних странствий манит человека. Уже вырвала она отца Федора из тихой уездной обители и бросила невесть в какую губернию. Уже и бывший предводитель дворянства, а ныне делопроизводитель загса Ипполит Матвеевич Воробьянинов потревожен в самом нутре своем и задумал черт знает что такое.

Носит людей по стране. Один за десять тысяч километров от места службы находит себе сияющую невесту. Другой в погоне за сокровищами бросает почтово-телеграфное отделение и, как школьник, бежит на Алдан. А третий так и сидит себе дома, любовно поглаживая созревшую грыжу и читая сочинения графа Салиаса, купленные вместо рубля за пять копеек.

На второй день после похорон, управление которыми любезно взял на себя гробовой мастер Безенчук, Ипполит Матвеевич отправился на службу и, исполняя возложенные на него обязанности, зарегистрировал собственноручно кончину Клавдии Ивановны Петуховой, пятидесяти девяти лет, домашней хозяйки, беспартийной, жительство имевшей в уездном городе N и родом происходившей из дворян Старгородской губернии. Затем Ипполит Матвеевич испросил себе узаконенный двухнедельный отпуск, получил сорок один рубль отпускных и, распрощавшись с сослуживцами, отправился домой. По дороге он завернул в аптеку.

Провизор Леопольд Григорьевич, которого домашние и друзья называли Липа, стоял за красным лакированным прилавком, окруженный молочными банками с ядом, и с нервностью продавал свояченице брандмейстера «крем Анго, против загара и веснушек, придает исключительную белизну коже». Свояченица брандмейстера, однако, требовала «пудру Рашель золотистого цвета, придает телу ровный, не достижимый в природе загар». Но в аптеке был только крем Анго против загара, и борьба столь противоположных продуктов парфюмерии длилась полчаса. Победил все-таки Липа, продавший свояченице брандмейстера губную помаду и клоповар — прибор, построенный по принципу самовара, но имеющий внешний вид лейки.

— Что вы хотели?
— Средство для волос.
— Для ращения, уничтожения, окраски?

— Какое там ращение! — сказал Ипполит Матвеевич. — Для окраски.

— Для окраски есть замечательное средство «Титаник». Получено с таможни. Контрабандный товар. Не смывается ни холодной, ни горячей водой, ни мыльной пеной, ни керосином. Радикальный черный цвет. Флакон на полгода стоит три рубля двенадцать копеек. Рекомендую как хорошему знакомому.

Ипполит Матвеевич повертел в руках квадратный флакон «Титаника», со вздохом посмотрел на этикетку и выложил деньги на прилавок.

Ипполит Матвеевич возвратился домой и с омерзением стал поливать голову и усы «Титаником». По квартире распространилось зловоние.

После обеда вонь убавилась, усы обсохли, слиплись, и расчесать их можно было только с большим трудом. Радикальный черный цвет оказался с несколько зеленоватым отливом, но вторично красить уже было некогда.

Ипполит Матвеевич вынул из тещиной шкатулки найденный им накануне список драгоценностей, пересчитал все наличные деньги, запер квартиру, спрятал ключи в задний карман, сел в ускоренный № 7 и уехал в Старгород.

Глава V
ВЕЛИКИЙ КОМБИНАТОР

В половине двенадцатого с северо-запада, со стороны деревни Чмаровки, в Старгород вошел молодой человек лет двадцати восьми. За ним бежал беспризорный.

— Дядя, — весело кричал он, — дай десять копеек!

Молодой человек вынул из кармана нагретое яблоко и подал его беспризорному, но тот не отставал.

Тогда пешеход остановился, иронически посмотрел на мальчика и тихо сказал:

— Может быть, тебе дать еще ключ от квартиры, где деньги лежат?

Зарвавшийся беспризорный понял всю беспочвенность своих претензий и отстал.

Молодой человек солгал: у него не было ни денег, ни квартиры, где они могли бы лежать, ни ключа, которым можно было бы квартиру отпереть. У него не было даже пальто. В город молодой человек вошел в зеленом в талию костюме. Его могучая шея была несколько раз обернута старым шерстяным шарфом, ноги были в лаковых штиблетах с замшевым верхом апельсинного цвета. Носков под штиблетами не было. В руке молодой человек держал астролябию.

— «О баядерка, ти-ри-рим, ти-ри-ра!» — запел он, подходя к привозному рынку.

Тут для него нашлось много дела. Он втиснулся в шеренгу продавцов, торговавших на развале, выставил вперед астролябию и серьезным голосом стал кричать:

— Кому астролябию? Дешево продается астролябия! Для делегаций и женотделов скидка.

Неожиданное предложение долгое время не рождало спроса. Делегации домашних хозяек больше интересовались дефицитными товарами и толпились у мануфактурных палаток. Мимо продавца астролябии уже два раза прошел агент Старгуброзыска. Но так как астролябия ни в какой мере не походила на украденную вчера из канцелярии Маслоцентра пишущую машинку, агент перестал магнетизировать молодого человека глазами и ушел.

К обеду астролябия была продана слесарю за три рубля.

— Сама меряет, — сказал молодой человек, передавая астролябию покупателю, — было бы что мерить.

Освободившись от хитрого инструмента, веселый молодой человек пообедал в столовой «Уголок вкуса» и пошел осматривать город. Он прошел Советскую улицу, вышел на Красноармейскую (бывшая Большая Пушкинская), пересек Кооперативную и снова очутился на Советской. Но это была уже не та Советская, которую он прошел: в городе было две Советских улицы. Немало подивившись этому обстоятельству, молодой человек очутился на улице Ленских Событий (бывшей Денисовской). Подле красивого двухэтажного особняка № 28 с вывеской

> СССР, РСФСР
> 2-й ДОМ СОЦИАЛЬНОГО ОБЕСПЕЧЕНИЯ
> СТАРГУБСТРАХА

молодой человек остановился, чтобы прикурить у дворника, который сидел на каменной скамеечке при воротах.

— А что, отец, — спросил молодой человек, затянувшись, — невесты у вас в городе есть?

Старик-дворник ничуть не удивился.

— Кому и кобыла невеста, — ответил он, охотно ввязываясь в разговор.

— Больше вопросов не имею, — быстро проговорил молодой человек.

И сейчас же задал новый вопрос:

— В таком доме да без невест?

— Наших невест, — возразил дворник, — давно на том свете с фонарями ищут. У нас тут государственная богадельня: старухи живут на полном пенсионе.

— Понимаю. Это которые еще до исторического материализма родились?

— Уж это верно. Когда родились, тогда и родились.

— А в этом доме что было до исторического материализма?

— Когда было?

— Да тогда, при старом режиме.

— А, при старом режиме барин мой жил.

— Буржуй?

— Сам ты буржуй! Сказано тебе — предводитель дворянства.

— Пролетарий, значит?

— Сам ты пролетарий! Сказано тебе — предводитель.

Разговор с умным дворником, слабо разбиравшимся в классовой структуре общества, продолжался бы еще бог знает сколько времени, если бы молодой человек не взялся за дело решительно.

— Вот что, дедушка, — молвил он, — неплохо бы вина выпить.

— Ну, угости.

На час оба исчезли, а когда вернулись назад, дворник был уже вернейшим другом молодого человека.

— Так я у тебя переночую, — говорил новый друг.

— По мне, хоть всю жизнь живи, раз хороший человек.

Добившись так быстро своей цели, гость проворно спустился в дворницкую, снял апельсинные штиблеты и растянулся на скамейке, обдумывая план действий на завтра.

Звали молодого человека Остап Бендер. Из своей биографии он обычно сообщал только одну подробность: «Мой папа, — говорил он, — был турецкоподданный». Сын турецкоподданного за свою жизнь переменил много занятий. Живость характера, мешавшая ему посвятить себя какому-нибудь делу, постоянно кидала его в разные концы страны и теперь привела в Старгород без носков, без ключа, без квартиры и без денег.

Лежа в теплой до вонючести дворницкой, Остап Бендер отшлифовывал в мыслях два возможных варианта своей карьеры.

Можно было сделаться многоженцем и спокойно переезжать из города в город, таская за собой новый чемодан с захваченными у дежурной жены ценными вещами.

А можно было завтра же пойти в Стардеткомиссию и предложить им взять на себя распространение еще не написанной, но гениально задуманной картины: «Большевики пишут письмо Чемберлену», по популярной картине художника Репина: «Запорожцы пишут письмо султану». В случае удачи этот вариант мог бы принести рублей четыреста.

Оба варианта были задуманы Остапом во время его последнего пребывания в Москве. Вариант с многоженством родился под влиянием вычитанного в вечерней газете судебного отчета, где ясно указывалось, что некий многоженец получил всего два года без строгой изоляции. Вариант № 2 родился в голове Бендера, когда он по контрамарке обозревал выставку АХРР[1].

Однако оба проекта имели свои недостатки. Начать карьеру многоженца без дивного, серого в яблоках костюма было невозможно. К тому же нужно было иметь хотя бы десять рублей для представительства и обольщения. Можно было, конечно, жениться и в походном зеленом костюме, потому что мужская сила и красота Бендера были совершенно неотразимы для провинциальных Маргарит на выданье, но это было бы, как говорил Остап, «низкий сорт, нечистая работа». С картиной тоже не все обстояло гладко: могли встретиться чисто технические затруднения. Удобно ли будет рисовать т. Калинина в папахе и белой бурке, а т. Чичерина — голым по пояс? В случае чего можно, конечно, нарисовать всех персонажей в обычных костюмах, но это уже не то.

---

[1] АХРР — Ассоциация художников революционной России. — *Ред.*

— Не будет того эффекта! — произнес Остап вслух.

Тут он заметил, что дворник уже давно о чем-то горячо говорит. Оказывается, дворник предался воспоминаниям о бывшем владельце дома:

— Полицмейстер ему честь отдавал... Приходишь к нему, положим, буду говорить, на Новый год с поздравлением — трешку дает... На Пасху, положим, буду говорить, еще трешку. Да, положим, в день ангела ихнего поздравляешь... Ну, вот одних поздравительных за год рублей пятнадцать и набежит... Медаль даже обещался мне представить. «Я, говорит, хочу, чтобы дворник у меня с медалью был». Так и говорил: «Ты, Тихон, считай себя уже с медалью...»

— Ну и что, дали?

— Ты погоди... «Мне, говорит, дворника без медали не нужно». В Санкт-Петербург поехал за медалью. Ну, в первый раз, буду говорить, не вышло. Господа чиновники не захотели. «Царь, говорят, в заграницу уехал, сейчас невозможно». Приказал мне барин ждать. «Ты, говорит, Тихон, жди, без медали не будешь».

— А твоего барина что, шлепнули? — неожиданно спросил Остап.

— Никто не шлепал. Сам уехал. Что ему тут было с солдатней сидеть... А теперь медали за дворницкую службу дают?

— Дают. Могу тебе выхлопотать.

Дворник с уважением посмотрел на Бендера.

— Мне без медали нельзя. У меня служба такая.

— Куда ж твой барин уехал?

— А кто его знает! Люди говорили, в Париж уехал.

— А!.. Белой акации, цветы эмиграции... Он, значит, эмигрант?

— Сам ты эмигрант. В Париж, люди говорят, уехал. А дом под старух забрали... Их хоть каждый день поздравляй — гривенника не получишь!.. Эх! Барин был!..

В этот момент над дверью задергался ржавый звонок. Дворник, кряхтя, поплелся к двери, открыл ее и в сильнейшем замешательстве отступил.

На верхней ступеньке стоял Ипполит Матвеевич Воробьянинов, черноусый и черноволосый. Глаза его сияли под пенсне довоенным блеском.

— Барин! — страстно замычал Тихон. — Из Парижа!

Ипполит Матвеевич, смущенный присутствием в дворницкой постороннего, голые фиолетовые ступни которого только сейчас увидел из-за края стола, смутился и хотел было бежать, но Остап Бендер живо вскочил и низко склонился перед Ипполитом Матвеевичем.

— У нас хотя и не Париж, но милости просим к нашему шалашу.

— Здравствуй, Тихон, — вынужден был сказать Ипполит Матвеевич, — я вовсе не из Парижа. Чего тебе это взбрело в голову?

Но Остап Бендер, длинный благородный нос которого явственно чуял запах жареного, не дал дворнику и пикнуть.

— Отлично, — сказал он, кося глазом, — вы не из Парижа. Конечно, вы приехали из Кологрива навестить свою покойную бабушку.

Говоря так, он нежно обнял очумевшего дворника и выставил его за дверь прежде, чем тот понял, что случилось, а когда опомнился, то мог сообразить лишь то, что из Парижа приехал барин, что его, Тихона, выставили из дворницкой и что в левой руке его зажат бумажный рубль.

Тщательно заперев за дворником дверь, Бендер обернулся к все еще стоявшему среди комнаты Воробьянинову и сказал:

— Спокойно, все в порядке. Моя фамилия Бендер! Может, слыхали?

— Не слышал, — нервно ответил Ипполит Матвеевич.

— Ну, да откуда же в Париже может быть известно имя Остапа Бендера? Тепло теперь в Париже? Хороший город. У меня там двоюродная сестра замужем. Недавно прислала мне шелковый платок в заказном письме...

— Что за чепуха! — воскликнул Ипполит Матвеевич. — Какие платки? Я приехал не их Парижа, а из...

— Чудно, чудно! Из Моршанска.

Ипполит Матвеевич никогда еще не имел дела с таким темпераментным молодым человеком, как Бендер, и почувствовал себя плохо.

— Ну, знаете, я пойду, — сказал он.

— Куда же вы пойдете? Вам некуда торопиться. ГПУ к вам само придет.

Ипполит Матвеевич не нашелся что ответить, расстегнул пальто с осыпавшимся бархатным воротником и сел на лавку, недружелюбно глядя на Бендера.

— Я вас не понимаю, — сказал он упавшим голосом.

— Это не страшно. Сейчас поймете. Одну минуточку.

Остап надел на голые ноги апельсинные штиблеты, прошелся по комнате и начал:

— Вы через какую границу? Польскую? Финляндскую? Румынскую? Должно быть, дорогое удовольствие. Один мой знакомый переходил недавно границу, он живет в Славуте, с нашей стороны, а родители его жены — с той стороны. По семейному делу поссорился он с женой, а она из обидчивой фамилии. Плюнула ему в рожу и удрала через границу к родителям. Этот знакомый посидел дня три один и видит — дело плохо: обеда нет, в комнате грязно, и решил помириться. Вышел ночью и пошел через границу к тестю. Тут его пограничники и взяли, пришили дело, посадили на шесть месяцев, а потом исключили из профсоюза. Теперь, говорят, жена прибежала назад, дура, а муж в допре сидит. Она ему передачу носит... А вы тоже через польскую границу переходили?

— Честное слово,— вымолвил Ипполит Матвеевич, чувствуя неожиданную зависимость от разговорчивого молодого человека, ставшего на его дороге к брильянтам, — честное слово, я подданный РСФСР. В конце концов, я могу показать паспорт...

— При современном развитии печатного дела на Западе напечатать советский паспорт — это такой пустяк, что об этом смешно говорить... Один мой знакомый доходил до того, что печатал даже доллары. А вы знаете, как трудно подделать американские доллары? Там бумага с такими, знаете, разноцветными волосками. Нужно большое знание техники. Он удачно сплавлял их на московской черной бирже; потом оказалось, что его дедушка, известный валютчик, покупал их в Киеве и совершенно разорился, потому что доллары были все-таки фальшивые. Так что вы со своим паспортом тоже можете прогадать.

Ипполит Матвеевич, рассерженный тем, что вместо энергичных поисков брильянтов он сидит в вонючей дворницкой и слушает трескотню молодого нахала о темных делах его знакомых, все же никак не решался уйти. Он чувствовал сильную робость при мысли о том, что неизвестный молодой человек разболтает по всему городу, что приехал бывший предводитель. Тогда — всему конец, а может быть, еще посадят.

— Вы все-таки никому не говорите, что меня видели, — просительно сказал Ипполит Матвеевич,— могут и впрямь подумать, что я эмигрант.

— Вот! Вот! Это конгениально! Прежде всего актив: имеется эмигрант, вернувшийся в родной город. Пассив: он боится, что его заберут в ГПУ.

— Да ведь я же вам тысячу раз говорил, что я не эмигрант.

— А кто вы такой? Зачем вы сюда приехали?
— Ну, приехал из города N по делу.
— По какому делу?
— Ну, по личному делу.
— И после этого вы говорите, что вы не эмигрант?.. Один мой знакомый тоже приехал...

Тут Ипполит Матвеевич, доведенный до отчаяния историями о знакомых Бендера и видя, что его не собьешь с позиции, покорился.

— Хорошо, — сказал он, — я вам все объясню.

«В конце концов, без помощника трудно, — подумал Ипполит Матвеевич, — а жулик он, кажется, большой. Такой может быть полезен».

Глава VI
БРИЛЬЯНТОВЫЙ ДЫМ

Ипполит Матвеевич снял с головы пятнистую касторовую шляпу, расчесал усы, из которых, при прикосновении гребешка, вылетела дружная стайка электрических искр, и, решительно откашлявшись, рассказал Остапу Бендеру, первому встреченному им проходимцу, все, что ему было известно о брильянтах со слов умирающей тещи.

В продолжение рассказа Остап несколько раз вскакивал и, обращаясь к железной печке, восторженно вскрикивал:

— Лед тронулся, господа присяжные заседатели! Лед тронулся.

А уже через час оба сидели за шатким столиком и, упираясь друг в друга головами, читали длинный список драгоценностей, некогда украшавших тещины пальцы, шею, уши, грудь и волосы. Ипполит Матвеевич, поминутно поправляя колебавшееся на носу пенсне, с ударением произносил:

— Три нитки жемчуга... Хорошо помню. Две по сорок бусин, а одна большая — в сто десять. Брильянтовый кулон... Клавдия Ивановна говорила, что четыре тысячи стоит, старинной работы...

Дальше шли кольца: не обручальные кольца, толстые, глупые и дешевые, а тонкие, легкие, с впаянными в них чистыми, умытыми брильянтами; тяжелые, ослепительные подвески, кидающие на маленькое женское ухо разноцветный огонь; браслеты в виде змей с изумрудной чешуей; фермуар, на который ушел урожай с пятисот десятин; жемчужное колье, которое было бы по плечу только знаменитой опереточной примадонне; венцом всему была сорокатысячная диадема.

Ипполит Матвеевич оглянулся. По темным углам зачумленной дворницкой вспыхивал и дрожал изумрудный весенний свет. Брильянтовый дым держался под потолком. Жемчужные бусы катились по столу и прыгали по полу. Драгоценный мираж потрясал комнату.

Взволнованный Ипполит Матвеевич очнулся только от звука голоса Остапа.

— Выбор неплохой. Камни, я вижу, подобраны со вкусом. Сколько вся эта музыка стоила?

— Тысяч семьдесят — семьдесят пять.

— Мгу... Теперь, значит, стоит полтораста тысяч.

— Неужели так много? — обрадованно спросил Воробьянинов.

— Не меньше. Только вы, дорогой товарищ из Парижа, плюньте на все это.

— Как плюньте?

— Слюной,— ответил Остап,— как плевали до эпохи исторического материализма. Ничего не выйдет.

— Как же так?
— А вот так. Сколько было стульев?
— Дюжина. Гостинный гарнитур.
— Давно, наверно, сгорел ваш гостинный гарнитур в печках.

Воробьянинов так испугался, что даже встал с места.

— Спокойно, спокойно. За дело берусь я. Заседание продолжается. Кстати, нам с вами нужно заключить небольшой договорчик.

Тяжело дышавший Ипполит Матвеевич кивком головы выразил свое согласие. Тогда Остап Бендер начал вырабатывать условия.

— В случае реализации клада я, как непосредственный участник концессии и технический руководитель дела, получаю шестьдесят процентов, а соцстрах можете за меня не платить. Это мне все равно.

Ипполит Матвеевич посерел.

— Это грабеж среди бела дня.
— А сколько же вы думали мне предложить?
— Н-н-ну, пять процентов, ну, десять, наконец. Вы поймите, ведь это же пятнадцать тысяч рублей!
— Больше вы ничего не хотите?
— Н-нет.
— А может быть, вы хотите, чтобы я работал даром, да еще дал вам ключ от квартиры, где деньги лежат?
— В таком случае простите, — сказал Воробьянинов в нос. — У меня есть все основания думать, что я и один справлюсь со своим делом.
— Ага! В таком случае простите, — возразил великолепный Остап, — у меня есть не меньше основания, как говорил Энди Таккер, предполагать, что и я один могу справиться с вашим делом.
— Мошенник! — закричал Ипполит Матвеевич, задрожав.

Остап был холоден.

— Слушайте, господин из Парижа, а знаете ли вы, что ваши брильянты почти что у меня в кармане! И вы меня интересуете лишь постольку, поскольку я хочу обеспечить вашу старость.

Тут только Ипполит Матвеевич понял, какие железные лапы схватили его за горло.

— Двадцать процентов, — сказал он угрюмо.
— И мои харчи? — насмешливо спросил Остап.
— Двадцать пять.
— И ключ от квартиры?
— Да ведь это тридцать семь с половиной тысяч!
— К чему такая точность? Ну, так и быть — пятьдесят процентов. Половина — ваша, половина — моя.

Торг продолжался. Остап уступил еще. Он из уважения к личности Воробьянинова соглашался работать из сорока процентов.

— Шестьдесят тысяч! — кричал Воробьянинов.
— Вы довольно пошлый человек, — возражал Бендер, — вы любите деньги больше, чем надо.
— А вы не любите денег? — взвыл Ипполит Матвеевич голосом флейты.
— Не люблю.
— Зачем же вам шестьдесят тысяч?
— Из принципа!

Ипполит Матвеевич только дух перевел.

— Ну что, тронулся лед? — добивал Остап.

Воробьянинов запыхтел и покорно сказал:

— Тронулся.
— Ну, по рукам, уездный предводитель команчей! Лед тронулся! Лед тронулся, господа присяжные заседатели!

После того как Ипполит Матвеевич, обидевшись на прозвище «предводитель команчей», потребовал извинения и Остап, произнося извинительную речь, назвал его фельдмаршалом, приступили к выработке диспозиции.

В полночь дворник Тихон, хватаясь руками за все попутные палисадники и надолго приникая к столбам, тащился в свой подвал. На его несчастье, было новолуние.

— А! Пролетарий умственного труда! Работник метлы! — воскликнул Остап, завидя согнутого в колесо дворника.

Дворник замычал низким и страстным голосом, каким иногда среди ночной тишины вдруг горячо и хлопотливо начинает бормотать унитаз.

— Это конгениально,— сообщил Остап Ипполиту Матвеевичу,— а ваш дворник довольно-таки большой пошляк. Разве можно так напиваться на рубль?

— М-можно,— сказал дворник неожиданно.

— Послушай, Тихон,— начал Ипполит Матвеевич,— не знаешь ли ты, дружок, что с моей мебелью?

Остап осторожно поддерживал Тихона, чтобы речь могла свободно литься из его широко открытого рта. Ипполит Матвеевич в напряжении ждал. Но из дворницкого рта, в котором зубы росли не подряд, а через один, вырвался оглушительный крик:

— Быввывали дни вессселые...

Дворницкая наполнилась громом и звоном. Дворник трудолюбиво и старательно исполнял песню, не пропуская ни единого слова. Он ревел, двигаясь по комнате, то бессознательно ныряя под стол, то ударяясь картузом о медную цилиндрическую гирю «ходиков», то становясь на одно колено. Ему было страшно весело.

Ипполит Матвеевич совсем потерялся.

— Придется отложить опрос свидетелей до утра,— сказал Остап.— Будем спать.

Дворника, тяжелого во сне, как комод, перенесли на скамью.

Воробьянинов и Остап решили лечь вдвоем на дворницкую кровать. У Остапа под пиджаком оказалась рубашка «ковбой» в черную и красную клетку. Под ковбойкой не было уже больше ничего. Зато у Ипполита Матвеевича под известным читателю лунным жилетом оказался еще один — гарусный, ярко-голубой.

— Жилет прямо на продажу, — завистливо сказал Бендер, — он мне как раз подойдет. Продайте.

Ипполиту Матвеевичу неудобно было отказывать своему новому компаньону и непосредственному участнику концессии.

Он, морщась, согласился продать жилет за свою цену — восемь рублей.

— Деньги — после реализации нашего клада, — заявил Бендер, принимая от Воробьянинова теплый еще жилет.

— Нет, я так не могу, — сказал Ипполит Матвеевич, краснея. — Позвольте жилет обратно.

Деликатная натура Остапа возмутилась.

— Но ведь это же лавочничество! — закричал он. — Начинать полуторастотысячное дело и ссориться из-за восьми рублей! Учитесь жить широко!

Ипполит Матвеевич покраснел еще больше, вынул маленький блокнотик и каллиграфически записал:

25/IV 27 г.
Выдано т. Бендеру Р. — 8

Остап заглянул в книжечку.

— Ого! Если вы уже открываете мне лицевой счет, то хоть ведите его правильно. Заведите дебет, заведите кредит. В дебет не забудьте внести шестьдесят тысяч рублей, которые вы мне должны, а в кредит — жилет. Сальдо в мою пользу. Пятьдесят девять тысяч девятьсот девяносто два рубля. Еще можно жить.

После этого Остап заснул беззвучным детским сном. А Ипполит Матвеевич снял с себя шерстяные напульсники, баронские сапоги и, оставшись в заштопанном егерском белье, посапывая, полез под одеяло. Ему было очень неудобно. С внешней стороны, где не хватало одеяла, было холодно, а с другой стороны его жгло молодое, полное трепетных идей тело великого комбинатора.

Всем троим снились сны.

Воробьянинову привиделись сны черные: микробы, угрозыск, бархатные толстовки и гробовых дел мастер Безенчук в смокинге, но небритый.

Остап видел вулкан Фудзияму, заведующего Маслотрестом и Тараса Бульбу, продающего открытки с видами Днепростроя.

А дворнику снилось, что из конюшни ушла лошадь. Во сне он искал ее до самого утра и, не найдя, проснулся разбитый и мрачный. Долго, с удивлением, смотрел он на спящих в его постели людей. Ничего не поняв, он взял метлу и направился на улицу исполнять свои прямые обязанности: подбирать конские яблоки и кричать на богаделок.

Глава VII
СЛЕДЫ «ТИТАНИКА»

Ипполит Матвеевич проснулся по привычке в половине восьмого, пророкотал «гут морген» и направился к умывальнику. Он умывался с наслаждением: отплевывался, причитал и тряс головой, чтобы избавиться от воды, набежавшей в уши. Вытираться было приятно, но, отняв от лица полотенце, Ипполит Матвеевич увидел, что оно испачкано тем радикальным черным цветом, которым с позавчерашнего дня были окрашены его горизонтальные усы. Сердце Ипполита Матвеевича потухло. Он бросился к своему карманному зеркальцу. В зеркальце отразились большой нос и зеленый, как молодая травка, левый ус. Ипполит Матвеевич поспешно передвинул зеркальце направо. Правый ус был того же омерзительного цвета. Нагнув голову, словно желая забодать зеркальце, несчастный увидел, что радикальный черный цвет еще господствовал в центре каре, но по краям был обсажен тою же травянистой каймой.

Все существо Ипполита Матвеевича издало такой громкий стон, что Остап Бендер открыл глаза.

— Вы с ума сошли! — воскликнул Бендер и сейчас же сомкнул сонные вежды.

— Товарищ Бендер,— умоляюще зашептала жертва «Титаника».

Остап проснулся после многих толчков и уговоров.

Он внимательно посмотрел на Ипполита Матвеевича и радостно засмеялся. Отвернувшись от директора-учредителя концессии, главный руководитель работ и технический директор содрогался, хватался за спинку кровати, кричал: «Не могу!» — и снова бушевал.

— С вашей стороны это нехорошо, товарищ Бендер,— сказал Ипполит Матвеевич, с дрожью шевеля зелеными усами.

Это придало новые силы изнемогшему было Остапу. Чистосердечный его смех продолжался еще минут десять. Отдышавшись, он сразу сделался очень серьезным.

— Что вы на меня смотрите такими злыми глазами, как солдат на вошь? Вы на себя посмотрите!

— Но ведь мне аптекарь говорил, что это будет радикально черный цвет. Не смывается ни холодной, ни горячей водой, ни мыльной пеной, ни керосином... Контрабандный товар!

— Контрабандный? Всю контрабанду делают в Одессе, на Малой Арнаутской улице. Покажите флакон... И потом, посмотрите. Вы читали это?

— Читал.

— А вот это — маленькими буквами? Тут ясно сказано, что после мытья горячей и холодной водой или мыльной пеной и керосином волосы надо отнюдь не вытирать, а сушить на солнце или у примуса... Почему вы не сушили? Куда вы теперь пойдете с этой зеленой «липой»?

Ипполит Матвеевич был подавлен. Вошел Тихон. Увидя барина в зеленых усах, он перекрестился и попросил опохмелиться.

— Выдайте рубль герою труда, — предложил Остап, — и, пожалуйста, не записывайте на мой счет. Это ваше интимное дело с бывшим сослуживцем... Подожди, отец, не уходи, дельце есть.

Остап завел с дворником беседу о мебели, и уже через пять минут концессионеры знали все. Всю мебель в 1919 году увезли в жилотдел, за исключением одного гостинного стула, который сперва находился во владении Тихона, а потом был забран у него завхозом 2-го дома соцобеса.

— Так он что, здесь в доме?
— Здесь и стоит.
— А скажи, дружок, — замирая, спросил Воробьянинов, — когда стул был у тебя, ты его... не чинил?
— Чинить его невозможно. В старое время работа была хорошая. Еще тридцать лет такой стул может выстоять.
— Ну, иди, дружок, возьми еще рубль да смотри не говори, что я приехал.
— Могила, гражданин Воробьянинов.

Услав дворника и прокричав: «Лед тронулся», — Остап Бендер снова обратился к усам Ипполита Матвеевича:

— Придется красить снова. Давайте деньги — пойду в аптеку. Ваш «Титаник» ни к черту не годится, только собак красить... Вот в старое время была красочка!.. Мне один беговой профессор рассказал волнующую историю. Вы интересовались бегами? Нет? Жалко. Волнующая вещь. Так вот... Был такой знаменитый комбинатор, граф Друцкий. Он проиграл на бегах пятьсот тысяч. Король проигрыша! И вот, когда у него уже, кроме долгов, ничего не было и граф подумывал о самоубийстве, один жучок дал ему за пятьдесят рублей замечательный совет. Граф уехал и через год вернулся с орловским рысаком-трехлеткой. После этого граф не только вернул свои деньги, но даже выиграл еще тысяч триста. Его орловец Маклер с отличным аттестатом всегда приходил первым. На дерби он на целый корпус обошел Мак-Магона. Гром!.. Но тут Курочкин (слышали?) замечает, что все орловцы начинают менять масть — один только Маклер, как дуся, не меняет цвета. Скандал был неслыханный! Графу дали три года. Оказалось, что Маклер не орловец, а перекрашенный метис, а метисы гораздо резвее орловцев, и их к ним на версту не подпускают. Каково?.. Вот это красочка! Не то что ваши усы!..

— Но аттестат? У него ведь был отличный аттестат?

— Такой же, как этикетка на вашем «Титанике». Фальшивый! Давайте деньги на краску.

Остап вернулся с новой микстурой.

— «Наяда». Возможно, что лучше вашего «Титаника». Снимайте пиджак!

Начался обряд перекраски. Но «изумительный каштановый цвет, придающий волосам нежность и пушистость», смешавшись с зеленью «Титаника», неожиданно окрасил голову и усы Ипполита Матвеевича в краски солнечного спектра.

Ничего еще не евший с утра Воробьянинов злобно ругал все парфюмерные заводы, как государственные, так и подпольные, находящиеся в Одессе, на Малой Арнаутской улице.

— Таких усов, должно быть, нет даже у Аристида Бриана, — бодро заметил Остап, — но жить с такими ультрафиолетовыми волосами в Советской России не рекомендуется. Придется сбрить.

— Я не могу, — скорбно ответил Ипполит Матвеевич, — это невозможно.

— Что, усы дороги вам как память?

— Не могу, — повторил Воробьянинов, понуря голову.

— Тогда вы всю жизнь сидите в дворницкой, а я пойду за стульями. Кстати, первый стул над нашей головой.

— Брейте!

Разыскав ножницы, Бендер мигом отхватил усы, они бесшумно свалились на пол. Покончив со стрижкой, технический директор достал из кармана пожелтевшую бритву «Жиллет», а из бумажника — запасное лезвие и стал брить почти плачущего Ипполита Матвеевича.

— Последний ножик на вас трачу. Не забудьте записать на мой дебет два рубля за бритье и стрижку.

Содрогаясь от горя, Ипполит Матвеевич все-таки спросил:

— Почему же так дорого? Везде стоит сорок копеек!

— За конспирацию, товарищ фельдмаршал, — быстро ответил Бендер.

Страдания человека, которому бреют голову безопасной бритвой, невероятны. Это Ипполит Матвеевич понял с самого начала операции.

Но конец, который бывает всему, пришел.

— Готово. Заседание продолжается! Нервных просят не смотреть! Теперь вы похожи на Боборыкина, известного автора-куплетиста.

Ипполит Матвеевич отряхнул с себя мерзкие клочья, бывшие так недавно красивыми сединами, умылся и, ощущая на всей голове сильное жжение, в сотый раз сегодня уставился в зеркало. То, что он увидел, ему неожиданно понравилось. На него смотрело искаженное страданиями, но довольно юное лицо актера без ангажемента.

— Ну, марш вперед, труба зовет! — закричал Остап. — Я — по следам в жилотдел, или, вернее, в тот дом, в котором когда-то был жилотдел, а вы — к старухам!

— Я не могу,— сказал Ипполит Матвеевич,— мне очень тяжело будет войти в собственный дом.

— Ах да!.. Волнующая история! Барон-изгнанник! Ладно. Идите в жилотдел, а здесь поработаю я. Сборный пункт — в дворницкой. Парад-алле!

Глава VIII
ГОЛУБОЙ ВОРИШКА

Завхоз 2-го дома Старсобеса был застенчивый ворюга. Все существо его протестовало против краж, но не красть он не мог. Он крал, и ему было стыдно. Крал он постоянно, постоянно стыдился, и поэтому его хорошо бритые щечки всегда горели румянцем смущения, стыдливости, застенчивости и конфуза. Завхоза звали Александром Яковлевичем, а жену его — Александрой Яковлевной. Он называл ее Сашхен, она звала его Альхен. Свет не видывал еще такого голубого воришки, как Александр Яковлевич.

Он был не только завхозом, но и вообще заведующим. Прежнего за грубое обращение с воспитанницами сняли с работы и назначили капельмейстером симфонического оркестра. Альхен ничем не напоминал своего невоспитанного начальника. В порядке уплотненного рабочего дня он принял на себя управление домом и с пенсионерками обращался отменно вежливо, проводя в доме важные реформы и нововведения.

Остап Бендер потянул тяжелую дубовую дверь воробьяниновского особняка и очутился в вестибюле. Здесь пахло подгоревшей кашей. Из верхних помещений неслась разноголосица, похожая на отдаленное «ура» в цепи. Никого не было, и никто не появился. Вверх двумя маршами вела дубовая лестница с лаковыми некогда ступенями. Теперь в ней торчали только кольца, а медных прутьев, прижимавших когда-то ковер к ступенькам, не было.

«Предводитель команчей жил, однако, в пошлой роскоши», — думал Остап, поднимаясь наверх.

В первой же комнате, светлой и просторной, сидели в кружок десятка полтора сеньких старушек в платьях из наидешевейшего туальденора мышиного цвета. Напряженно вытянув шеи и глядя на стоявшего в центре цветущего мужчину, старухи пели:

> Слышен звон бубенцов издалека.
> Это тройки знакомый разбег...
> А вдали простирался широ-о-ко
> Белым саваном искристый снег!..

Предводитель хора, в серой толстовке из того же туальденора и в туальденоровых брюках, отбивал такт обеими руками и, вертясь, покрикивал:

— Дисканты, тише! Кокушкина, слабее!

Он увидел Остапа, но, не в силах удержать движения своих рук, только недоброжелательно посмотрел на вошедшего и продолжал дирижировать. Хор с усилием загремел, как сквозь подушку:

> Та-та-та, та-та-та, та-та-та,
> То-ро-ром, ту-ру-рум, ту-ру-рум...

— Скажите, где здесь можно видеть товарища завхоза? — вымолвил Остап, прорвавшись в первую же паузу.

— А в чем дело, товарищ?

Остап подал дирижеру руку и дружелюбно спросил:

— Песни народностей? Очень интересно. Я инспектор пожарной охраны.

Завхоз застыдился.

— Да, да, — сказал он, конфузясь, — это как раз кстати. Я даже доклад собирался писать.

— Вам нечего беспокоиться, — великодушно заявил Остап, — я сам напишу доклад. Ну, давайте смотреть помещение.

Альхен мановением руки распустил хор, и старухи удалились мелкими радостными шажками.

— Пожалуйте за мной, — пригласил завхоз.

Прежде чем пройти дальше, Остап уставился на мебель первой комнаты. В комнате стояли: стол, две садовые скамейки на железных ногах (на спинке одной из них было глубоко вырезано имя «Коля») и рыжая фисгармония.

— В этой комнате примусов не зажигают? Временные печи и тому подобное?

— Нет, нет. Здесь у нас занимаются кружки: хоровой, драматический, изобразительных искусств и музыкальный...

Дойдя до слова «музыкальный», Александр Яковлевич покраснел. Сначала запылал подбородок, потом лоб и щеки. Альхену было очень стыдно. Он давно уже продал все инструменты духовой капеллы. Слабые легкие старух все равно выдували из них только щенячий визг. Было смешно видеть эту громаду металла в таком беспомощном положении. Альхен не мог не украсть капеллу. И теперь ему было очень стыдно.

На стене, простершись от окна до окна, висел лозунг, написанный белыми буквами на куске туальденора мышиного цвета:

«Духовой оркестр — путь к коллективному творчеству».

— Очень хорошо, — сказал Остап, — комната для кружковых занятий никакой опасности в пожарном отношении не представляет. Перейдем дальше.

Пройдя фасадные комнаты воробьяниновского особняка быстрым аллюром, Остап нигде не заметил орехового стула с гнутыми ножками, обитого светлым английским ситцем в цветочках. По стенам утюженного мрамора были наклеены приказы по дому № 2 Старсобеса. Остап читал их, время от времени энергично спрашивая: «Дымоходы прочищаются регулярно? Печи в порядке?» И, получая исчерпывающие ответы, двигался дальше.

Инспектор пожарной охраны усердно искал в доме хотя бы один уголок, представляющий опасность в пожарном отношении, но в этом отношении все было благополучно. Зато розыски были безуспешны. Остап входил в спальни. Старухи при его появлении вставали и низко кланялись. Здесь стояли койки, устланные ворсистыми, как собачья шерсть, одеялами, с одной стороны которых фабричным способом было выткано слово «Ноги». Под кроватями стояли сундучки, выдвинутые по инициативе Александра Яковлевича, любившего военную постановку дела, ровно на одну треть.

Все в доме № 2 поражало глаз своей чрезмерной скромностью: и меблировка, состоявшая исключительно из садовых скамеек, привезенных с Александровского, ныне имени Пролетарских Субботников, бульвара, и базарные керосиновые лампочки, и лишь в доме было сделано крепко и пышно: это были дверные пружины.

Дверные приборы были страстью Александра Яковлевича. Положив великие труды, он снабдил все без исключения двери пружинами самых разнообразных систем и фасонов. Здесь были простейшие пружины в виде железной штанги. Были духовые пружины с медными цилиндрическими насосами. Были приборы на блоках со спускающимися увесистыми дробовыми мешочками. Были еще пружины конструкций таких сложных, что собесовский слесарь только удивленно качал головой. Все эти цилиндры, пружины и противовесы обладали могучей силой. Двери захлопывались с такою же стремительностью, как дверцы мышеловок. От работы механизмов дрожал весь дом. Старухи с печальным писком спасались от набрасывавшихся на них дверей, но убежать удавалось не всегда. Двери настигали беглянок и толкали их в спину, а сверху с глухим карканьем уже спускался противовес, пролетая мимо виска, как ядро.

Когда Бендер с завхозом проходили по дому, двери салютовали страшными ударами.

За всем этим крепостным великолепием ничего не скрывалось — стула не было. В поисках пожарной опасности инспектор попал в кухню. Там, в большом бельевом котле, варилась каша, запах которой великий комбинатор учуял еще в вестибюле. Остап покрутил носом и сказал:

— Это что, на машинном масле?

— Ей-богу, на чистом сливочном! — сказал Альхен, краснея до слез. — Мы на ферме покупаем.

Ему было очень стыдно.

— Впрочем, это пожарной опасности не представляет, — заметил Остап.

В кухне стула тоже не было. Была только табуретка, на которой сидел повар в переднике и колпаке из туальденора.

— Почему это у вас все наряды серого цвета, да и кисейка такая, что ею только окна вытирать?

Застенчивый Альхен потупился еще больше.

— Кредитов отпускают в недостаточном количестве.

Он был противен самому себе.

Остап сомнительно посмотрел на него и сказал:

— К пожарной охране, которую я в настоящий момент представляю, это не относится.

Альхен испугался.

— Против пожара, — заявил он, — у нас все меры приняты. Есть даже пеногон-огнетушитель «Эклер».

Инспектор, заглядывая по дороге в чуланчики, неохотно проследовал к огнетушителю. Красный жестяной конус, хотя и являлся единственным в доме предметом, имеющим отношение к пожарной охране, вызвал в инспекторе особое раздражение.

— На толкучке покупали?

И, не дождавшись ответа как громом пораженного Александра Яковлевича, снял «Эклер» со ржавого гвоздя, без предупреждения разбил капсулю и быстро повернул конус кверху. Но вместо ожидаемой пенной струи конус выбросил из себя тонкое шипение, напоминавшее старинную мелодию «Коль славен наш господь в Сионе».

— Конечно, на толкучке, — подтвердил Остап свое первоначальное мнение и повесил продолжавший петь огнетушитель на прежнее место.

Провожаемые шипением, они пошли дальше.

«Где он может быть? — думал Остап. — Это мне начинает не нравиться». И он решил не покидать туальденорового чертога до тех пор, пока не узнает все.

За то время, покуда инспектор и завхоз лазали по чердакам, входя во все детали противопожарной охраны и расположения дымоходов, 2-й дом Старсобеса жил обыденной своей жизнью.

Обед был готов. Запах подгоревшей каши заметно усилился и перебил все остальные кислые запахи, обитавшие в доме. В коридорах зашелестело. Старухи, неся впереди себя в обеих руках жестяные мисочки с кашей, осторожно выходили из кухни и садились обедать за общий стол, стараясь не глядеть на развешанные в столовой лозунги, сочиненные лично Александром Яковлевичем и художественно выполненные Александрой Яковлевной. Лозунги были такие:

«ПИЩА — ИСТОЧНИК ЗДОРОВЬЯ»

«ОДНО ЯЙЦО СОДЕРЖИТ СТОЛЬКО ЖЕ ЖИРОВ, СКОЛЬКО 1/2 ФУНТА МЯСА»

«ТЩАТЕЛЬНО ПЕРЕЖЕВЫВАЯ ПИЩУ, ТЫ ПОМОГАЕШЬ ОБЩЕСТВУ»

и

«МЯСО — ВРЕДНО»

Все эти святые слова будили в старухах воспоминания об исчезнувших еще до революции зубах, о яйцах, пропавших приблизительно в ту же пору, о мясе, уступающем в смысле жиров яйцам, а может быть, и об обществе, которому они были лишены возможности помогать, тщательно пережевывая пищу.

Кроме старух, за столом сидели Исидор Яковлевич, Афанасий Яковлевич, Кирилл Яковлевич, Олег Яковлевич и Паша Эмильевич. Ни возрастом, ни полом эти молодые люди не гармонировали с задачами социального обеспечения, зато четыре Яковлевича были юными братьями Альхена, а Паша Эмильевич — двоюродным племянником Александры Яковлевны. Молодые люди, самым старшим из которых был тридцатидвухлетний Паша Эмильевич, не считали свою жизнь в доме собеса чем-либо ненормальным. Они жили в доме на старушечьих правах, у них тоже были казенные постели с одеялами, на которых было написано «Ноги», облачены они были, как и старухи, в мышиный туальденор, но благодаря молодости и силе они питались лучше воспитанниц. Они крали в доме все, что не успевал украсть Альхен. Паша Эмильевич мог слопать в один присест два килограмма тюльки, что он однажды и сделал, оставив весь дом без обеда.

Не успели старухи основательно распробовать кашу, как Яковлевичи вместе с Эмильевичем, проглотив свои порции и отрыгиваясь, встали из-за стола и пошли в кухню на поиски чего-либо удобоваримого.

Обед продолжался. Старушки загомонили:

— Сейчас нажрутся, станут песни орать!

— А Паша Эмильевич сегодня утром стул из красного уголка продал. С черного хода вынес перекупщику.

— Посмотрите, пьяный сегодня придет...

В эту минуту разговор воспитанниц был прерван трубным сморканьем, заглушившим даже все продолжающееся пение огнетушителя, и коровий голос начал:

— ...бретение...

Старухи, пригнувшись и не оборачиваясь на стоявший в углу на мытом паркете громкоговоритель, продолжали есть, надеясь, что их минет чаша сия. Но громкоговоритель бодро продолжал:

— Евокрррахххх видусоб... ценное изобретение. Дорожный мастер Мурманской железной дороги товарищ Сокуцкий, — Самара, Орел, Клеопатра, Устинья, Царицын, Клементий, Ифигения, Йорк, — Сокуц-кий...

Труба с хрипом втянула в себя воздух и насморочным голосом возобновила передачу:

— ...изобрел световую сигнализацию на снегоочистителях. Изобретение одобрено Доризулом, — Дарья, Онега, Раймонд...

Старушки серыми утицами поплыли в свои комнаты. Труба, подпрыгивая от собственной мощи, продолжала бушевать в пустой комнате:

— ...А теперь прослушайте новгородские частушки...

Далеко-далеко, в самом центре земли, кто-то тронул балалаечные струны, и черноземный Баттистини запел:

> На стене клопы сидели
> И на солнце щурились,
> Фининспектора узрели —
> Сразу окочурились...

В центре земли эти частушки вызвали бурную деятельность. В трубе послышался страшный рокот. Не то это были громовые аплодисменты, не то начали работать подземные вулканы.

Между тем помрачневший инспектор пожарной охраны спустился задом по чердачной лестнице и, снова очутившись в кухне, увидел пятерых граждан, которые прямо руками выкапывали из бочки кислую капусту и обжирались ею. Ели они в молчании. Один только Паша Эмильевич по-гурмански крутил головой и, снимая с усов капустные водоросли, с трудом говорил:

— Такую капусту грешно есть помимо водки.
— Новая партия старушек? — спросил Остап.
— Это сироты, — ответил Альхен, выжимая плечом инспектора из кухни и исподволь грозя сиротам кулаком.
— Дети Поволжья?

Альхен замялся.
— Тяжелое наследие царского режима?

Альхен развел руками: мол, ничего не поделаешь, раз такое наследие.

— Совместное воспитание обоих полов по комплексному методу?

Застенчивый Александр Яковлевич тут же, без промедления, пригласил пожарного инспектора отобедать чем бог послал.

В этот день бог послал Александру Яковлевичу на обед бутылку зубровки, домашние грибки, форшмак из селедки, украинский борщ с мясом первого сорта, курицу с рисом и компот из сушеных яблок.

— Сашхен,— сказал Александр Яковлевич,— познакомься с товарищем из губпожара.

Остап артистически раскланялся с хозяйкой дома и объявил ей такой длиннющий и двусмысленный комплимент, что даже не смог довести его до конца. Сашхен — рослая дама, миловидность которой была несколько обезображена николаевскими полубакенбардами, тихо засмеялась и выпила с мужчинами.

— Пью за ваше коммунальное хозяйство! — воскликнул Остап.

Обед прошел весело, и только за компотом Остап вспомнил о цели своего посещения.

— Отчего,— спросил он,— в вашем кефирном заведении такой скудный инвентарь?

— Как же,— заволновался Альхен,— а фисгармония?

— Знаю, знаю, вокс гуманум. Но посидеть у вас со вкусом абсолютно не на чем. Одни садовые лоханки.

— В красном уголке есть стул,— обиделся Альхен,— английский стул. Говорят, еще от старой обстановки остался.

— А я, кстати, не видел вашего красного уголка. Как он в смысле пожарной охраны? Не подкачает? Придется посмотреть.

— Милости просим.

Остап поблагодарил хозяйку за обед и тронулся.

В красном уголке примусов не разводили, временных печей не было, дымоходы были в исправности и прочищались регулярно, но стула, к непомерному удивлению Альхена, не было. Бросились искать стул. Заглядывали под кровати и под скамейки, отодвинули для чего-то фисгармонию; допытывались у старушек, которые опасливо поглядывали на Пашу Эмильевича, но стула так и не нашли. Паша Эмильевич проявил в розыске стула большое усердие. Все уже успокоились, а Паша Эмильевич все еще бродил по комнатам, заглядывал под графины, передвигал чайные жестяные кружки и бормотал:

— Где же он может быть? Сегодня он был, я видел его собственными глазами! Смешно даже.

— Грустно, девицы, — ледяным голосом сказал Остап.

— Это просто смешно! — нагло повторял Паша Эмильевич.

Но тут певший все время пеногон-огнетушитель «Эклер» взял самое верхнее фа, на что способна одна лишь народная артистка республики Нежданова, смолк на секунду и с криком выпустил первую пенную струю, заливную потолок и сбившую с головы повара туальденоровый колпак. За первой струей пеногон-огнетушитель выпустил вторую струю туальденорового цвета, повалившую несовершеннолетнего Исидора Яковлевича. После этого работа «Эклера» стала бесперебойной.

К месту происшествия ринулись Паша Эмильевич, Альхен и все уцелевшие Яковлевичи.

— Чистая работа! — сказал Остап. — Идиотская выдумка!

Старухи, оставшись с Остапом наедине, без начальства, сейчас же стали заявлять претензии:

— Брательников в доме поселил. Обжираются.
— Поросят молоком кормит, а нам кашу сует.
— Все из дому повыносил.
— Спокойно, девицы, — сказал Остап, отступая, — это к вам из инспекции труда придут. Меня сенат не уполномочил.

Старухи не слушали.

— А Пашка-то Мелентьевич, этот стул он сегодня унес и продал. Сама видела.

— Кому? — закричал Остап.

— Продал — и все. Мое одеяло продать хотел.

В коридоре шла ожесточенная борьба с огнетушителем. Наконец человеческий гений победил, и пеногон, растоптанный железными ногами Паши Эмильевича, выпустил последнюю вялую струю и затих навсегда.

Старух послали мыть пол. Инспектор пожарной охраны пригнул голову и, слегка покачивая бедрами, подошел к Паше Эмильевичу.

— Один мой знакомый, — сказал Остап веско, — тоже продавал государственную мебель. Теперь он пошел в монахи — сидит в допре.

— Мне ваши беспочвенные обвинения странны, — заметил Паша Эмильевич, от которого шел сильный запах пенных струй.

— Ты кому продал стул? — спросил Остап позванивающим шепотом.

Здесь Паша Эмильевич, обладавший сверхъестественным чутьем, понял, что сейчас его будут бить, может быть даже ногами.

— Перекупщику, — ответил он.

— Адрес?

— Я его первый раз в жизни видел.

— Первый раз в жизни?

— Ей-богу.

— Набил бы я тебе рыло, — мечтательно сообщил Остап, — только Заратустра не позволяет. Ну, пошел к чертовой матери.

Паша Эмильевич искательно улыбнулся и стал отходить.

— Ну ты, жертва аборта, — высокомерно сказал Остап, — отдай концы, не отчаливай. Перекупщик что, блондин, брюнет?

Паша Эмильевич стал подробно объяснять. Остап внимательно его выслушал и окончил интервью словами:

— Это, безусловно, к пожарной охране не относится.

В коридоре к уходящему Бендеру подошел застенчивый Альхен и дал ему червонец.

— Это сто четырнадцатая статья Уголовного кодекса, — сказал Остап, — дача взятки должностному лицу при исполнении служебных обязанностей.

Но деньги взял и, не попрощавшись с Александром Яковлевичем, направился к выходу. Дверь, снабженная могучим прибором, с натугой растворилась и дала Остапу под зад толчок в полторы тонны весом.

— Удар состоялся, — сказал Остап, потирая ушибленное место, — заседание продолжается!

Глава IX
ГДЕ ВАШИ ЛОКОНЫ?

В то время как Остап осматривал 2-й дом Старсобеса, Ипполит Матвеевич, выйдя из дворницкой и чувствуя холод в бритой голове, двинулся по улицам родного города.

По мостовой бежала светлая весенняя вода. Стоял непрерывный треск и цокот от падающих с крыш брильянтовых капель. Воробьи охотились за навозом. Солнце сидело на всех крышах. Золотые битюги нарочито громко гремели копытами по обнаженной мостовой и, склонив уши долу, с удовольствием прислушивались к собственному стуку. На сырых телеграфных столбах ежились мокрые объявления с расплывшимися буквами: «Обучаю игре на гитаре по цифровой системе» и «Даю уроки обществоведения для готовящихся в народную консерваторию». Взвод красноармейцев в зимних шлемах пересекал лужу, начинавшуюся у магазина Старгико и тянувшуюся вплоть до здания губплана, фронтон которого был увенчан гипсовыми тиграми, победами и кобрами.

Ипполит Матвеевич шел, с интересом посматривая на встречных и поперечных прохожих. Он, который прожил в России всю жизнь и революцию, видел, как ломался, перелицовывался и менялся быт. Он привык к этому, но оказалось, что привык он только в одной точке земного шара — в уездном городе N. Приехав в родной город, он увидел, что ничего не понимает. Ему было неловко и странно, как если бы он и впрямь был эмигрантом и сейчас только приехал из Парижа. В прежнее время, проезжая по городу в экипаже, он обязательно встречал знакомых или же известных ему с лица людей. Сейчас он прошел уже четыре квартала по улице Ленских событий, но знакомые не встречались. Они исчезли, а может быть, постарели так, что их нельзя было узнать, а может быть, сделались неузнаваемыми, потому что носили другую одежду, другие шляпы. Может быть, они переменили походку. Во всяком случае, их не было.

Ипполит Матвеевич шел бледный, холодный, потерянный. Он совсем забыл, что ему нужно разыскивать жилотдел. Он переходил с тротуара на тротуар и сворачивал в переулки, где распустившиеся битюги совсем уже нарочно стучали копытами. В переулках было больше зимы и кое-где попадался загнивший лед. Весь город был другого цвета. Синие дома стали зелеными, желтые — серыми, с каланчи исчезли бомбы, по ней не ходил больше пожарный, и на улицах было гораздо шумнее, чем это помнилось Ипполиту Матвеевичу.

На Большой Пушкинской Ипполита Матвеевича удивили никогда не виданные им в Старгороде рельсы и трамвайные столбы с проводами. Ипполит Матвеевич не читал газет и не знал, что к Первому мая в Старгороде собираются открыть две трамвайные линии: Вокзальную и Привозную. То Ипполиту Матвеевичу казалось, что он никогда не покидал Старгорода, то Старгород представлялся ему местом совершенно незнакомым.

В таких мыслях он дошел до улицы Маркса и Энгельса. В этом месте к нему вернулось детское ощущение, что вот сейчас из-за угла двухэтажного дома с длинным балконом обязательно должен выйти знакомый. Ипполит Матвеевич даже приостановился в ожидании. Но знакомый не вышел. Сначала из-за угла показался стекольщик с ящиком бемского стекла и буханкой замазки медного цвета. Выдвинулся из-за угла франт в замшевой кепке с кожаным желтым козырьком. За ним выбежали дети, школьники первой ступени, с книжками в ремешках.

Вдруг Ипполит Матвеевич почувствовал жар в ладонях и прохладу в животе. Прямо на него шел незнакомый гражданин с добрым лицом, держа на весу, как виолончель, стул. Ипполит Матвеевич, которым неожиданно овладела икота, всмотрелся и сразу узнал свой стул.

Да! Это был гамбсовский стул, обитый потемневшим в революционных бурях английским ситцем в цветочках, это был ореховый стул с гнутыми ножками. Ипполит Матвеевич почувствовал себя так, как будто бы ему выпалили в ухо.

— **Точить ножи, ножницы, бритвы править!** — закричал вблизи баритональный бас.

И сейчас же донеслось тонкое эхо:

— Паять, пачинять!..

— Московская гайзета «Звестие», журнал «Смехач», «Красная нива»!..

Где-то наверху со звоном высадили стекло. Потрясая город, проехал грузовик Мельстроя. Засвистел милиционер. Жизнь кипела и переливалась через край. Времени терять было нечего.

Ипполит Матвеевич леопардовым скоком приблизился к возмутительному незнакомцу и молча дернул стул к себе. Незнакомец дернул стул обратно. Тогда

Ипполит Матвеевич, держась левой рукой за ножку, стал с силой отрывать толстые пальцы незнакомца от стула.

— Грабят,— шепотом сказал незнакомец, еще крепче держась за стул.

— Позвольте, позвольте,— лепетал Ипполит Матвеевич, продолжая отклеивать пальцы незнакомца.

Стала собираться толпа. Человека три уже стояло поблизости, с живейшим интересом следя за развитием конфликта.

Тогда оба опасливо оглянулись и, не глядя друг на друга, но не выпуская стула из цепких рук, быстро пошли вперед, как будто бы ничего и не было.

«Что же это такое?» — отчаянно думал Ипполит Матвеевич.

Что думал незнакомец, нельзя было понять, но походка у него была самая решительная.

Они шли все быстрее и, завидя в глухом переулке пустырь, засыпанный щебнем и строительными материалами, как по команде, повернули туда. Здесь силы Ипполита Матвеевича учетверились.

— Позвольте же! — закричал он, не стесняясь.

— Ка-ра-ул! — еле слышно воскликнул незнакомец.

И так как руки у обоих были заняты стулом, они стали пинать друг друга ногами. Сапоги незнакомца были с подковами, и Ипполиту Матвеевичу сначала пришлось довольно плохо. Но он быстро приспособился и, прыгая то направо, то налево, как будто танцевал краковяк, увертывался от ударов противника и старался поразить врага в живот. В живот ему попасть не удалось, потому что мешал стул, но зато он угодил в коленную чашечку противника, после чего тот смог лягаться только левой ногой.

— О господи! — зашептал незнакомец.

И тут Ипполит Матвеевич увидел, что незнакомец, возмутительнейшим образом похитивший его стул, не кто иной, как священник церкви Фрола и Лавра — отец Федор Востриков.

Ипполит Матвеевич опешил.

— Батюшка! — воскликнул он, в удивлении снимая руки со стула. Отец Востриков полиловел и разжал наконец пальцы. Стул, никем не поддерживаемый, свалился на битый кирпич.

— Где же ваши усы, уважаемый Ипполит Матвеевич? — с наивозможной язвительностью спросила духовная особа.

— А ваши локоны где? У вас ведь были локоны?

Невыносимое презрение слышалось в словах Ипполита Матвеевича. Он окатил отца Федора взглядом необыкновенного благородства и, взяв под мышку стул, повернулся, чтобы уйти. Но отец Федор, уже оправившийся от смущения, не дал Воробьянинову такой легкой победы. С криком: «Нет, прошу вас» — он снова ухватился за стул. Была восстановлена первая позиция. Противники стояли, вцепившись в ножки, как коты или боксеры, мерили друг друга взглядами, похаживая из стороны в сторону.

Хватающая за сердце пауза длилась целую минуту.

— Так это вы, святой отец, — проскрежетал Ипполит Матвеевич, — охотитесь за моим имуществом?

С этими словами Ипполит Матвеевич лягнул святого отца ногой в бедро.

Отец Федор изловчился и злобно пнул предводителя в пах так, что тот согнулся.

— Это не ваше имущество.
— А чье же?
— Не ваше.
— А чье же?
— Не ваше, не ваше.
— А чье же, чье?
— Не ваше.

Шипя так, они неистово лягались.

— А чье же это имущество? — возопил предводитель, погружая ногу в живот святого отца.

Преодолевая боль, святой отец твердо сказал:

— Это национализированное имущество.

— Национализированное?

— Да-с, да-с, национализированное.

Говорили они с такой необыкновенной быстротой, что слова сливались.

— Кем национализировано?

— Советской властью! Советской властью!

— Какой властью?

— Властью трудящихся.

— А-а-а!.. — сказал Ипполит Матвеевич, леденея. — Властью рабочих и крестьян?

— Да-а-а-с!

— М-м-м!.. Так, может быть, вы, святой отец, партийный?

— М-может быть!

Тут Ипполит Матвеевич не выдержал и с воплем «может быть?» смачно плюнул в доброе лицо отца Федора. Отец Федор немедленно плюнул в лицо Ипполита Матвеевича и тоже попал. Стереть слюну было нечем: руки были заняты стулом. Ипполит Матвеевич издал звук открываемой двери и изо всей мочи толкнул врага стулом. Враг упал, увлекая за собой задыхающегося Воробьянинова. Борьба продолжалась в партере.

Вдруг раздался треск, отломились сразу обе передние ножки. Забыв друг о друге, противники принялись терзать ореховое кладохранилище. С печальным криком чайки разодрался английский ситец в цветочках. Спинка отлетела, отброшенная могучим порывом. Кладоискатели рванули рогожу вместе с медными пуговичками и, ранясь о пружины, погрузили пальцы в шерстяную набивку. Потревоженные пружины пели. Через пять минут стул был обглодан.

От него остались рожки да ножки. Во все стороны катились пружины. Ветер носил гнилую шерсть по пустырю. Гнутые ножки лежали в яме. Брильянтов не было.

— Ну что, нашли? — спросил Ипполит Матвеевич, задыхаясь.

Отец Федор, весь покрытый клочками шерсти, отдувался и молчал.

— Вы аферист! — крикнул Ипполит Матвеевич. — Я вам морду побью, отец Федор!

— Руки коротки, — ответил батюшка.

— Куда же вы пойдете весь в пуху?

— А вам какое дело?

— Стыдно, батюшка! Вы просто — вор!

— Я у вас ничего не украл!

— Как же вы узнали об этом? Использовали в своих интересах тайну исповеди? Очень хорошо! Очень красиво!

Ипполит Матвеевич с негодующим «пфуй» покинул пустырь и, чистя на ходу рукава пальто, направился домой. На углу улицы Ленских Событий и Ерофеевского переулка Воробьянинов увидел своего компаньона. Технический директор и главный руководитель концессии стоял вполоборота, приподняв левую ногу, — ему чистили замшевый верх ботинок канареечным кремом. Ипполит Матвеевич подбежал к нему. Директор беззаботно мурлыкал «Шимми»:

> Раньше это делали верблюды,
> Раньше так плясали ба-та-ку-ды,
> А теперь уже танцует шимми це-лый мир...

— Ну, как жилотдел? — спросил он деловито и сейчас же добавил: — Подождите, не рассказывайте, вы слишком взволнованы, прохладитесь.

Выдав чистильщику семь копеек, Остап взял Воробьянинова под руку и повлек его по улице. Все, что рассказал взволнованный Ипполит Матвеевич, Остап выслушал с большим вниманием.

— Ага! Небольшая черная бородка? Правильно! Пальто с барашковым воротником? Понимаю. Это стул из богадельни. Куплен сегодня утром за три рубля.

— Да вы погодите...

И Ипполит Матвеевич сообщил главному концессионеру обо всех подлостях отца Федора.

Остап омрачился.

— Кислое дело, — сказал он, — пещера Лейхтвейса. Таинственный соперник. Его нужно опередить, а морду ему мы всегда успеем пощупать.

Пока друзья закусывали в пивной «Стенька Разин» и Остап разузнавал, в каком доме находился раньше жилотдел и какое учреждение находится в нем теперь, день кончился.

Золотые битюги снова стали коричневыми. Брильянтовые капли холодели на лету и плюхались оземь. В пивных и ресторане «Феникс» пиво поднялось в цене: наступил вечер. На Большой Пушкинской зажглись электрические лампы, и, возвращаясь домой с первой весенней прогулки, с барабанным топаньем прошел отряд пионеров.

Тигры, победы и кобры губплана таинственно светились под входящей в город луной.

Идя домой с замолчавшим вдруг Остапом, Ипполит Матвеевич посмотрел на губплановских тигров и кобр. В его время здесь помещалась губернская земская управа, и граждане очень гордились кобрами, считая их старгородской достопримечательностью.

«Найду», — подумал Ипполит Матвеевич, вглядываясь в гипсовую победу.

Тигры ласково размахивали хвостами, кобры радостно сокращались, и душа Ипполита Матвеевича наполнилась уверенностью.

Глава X
СЛЕСАРЬ, ПОПУГАЙ И ГАДАЛКА

Дом № 7 по Перелешинскому переулку не принадлежал к лучшим зданиям Старгорода. Два его этажа, построенные в стиле Второй империи, были украшены побитыми львиными мордами, необыкновенно похожими на лицо известного в свое время писателя Арцыбашева. Арцыбашевских ликов было ровно восемь, по числу окон, выходящих в переулок. Помещались эти львиные хари в оконных ключах.

Были на доме еще два украшения, но уже чисто коммерческого характера. С одной стороны висела лазурная вывеска:

> ОДЕССКАЯ
> БУБЛИЧНАЯ АРТЕЛЬ
> *МОСКОВСКИЕ БАРАНКИ*

На вывеске был изображен молодой человек в галстуке и коротких французских брюках. Он держал в одной вывернутой руке сказочный рог изобилия, из которого лавиной валили охряные московские баранки, выдававшиеся по нужде и за одесские бублики. При этом молодой человек сладострастно улыбался. С другой стороны упаковочная контора «Быстроупак» извещала о себе уважаемых граждан-заказчиков черной вывеской с круглыми золотыми буквами.

Несмотря на ощутительную разницу в вывесках и величине оборотного капитала, оба эти разнородные предприятия занимались одним и тем же делом: спекулировали мануфактурой всех видов — грубошерстной, тонкошерстной, хлопчатобумажной, а если попадался шелк хороших цветов и рисунков, то и шелком.

Пройдя ворота, залитые туннельным мраком и водой, и свернув направо, во двор с цементным колодцем, можно было увидеть две двери без крылец, выходящие прямо на острые камни двора. Дощечка тусклой меди с вырезанной на ней писанными буквами фамилией помещалась на правой двери:

> В. М. ПОЛЕСОВ

Левая была снабжена беленькой жестянкой:

> МОДЫ И ШЛЯПЫ

Это тоже была одна видимость.

Внутри модной и шляпной мастерской не было ни спартри, ни отделки, ни безголовых манекенов с офицерской выправкой, ни головатых болванок для изящных дамских шляп. Вместо всей этой мишуры в трехкомнатной квартире жил непорочно белый попугай в красных подштанниках. Попугая одолевали блохи, но пожаловаться он никому не мог, потому что не говорил человеческим голосом. По целым дням попугай грыз семечки и сплевывал шелуху на ковер сквозь прутья башенной клетки. Ему не хватало только гармоники и новых свистящих калош, чтобы походить на подгулявшего кустаря-одиночку. На окнах колыхались темные коричневые занавеси с блямбами. В квартире преобладали темно-коричневые тона. Над пианино висела репродукция с картины Беклина «Остров мертвых» в раме фантази темно-зеленого полированного дуба, под стеклом. Один угол стекла давно вылетел, и обнаженная часть картины была так отделана мухами, что совершенно сливалась с рамой. Что творилось в этой части острова мертвых — узнать было уже невозможно.

В спальне на кровати сидела сама хозяйка и, опираясь локтями на восьмиугольный столик, покрытый нечистой скатертью ришелье, раскладывала карты. Перед нею сидела вдова Грицацуева в пушистой шали.

— Должна вас предупредить, девушка, что я за сеанс меньше пятидесяти копеек не беру, — сказала хозяйка.

Вдова, не знавшая преград в стремлении отыскать нового мужа, согласилась платить установленную цену.

— Только вы, пожалуйста, и будущее, — жалобно попросила она.

— Вас надо гадать на даму треф.

Вдова возразила:

— Я всегда была червонная дама.

Хозяйка равнодушно согласилась и начала комбинировать карты. Черновое определение вдовьей судьбы было дано уже через несколько минут. Вдову ждали большие и мелкие неприятности, а на сердце у нее лежал трефовый король, с которым дружила бубновая дама.

Набело гадали по руке. Линии руки вдовы Грицацуевой были чисты, мощны и безукоризненны. Линия жизни простиралась так далеко, что конец ее заехал в пульс, и, если линия говорила правду, вдова должна была бы дожить до Страшного суда. Линии ума и искусства давали право надеяться, что вдова бросит торговлю бакалеей и подарит человечеству непревзойденные шедевры в какой угодно области искусства, науки или обществоведения. Бугры Венеры у вдовы походили на маньчжурские сопки и обнаруживали чудесные запасы любви и нежности.

Все это гадалка объяснила вдове, употребляя слова и термины, принятые в среде графологов, хиромантов и лошадиных барышников.

— Вот спасибо вам, мадамочка, — сказала вдова, — уж я теперь знаю, кто трефовый король. И бубновая дама мне тоже очень известна. А король-то марьяжный?

— Марьяжный, девушка.

Окрыленная вдова зашагала домой. А гадалка, сбросив карты в ящик, зевнула, показав пасть пятидесятилетней женщины, и пошла в кухню. Там она повозилась с обедом, гревшимся на керосинке «Грец», по-кухарочьи вытерла руки о передник, взяла ведро с отколовшейся местами эмалью и вышла во двор за водой.

Она шла по двору, тяжело передвигаясь на плоских ступнях. Ее полуразвалившийся бюст вяло прыгал в перекрашенной кофточке. На голове рос веничек седеющих волос. Она была старухой, была грязновата, смотрела на всех подозрительно и любила сладкое. Если бы Ипполит Матвеевич увидел ее сейчас, то никогда не узнал бы Елены Боур, старой своей возлюбленной, о которой секретарь суда когда-то сказал стихами, что она «к поцелуям зовущая, вся такая воздушная». У колодца мадам Боур была приветствована соседом Виктором Михайловичем Полесовым, слесарем-интеллигентом, который набирал воду в бидон из-под бензина. У Полесова было лицо оперного дьявола, которого тщательно мазали сажей, перед тем как выпустить на сцену.

Обменявшись приветствиями, соседи заговорили о деле, занимавшем весь Старгород.

— До чего дожились, — иронически сказал Полесов, — вчера весь город обегал, плашек три восьмых дюйма достать не мог. Нету. Нет! А трамвай собираются пускать.

Елена Станиславовна, имевшая о плашках в три восьмых дюйма такое же представление, какое имеет о сельском хозяйстве слушательница хореографических курсов имени Леонардо да Винчи, предполагающая, что творог добывается из вареников, все же посочувствовала:

— Какие теперь магазины! Теперь только очереди, а магазинов нет. И названия у этих магазинов самые ужасные. Старгико!..

— Нет, знаете, Елена Станиславовна, это еще что! У них четыре мотора «Всеобщей Электрической Компании» остались. Ну, эти кое-как пойдут, хотя кузова та-акой хлам!.. Стекла не на резинах. Я сам видел. Дребезжать все будет... Мрак! А остальные моторы — харьковская работа. Сплошной госпромцветмет. Версты не протянут. Я на них смотрел...

Слесарь раздраженно замолк. Его черное лицо блестело на солнце. Белки глаз были желтоваты. Среди кустарей с мотором, которыми изобиловал Старгород, Виктор Михайлович Полесов был самым непроворным и чаще других попадавшим впросак. Причиной этого служила его чрезмерно кипучая натура. Это был кипучий лентяй. Он постоянно пенился. В собственной его мастерской, помещавшейся во втором дворе дома № 7 по Перелешинскому переулку, застать его было невозможно. Потухший переносный горн сиротливо стоял посреди каменного сарая, по углам которого были навалены проколотые камеры, рваные протекторы «Треугольник», рыжие замки — такие огромные, что ими можно было запирать города, — мягкие баки для горючего с надписями «Indian» и «Wanderer», детская рессорная колясочка, навеки заглохшая динамка, гнилые сыромятные ремни, промасленная пакля, стертая наждачная бумага, австрийский штык и множество рваной, гнутой и давленой дряни. Заказчики не находили Виктора Михайловича. Виктор Михайлович уже где-то распоряжался. Ему было не до работы. Он не мог спокойно видеть въезжающего в свой или чужой двор ломовика с кладью. Полесов сейчас же выходил во двор и, сложив руки за спиной, презрительно наблюдал за действиями возчика. Наконец сердце его не выдерживало.

— Кто же так заезжает? — кричал он, ужасаясь. — Заворачивай!

Испуганный возчик заворачивал.

— Куда же ты заворачиваешь, морда? — страдал Виктор Михайлович, налетая на лошадь. — Надавали бы тебе в старое время пощечин, тогда бы заворачивал.

Покомандовавши так с полчаса, Полесов собирался было уже возвратиться в мастерскую, где ждал его непочиненный велосипедный насос, но тут спокойная жизнь города обычно вновь нарушалась каким-нибудь недоразумением. То на улице сцеплялись осями телеги, и Виктор Михайлович указывал, как лучше всего и быстрее их расцепить, то меняли телеграфный столб, и Полесов проверял его перпендикулярность к земле собственным, специально вынесенным из мастерской отвесом; то, наконец, проезжал пожарный обоз, и Полесов, взволнованный звуками трубы и испепеляемый огнем беспокойства, бежал за колесницами.

Однако временами Виктора Михайловича настигала стихия реального действия. На несколько дней он скрывался в мастерскую и молча работал. Дети свободно бегали по двору и кричали что хотели, ломовики описывали во дворе какие угодно кривые, телеги на улице вообще переставали сцепляться, и пожарные колесницы и катафалки в одиночестве катили на пожар — Виктор Михайлович работал. Однажды, после одного такого запоя, он вывел во двор, как барана за рога, мотоцикл, составленный из кусочков автомобилей, огнетушителей, велосипедов и пишущих машинок. Мотор в полторы силы был вандереровский, колеса давидсоновские, а другие существенные части уже давно потеряли фирму. С седла свисал на шпагатике картонный плакат «Проба». Собралась толпа. Не глядя ни на кого, Виктор Михайлович закрутил рукой педаль. Искры не было минут десять. Затем раздалось железное чавканье, прибор задрожал и окутался грязным дымом. Виктор Михайлович кинулся в седло, и мотоцикл, забрав безумную скорость, вынес его через туннель на середину мостовой и сразу остановился, словно срезанный пулей. Виктор Михайлович собрался было уже слезть и обревизовать свою загадочную машину, но она дала вдруг задний ход и, пронеся своего создателя через тот же туннель, остановилась на месте отправления — посреди двора, ворчливо ахнула и взорвалась. Виктор Михайлович уцелел чудом и из обломков мотоцикла в следующий запойный период устроил стационарный двигатель, который был очень похож на настоящий, но не работал.

Венцом академической деятельности слесаря-интеллигента была эпопея с воротами соседнего дома № 5. Жилтоварищество этого дома заключило с Виктором Михайловичем договор, по которому Полесов обязывался привести железные ворота дома в полный порядок и выкрасить их в какой-нибудь экономический цвет, по своему усмотрению. С другой стороны, жилтоварищество обязывалось уплатить В. М. Полесову, по приеме работы специальной комиссией, двадцать один рубль семьдесят пять копеек. Гербовые марки были отнесены за счет исполнителя работы.

Виктор Михайлович утащил ворота, как Самсон. В мастерской он с энтузиазмом взялся за работу. Два дня ушло на расклепку ворот. Они были разобраны на составные части. Чугунные завитушки лежали в детской колясочке; железные штанги и копья были сложены под верстак. Еще несколько дней пошло на осмотр повреждений. А потом в городе произошла большая неприятность: на Дровяной лопнула магистральная водопроводная труба, и Виктор Михайлович остаток недели провел на месте аварии, иронически улыбаясь, крича на рабочих и поминутно заглядывая в провал.

Когда организаторский пыл Виктора Михайловича несколько утих, он снова подступил к воротам, но было поздно: дворовые дети уже играли чугунными завитушками и копьями ворот дома № 5. Увидев разгневанного слесаря, дети в испуге побросали цацки и убежали. Половины завитушек не хватало, и найти их не удалось. После этого Виктор Михайлович совершенно охладел к воротам.

А в доме № 5, раскрытом настежь, происходили ужасные события. С чердаков крали мокрое белье и однажды вечером унесли даже закипающий во дворе самовар. Виктор Михайлович лично принимал участие в погоне за вором, но вор, хотя и нес в вытянутых вперед руках кипящий самовар, из жестяной трубы которого било пламя, бежал очень резво и, оборачиваясь назад, хулил держащегося впереди всех Виктора Михайловича нечистыми словами. Но больше всех пострадал дворник дома № 5. Он потерял еженощный заработок: ворот не было, нечего было открывать, и загулявшим жильцам не за что было отдавать свои гривенники. Сперва дворник приходил справляться, скоро ли будут собраны ворота, потом молил Христом-богом, а под конец стал произносить неопределенные угрозы. Жилтоварищество посылало Виктору Михайловичу письменные напоминания. Дело пахло судом. Положение напрягалось все больше и больше.

Стоя у колодца, гадалка и слесарь-энтузиаст продолжали беседу.

— При наличии отсутствия пропитанных шпал, — кричал Виктор Михайлович на весь двор, — это будет не трамвай, а одно горе!

— Когда же все это кончится! — сказала Елена Станиславовна. — Живем как дикари.

— Конца этому нет... Да! Знаете, кого я сегодня видел? Воробьянинова.

Елена Станиславовна прислонилась к колодцу, в изумлении продолжая держать на весу полное ведро с водой.

— Прихожу я в коммунхоз продлить договор на аренду мастерской, иду по коридору. Вдруг подходят ко мне двое. Я смотрю — что-то знакомое. Как будто воробьяниновское лицо. И спрашивают: «Скажите, что здесь за учреждение раньше было в этом здании?» Я говорю, что раньше была здесь женская гимназия, а потом жилотдел. «А вам зачем?» — спрашиваю. А они говорят «спасибо» и пошли дальше. Тут я ясно увидел, что это сам Воробьянинов, только без усов. Откуда ему здесь взяться? И тот, другой, с ним был — красавец-мужчина. Явно бывший офицер. И тут я подумал...

В эту минуту Виктор Михайлович заметил нечто неприятное. Прервав речь, он схватил свой бидон и быстро спрятался за мусорный ящик. Во двор медленно вошел дворник дома № 5, остановился подле колодца и стал озирать дворовые постройки. Не заметив нигде Виктора Михайловича, он загрустил.

— Витьки-слесаря опять нету? — спросил он у Елены Станиславовны.

— Ах, ничего я не знаю, — сказала гадалка, — ничего я не знаю.

И в необыкновенном волнении, выплескивая воду из ведра, торопливо ушла к себе.

Дворник погладил цементный бок колодца и пошел к мастерской. Через два шага после вывески:

ХОД В СЛЕСАРНУЮ МАСТЕРСКУЮ

красовалась вывеска:

СЛЕСАРНАЯ МАСТЕРСКАЯ
И
ПОЧИНКА ПРИМУСОВ

под которой висел тяжелый замок. Дворник ударил ногой в замок и с ненавистью сказал:

— У, гангрена!

Дворник стоял у мастерской еще минуты три, наливаясь самыми ядовитыми чувствами, потом с грохотом отодрал вывеску, понес ее на середину двора, к колодцу, и, став на нее обеими ногами, начал скандалить.

— Ворюги у вас в доме номер семь живут! — вопил дворник. — Сволота всякая! Гадюка семибатюшная! Среднее образование имеет!.. Я не посмотрю на среднее образование!.. Гангрена проклятая!..

В это время семибатюшная гадюка со средним образованием сидела за мусорным ящиком на бидоне и тосковала.

С треском распахивались рамы, и из окон выглядывали веселые жильцы. С улицы во двор не спеша входили любопытные. При виде аудитории дворник разжегся еще больше.

— Слесарь-механик! — вскрикивал дворник. — Аристократ собачий!

Парламентарные выражения дворник богато перемежал нецензурными словами, которым отдавал предпочтение. Слабое женское сословие, густо облепившее подоконники, очень негодовало на дворника, но от окон не отходило.

— Харю разворочу! — неистовствовал дворник. — Образованный!

Когда скандал был в зените, явился милиционер и молча стал тащить скандалиста в район. Милиционеру помогали молодцы из «Быстроупака».

Дворник покорно обнял милиционера за шею и заплакал.

Опасность миновала.

Тогда из-за мусорного ящика выскочил истомившийся Виктор Михайлович. Аудитория зашумела.

— Хам! — закричал Виктор Михайлович вслед шествию. — Хам! Я тебе покажу! Мерзавец!

Горько рыдавший дворник ничего этого не услышал. Его несли на руках в отделение. Туда же, в качестве вещественного доказательства, потащили вывеску «Слесарная мастерская и починка примусов».

Виктор Михайлович еще долго хорохорился.

— Сукины сыны,— говорил он, обращаясь к зрителям, — возомнили о себе! Хамы!

— Будет вам, Виктор Михайлович! — крикнула из окна Елена Станиславовна. — Зайдите ко мне на минуточку.

Она поставила перед Виктором Михайловичем блюдечко компота и, расхаживая по комнате, принялась расспрашивать.

— Да говорю же вам, что это он, без усов, но он, — по обыкновению, кричал Виктор Михайлович, — ну вот, знаю я его отлично! Воробьянинов, как вылитый!

— Тише вы, господи! Зачем он приехал, как вы думаете?

На черном лице Виктора Михайловича определилась ироническая улыбка.

— Ну а вы как думаете?

Он усмехнулся с еще большей иронией.

— Уж, во всяком случае, не договоры с большевиками подписывать.

— Вы думаете, что он подвергается опасности?

Запасы иронии, накопленные Виктором Михайловичем за десять лет революции, были неистощимы. На лице его заиграли серии улыбок различной силы и скепсиса.

— Кто в Советской России не подвергается опасности, тем более человек в таком положении, как Воробьянинов? Усы, Елена Станиславовна, даром не сбривают.

— Он послан из-за границы? — спросила Елена Станиславовна, чуть не задохнувшись.

— Безусловно, — ответил гениальный слесарь.

— С какой же целью он здесь?

— Не будьте ребенком.

— Все равно. Мне надо его видеть.

— А вы знаете, чем рискуете?

— Ах, все равно! После десяти лет разлуки я не могу не увидеться с Ипполитом Матвеевичем.

Ей и на самом деле показалось, что судьба разлучила их в ту пору, когда они любили друг друга.

— Умоляю вас, найдите его! Узнайте, где он! Вы всюду бываете! Вам будет нетрудно! Передайте, что я хочу его видеть. Слышите?

Попугай в красных подштанниках, дремавший на жердочке, испугался шумного разговора, перевернулся вниз головой и в таком виде замер.

— Елена Станиславовна, — сказал слесарь-механик, приподнимаясь и прижимая руки к груди, — я найду его и свяжусь с ним.

— Может быть, вы хотите еще компоту? — растрогалась гадалка.

Виктор Михайлович съел компот, прочел злобную лекцию о неправильном устройстве попугайской клетки и попрощался с Еленой Станиславовной, порекомендовав ей держать все в строжайшем секрете.

Глава XI
АЛФАВИТ «ЗЕРКАЛО ЖИЗНИ»

На второй день компаньоны убедились, что жить в дворницкой больше неудобно. Бурчал Тихон, совершенно обалдевший после того, как увидел барина сначала черноусым, потом зеленоусым, а под конец и совсем без усов. Спать было не на чем. В дворницкой стоял запах гниющего навоза, распространяемый новыми валенками Тихона. Старые валенки стояли в углу и воздуха тоже не озонировали.

— Считаю вечер воспоминаний закрытым, — сказал Остап, — нужно переезжать в гостиницу.

Ипполит Матвеевич дрогнул.

— Этого нельзя.
— Почему-с?
— Там придется прописаться.
— Паспорт не в порядке?
— Да нет, паспорт в порядке, но в городе мою фамилию хорошо знают. Пойдут толки.

Концессионеры в раздумье помолчали.

— А фамилия Михельсон вам нравится? — неожиданно спросил великолепный Остап.
— Какой Михельсон? Сенатор?
— Нет. Член союза совторгслужащих.
— Я вас не пойму.
— Это от отсутствия технических навыков. Не будьте божьей коровой.

Бендер вынул из зеленого пиджака профсоюзную книжку и передал Ипполиту Матвеевичу.

— Конрад Карлович Михельсон, сорока восьми лет, беспартийный, холост, член союза с тысяча девятьсот двадцать первого года, в высшей степени нравственная личность, мой хороший знакомый, кажется, друг детей... Но вы можете не дружить с детьми: этого от вас милиция не потребует.

Ипполит Матвеевич зарделся.

— Но удобно ли?
— По сравнению с нашей концессией это деяние, хотя и предусмотренное Уголовным кодексом, все же имеет невинный вид детской игры в крысу.

Воробьянинов все-таки запнулся.

— Вы идеалист, Конрад Карлович. Вам еще повезло, а то, вообразите, вам вдруг пришлось бы стать каким-нибудь Папа-Христозопуло или Зловуновым.

Последовало быстрое согласие, и концессионеры, не попрощавшись с Тихоном, выбрались на улицу.

Остановились они в меблированных комнатах «Сорбонна». Остап переполошил весь небольшой штат отельной прислуги. Сначала он обозревал семирублевые номера, но остался недоволен их меблировкой. Убранство пятирублевых номеров понравилось ему больше, но ковры были какие-то облезшие и возмущал запах. В трехрублевых номерах было все хорошо, за исключением картин.

— Я не могу жить в одной комнате с пейзажами,— сказал Остап.

Пришлось поселиться в номере за рубль восемьдесят. Там не было пейзажей, не было ковров, а меблировка была строго выдержана: две кровати и ночной столик.

— Стиль каменного века,— заметил Остап с одобрением.— А доисторические животные в матрацах не водятся?

— Смотря по сезону,— ответил лукавый коридорный,— если, например, губернский съезд какой-нибудь, то, конечно, нету, потому что пассажиров бывает много и перед ними чистка происходит большая. А в прочее время действительно случается, что и набегают. Из соседних номеров «Ливадия».

В тот же день концессионеры побывали в Старкомхозе, где получили все необходимые сведения. Оказалось, что жилотдел был расформирован в 1921 году и что обширный его архив слит с архивом Старкомхоза.

За дело взялся великий комбинатор. К вечеру компаньоны уже знали домашний адрес заведующего архивом Варфоломея Коробейникова, бывшего чиновника канцелярии градоначальства, ныне работника конторского труда.

Остап облачился в гарусный жилет, выбил о спинку кровати пиджак, вытребовал у Ипполита Матвеевича рубль двадцать копеек на представительство и отправился с визитом к архивариусу. Ипполит Матвеевич остался в «Сорбонне» и в волнении стал прохаживаться в ущелье между двумя кроватями. В этот вечер, зеленый и холодный, решалась судьба всего предприятия. Если удастся достать копии ордеров, по которым распределялась изъятая из воробьяниновского особняка мебель, дело можно считать наполовину удавшимся. Дальше предстояли трудности, конечно, невообразимые, но нить была бы уже в руках.

— Только бы ордера достать, — прошептал Ипполит Матвеевич, валясь на постель, — только бы ордера!..

Пружины разбитого матраца кусали его, как блохи. Он не чувствовал этого. Он еще неясно представлял себе, что последует вслед за получением ордеров, но был уверен, что тогда все пойдет как по маслу: «А маслом, — почему-то вертелось у него в голове, — каши не испортишь».

Между тем каша заваривалась большая. Обуянный розовой мечтою, Ипполит Матвеевич переваливался на кровати с боку на бок. Пружины под ним блеяли.

Остапу пришлось пересечь весь город. Коробейников жил на Гусище — окраине Старгорода.

Там жили преимущественно железнодорожники. Иногда над домами, по насыпи, огороженной бетонным тонкостенным забором, проходил задним ходом сопящий паровоз. Крыши домов на секунду освещались полыхающим огнем паровозной топки. Иногда катились порожние вагоны, иногда взрывались петарды. Среди халуп и временных бараков тянулись длинные кирпичные корпуса сырых еще кооперативных домов.

Остап миновал светящийся остров — железнодорожный клуб, по бумажке проверил адрес и остановился у домика архивариуса. Он крутнул звонок с выпуклыми буквами «прошу крутить».

После длительных расспросов, «к кому» да «зачем», ему открыли, и он очутился в темной, заставленной шкафами передней. В темноте кто-то дышал на Остапа, но ничего не говорил.

— Где здесь гражданин Коробейников? — спросил Бендер.

Дышащий человек взял Остапа за руку и ввел в освещенную висячей керосиновой лампой столовую. Остап увидел перед собою маленького старичка — чистюлю с необыкновенно гибкой спиной. Не было сомнений в том, что старик этот — сам гражданин Коробейников. Остап без приглашения придвинул стул и сел.

Старичок безбоязненно смотрел на самоуправца и молчал. Остап любезно начал разговор первым:

— Я к вам по делу. Вы служите в архиве Старкомхоза?

Спина старичка пришла в движение и утвердительно выгнулась.

— А раньше служили в жилотделе?

— Я всюду служил, — сказал старик весело.

— Даже в канцелярии градоначальства?

При этом Остап грациозно улыбнулся. Спина старика долго извивалась и наконец остановилась в положении, свидетельствовавшем, что служба в градоначальстве — дело давнее и что все упомнить положительно невозможно.

— А позвольте все-таки узнать, чем обязан? — спросил хозяин, с интересом глядя на гостя.

— Позволю, — ответил гость. — Я — Воробьянинова сын.

— Это какого же? Предводителя?

— Его.

— А он что, жив?

— Умер, гражданин Коробейников. Почил.

— Да, — без особой грусти сказал старик, — печальное событие. Но ведь, кажется, у него детей не было?

— Не было, — любезно подтвердил Остап.

— Как же?..

— Ничего. Я от морганатического брака.

— Не Елены ли Станиславовны будете сынок?

— Да. Именно.

— А она в каком здоровье?

— Маман давно в могиле.

— Так, так, ах, как грустно!

И долго еще старик глядел со слезами сочувствия на Остапа, хотя не далее как сегодня видел Елену Станиславовну на базаре, в мясном ряду.

— Все умирают, — сказал он. — А все-таки разрешите узнать, по какому делу, уважаемый, вот имени вашего не знаю...

— Вольдемар, — быстро сообщил Остап.

— Владимир Ипполитович? Очень хорошо. Так. Я вас слушаю, Владимир Ипполитович.

Старичок присел к столу, покрытому клеенкой в узорах, и заглянул в самые глаза Остапа.

Остап в отборных словах выразил свою грусть по родителям. Он очень сожалеет, что вторгся так поздно в жилище глубокоуважаемого архивариуса и причинил ему беспокойство своим визитом, но надеется, что глубокоуважаемый архивариус простит, когда узнает, какое чувство толкнуло его на это.

— Я хотел бы, — с невыразимой сыновней любовью закончил Остап, — найти что-нибудь из мебели папаши, чтобы сохранить о нем память. Не знаете ли вы, кому передана мебель из папашиного дома?

— Сложное дело, — ответил старик, подумав, — это только обеспеченному человеку под силу... А вы, простите, чем занимаетесь?

— Свободная профессия. Собственная мясохладобойня на артельных началах в Самаре.

Старик с сомнением посмотрел на зеленые доспехи молодого Воробьянинова, но возражать не стал.

«Прыткий молодой человек», — подумал он.

Остап, который к этому времени закончил свои наблюдения над Коробейниковым, решил, что «старик — типичная сволочь».

— Так вот, — сказал Остап.

— Так вот, — сказал архивариус, — трудно, но можно...

— Потребует расходов? — помог владелец мясо-хладобойни.

— Небольшая сумма...

— Ближе к телу, как говорит Мопассан. Сведения будут оплачены.

— Ну что ж, семьдесят рублей положите.

— Это почему ж так много? Овес нынче дорог? Старик мелко задребезжал, виляя позвоночником.

— Изволите шутить...

— Согласен, папаша. Деньги против ордеров. Когда к вам зайти?

— Деньги при вас?

Остап с готовностью похлопал себя по карману.

— Тогда пожалуйте хоть сейчас, — торжественно сказал Коробейников.

Он зажег свечу и повел Остапа в соседнюю комнату. Там, кроме кровати, на которой, очевидно, спал хозяин дома, стоял письменный стол, заваленный бухгалтерскими книгами, и длинный канцелярский шкаф с открытыми полками. К ребрам полок были приклеены печатные литеры: *А*, *Б*, *В* и далее, до арьергардной буквы *Я*. На полках лежали пачки ордеров, перевязанные свежей бечевкой.

— Ого! — сказал восхищенный Остап. — Полный архив на дому!

— Совершенно полный, — скромно ответил архивариус. — Я, знаете, на всякий случай... Коммунхозу он не нужен, а мне на старости лет может пригодиться... Живем мы, знаете, как на вулкане... Все может произойти... Кинутся тогда люди искать свои мебеля, а где они, мебеля? Вот они где! Здесь они! В шкафу. А кто сохранил, кто уберег? Коробейников. Вот господа спасибо и скажут старичку, помогут на старости лет... А мне много не нужно — по десяточке за ордерок подадут, и на том спасибо...

А то иди попробуй, ищи ветра в поле. Без меня не найдут!

Остап восторженно смотрел на старика.

— Дивная канцелярия, — сказал он, — полная механизация. Вы прямо герой труда!

Польщенный архивариус стал вводить гостя в детали любимого дела. Он раскрыл толстые книги учета и распределения.

— Все здесь, — сказал он, — весь Старгород! Вся мебель! У кого когда взято, кому когда выдано. А вот это — алфавитная книга, зеркало жизни! Вам про чью мебель? Купца первой гильдии Ангелова? Пожа-алуйста. Смотрите на букву *А*. Буква А, Ак, Ам, Ан, Ангелов... Номер? Вот! *82 742*. Теперь книгу учета сюда. Страница 142. Где Ангелов? Вот Ангелов. Взято у Ангелова 18 декабря 1918 года: рояль «Беккер» № *97 012*, табурет к нему мягкий, бюро две штуки, гардеробов четыре (два красного дерева), шифоньер один и так далее... А кому дано?.. Смотрим книгу распределения. Тот же номер *82 742*... Дано... Шифоньер — в горвоенком, гардеробов три штуки — в детский интернат «Жаворонок»... И еще один гардероб — в личное распоряжение секретаря Старпродкомгуба. А рояль куды пошел? Пошел рояль в собес, во 2-й дом. И посейчас там рояль есть...

«Что-то не видел я там такого рояля», — подумал Остап, вспомнив застенчивое личико Альхена.

— Или, примерно, у правителя канцелярии городской управы Мурина... На букву М, значит, и нужно искать. Все тут. Весь город. Рояли тут, козетки всякие, трюмо, кресла, диванчики, пуфики, люстры... Сервизы даже и то есть...

— Ну, — сказал Остап, — вам памятник нужно нерукотворный воздвигнуть. Однако ближе к делу. Например, буква *В*.

— Есть буква *В*, — охотно отозвался Коробейников. — Сейчас. Вм, Вн, Ворицкий, № *48 238* Воробьянинов, Ипполит Матвеевич, батюшка ваш, царство ему небесное, большой души был человек... Рояль «Беккер» № *54 809*, вазы китайские, маркированные — четыре, французского завода «Севр», ковров обюссонов — восемь, разных размеров, гобелен «Пастушка», гобелен «Пастух», текинских ковров — два, хоросанских ковров — один, чучело медвежье с блюдом — одно, спальный гарнитур — двенадцать мест, столовый гарнитур — шестнадцать мест, гостинный гарнитур — четырнадцать мест, ореховый, мастера Гамбса работы...

— А кому роздано? — в нетерпении спросил Остап.

— Это мы сейчас. Чучело медвежье с блюдом — во второй район милиции. Гобелен «Пастух» — в фонд художественных ценностей. Гобелен «Пастушка» — в клуб водников. Ковры обюссон, текинские и хоросан — в Наркомвнешторг. Гарнитур спальный — в союз охотников, гарнитур столовый — в Старгородское отделение Главчая. Гарнитур гостинный ореховый — по частям. Стол круглый и стул один — во 2-й дом собеса, диван с гнутой спинкой — в распоряжение жилотдела (до сих пор в передней стоит, всю обивку промаслили, сволочи); и еще один стул — товарищу Грицацуеву, как инвалиду империалистической войны, по его заявлению и резолюции завжилотделом т. Буркина. Десять стульев в Москву, в музей мебельного мастерства, согласно циркулярного письма Наркомпроса... Вазы китайские, маркированные...

— Хвалю,— сказал Остап, ликуя,— это конгениально! Хорошо бы и на ордера посмотреть.

— Сейчас, сейчас и до ордеров доберемся. На № *48 238*, литера *В*.

Архивариус подошел к шкафу и, поднявшись на цыпочки, достал нужную пачку.

— Вот-с. Вся вашего батюшки мебель тут. Вам все ордера?

— Куда мне все... Так... Воспоминания детства — гостинный гарнитур... Помню, игрывал я в гостиной на ковре хоросан, глядя на гобелен «Пастушка»... Хорошее было время, золотое детство!.. Так вот гостинным гарнитуром мы, папаша, и ограничимся.

Архивариус с любовью стал расправлять пачку зеленых корешков и принялся разыскивать там требуемые ордера. Коробейников отобрал пять штук. Один ордер на десять стульев, два — по одному стулу, один — на круглый стол и один — на гобелен «Пастушка».

— Изволите ли видеть. Все в порядке. Где что стоит — все известно. На корешках все адреса прописаны и собственноручная подпись получателя. Так что никто, в случае чего, не отопрется. Может быть, хотите генеральши Поповой гарнитур? Очень хороший. Тоже гамбсовская работа.

Но Остап, движимый любовью исключительно к родителям, схватил ордера, засунул их на самое дно бокового кармана, а от генеральшиного гарнитура отказался.

— Можно расписочку писать? — осведомился архивариус, ловко выгибаясь.

— Можно, — любезно сказал Бендер, — пишите, борец за идею.

— Так я уж напишу.

— Кройте!

Перешли в первую комнату. Коробейников каллиграфическим почерком написал расписку и, улыбаясь, передал ее гостю. Главный концессионер необыкновенно учтиво принял бумажку двумя пальцами правой руки и положил ее в тот карман, где уже лежали драгоценные ордера.

— Ну, пока, — сказал он, сощурясь, — я вас, кажется, сильно обеспокоил. Не смею больше обременять своим присутствием. Вашу руку, правитель канцелярии.

Ошеломленный архивариус вяло пожал поданную ему руку.

— Пока, — повторил Остап.

Он двинулся к выходу.

Коробейников ничего не понял. Он даже посмотрел на стол, не оставил ли гость денег там, но и на столе денег не было. Тогда архивариус очень тихо спросил:

— А деньги?

— Какие деньги? — сказал Остап, открывая дверь. — Вы, кажется, спросили про какие-то деньги?

— Да как же! За мебель! За ордера!

— Голуба, — пропел Остап, — ей-богу, клянусь честью покойного батюшки. Рад душой, но нету, забыл взять с текущего счета.

Старик задрожал и вытянул вперед хилую свою лапку, желая задержать ночного посетителя.

— Тише, дурак, — сказал Остап грозно, — говорят тебе русским языком — завтра, значит, завтра. Ну, пока! Пишите письма!..

Дверь с треском захлопнулась. Коробейников снова открыл ее и выбежал на улицу, но Остапа уже не было. Он быстро шел мимо моста. Проезжавший через виадук локомотив осветил его своими огнями и завалил дымом.

— Лед тронулся! — закричал Остап машинисту. — Лед тронулся, господа присяжные заседатели!

Машинист не расслышал, махнул рукой, колеса машины сильнее задергали стальные локти кривошипов, и паровоз умчался.

Коробейников постоял на ледяном ветерке минуты две и, мерзко сквернословя, вернулся в свой домишко. Невыносимая горечь охватила его. Он стал посреди комнаты и в ярости принялся пинать ногою стол. Подпрыгивала пепельница, сделанная на манер калоши с красной надписью «Треугольник», и стакан чокнулся с графином.

Еще никогда Варфоломей Коробейников не был так подло обманут. Он мог обмануть кого угодно, но здесь его надули с такой гениальной простотой, что он долго еще стоял, колотя по толстым ножкам обеденного стола.

Коробейникова на Гусище звали Варфоломеичем. Обращались к нему только в случае крайней нужды. Варфоломеич брал в залог вещи и назначал людоедские проценты. Он занимался этим уже несколько лет и еще ни разу не попался. А теперь он прогорал на лучшем своем коммерческом предприятии, от которого ждал больших барышей и обеспеченной старости.

— Шутки?! — крикнул он, вспоминая о погибших ордерах. — Теперь деньги только вперед. И как же это я так оплошал? Своими руками отдал ореховый гостиный гарнитур!.. Одному гобелену «Пастушка» цены нет! Ручная работа!..

Звонок «прошу крутить» давно уже вертела чья-то неуверенная рука, и не успел Варфоломеич вспомнить, что входная дверь осталась открытой, как в передней раздался тяжкий грохот и голос человека, запутавшегося в лабиринте шкафов, воззвал:

— Куда здесь войти?

Варфоломеич вышел в переднюю, потянул к себе чье-то пальто (на ощупь — драп) и ввел в столовую отца Федора.

— Великодушно извините, — сказал отец Федор.

Через десять минут обоюдных недомолвок и хитростей выяснилось, что гражданин Коробейников действительно имеет кое-какие сведения о мебели Воробьянинова, а отец Федор не отказывается за эти сведения уплатить. Кроме того, к живейшему удовольствию архивариуса, посетитель оказался родным братом бывшего предводителя и страстно желал сохранить о нем память, приобретя ореховый гостиный гарнитур. С этим гарнитуром у брата Воробьянинова были связаны наиболее теплые воспоминания отрочества.

Варфоломеич запросил сто рублей. Память брата посетитель расценивал значительно ниже, рублей в тридцать. Согласились на пятидесяти.

— Деньги я бы попросил вперед, — заявил архивариус, — это мое правило.

— А это ничего, что я золотыми десятками? — заторопился отец Федор, разрывая подкладку пиджака.

— По курсу приму. По девять с половиной. Сегодняшний курс.

Востриков вытряс из колбаски пять желтяков, досыпал к ним два с полтиной серебром и пододвинул всю горку архивариусу. Варфоломеич два раза пересчитал монеты, сгреб их в руку, попросил гостя минуточку повременить и пошел за ордерами. В тайной своей канцелярии Варфоломеич не стал долго размышлять, раскрыл алфавит — зеркало жизни на букву *П*, быстро нашел требуемый номер и взял с полки пачку ордеров генеральши Поповой. Распотрошив пачку, Варфоломеич выбрал из нее один ордер, выданный т. Брунсу, проживающему по Виноградной, 34, на двенадцать ореховых стульев фабрики Гамбса. Дивясь своей сметке и умению изворачиваться, архивариус усмехнулся и отнес ордера покупателю.

— Все в одном месте? — воскликнул покупатель.

— Один к одному. Все там стоят. Гарнитур замечательный. Пальчики оближете. Впрочем, что вам объяснять! Вы сами знаете!

Отец Федор долго восторженно тряс руку архивариуса и, ударившись несчетное количество раз о шкафы в передней, убежал в ночную темноту.

Варфоломеич долго еще подсмеивался над околпаченным покупателем. Золотые монеты он положил в ряд на столе и долго сидел, сонно глядя на пять светлых кружочков.

«И чего это их на воробьяниновскую мебель потянуло? — подумал он. — С ума посходили».

Он разделся, невнимательно помолился богу, лег в узенькую девичью постельку и озабоченно заснул.

Глава XII
ЗНОЙНАЯ ЖЕНЩИНА — МЕЧТА ПОЭТА

За ночь холод был съеден без остатка. Стало так тепло, что у ранних прохожих ныли ноги. Воробьи несли разный вздор. Даже курица, вышедшая из кухни в гостиничный двор, почувствовала прилив сил и попыталась взлететь. Небо было в мелких облачных клецках, из мусорного ящика несло запахом фиалки и супа пейзан. Ветер млел под карнизом. Коты развалились на крыше и, снисходительно сощурясь, глядели на двор, через который бежал коридорный Александр с тючком грязного белья.

В коридорах «Сорбонны» зашумели. На открытие трамвая из уездов съезжались делегаты. Из гостиничной линейки с вывеской «Сорбонна» высадилась их целая толпа.

Солнце грело в полную силу. Взлетали кверху рифленые железные шторы магазинов. Совработники, вышедшие на службу в ватных пальто, задыхались, распахивались, чувствуя тяжесть весны.

На Кооперативной улице у перегруженного грузовика Мельстроя лопнула рессора, и прибывший на место происшествия Виктор Михайлович Полесов подавал советы.

В номере, обставленном с деловой роскошью (две кровати и ночной столик), послышались конский храп и ржание: Ипполит Матвеевич весело умывался и прочищал нос. Великий комбинатор лежал в постели, рассматривая повреждения в штиблетах.

— Кстати, — сказал он, — прошу погасить задолженность.

Ипполит Матвеевич вынырнул из полотенца и посмотрел на компаньона выпуклыми, без пенсне, глазами.

— Что вы на меня смотрите, как солдат на вошь? Что вас удивило? Задолженность? Да! Вы мне должны деньги. Я вчера позабыл вам сказать, что за ордера мною уплачено, согласно ваших полномочий, семьдесят рублей. К сему прилагаю расписку. Перебросьте сюда тридцать пять рублей. Концессионеры, надеюсь, участвуют в расходах на равных основаниях?

Ипполит Матвеевич надел пенсне, прочел записку и, томясь, отдал деньги. Но даже это не могло омрачить его радости. Богатство было в руках. Тридцатирублевая пылинка исчезла в сиянии брильянтовой горы.

Ипполит Матвеевич, лучезарно улыбаясь, вышел в коридор и стал прогуливаться. Планы новой, построенной на драгоценном фундаменте жизни тешили его. «А святой отец? — мысленно ехидствовал он. — Дурак дураком остался. Не видать ему стульев, как своей бороды».

Дойдя до конца коридора, Воробьянинов обернулся. Белая в трещинах дверь № 13 раскрылась, и прямо навстречу ему вышел отец Федор в синей косоворотке, подпоясанной потертым черным шнурком с пышной кисточкой. Доброе его лицо расплывалось от счастья. Он тоже вышел в коридор на прогулку. Соперники несколько раз встречались и, победоносно поглядывая друг на друга, следовали дальше. В концах коридора оба разом поворачивались и снова сближались... В груди Ипполита Матвеевича кипел восторг. То же чувство одолевало и отца Федора. Чувство сожаления к побежденному противнику одолевало обоих. Наконец, во время пятого рейса, Ипполит Матвеевич не выдержал.

— Здравствуйте, батюшка, — сказал он с невыразимой сладостью.

Отец Федор собрал весь сарказм, положенный ему богом, и ответствовал:

— Доброе утро, Ипполит Матвеевич.

Враги разошлись. Когда пути их сошлись снова, Воробьянинов уронил:

— Не ушиб ли я вас во время последней встречи?

— Нет, отчего же, очень приятно было встретиться, — ответил ликующий отец Федор.

Их снова разнесло. Физиономия отца Федора стала возмущать Ипполита Матвеевича.

— Обедню небось уже не служите? — спросил он при следующей встрече.

— Где там служить! Прихожане по городам разбежались, сокровища ищут.

— Заметьте — свои сокровища! Свои!

— Мне неизвестно — чьи, а только ищут.

Ипполит Матвеевич хотел сказать какую-нибудь гадость и даже открыл для этой цели рот, но выдумать ничего не смог и рассерженно проследовал в свой номер. Через минуту оттуда вышел сын турецкого подданного — Остап Бендер, в голубом жилете, и, наступая на шнурки от своих ботинок, направился к Вострикову. Розы на щеках отца Федора увяли и обратились в пепел.

— Покупаете старые вещи? — спросил Остап грозно. — Стулья? Потроха? Коробочки от ваксы?

— Что вам угодно? — прошептал отец Федор.

— Мне угодно продать вам старые брюки.

Священник оледенел и отодвинулся.

— Что же вы молчите, как архиерей на приеме?

Отец Федор медленно направился к своему номеру.

— Старые вещи покупаем, новые крадем! — крикнул Остап вслед.

Востриков вобрал голову и остановился у своей двери. Остап продолжал измываться:

— Как же насчет штанов, многоуважаемый служитель культа? Берете? Есть еще от жилетки рукава, круг от бублика и от мертвого осла уши. Оптом всю партию — дешевле будет. И в стульях они не лежат, искать не надо! А?!

Дверь за служителем культа закрылась.

Удовлетворенный Остап, хлопая шнурками по ковру, медленно пошел назад. Когда его массивная фигура отдалилась достаточно далеко, отец Федор быстро высунул голову за дверь и с долго сдерживаемым негодованием пискнул:

— Сам ты дурак!

— Что? — крикнул Остап, бросаясь обратно, но дверь была уже заперта, и только щелкнул замок.

Остап наклонился к замочной скважине, приставил ко рту ладонь трубой и внятно сказал:

— Почем опиум для народа?

За дверью молчали.

— Папаша, вы пошлый человек! — прокричал Остап.

В эту же секунду из замочной скважины выскочил и заерзал карандаш, острием которого отец Федор пытался ужалить врага. Концессионер вовремя отпрянул и ухватился за карандаш. Враги, разделенные дверью, молча стали тянуть карандаш к себе. Победила молодость, и карандаш, упираясь, как заноза, медленно выполз из скважины. С этим трофеем Остап возвратился в свой номер. Компаньоны еще больше развеселились.

— И враг бежит, бежит, бежит! — пропел Остап.

На ребре карандаша он вырезал перочинным ножиком оскорбительное слово, выбежал в коридор и, опустив карандаш в замочную амбразуру, сейчас же вернулся.

Друзья вытащили на свет зеленые корешки ордеров и принялись их тщательно изучать.

— Ордер на гобелен «Пастушка», — сказал Ипполит Матвеевич мечтательно. — Я купил этот гобелен у петербургского антиквара.

— К черту пастушку! — крикнул Остап, разрывая ордер в лапшу.

— Стол круглый... Как видно, от гарнитура...

— Дайте сюда столик. К чертовой матери столик!

Остались два ордера: один — на десять стульев, выданный музею мебельного мастерства в Москве, другой — на один стул — т. Грицацуеву, в Старгороде, по улице Плеханова, 15.

— Готовьте деньги, — сказал Остап, — возможно, в Москву придется ехать.

— Но тут ведь тоже есть стул?

— Один шанс против десяти. Чистая математика. Да и то, если гражданин Грицацуев не растапливал им буржуйку.

— Не шутите так, не нужно.

— Ничего, ничего, либер фатер Конрад Карлович Михельсон, найдем! Святое дело! Батистовые портянки будем носить, крем «Марго» кушать.

— Мне почему-то кажется, — заметил Ипполит Матвеевич, — что ценности должны быть именно в этом стуле.

— Ах! Вам кажется? Что вам еще кажется? Ничего? Ну, ладно. Будем работать по-марксистски. Предоставим небо птицам, а сами обратимся к стульям. Я измучен желанием поскорее увидеться с инвалидом империалистической войны гражданином Грицацуевым, улица Плеханова, дом пятнадцать. Не отставайте, Конрад Карлович. План составим по дороге.

Проходя мимо двери отца Федора, мстительный сын турецкого подданного пнул ее ногой. Из номера послышалось слабое рычание затравленного конкурента.

— Как бы он за нами не пошел! — испугался Ипполит Матвеевич.

— После сегодняшнего свидания министров на яхте никакое сближение невозможно. Он меня боится.

Друзья вернулись только к вечеру. Ипполит Матвеевич был озабочен. Остап сиял. На нем были новые малиновые башмаки, к каблукам которых были привинчены круглые резиновые набойки, шахматные носки в зеленую и черную клетку, кремовая кепка и полушелковый шарф румынского оттенка.

— Есть-то он есть, — сказал Ипполит Матвеевич, вспоминая визит к вдове Грицацуевой, — но как этот стул достать? Купить?

— Как же, — ответил Остап, — не говоря уже о совершенно непроизводительном расходе, это вызовет толки. Почему один стул? Почему именно этот стул?..

— Что же делать?

Остап с любовью осмотрел задники новых штиблет.

— Шик-модерн, — сказал он. — Что делать? Не волнуйтесь, председатель, беру операцию на себя. Перед этими ботиночками ни один стул не устоит.

— Нет, вы знаете, — оживился Ипполит Матвеевич, — когда вы разговаривали с госпожой Грицацуевой о наводнении, я сел на наш стул, и, честное слово, я чувствовал под собой что-то твердое. Они там, ей-богу, там... Ну вот, ей-богу ж, я чувствую.

— Не волнуйтесь, гражданин Михельсон.

— Его нужно ночью выкрасть! Ей-богу, выкрасть!

— Однако для предводителя дворянства у вас слишком мелкие масштабы. А технику этого дела вы знаете? Может быть, у вас в чемодане запрятан походный несессер с набором отмычек? Выбросьте из головы! Это типичное пижонство — грабить бедную вдову.

Ипполит Матвеевич опомнился.

— Хочется ведь скорее, — сказал он умоляюще.
— Скоро только кошки родятся, — наставительно заметил Остап. — Я женюсь на ней.
— На ком?
— На мадам Грицацуевой.
— Зачем же?
— Чтобы спокойно, без шума покопаться в стуле.
— Но ведь вы себя связываете на всю жизнь!
— Чего не сделаешь для блага концессии!
— На всю жизнь! — прошептал Ипполит Матвеевич.

Ипполит Матвеевич в крайнем удивлении взмахнул руками. Пасторское бритое лицо его ощерилось. Показались не чищенные со дня отъезда из города N голубые зубы.

— На всю жизнь! — прошептал Ипполит Матвеевич. — Это большая жертва.
— Жизнь! — сказал Остап. — Жертва! Что вы знаете о жизни и о жертвах? Вы думаете, что, если вас выселили из особняка, вы знаете жизнь? И если у вас реквизировали поддельную китайскую вазу, то это жертва? Жизнь, господа присяжные заседатели, — это сложная штука, но, господа присяжные заседатели, эта сложная штука открывается просто, как ящик. Надо только уметь его открыть. Кто не может открыть, тот пропадает. Вы слыхали о гусаре-схимнике?

Ипполит Матвеевич не слыхал.

— Буланов! Не слыхали? Герой аристократического Петербурга? Сейчас услышите.

И Остап Бендер рассказал Ипполиту Матвеевичу историю, удивительное начало которой взволновало весь светский Петербург, а еще более удивительный конец потерялся и прошел решительно никем не замеченным в последние годы.

РАССКАЗ О ГУСАРЕ-СХИМНИКЕ *****

Блестящий гусар граф Алексей Буланов, как правильно сообщил Бендер, был действительно героем аристократического Петербурга. Имя великолепного кавалериста и кутилы не сходило с уст чопорных обитателей дворцов по Английской набережной и со столбцов светской хроники. Очень часто на страницах иллюстрированных журналов появлялся фотографический портрет красавца-гусара — куртка, расшитая бранденбурами и отороченная зернистым каракулем, высокие прилизанные височки и короткий победительный нос.

За графом Булановым катилась слава участника многих тайных дуэлей, имевших роковой исход, явных романов с наикрасивейшими, неприступнейшими дамами света, сумасшедших выходок против уважаемых в обществе особ и прочувствованных кутежей, неизбежно кончавшихся избиением штафирок.

Граф был красив, молод, богат, счастлив в любви, счастлив в картах и в наследовании имущества. Родственники его умирали часто, и наследства их увеличивали и без того огромное состояние гусара.

Он был дерзок и смел. Он помогал абиссинскому негусу Менелику в его войне с итальянцами. Он сидел под большими абиссинскими звездами, закутавшись в белый бурнус, глядя в трехверстную карту местности. Свет факелов бросал шатающиеся тени на прилизанные височки графа. У ног его сидел новый друг, абиссинский мальчик Васька.

Разгромив войска итальянского короля, граф вернулся в Петербург вместе с абиссинцем Васькой. Петербург встретил героя цветами и шампанским. Граф

Алексей снова погрузился в беспечную пучину наслаждений, как это говорится в великосветских романах. О нем продолжали говорить с удвоенным восхищением, женщины травились из-за него, мужчины завидовали. На запятках графской кареты, пролетавшей по Миллионной, неизменно стоял абиссинец, вызывая своей чернотой и тонким станом изумление прохожих.

И внезапно все кончилось. Граф Алексей Буланов исчез. Княгиня Белорусско-Балтийская, последняя пассия графа, была безутешна. Исчезновение графа наделало много шуму. Газеты были полны догадками. Сыщики сбились с ног. Но все было тщетно. Следы графа не находились.

Когда шум уже затихал, из Аверкиевой пустыни пришло письмо, все объяснившее. Блестящий граф, герой аристократического Петербурга, Валтасар XIX века, принял схиму. Передавали ужасающие подробности. Говорили, что граф-монах носит вериги в несколько пудов, что он, привыкший к тонкой французской кухне, питается теперь только картофельной шелухой. Поднялся вихрь предположений. Говорили, что графу было видение умершей матери. Женщины плакали. У подъезда княгини Белорусско-Балтийской стояли вереницы карет. Княгиня с мужем принимали соболезнования. Рождались новые слухи. Ждали графа назад. Говорили, что это временное помешательство на религиозной почве. Утверждали, что граф бежал от долгов. Передавали, что виною всему — несчастный роман.

А на самом деле гусар пошел в монахи, чтобы постичь жизнь. Назад он не вернулся. Мало-помалу о нем забыли. Княгиня Балтийская познакомилась с итальянским певцом, а абиссинец Васька уехал на родину.

В обители граф Алексей Буланов, принявший имя Евпла, изнурял себя великими подвигами. Он действительно носил вериги, но ему показалось, что этого недостаточно для познания жизни. Тогда он изобрел для себя особую монашескую форму: клобук с отвесным козырьком, закрывающим лицо, и рясу, связывающую движения. С благословения игумена он стал носить эту форму. Но и этого показалось ему мало. Обуянный гордыней, он удалился в лесную землянку и стал жить в дубовом гробу.

Подвиг схимника Евпла наполнил удивлением обитель. Он ел только сухари, запас которых ему возобновляли раз в три месяца.

Так прошло двадцать лет. Евпл считал свою жизнь мудрой, правильной и единственно верной. Жить ему стало необыкновенно легко, и мысли его были хрустальными. Он постиг жизнь и понял, что иначе жить нельзя.

Однажды он с удивлением заметил, что на том месте, где он в продолжение двадцати лет привык находить сухари, ничего не было. Он не ел четыре дня. На пятый день пришел неизвестный ему старик в лаптях и сказал, что монахов выселили большевики и устроили в обители совхоз. Оставив немного сухарей, старик, плача, ушел. Схимник не понял старика. Светлый и тихий, он лежал в гробу и радовался познанию жизни. Старик-крестьянин продолжал носить сухари.

Так прошло еще несколько никем не потревоженных лет.

Однажды только дверь землянки растворилась, и несколько человек, согнувшись, вошли в нее. Они подошли к гробу и принялись молча рассматривать старца. Это были рослые люди в сапогах со шпорами, в огромных галифе и с маузерами в деревянных полированных ящиках. Старец лежал в гробу, вытянув руки, и смотрел на пришельцев лучезарным взглядом. Длинная и легкая седая борода закрывала половину гроба. Незнакомцы зазвенели шпорами, пожали плечами и удалились, бережно прикрыв за собою дверь.

Время шло. Жизнь раскрылась перед схимником во всей своей полноте и сладости. В ночь, наступившую за тем днем, когда схимник окончательно понял, что все в его познании светло, он неожиданно проснулся. Это его удивило. Он никогда не просыпался ночью. Размышляя о том, что его разбудило, он снова заснул и сейчас же опять проснулся, чувствуя сильное жжение в спине. Постигая причину этого жжения, он старался заснуть, но не мог. Что-то мешало ему. Он не спал до утра. В следующую ночь его снова кто-то разбудил. Он проворочался до утра, тихо стеная и незаметно для самого себя почесывая руки. Днем, поднявшись, он случайно заглянул в гроб. Тогда он понял все: по углам его мрачной постели быстро перебегали вишневые клопы. Схимнику сделалось противно.

В этот же день пришел старик с сухарями. И вот подвижник, молчавший двадцать пять лет, заговорил. Он попросил принести ему немножко керосину. Услышав речь великого молчальника, крестьянин опешил. Однако, стыдясь и пряча бутылочку, он принес керосин. Как только старик ушел, отшельник дрожащей рукой смазал все швы и пазы гроба. Впервые за три дня Евпл заснул спокойно. Его ничто не потревожило. Смазывал он керосином гроб и в следующие дни. Но через два месяца понял, что керосином вывести клопов нельзя. По ночам он быстро переворачивался и громко молился, но молитвы помогали еще меньше керосина.

Прошло полгода в невыразимых мучениях, прежде чем отшельник обратился к старику снова. Вторая просьба еще больше поразила старика. Схимник просил привезти ему из города порошок «Арагац» против клопов. Но и «Арагац» не помог. Клопы размножались необыкновенно быстро. Могучее здоровье схимника, которого не могло сломить двадцатипятилетнее постничество, заметно ухудшалось. Началась темная, отчаянная жизнь. Гроб стал казаться схимнику Евплу омерзительным и неудобным. Ночью, по совету крестьянина, он жег клопов лучиной. Клопы умирали, но не сдавались.

Было испробовано последнее средство: продукты бр. Глик — розовая жидкость с запахом отравленного персика под названием «Клопин». Но и это не помогло. Положение ухудшалось. Через два года от начала великой борьбы отшельник случайно заметил, что совершенно перестал думать о смысле жизни, потому что круглые сутки занимался травлей клопов.

Тогда он понял, что ошибся. Жизнь так же, как и двадцать пять лет назад, была темна и загадочна. Уйти от мирской тревоги не удалось. Жить телом на земле, а душой на небесах оказалось невозможным.

Тогда старец встал и проворно вышел из землянки. Он стоял среди темного зеленого леса. Была ранняя, сухая осень. У самой землянки выперлось из-под земли целое семейство белых грибов-толстобрюшек. Неведомая птаха сидела на ветке и пела соло. Послышался шум проходящего поезда. Земля задрожала. Жизнь была прекрасна. Старец не оглядываясь пошел вперед.

Сейчас он служит кучером конной базы Московского коммунального хозяйства.

Рассказав Ипполиту Матвеевичу эту в высшей степени поучительную историю, Остап почистил рукавом пиджака свои малиновые башмаки, сыграл на губах туш и удалился.

Под утро он ввалился в номер, разулся, поставил малиновую обувь на ночной столик и стал поглаживать глянцевитую кожу, с нежной страстью приговаривая:

— Мои маленькие друзья.

— Где вы были? — спросил Ипполит Матвеевич спросонья.

— У вдовы, — глухо ответил Остап.

— Ну?

Ипполит Матвеевич оперся на локоть.

— И вы женитесь на ней?

Глаза Остапа заискрились.

— Теперь я уже должен жениться, как честный человек.

Ипполит Матвеевич сконфуженно хрюкнул.

— Знойная женщина, — сказал Остап, — мечта поэта. Провинциальная непосредственность. В центре таких субтропиков давно уже нет, но на периферии, на местах — еще встречаются.

— Когда же свадьба?

— Послезавтра. Завтра нельзя: Первое мая — все закрыто.

— Как же будет с нашим делом? Вы женитесь... А нам, может быть, придется ехать в Москву.

— Ну, чего вы беспокоитесь? Заседание продолжается.

— А жена?

— Жена? Брильянтовая вдовушка? Последний вопрос! Внезапный отъезд по вызову из центра. Небольшой доклад в Малом Совнаркоме. Прощальная сцена и цыпленок на дорогу. Поедем с комфортом. Спите. Завтра у нас свободный день.

Глава XIII
ДЫШИТЕ ГЛУБЖЕ: ВЫ ВЗВОЛНОВАНЫ!

В утро Первого мая Виктор Михайлович Полесов, снедаемый обычной жаждой деятельности, выскочил на улицу и помчался к центру. Сперва его разнообразные таланты не могли найти себе должного применения, потому что народу было еще мало и праздничные трибуны, оберегаемые конными милиционерами, были пусты. Но часам к девяти в разных концах города замурлыкали, засопели и засвистали оркестры. Из ворот выбегали домашние хозяйки.

Колонна музработников, в мягких отложных воротничках, каким-то образом втиснулась в середину шествия железнодорожников, путаясь под ногами и всем мешая.

Грузовик, на который был надет зеленый фанерный паровоз серии «Щ», все время наскакивал на музработников сзади. При этом на тружеников гобоя и флейты из самого паровозного брюха неслись крики:

— Где ваш распорядитель? Вам разве по Красноармейской?! Не видите, влезли и создали пробку!

Тут, на горе музработников, в дело вмешался Виктор Михайлович.

— Конечно же, вам сюда, в тупик, надо сворачивать! Праздника даже не могут организовать! — надрывался Полесов. — Сюда! Сюда! Удивительное безобразие!

Грузовики Старкомхоза и Мельстроя развозили детей. Самые маленькие стояли у бортов грузовика, а ростом побольше — в середине. Несовершеннолетнее воинство потряхивало бумажными флажками и веселилось до упаду.

Стучали пионерские барабаны. Допризывники выгибали груди и старались идти в ногу. Было тесно, шумно и жарко. Ежеминутно образовывались заторы и ежеминутно же рассасывались. Чтобы скоротать время в заторе, качали старичков и активистов. Старички причитали бабьими голосами. Активисты летали молча, с серьезными лицами. В одной веселой колонне приняли продиравшегося на другую сторону Виктора Михайловича за распорядителя и стали качать его. Полесов дергал ногами, как паяц.

Понесли чучело английского министра Чемберлена, которого рабочий с анатомической мускулатурой бил картонным молотом по цилиндру. Проехали на автомобиле три комсомольца во фраках и белых перчатках. Они сконфуженно поглядывали на толпу.

— Васька! — кричали с тротуара. — Буржуй! Отдай подтяжки!

Девушки пели. В толпе служащих собеса шел Альхен с большим красным бантом на груди и задумчиво гнусил:

> Но от тайги до британских морей
> Красная Армия всех сильней!..

Физкультурники по команде раздельно кричали нечто невнятное.

Все шло, ехало и маршировало к новому трамвайному депо, из которого ровно в час дня должен был выйти первый в Старгороде вагон электрического трамвая.

Никто в точности не знал, когда начали строить старгородский трамвай.

Как-то, в двадцатом году, когда начались субботники, деповцы и канатчики пошли с музыкой на Гусище и весь день копали какие-то ямы.

Нарыли очень много глубоких и больших ям.

Среди работающих бегал товарищ в инженерской фуражке. За ним ходили с разноцветными шестами десятники. В следующий субботник работали в том же месте. Две ямы, вырытые не там, где надо, пришлось снова завалить. Товарищ в инженерской фуражке налетал на десятников и требовал объяснений. Новые ямы рыли еще глубже и шире.

Потом привезли кирпич, и появились настоящие строительные рабочие. Они начали выкладывать фундамент. Затем все стихло. Товарищ в инженерской фуражке приходил еще иногда на опустевшую постройку и долго расхаживал в обложенной кирпичом яме, бормоча:

— Хозрасчет.

Он похлопывал по фундаменту палкой и бежал домой, в город, закрывая ладонями замерзшие уши.

Фамилия инженера была Треухов.

Трамвайная станция, постройка которой замерла на фундаменте, была задумана Треуховым уже давно, еще в 1912 году, но городская управа проект отвергла. Через два года Треухов возобновил штурм городской управы, но помешала война. После войны помешала революция. Теперь помешали нэп, хозрасчет, самоокупаемость. Фундамент на лето зарастал цветами, а зимой дети устраивали там ледяные горки.

Треухов мечтал о большом деле. Ему нудно было служить в отделе благоустройства Старкомхоза, чинить обочины тротуаров и составлять сметы на установку афишных тумб. Но большого дела не было. Проект трамвая, снова поданный на рассмотрение, барахтался в высших губернских инстанциях, одобрялся, не одобрялся, переходил на рассмотрение в центр, но независимо от одобрения или неодобрения покрывался пылью, потому что ни в том, ни в другом случае денег не давали.

— Это варварство! — кричал Треухов на жену. — Денег нет? А переплачивать на извозопромышленников, на гужевую доставку на станцию товаров есть деньги? Старгородские извозчики дерут с живого и с мертвого! Конечно, монополия мародеров! Попробуй пешком с вещами за пять верст на вокзал пройтись!.. Трамвай окупится в шесть лет!

Его блеклые усы гневно обвисали. Курносое лицо шевелилось. Он вынимал из стола напечатанные светописью на синей бумаге чертежи и сердито показывал их жене в тысячный раз. Тут были планы станции, депо и двенадцати трамвайных линий.

— Черт с ними, с двенадцатью. Потерпят. Но три, три линии! Без них Старгород задохнется.

Треухов фыркал и шел в кухню пилить дрова.

Все хозяйственные работы по дому он выполнял сам. Он сконструировал и построил люльку для ребенка и стиральную машину. Первое время сам стирал белье, объясняя жене, как нужно обращаться с машиной. По крайней мере пятая часть жалованья уходила у Треухова на выписку иностранной технической литературы. Чтобы сводить концы с концами, он бросил курить.

Потащил он свой проект и к новому заведующему Старкомхозом Гаврилину, которого перевели в Старгород из Самарканда. Почерневший под туркестанским солнцем новый заведующий долго, но без особого внимания слушал Треухова, невнимательно пересмотрел все чертежи и под конец сказал:

— А вот в Самарканде никакого трамвая не надо. Там все на ешаках ездят. Ешак три рубля стоит — дешевка. А подымает пудов десять!.. Маленький такой ешачок, даже удивительно!

— Вот это есть Азия! — сердито сказал Треухов. — Ишак три рубля стоит, а скормить ему нужно тридцать рублей в год.

— А на трамвае вашем вы много на тридцать рублей наездите? Триста раз. Даже не каждый день в году.

— Ну и выписывайте себе ваших ишаков! — закричал Треухов и выбежал из кабинета, ударив дверью.

С тех пор у нового заведующего вошло в привычку при встрече с Треуховым задавать ему насмешливые вопросы:

— Ну как, будем выписывать ешаков или трамвай построим?

Лицо Гаврилина было похоже на гладко обструганную репу. Глаза хитрили.

Месяца через два Гаврилин вызвал к себе инженера и серьезно сказал ему:

— У меня тут планчик наметился. Мне одно ясно, что денег нет, а трамвай не ешак — его за трешку не купишь. Тут материальную базу подводить надо. Практическое разрешение какое? Акционерное общество! А еще какое? Заем! Под проценты. Трамвай через сколько лет должен окупиться?

— Со дня пуска в эксплуатацию трех линий первой очереди — через шесть лет.

— Ну, будем считать через десять. Теперь — акционерное общество. Кто войдет? Пищетрест, Маслоцентр. Канатчикам трамвай нужен? Нужен! Мы до вокзала грузовые вагоны отправлять будем. Значит, канатчики! НКПС, может быть, даст немного. Ну, губисполком даст. Это уж обязательно. А раз начнем — Госбанк и Комбанк дадут ссуду. Вот такой мой планчик. В пятницу на президиуме губисполкома разговор будет. Если решимся — за вами остановка.

Треухов до поздней ночи взволнованно стирал белье и объяснял жене преимущества трамвайного транспорта перед гужевым.

В пятницу вопрос решился благоприятно. И начались муки. Акционерное общество сколачивали с великой натугой. НКПС то вступал, то не вступал в число акционеров. Пищетрест всячески старался вместо 15% акций получить только десять. Наконец весь пакет акций был распределен, хотя и не обошлось без столкновений. Гаврилина за нажим вызвали в ГубКК. Впрочем, все обошлось благополучно. Оставалось начать.

— Ну, товарищ Треухов,— сказал Гаврилин,— начинай. Чувствуешь, что можешь построить? То-то. Это тебе не ешака купить.

Треухов утонул в работе. Пришла пора великого дела, о котором он мечтал долгие годы. Писались сметы, составлялся план постройки, делали заказы. Трудности возникали там, где их меньше всего ожидали. В городе не оказалось специалистов-бетонщиков, и их пришлось выписывать из Ленинграда. Гаврилин торопил, но заводы обещались дать машины только через полтора года. А нужны они были, самое позднее, через год. Подействовала только угроза заказать машины за границей. Потом пошли неприятности помельче. То нельзя было найти фасонного железа нужных размеров, то вместо пропитанных шпал предлагали непропитанные. Наконец дали то, что нужно, но Треухов, поехавший сам на шпалопропиточный завод, забраковал 60% шпал. В чугунных частях были раковины. Лес был сырой. Рельсы были хороши, но они стали прибывать с опозданием на месяц. Гаврилин часто приезжал в старом простуженном «фиате» на постройку станции. Здесь между ним и Треуховым вспыхивали перебранки.

Покуда строились и монтировались трамвайная станция и депо, старгородцы только отпускали шуточки.

В «Старгородской правде» трамвайным вопросом занялся известный всему городу фельетонист Принц Датский, писавший теперь под псевдонимом «Маховик». Не меньше трех раз в неделю Маховик разражался большим бытовым очерком о ходе постройки. Третья полоса газеты, изобиловавшая заметками под скептическими заголовками: «Мало пахнет клубом», «По слабым точкам», «Осмотры нужны, но при чем тут блеск и длинные хвосты», «Хорошо и... плохо», «Чему мы рады и чему нет», «Подкрутить вредителей просвещения» и «С бумажным морем пора покончить» — стала дарить читателей солнечными и бодрыми заголовками очерков Маховика: «Как строим, как живем», «Гигант скоро заработает», «Скромный строитель» и далее, в том же духе.

Треухов с дрожью разворачивал газету и, чувствуя отвращение к братьям-писателям, читал о своей особе бодрые строки:

«...Подымаюсь по стропилам. Ветер шумит в уши.

Наверху — он, этот невзрачный строитель нашей мощной трамвайной станции, этот худенький с виду, курносый человек, в затрапезной фуражке с молоточками.

Вспоминаю: „На берегу пустынных волн стоял он, дум великих полн".

Подхожу. Ни единого ветерка. Стропила не шелохнутся.

Спрашиваю:

— Как выполняются задания?

Некрасивое лицо строителя, инженера Треухова, оживляется...

Он пожимает мне руку.

Он говорит:

— Семьдесят процентов задания уже выполнено...»

Статья кончалась так:

«...Он жмет мне на прощанье руку... Позади меня гудят стропила.

Рабочие снуют там и сям.

Кто может забыть этих кипений рабочей стройки, этой неказистой фигуры нашего строителя?

МАХОВИК».

Спасало Треухова только то, что на чтение газеты времени не было и иногда удавалось пропустить сочинения т. Маховика.

Один раз Треухов не выдержал и написал тщательно продуманное язвительное опровержение.

«Конечно, — писал он, — болты можно называть трансмиссией, но делают это люди, ничего не смыслящие в строительном деле. И потом я хотел бы заметить т. Маховику, что стропила гудят только тогда, когда постройка собирается развалиться. Говорить так о стропилах — все равно что утверждать, будто бы виолончель рожает детей. Примите и проч.».

После этого неугомонный Принц на постройке перестал появляться, но бытовые очерки по-прежнему украшали третью полосу, резко выделяясь на фоне обыденных: «15 000 рублей ржавеют», «Жилищные комочки», «Материал плачет» и «Курьезы и слезы».

Строительство подходило к концу. Термитным способом сваривались рельсы, и они тянулись без зазоров от самого вокзала до боен и от привозного рынка до кладбища.

Сперва открытие трамвая хотели приурочить к девятой годовщине Октября, но вагоностроительный завод, ссылаясь на «арматуру», не сдал к сроку вагонов. Открытие пришлось отложить до Первого мая. К этому дню решительно все было готово.

Концессионеры гуляючи дошли вместе с демонстрациями до Гусища. Там собрался весь Старгород. Новое здание депо обвивали хвойные дуги, хлопали флаги, ветер бегал по лозунгам. Конный милиционер галопировал за первым мороженщиком, бог весть как попавшим в пустой, оцепленный трамвайщиками круг. Между двумя воротами депо высилась жидкая, пустая еще трибуна с микрофоном-усилителем. К трибуне подходили делегаты. Сводный оркестр коммунальников и канатчиков пробовал силу своих легких. Барабан лежал на земле.

По светлому залу депо, в котором стояли десять светло-зеленых вагонов, занумерованных от 701 до 710, шлялся московский корреспондент в волосатой кепке. На груди у него висела зеркалка, в которую он часто и озабоченно заглядывал. Корреспондент искал главного инженера, чтобы задать ему несколько вопросов на трамвайные темы. Хотя в голове корреспондента очерк об открытии трамвая со включением конспекта еще не произнесенных речей был уже готов, корреспондент добросовестно продолжал изыскания, находя недостаток лишь в отсутствии буфета.

В толпе пели, кричали и грызли семечки, дожидаясь пуска трамвая.

На трибуну поднялся президиум губисполкома. Принц Датский, заикаясь, обменивался фразами с собратом по перу. Ждали приезда московских кинохроникеров.

— Товарищи! — сказал Гаврилин. — Торжественный митинг по случаю открытия старгородского трамвая позвольте считать открытым.

Медные трубы задвигались, вздохнули и три раза подряд сыграли «Интернационал».

— Слово для доклада предоставляется товарищу Гаврилину! — крикнул Гаврилин.

Принц Датский — Маховик — и московский гость, не сговариваясь, записали в свои записные книжки:

«Торжественный митинг открылся докладом председателя Старкомхоза т. Гаврилина. Толпа обратилась в слух».

Оба корреспондента были людьми совершенно различными. Московский гость был холост и юн. Принц-Маховик, обремененный большой семьей, давно перевалил за четвертый десяток. Один всегда жил в Москве, другой никогда в Москве не был. Москвич любил пиво, Маховик-Датский, кроме водки, ничего в рот не брал. Но, несмотря на эту разницу в характерах, возрасте, привычках и воспитании, впечатления у обоих журналистов отливались в одни и те же затертые, подержанные, вывалянные в пыли фразы. Карандаши их зачиркали, и в книжках появилась новая запись: «В день праздника улицы Старгорода стали как будто шире...»

Гаврилин начал свою речь хорошо и просто:

— Трамвай построить, — сказал он, — это не ешака купить.

В толпе внезапно послышался громкий смех Остапа Бендера. Он оценил эту фразу. Ободренный приемом, Гаврилин, сам не понимая почему, вдруг заговорил о международном положении. Он несколько раз пытался пустить свой доклад по трамвайным рельсам, но с ужасом замечал, что не может этого сделать. Слова сами по себе, против воли оратора, получались какие-то международные. После Чемберлена, которому Гаврилин уделил полчаса, на международную арену вышел американский сенатор Бора. Толпа обмякла. Корреспонденты враз записали: «В образных выражениях оратор обрисовал международное положение нашего Союза...» Распалившийся Гаврилин нехорошо отозвался о румынских боярах и перешел на Муссолини. И только к концу речи он поборол свою вторую международную натуру и заговорил хорошими деловыми словами:

— И я так думаю, товарищи, что этот трамвай, который сейчас выйдет из депа, благодаря кого он выпущен? Конечно, товарищи, благодаря вот вам, благодаря всех рабочих, которые действительно поработали не за страх, а, товарищи, за совесть. А еще, товарищи, благодаря честного советского специалиста, главного инженера Треухова. Ему тоже спасибо!..

Стали искать Треухова, но не нашли. Представитель Маслоцентра, которого давно уже жгло, протиснулся к перилам трибуны, взмахнул рукой и громко заговорил о международном положении. По окончании его речи оба корреспондента, прислушиваясь к жиденьким хлопкам, быстро записали: «Шумные аплодисменты, переходящие в овацию...» Потом подумали над тем, что «переходящие в овацию...» будет, пожалуй, слишком сильно. Москвич решился и овацию вычеркнул. Маховик вздохнул и оставил.

Солнце быстро катилось по наклонной плоскости. С трибуны произносились приветствия. Оркестр поминутно играл туш. Светло засинел вечер, а митинг все продолжался. И говорившие и слушавшие давно уже чувствовали, что произошло что-то неладное, что митинг затянулся, что нужно как можно скорее перейти к пуску трамвая. Но все так привыкли говорить, что не могли остановиться.

Наконец нашли Треухова. Он был испачкан и, прежде чем пойти на трибуну, долго мыл в конторе лицо и руки.

— Слово предоставляется главному инженеру товарищу Треухову! — радостно возвестил Гаврилин. — Ну, говори, а то я совсем не то говорил, — добавил он шепотом.

Треухов хотел сказать многое. И про субботники, и про тяжелую работу, обо всем, что сделано и что можно еще сделать. А сделать можно много: можно освободить город от заразного привозного рынка, построить крытые стеклянные корпуса, можно построить постоянный мост вместо временного, ежегодно сносимого ледоходом, можно, наконец, осуществить проект постройки огромной мясохладобойни. Треухов открыл рот и, запинаясь, заговорил:

— Товарищи! Международное положение нашего государства...

И дальше замямлил такие прописные истины, что толпа, слушавшая уже шестую международную речь, похолодела. Только окончив, Треухов понял, что и он ни слова не сказал о трамвае. «Вот обидно, — подумал он, — абсолютно мы не умеем говорить, абсолютно».

И ему вспомнилась речь французского коммуниста, которую он слышал на собрании в Москве. Француз говорил о буржуазной прессе. «Эти акробаты пера, — восклицал он, — эти виртуозы фарса, эти шакалы ротационных машин...» Первую часть речи француз произносил в тоне ля, вторую часть — в тоне до и последнюю, патетическую, — в тоне ми. Жесты его были умеренны и красивы.

«А мы только муть разводим, — решил Треухов, — лучше б совсем не говорили».

Было уже совсем темно, когда председатель губисполкома разрезал ножницами красную ленточку, запиравшую выход из депо. Рабочие и представители общественных организаций с гомоном стали рассаживаться по вагонам. Ударили тонкие звоночки, и первый вагон трамвая, которым управлял сам Треухов, выкатился из депо под оглушительные крики толпы и стоны оркестра. Освещенные вагоны казались еще ослепительнее, чем днем. Все они плыли цугом по Гусищу; пройдя под железнодорожным мостом, они легко поднялись в город и свернули на Большую Пушкинскую. Во втором вагоне ехал оркестр и, выставив трубы из окон, играл марш Буденного.

Гаврилин, в кондукторской форменной тужурке, с сумкой через плечо, прыгая из вагона в вагон, нежно улыбался, давая некстати звонки, и вручал пассажирам пригласительные билеты на

	ТОРЖЕСТВЕННЫЙ ВЕЧЕР,
1 мая в 9 ч. вечера	имеющий быть в клубе коммунальников по следующей программе: 1. Доклад т. Мосина 2. Вручение грамоты союзом коммунальников 3. Неофициальная часть: большой концерт и семейный ужин с буфетом.

На площадке последнего вагона стоял неизвестно как попавший в число почетных гостей Виктор Михайлович. Он принюхивался к мотору. К крайнему удивлению Полесова, мотор выглядел отлично и, как видно, работал исправно. Стекла не дребезжали. Осмотрев их подробно, Виктор Михайлович убедился, что они все-таки на резине. Он уже сделал несколько замечаний вагоновожатому и считался среди публики знатоком трамвайного дела на Западе.

— Воздушный тормоз работает неважно, — заявил Полесов, с торжеством поглядывая на пассажиров, — не всасывает.

— Тебя не спросили, — ответил вагоновожатый, — авось засосет.

Проделав праздничный тур по городу, вагоны вернулись в депо, где их поджидала толпа. Треухова качали уже при полном блеске электрических ламп. Качнули и Гаврилина, но так как он весил пудов шесть и высоко не летал, его скоро отпустили. Качали т. Мосина, техников и рабочих. Второй раз в этот день качали Виктора Михайловича. Теперь он уже не дергал ногами, а, строго и серьезно глядя в звездное небо, взлетал и парил в ночной темноте. Спланировав в последний раз, Полесов заметил, что его держит за ногу и смеется гадким смехом не кто иной, как бывший предводитель Ипполит Матвеевич Воробьянинов. Полесов вежливо высвободился, отошел немного в сторону, но из виду предводителя уже не выпускал. Заметив, что Ипполит Матвеевич вместе с молодым незнакомцем, явно бывшим офицером, уходят, Виктор Михайлович осторожно последовал за ними.

Когда все уже кончилось и Гаврилин в своем лиловеньком «фиате» поджидал отдававшего последние распоряжения Треухова, чтобы ехать с ним в клуб, к воротам депо подкатил фордовский полугрузовичок с кинохроникерами.

Первым из машины ловко выпрыгнул мужчина в двенадцатиугольных роговых очках и элегантном кожаном армяке без рукавов. Острая длинная борода росла у мужчины прямо из адамова яблока. Второй мужчина тащил киноаппарат, путаясь в длинном шарфе того стиля, который Остап Бендер обычно называл «шик-модерн». Затем из грузовичка поползли ассистенты, юпитера и девушки.

Вся группа с криками ринулась в депо.

— Внимание! — крикнул бородатый армяковладелец. — Коля! Ставь юпитера!

Треухов заалелся и двинулся к ночным посетителям.

— Это вы кино? — спросил он. — Что ж вы днем не приехали?

— А когда назначено открытие трамвая?

— Он уже открыт.

— Да, да, мы несколько задержались. Хорошая натура подвернулась. Масса работы. Закат солнца! Впрочем, мы и так справимся. Коля! Давай свет! Вертящееся колесо! Крупно! Двигающиеся ноги толпы — крупно. Люда! Милочка! Пройдитесь! Коля, начали! Начали. Пошли! Идите, идите, идите... Довольно. Спасибо. Теперь будем снимать строителя. Товарищ Треухов? Будьте добры, товарищ Треухов. Нет, не так. В три четверти... Вот так, пооригинальней, на фоне трамвая... Коля! Начали! Говорите что-нибудь!..

— Ну, мне, право, так неудобно!..

— Великолепно!.. Хорошо!.. Еще говорите!.. Теперь вы говорите с первой пассажиркой трамвая... Люда! Войдите в рамку. Так. Дышите глубже: вы взволнованы!.. Коля! Ноги крупно!.. Начали!.. Так, так... Большое спасибо... Стоп!..

С давно дрожавшего «фиата» тяжело слез Гаврилин и пришел звать отставшего друга. Режиссер с волосатым адамовым яблоком оживился.

— Коля! Сюда! Прекрасный типаж. Рабочий! Пассажир трамвая! Дышите глубже. Вы взволнованы. Вы никогда прежде не ездили в трамвае. Начали! Дышите!

Гаврилин с ненавистью засопел.

— Прекрасно!.. Милочка! Иди сюда! Привет от комсомола!.. Дышите глубже. Вы взволнованы... Так... Прекрасно. Коля, кончили.

— А трамвай снимать не будете? — спросил Треухов застенчиво.

— Видите ли, — промычал кожаный режиссер, — условия освещения не позволяют. Придется доснять в Москве. Целую!

Кинохроника молниеносно исчезла.

— Ну, поедем, дружок, отдыхать, — сказал Гаврилин. — Ты что, закурил?

— Закурил, — сознался Треухов, — не выдержал.

На семейном вечере голодный накурившийся Треухов выпил три рюмки водки и совершенно опьянел. Он целовался со всеми, и все его целовали. Он хотел сказать что-то доброе своей жене, но только рассмеялся. Потом долго тряс руку Гаврилина и говорил:

— Ты чудак! Тебе надо научиться проектировать железнодорожные мосты! Это замечательная наука. И главное — абсолютно простая. Мост через Гудзон...

Через полчаса его развезло окончательно, и он произнес филиппику, направленную против буржуазной прессы:

— Эти акробаты фарса, эти гиены пера! Эти виртуозы ротационных машин! — кричал он.

Домой его отвезла жена на извозчике.

— Хочу ехать на трамвае, — говорил он жене, — ну как ты этого не понимаешь? Раз есть трамвай, — значит, на нем нужно ехать!.. Почему? Во-первых, это выгодно...

Полесов шел следом за концессионерами, долго крепился и, выждав, когда вокруг никого не было, подошел к Воробьянинову.

— Добрый вечер, господин Ипполит Матвеевич! — сказал он почтительно.

Воробьянинову сделалось не по себе.

— Не имею чести, — пробормотал он.

Остап выдвинул правое плечо и подошел к слесарю-интеллигенту.

— Ну-ну, — сказал он, — что вы хотите сказать моему другу?

— Вам не надо беспокоиться, — зашептал Полесов, оглядываясь по сторонам. — Я от Елены Станиславовны...

— Как? Она здесь?

— Здесь. И очень хочет вас видеть.

— Зачем? — спросил Остап. — А вы кто такой?

— Я... Вы, Ипполит Матвеевич, не думайте ничего такого. Вы меня не знаете, но я вас очень хорошо помню.

— Я бы хотел зайти к Елене Станиславовне, — нерешительно сказал Воробьянинов.

— Она чрезвычайно просила вас прийти.

— Да, но откуда она узнала?..

— Я вас встретил в коридоре комхоза и долго думал: знакомое лицо. Потом вспомнил. Вы, Ипполит Матвеевич, ни о чем не волнуйтесь! Все будет совершенно тайно.

— Знакомая женщина? — спросил Остап деловито.

— М-да, старая знакомая...

— Тогда, может быть, зайдем поужинаем у старой знакомой? Я, например, безумно хочу жрать, а все закрыто.

— Пожалуй.

— Тогда идем. Ведите нас, таинственный незнакомец.

И Виктор Михайлович проходными дворами, поминутно оглядываясь, повел компаньонов к дому гадалки, в Перелешинский переулок.

Глава XIV
«СОЮЗ МЕЧА И ОРАЛА»

Когда женщина стареет, с ней могут произойти многие неприятности: могут выпасть зубы, поседеть и поредеть волосы, развиться одышка, может нагрянуть тучность, может одолеть крайняя худоба, но голос у нее не изменится. Он останется таким же, каким был у нее гимназисткой, невестой или любовницей молодого повесы.

Поэтому, когда Полесов постучал в дверь и Елена Станиславовна спросила: «Кто там?» — Воробьянинов дрогнул. Голос его любовницы был тот же, что и в девяносто девятом году, перед открытием парижской выставки. Но, войдя в комнату и сжимая веки от света, Ипполит Матвеевич увидел, что от былой красоты не осталось и следа.

— Как вы изменились! — сказал он невольно.

Старуха бросилась ему на шею.

— Спасибо, — сказала она, — я знаю, чем вы рисковали, придя ко мне. Вы тот же великодушный рыцарь. Я не спрашиваю вас, зачем вы приехали из Парижа. Видите, я не любопытна.

— Но я приехал вовсе не из Парижа, — растерянно сказал Воробьянинов.

— Мы с коллегой прибыли из Берлина, — поправил Остап, нажимая на локоть Ипполита Матвеевича, — об этом не рекомендуется говорить вслух.

— Ах, я так рада вас видеть! — возопила гадалка. — Войдите сюда, в эту комнату... А вы, Виктор Михайлович, простите, но не зайдёте ли вы через полчаса?

— О! — заметил Остап. — Первое свидание! Трудные минуты! Разрешите и мне удалиться. Вы позволите с вами, любезнейший Виктор Михайлович?

Слесарь задрожал от радости. Оба ушли в квартиру Полесова, где Остап, сидя на обломке ворот дома № 5 по Перелешинскому переулку, стал развивать перед оторопевшим кустарем-одиночкою с мотором фантасмагорические идеи, клонящиеся к спасению родины.

Через час они вернулись и застали стариков совершенно разомлевшими.

— А вы помните, Елена Станиславовна? — говорил Ипполит Матвеевич.

— А вы помните, Ипполит Матвеевич? — говорила Елена Станиславовна.

«Кажется, наступил психологический момент для ужина»,— подумал Остап. И, прервав Ипполита Матвеевича, вспоминавшего выборы в городскую управу, сказал:

— В Берлине есть очень странный обычай: там едят так поздно, что нельзя понять, что это — ранний ужин или поздний обед.

Елена Станиславовна встрепенулась, отвела кроличий взгляд от Воробьянинова и потащилась на кухню.

— А теперь действовать, действовать и действовать! — сказал Остап, понизив голос до степени полной нелегальности.

Он взял Полесова за руку.

— Старуха не подкачает? Надежная женщина?

Полесов молитвенно сложил руки.

— Ваше политическое кредо?
— Всегда! — восторженно ответил Полесов.
— Вы, надеюсь, кирилловец?
— Так точно.

Полесов вытянулся в струну.

— Россия вас не забудет! — рявкнул Остап.

Ипполит Матвеевич, держа в руке сладкий пирожок, с недоумением слушал Остапа, но удержать его было нельзя. Его несло. Великий комбинатор чувствовал вдохновение, упоительное состояние перед высшесредним шантажом. Он прошелся по комнате, как барс.

В таком возбужденном состоянии его застала Елена Станиславовна, с трудом тащившая из кухни самовар. Остап галантно подскочил к ней, перенял на ходу самовар и поставил его на стол. Самовар свистнул. Остап решил действовать.

— Мадам, — сказал он, — мы счастливы видеть в вашем лице...

Он не знал, кого он счастлив видеть в лице Елены Станиславовны. Пришлось начать снова. Изо всех пышных оборотов царского режима вертелось в голове только какое-то «милостиво повелеть соизволил». Но это было не к месту. Поэтому он начал деловито:

— Строгий секрет! Государственная тайна!

Остап показал рукой на Воробьянинова:

— Кто, по-вашему, этот мощный старик? Не говорите, вы не можете этого знать. Это — гигант мысли, отец русской демократии и особа, приближенная к императору.

Ипполит Матвеевич встал во весь свой прекрасный рост и растерянно посмотрел по сторонам. Он ничего не понимал, но, зная по опыту, что Остап Бендер никогда не говорит зря, молчал. В Полесове все происходящее вызвало дрожь. Он стоял, задрав подбородок к потолку, в позе человека, готовящегося пройти церемониальным маршем. Елена Станиславовна села на стул, в страхе глядя на Остапа.

— Наших в городе много? — спросил Остап напрямик. — Каково настроение?

— При наличии отсутствия... — сказал Виктор Михайлович и стал путано объяснять свои беды. Тут был и дворник дома № 5, возомнивший о себе хам, и плашки в три восьмых дюйма, и трамвай, и прочее.

— Хорошо! — грянул Остап. — Елена Станиславовна! С вашей помощью мы хотим связаться с лучшими людьми города, которых злая судьба загнала в подполье. Кого можно пригласить к вам?

— Кого же можно пригласить? Максима Петровича разве с женой?

— Без жены, — поправил Остап, — без жен! Вы будете единственным приятным исключением. Еще кого?

В обсуждении, к которому деятельно примкнул и Виктор Михайлович, выяснилось, что пригласить можно того же Максима Петровича Чарушникова, бывшего гласного городской думы, а ныне чудесным образом сопричисленного к лику совработников, хозяина «Быстроупака» Дядьева, председателя «Одесской бубличной артели — «Московские баранки» Кислярского и двух молодых людей без фамилий, но вполне надежных.

— В таком случае прошу пригласить их сейчас же на маленькое совещание. Под величайшим секретом.

Заговорил Полесов:

— Я побегу к Максиму Петровичу, за Никешей и Владей, а уж вы, Елена Станиславовна, потрудитесь и сходите в «Быстроупак» и за Кислярским.

Полесов умчался. Гадалка с благоговением посмотрела на Ипполита Матвеевича и тоже ушла.

— Что это значит? — спросил Ипполит Матвеевич.

— Это значит, — ответил Остап, — что вы отсталый человек.

— Почему?

— Потому что! Простите за пошлый вопрос: сколько у вас есть денег?

— Каких денег?

— Всяких. Включая серебро и медь.

— Тридцать пять рублей.

— И с этими деньгами вы собирались окупить все расходы по нашему предприятию?

Ипполит Матвеевич молчал.

— Вот что, дорогой патрон. Мне сдается, что вы меня понимаете. Вам придется побыть часок гигантом мысли и особой, приближенной к императору.

— Зачем?

— Затем, что нам нужен оборотный капитал. Завтра моя свадьба. Я не нищий. Я хочу пировать в этот знаменательный день.

— Что же я должен делать? — простонал Ипполит Матвеевич.

— Вы должны молчать. Иногда, для важности, надувайте щеки.

— Но ведь это же... обман.

— Кто это говорит? Это говорит граф Толстой? Или Дарвин? Нет. Я слышу это из уст человека, который еще вчера только собирался забраться ночью в квартиру Грицацуевой и украсть у бедной вдовы мебель. Не задумывайтесь. Молчите. И не забывайте надувать щеки.

— К чему ввязываться в такое опасное дело? Ведь могут донести.

— Об этом не беспокойтесь. На плохие шансы я не ловлю. Дело будет поведено так, что никто ничего не поймет. Давайте пить чай.

Пока концессионеры пили и ели, а попугай трещал скорлупой подсолнухов, в квартиру входили гости.

Никеша и Владя пришли вместе с Полесовым. Виктор Михайлович не решился представить молодых людей гиганту мысли. Они засели в уголке и принялись наблюдать за тем, как отец русской демократии ест холодную телятину. Никеша и Владя были вполне созревшие недотепы. Каждому из них было лет под тридцать. Им, видно, очень нравилось, что их пригласили на заседание.

Бывший гласный городской думы Чарушников, тучный старик, долго тряс руку Ипполита Матвеевича и заглядывал ему в глаза. Под наблюдением Остапа старожилы города стали обмениваться воспоминаниями. Дав им разговориться, Остап обратился к Чарушникову:

— Вы в каком полку служили?

Чарушников запыхтел.

— Я... я, так сказать, вообще не служил, потому что, будучи облечен доверием общества, проходил по выборам.

— Вы дворянин?

— Да. Был.

— Вы, надеюсь, остались им и сейчас? Крепитесь. Потребуется ваша помощь. Полесов вам говорил? Заграница нам поможет. Остановка за общественным мнением. Полная тайна организации. Внимание!

Остап отогнал Полесова от Никеши и Влади и с неподдельной суровостью спросил:

— В каком полку служили? Придется послужить отечеству. Вы дворяне? Очень хорошо. Запад нам поможет. Крепитесь. Полная тайна вкладов, то есть организации. Внимание.

Остапа несло. Дело как будто налаживалось. Представленный Еленой Станиславовной владельцу «Быстроупака», Остап отвел его в сторону, предложил ему крепиться, осведомился, в каком полку он служил, и обещал содействие заграницы и полную тайну организации. Первым чувством владельца «Быстроупака» было желание как можно скорее убежать из заговорщицкой квартиры. Он считал свою фирму слишком солидной, чтобы вступать в рискованное дело. Но, оглядев ловкую фигуру Остапа, он поколебался и стал размышлять: «А вдруг!.. Впрочем, все зависит от того, под каким соусом все это будет подано».

Дружеская беседа за чайным столом оживилась. Посвященные свято хранили тайну и разговаривали о городских новостях.

Последним пришел гражданин Кислярский, который, не будучи дворянином и никогда не служа в гвардейских полках, из краткого разговора с Остапом сразу уяснил себе положение вещей.

— Крепитесь, — сказал Остап наставительно.

Кислярский пообещал.

— Вы, как представитель частного капитала, не можете остаться глухим к стонам родины.

Кислярский сочувственно загрустил.

— Вы знаете, кто это сидит? — спросил Остап, показывая на Ипполита Матвеевича.

— Как же, — ответил Кислярский, — это господин Воробьянинов.

— Это, — сказал Остап, — гигант мысли, отец русской демократии, особа, приближенная к императору.

«В лучшем случае — два года со строгой изоляцией, — подумал Кислярский, начиная дрожать. — Зачем я сюда пришел?»

— Тайный союз меча и орала! — зловеще прошептал Остап.

«Десять лет», — мелькнула у Кислярского мысль.

— Впрочем, вы можете уйти, но у нас, предупреждаю, длинные руки!

«Я тебе покажу, сукин сын, — подумал Остап. — Меньше чем за сто рублей я тебя не выпущу».

Кислярский сделался мраморным. Еще сегодня он так вкусно и спокойно обедал, ел куриные пупочки, бульон с орешками и ничего не знал о страшном «союзе меча и орала». Он остался: длинные руки» произвели на него невыгодное впечатление.

— Граждане! — сказал Остап, открывая заседание. — Жизнь диктует свои законы, свои жестокие законы. Я не стану говорить вам о цели нашего собрания — она вам известна. Цель святая. Отовсюду мы слышим стоны. Со всех концов нашей обширной страны взывают о помощи. Мы должны протянуть руку помощи, и мы ее протянем. Одни из вас служат и едят хлеб с маслом, другие занимаются отхожим промыслом и едят бутерброды с икрой. И те и другие спят в своих постелях и укрываются теплыми одеялами. Одни лишь маленькие дети, беспризорные дети, находятся без призора. Эти цветы улицы, или, как выражаются пролетарии умственного труда, цветы на асфальте, заслуживают лучшей участи. Мы, господа присяжные заседатели, должны им помочь. И мы, господа присяжные заседатели, им поможем.

Речь великого комбинатора вызвала среди слушателей различные чувства.

Полесов не понял своего нового друга — молодого гвардейца.

«Какие дети? — подумал он. — Почему дети?»

Ипполит Матвеевич даже и не старался ничего понять. Он давно уже махнул на все рукой и молча сидел, надувая щеки.

Елена Станиславовна пригорюнилась.

Никеша и Владя преданно глядели на голубую жилетку Остапа.

Владелец «Быстроупака» был чрезвычайно доволен.

«Красиво составлено, — решил он, — под таким соусом и деньги дать можно. В случае удачи — почет! Не вышло — мое дело шестнадцатое. Помогал детям — и дело с концом».

Чарушников обменялся значительным взглядом с Дядьевым и, отдавая должное конспиративной ловкости докладчика, продолжал катать по столу хлебные шарики.

Кислярский был на седьмом небе.

«Золотая голова», — думал он. Ему казалось, что он еще никогда так сильно не любил беспризорных детей, как в этот вечер.

— Товарищи! — продолжал Остап.— Нужна немедленная помощь. Мы должны вырвать детей из цепких лап улицы, и мы вырвем их оттуда. Поможем детям. Будем помнить, что дети — цветы жизни. Я приглашаю вас сейчас же сделать свои взносы и помочь детям, только детям, и никому другому. Вы меня понимаете?

Остап вынул из бокового кармана квитанционную книжку.

— Попрошу делать взносы. Ипполит Матвеевич подтвердит мои полномочия.

Ипполит Матвеевич надулся и наклонил голову. Тут даже несмышленые Никеша с Владей и сам хлопотливый слесарь поняли тайную суть иносказаний Остапа.

— В порядке старшинства, господа, — сказал Остап, — начнем с уважаемого Максима Петровича.

Максим Петрович заерзал и дал от силы тридцать рублей.

— В лучшие времена дам больше! — заявил он.

— Лучшие времена скоро наступят, — сказал Остап. — Впрочем, к беспризорным детям, которых я в настоящий момент представляю, это не относится.

Восемь рублей дали Никеша с Владей.

— Мало, молодые люди.

Молодые люди зарделись.

Полесов сбегал домой и принес пятьдесят.

— Браво, гусар! — сказал Остап. — Для гусара-одиночки с мотором этого на первый раз достаточно. Что скажет купечество?

Дядьев и Кислярский долго торговались и жаловались на уравнительный. Остап был неумолим:

— В присутствии самого Ипполита Матвеевича считаю эти разговоры излишними.

Ипполит Матвеевич наклонил голову. Купцы пожертвовали в пользу деток по двести рублей.

— Всего, — возгласил Остап, — четыреста восемьдесят восемь рублей. Эх! Двенадцати рублей не хватает для ровного счета.

Елена Станиславовна, долго крепившаяся, ушла в спальню и вынесла в ридикюле искомые двенадцать рублей.

Остальная часть заседания была смята и носила менее торжественный характер. Остап начал резвиться. Елена Станиславовна совсем размякла. Гости постепенно расходились, почтительно прощаясь с организаторами.

— О дне следующего заседания вы будете оповещены особо, — говорил Остап на прощание, — строжайший секрет. Дело помощи детям должно находиться в тайне... Это, кстати, в ваших личных интересах.

При этих словах Кислярскому захотелось дать еще пятьдесят рублей, но больше уже не приходить ни на какие заседания. Он еле удержал себя от этого порыва.

— Ну, — сказал Остап, — будем двигаться. Вы, Ипполит Матвеевич, я надеюсь, воспользуетесь гостеприимством Елены Станиславовны и переночуете у нее. Кстати, нам и для конспирации полезно разделиться на время. А я пошел.

Ипполит Матвеевич отчаянно подмаргивал Остапу глазом, но тот сделал вид, что не заметил этого, и вышел на улицу.

Пройдя квартал, он вспомнил, что в кармане у него лежат пятьсот честно заработанных рублей.

— Извозчик! — крикнул он. — Вези в «Феникс»!
— Это можно, — сказал извозчик.

Он неторопливо подвез Остапа к закрытому ресторану.

— Это что? Закрыто?
— По случаю Первого мая.
— Ах, чтоб их! И денег сколько угодно, и погулять негде! Ну, тогда валяй на улицу Плеханова. Знаешь?

Остап решил поехать к своей невесте.

— А раньше как эта улица называлась? — спросил извозчик.
— Не знаю.
— Куда же ехать? И я не знаю.

Тем не менее Остап велел ехать и искать.

Часа полтора проколесили они по пустому ночному городу, опрашивая ночных сторожей и милиционеров. Один милиционер долго пыжился и наконец сообщил, что Плеханова не иначе как бывшая Губернаторская.

— Ну, Губернаторская! Я Губернаторскую хорошо знаю. Двадцать пять лет вожу на Губернаторскую.

— Ну и езжай!

Приехали на Губернаторскую, но она оказалась не Плеханова, а Карла Маркса.

Озлобленный Остап возобновил поиски затерянной улицы имени Плеханова. Но не нашел ее.

Рассвет бледно осветил лицо богатого страдальца, так и не сумевшего развлечься.

— Вези в «Сорбонну»! — крикнул он. — Тоже извозчик! Плеханова не знаешь!

Чертог вдовы Грицацуевой сиял. Во главе свадебного стола сидел марьяжный король — сын турецкоподданного. Он был элегантен и пьян. Гости шумели.

Молодая была уже не молода. Ей было не меньше тридцати пяти лет. Природа одарила ее щедро. Тут было все: арбузные груди, нос — обухом, расписные щеки и мощный затылок. Нового мужа она обожала и очень боялась. Поэтому звала его не по имени и даже не по отчеству, которого она так никогда и не узнала, а по фамилии: товарищ Бендер.

Ипполит Матвеевич снова сидел на заветном стуле. В продолжение всего свадебного ужина он подпрыгивал на нем, чтобы почувствовать твердое. Иногда это ему удавалось. Тогда все присутствующие нравились ему, и он неистово начинал кричать «горько».

Остап все время произносил речи, спичи и тосты. Пили за народное просвещение и ирригацию Узбекистана. После этого гости стали расходиться. Ипполит Матвеевич задержался в передней и шепнул Бендеру:

— Так вы не тяните. Они там.

— Вы — стяжатель, — ответил пьяный Остап, — ждите меня в гостинице. Никуда не уходите. Я могу прийти каждую минуту. Уплатите в гостинице по счету. Чтоб все было готово. Адье, фельдмаршал! Пожелайте мне спокойной ночи.

Ипполит Матвеевич пожелал и отправился в «Сорбонну» волноваться.

В пять часов утра явился Остап со стулом. Ипполита Матвеевича проняло. Остап поставил стул посредине комнаты и сел.

— Как это вам удалось? — выговорил наконец Воробьянинов.

— Очень просто, по-семейному. Вдовица спит и видит сон. Жаль было будить. «На заре ты ее не буди». Увы! Пришлось оставить любимой записку: «Выезжаю с докладом в Новохоперск. К обеду не жди. Твой Суслик». А стул я захватил в столовой. Трамвая в эти утренние часы нет — отдыхал на стуле по пути.

Ипполит Матвеевич с урчанием кинулся к стулу.

— Тихо, — сказал Остап, — нужно действовать без шума.

Он вынул из кармана плоскогубцы, и работа закипела.

— Вы дверь заперли? — спросил Остап.

Отталкивая нетерпеливого Воробьянинова, Остап аккуратно вскрыл стул, стараясь не повредить английского ситца в цветочках.

— Такого материала теперь нет, надо его сохранить. Товарный голод, ничего не поделаешь.

Все это довело Ипполита Матвеевича до крайнего раздражения.

— Готово, — сказал Остап тихо.

Он приподнял покровы и обеими руками стал шарить между пружинами. На лбу у него обозначилась венозная ижица.

— Ну? — повторял Ипполит Матвеевич на разные лады. — Ну? Ну?

— Ну и ну, — отвечал Остап раздраженно, — один шанс против одиннадцати. И этот шанс...

Он хорошенько порылся в стуле и закончил:

— И этот шанс пока не наш.

Он поднялся во весь рост и принялся чистить коленки. Ипполит Матвеевич кинулся к стулу.

Брильянтов не было. У Ипполита Матвеевича обвисли руки. Но Остап был по-прежнему бодр.

— Теперь наши шансы увеличились.

Он походил по комнате.

— Ничего! Этот стул обошелся вдове больше, чем нам.

Остап вынул из бокового кармана золотую брошь со стекляшками, дутый золотой браслет, полдюжины золоченых ложечек и чайное ситечко.

Ипполит Матвеевич в горе даже не сообразил, что стал соучастником обыкновенной кражи.

— Пошлая вещь, — заметил Остап, — но согласитесь, что я не мог покинуть любимую женщину, не оставив о ней никакого воспоминания. Однако времени терять не следует. Это еще только начало. Конец в Москве. А мебельный музей — это вам не вдова; там потруднее будет!

Компаньоны запихнули обломки стула под кровать и, подсчитав деньги (их вместе с пожертвованиями в пользу детей оказалось пятьсот тридцать пять рублей), выехали на вокзал к московскому поезду.

Ехать пришлось через весь город на извозчике.

На Кооперативной они увидели Полесова, бежавшего по тротуару, как пугливая антилопа. За ним гнался дворник дома № 5 по Перелешинскому переулку. Заворачивая за угол, концессионеры успели заметить, что дворник настиг Виктора Михайловича и принялся его дубасить. Полесов кричал «караул!» и «хам!».

До отхода поезда сидели в уборной, опасаясь встречи с любимой женщиной.

Поезд уносил друзей в шумный центр. Друзья приникли к окну.

Вагоны проносились над Гусищем.

Внезапно Остап заревел и схватил Воробьянинова за бицепс.

— Смотрите, смотрите! — крикнул он. — Скорее! Альхен, с-сукин сын!..

Ипполит Матвеевич посмотрел вниз. Под насыпью дюжий усатый молодец тащил тачку, груженную рыжей фисгармонией и пятью оконными рамами. Тачку подталкивал стыдливого вида гражданин в мышиной толстовочке.

Солнце пробилось сквозь тучи. Сияли кресты церквей.

Остап, хохоча, высунулся из окна и гаркнул:

— Пашка! На толкучку едешь?

Паша Эмильевич поднял голову, но увидел только буфера последнего вагона и еще сильнее заработал ногами.

— Видели? — радостно спросил Остап. — Красота! Вот работают люди!

Остап похлопал загрустившего Воробьянинова по спине.

— Ничего, папаша! Не унывайте! Заседание продолжается. Завтра вечером мы в Москве!

Часть вторая
В МОСКВЕ

Глава XV
СРЕДИ ОКЕАНА СТУЛЬЕВ

Статистика знает все.

Точно учтено количество пахотной земли в СССР с подразделением на чернозем, суглинок и лёсс. Все граждане обоего пола записаны в аккуратные толстые книги, так хорошо известные Ипполиту Матвеевичу Воробьянинову,— книги загсов. Известно, сколько какой пищи съедает в год средний гражданин республики. Известно, сколько этот средний гражданин выпивает в среднем водки, с примерным указанием потребляемой закуски. Известно, сколько в стране охотников, балерин, револьверных станков, собак всех пород, велосипедов, памятников, девушек, маяков и швейных машинок.

Как много жизни, полной пыла, страстей и мысли, глядит на нас со статистических таблиц!

Кто он, розовощекий индивид, сидящий с салфеткой на груди за столиком и с аппетитом уничтожающий дымящуюся снедь? Вокруг него лежат стада миниатюрных быков. Жирные свиньи сбились в угол таблицы. В специальном статистическом бассейне плещутся бесчисленные осетры, налимы и рыба чехонь. На плечах, руках и голове индивида сидят куры. В перистых облаках летают домашние гуси, утки и индейки. Под столом прячутся два кролика. На горизонте возвышаются пирамиды и вавилоны из печеного хлеба. Небольшая крепость из варенья омывается молочной рекой. Огурец, величиною в пизанскую башню, стоит на горизонте. За крепостными валами из соли и перцу пополуротно маршируют вина, водки и наливки. В арьергарде жалкой кучкой плетутся безалкогольные напитки: нестроевые нарзаны, лимонады и сифоны в проволочных сетках.

Кто же этот розовощекий индивид — обжора, пьянчуга и сластун? Гаргантюа, король дипсодов? Силач Фосс? Легендарный солдат Яшка Красная Рубашка? Лукулл?

Это не Лукулл. Это — Иван Иванович Сидоров или Сидор Сидорович Иванов; средний гражданин, съедающий в среднем за свою жизнь всю изображенную на таблице снедь. Это — нормальный потребитель калорий и витаминов, тихий сорокалетний холостяк, служащий в госмагазине галантереи и трикотажа.

От статистики не скроешься никуда. Она имеет точные сведения не только о количестве зубных врачей, колбасных, шприцев, дворников, кинорежиссеров, проституток, соломенных крыш, вдов, извозчиков и колоколов, но знает даже, сколько в стране статистиков.

И одного она не знает.

Не знает она, сколько в СССР стульев.

Стульев очень много.

Последняя статистическая перепись определила численность населения союзных республик в сто сорок три миллиона человек. Если отбросить девяносто миллионов крестьян, предпочитающих стульям лавки, полати, завалинки, а на Востоке — истертые ковры и паласы, то все же остается пятьдесят миллионов человек, в домашнем обиходе которых стулья являются предметами первой необходимости. Если же принять во внимание возможные просчеты в исчислениях и привычку некоторых граждан Союза сидеть между двух стульев, то, сократив на всякий случай общее число вдвое, найдем, что стульев в стране должно быть не менее двадцати шести с половиной миллионов. Для верности откажемся еще от шести с половиной миллионов. Оставшиеся двадцать миллионов будут числом минимальным.

Среди этого океана стульев, сделанных из ореха, дуба, ясеня, палисандра, красного дерева и карельской березы, среди стульев еловых и сосновых герои романа должны найти ореховый гамбсовский стул с гнутыми ножками, таящий в своем обитом английским ситцем брюхе сокровища мадам Петуховой.

Концессионеры лежали на верхних полках и еще спали, когда поезд осторожно перешел Оку и, усилив ход, стал приближаться к Москве.

Глава XVI
ОБЩЕЖИТИЕ ИМЕНИ МОНАХА БЕРТОЛЬДА ШВАРЦА

Ипполит Матвеевич и Остап, напирая друг на друга, стояли у открытого окна жесткого вагона и внимательно смотрели на коров, медленно сходивших с насыпи, на хвою, на дощатые дачные платформы.

Все дорожные анекдоты были уже рассказаны. «Старгородская правда» от вторника прочитана до объявлений и покрыта масляными пятнами. Все цыплята, яйца и маслины съедены.

Оставался самый томительный участок пути — последний час перед Москвой.

Из реденьких лесочков и рощ подскакивали к насыпи веселенькие дачи. Были среди них деревянные дворцы, блещущие стеклом веранд и свежевыкрашенными железными крышами. Были и простые деревянные срубы с крохотными квадратными оконцами, настоящие капканы для дачников.

В то время как пассажиры с видом знатоков рассматривали горизонт и, перевирая сохранившиеся в памяти воспоминания о битве при Калке, рассказывали друг другу прошлое и настоящее Москвы, Ипполит Матвеевич упорно старался представить себе музей мебели. Музей представлялся ему в виде многоверстного коридора, по стенам которого шпалерами стояли стулья. Воробьянинов видел себя быстро идущим между ними.

— Как еще будет с музеем мебели, неизвестно. Обойдется? — встревоженно говорил он.

— Вам, предводитель, пора уже лечиться электричеством. Не устраивайте преждевременной истерики. Если вы уже не можете не переживать, то переживайте молча.

Поезд прыгал на стрелках. Глядя на него, семафоры разевали рты. Пути учащались. Чувствовалось приближение огромного железнодорожного узла. Трава исчезла, ее заменил шлак. Свистали маневровые паровозы. Стрелочники трубили. Внезапно грохот усилился. Поезд вкатился в коридор между порожними составами и, щелкая, как турникет, стал пересчитывать вагоны.

Пути вздваивались.

Поезд выскочил из коридора. Ударило солнце. Низко, по самой земле, разбегались стрелочные фонари, похожие на топорики. Валил дым. Паровоз, отдуваясь, выпустил белоснежные бакенбарды. На поворотном кругу стоял крик. Деповцы загоняли паровоз в стойло.

От резкого торможения хрустнули поездные суставы. Все завизжало, и Ипполиту Матвеевичу показалось, что он попал в царство зубной боли. Поезд причалил к асфальтовому перрону.

Это была Москва. Это был Рязанский — самый свежий и новый из всех московских вокзалов.

Ни на одном из восьми остальных вокзалов Москвы нет таких обширных и высоких помещений, как на Рязанском. Весь Ярославский вокзал, с его псевдорусскими гребешками и геральдическими курочками, легко может поместиться в большом буфете-ресторане Рязанского вокзала.

Московские вокзалы — ворота города. Ежедневно они впускают и выпускают тридцать тысяч пассажиров. Через Александровский вокзал входит в Москву иностранец на каучуковых подошвах, в костюме для гольфа (шаровары и толстые шерстяные чулки наружу). С Курского — попадает в Москву кавказец в коричневой бараньей шапке с вентиляционными дырочками и рослый волгарь в пеньковой бороде. С Октябрьского — выскакивает полуответственный работник с портфелем из дивной свиной кожи. Он приехал из Ленинграда по делам увязки, согласования и конкретного охвата. Представители Киева и Одессы проникают в столицу через Брянский вокзал. Уже на станции Тихонова пустынь киевляне начинают презрительно улыбаться. Им великолепно известно, что Крещатик — наилучшая улица на земле. Одесситы тащат с собой корзины и плоские коробки с копченой скумбрией. Им тоже известна лучшая улица на земле. Но это, конечно, не Крещатик, это улица Лассаля, бывшая Дерибасовская. Из Саратова, Аткарска, Тамбова, Ртищева и Козлова в Москву приезжают с Павелецкого вокзала. Самое незначительное число людей прибывает в Москву через Савеловский. Это башмачники из Талдома, жители города Дмитрова, рабочие Яхромской мануфактуры или унылый дачник, живущий зимой и летом на станции Хлебниково. Ехать здесь в Москву недолго. Самое большое расстояние по этой линии — сто тридцать верст. С Ярославского вокзала попадают в столицу люди, приехавшие из Владивостока, Хабаровска, Читы, из городов дальних и больших.

Самые диковинные пассажиры, однако, на Рязанском вокзале. Это узбеки в белых кисейных чалмах и цветочных халатах, красноборые таджики, туркмены, хивинцы и бухарцы, над республиками которых сияет вечное солнце.

Концессионеры с трудом пробились к выходу и очутились на Каланчевской площади. Справа от них высились геральдические курочки Ярославского вокзала. Прямо против них тускло поблескивал Октябрьский вокзал, выкрашенный масляной краской в два цвета. Часы на нем показывали пять минут одиннадцатого. На часах Ярославского вокзала было ровно десять. А посмотрев на темно-синий, украшенный знаками Зодиака циферблат Рязанского вокзала, путешественники заметили, что часы показывали без пяти десять.

— Очень удобно для свиданий! — сказал Остап. — Всегда есть десять минут форы.

Извозчик издал губами поцелуйный звук. Проехали под мостом, и перед путниками развернулась величественная панорама столичного города.

— Куда мы, однако, едем? — спросил Ипполит Матвеевич.

— К хорошим людям, — ответил Остап, — в Москве их масса. И все мои знакомые.

— И мы у них остановимся?

— Это общежитие. Если не у одного, то у другого место всегда найдется.

В Охотном ряду было смятение. Врассыпную, с лотками на головах, как гуси, бежали беспатентные лоточники. За ними лениво трусил милиционер. Беспризорные сидели возле асфальтового чана и с наслаждением вдыхали запах кипящей смолы.

Выехали на Арбатскую площадь, проехали по Пречистенскому бульвару и, свернув направо, остановились на Сивцевом Вражке.

— Что это за дом? — спросил Ипполит Матвеевич.

Остап посмотрел на розовый домик с мезонином и ответил:

— Общежитие студентов-химиков имени монаха Бертольда Шварца.

— Неужели монаха?
— Ну, пошутил, пошутил. Имени Семашко.

Как и полагается рядовому студенческому общежитию в Москве, дом студентов-химиков давно уже был заселен людьми, имеющими к химии довольно отдаленное отношение. Студенты расползлись. Часть из них окончила курс и разъехалась по назначениям, часть была исключена за академическую неуспешность. Именно эта часть, год от году возрастая, образовала в розовом домике нечто среднее между жилтовариществом и феодальным поселком. Тщетно пытались ряды новых студентов ворваться в общежитие. Экс-химики были необыкновенно изобретательны и отражали все атаки. На домик махнули рукой. Он стал считаться диким и исчез со всех планов МУНИ. Его как будто бы и не было. А между тем он был, и в нем жили люди.

Концессионеры поднялись по лестнице на второй этаж и свернули в совершенно темный коридор.

— Свет и воздух,— сказал Остап.

Внезапно в темноте, у самого локтя Ипполита Матвеевича, кто-то засопел.

— Не пугайтесь,— заметил Остап,— это не в коридоре. Это за стеной. Фанера, как известно из физики,— лучший проводник звука. Осторожнее! Держитесь за меня! Тут где-то должен быть несгораемый шкаф.

Крик, который сейчас же издал Воробьянинов, ударившись грудью об острый железный угол, показал, что шкаф действительно где-то тут.

— Что, больно? — осведомился Остап.— Это еще ничего. Это физические мучения. Зато сколько здесь было моральных мучений — жутко вспомнить. Тут вот рядом стоял скелет, собственность студента Иванопуло. Он купил его на Сухаревке, а держать в комнате боялся. Так что посетители сперва ударялись о кассу, а потом на них падал скелет. Беременные женщины были очень недовольны.

По лестнице, шедшей винтом, компаньоны поднялись в мезонин. Большая комната мезонина была разрезана фанерными перегородками на длинные ломти, в два аршина ширины каждый. Комнаты были похожи на пеналы, с тем только отличием, что, кроме карандашей и ручек, здесь были люди и примусы.

— Ты дома, Коля? — тихо спросил Остап, остановившись у центральной двери.

В ответ на это во всех пяти пеналах завозились и загалдели.

— Дома, — ответили за дверью.

— Опять к этому дураку гости спозаранку пришли! — зашептал женский голос из крайнего пенала слева.

— Да дайте же человеку поспать! — буркнул пенал № 2.

В третьем пенале радостно зашипели:

— К Кольке из милиции пришли. За вчерашнее стекло.

В пятом пенале молчали. Там ржал примус и целовались.

Остап толкнул ногою дверь. Все фанерное сооружение затряслось, и концессионеры проникли в Колькину щель. Картина, представившаяся взору Остапа, при внешней своей невинности, была ужасна. В комнате из мебели был только матрац в красную полоску, лежавший на четырех кирпичах. Но не это обеспокоило Остапа. Колькина мебель была ему известна давно. Не удивил его и сам Колька, сидящий на матраце с ногами. Но рядом сидело такое небесное создание, что Остап сразу омрачился. Такие девушки никогда не бывают деловыми знакомыми — для этого у них слишком голубые глаза и чистая шея. Это любовницы или, еще хуже, это жены — и жены любимые. И действительно, Коля называл создание Лизой, говорил ей «ты» и показывал ей рожки.

Ипполит Матвеевич снял свою касторовую шляпу. Остап вызвал Колю в коридор. Там они долго шептались.

— Прекрасное утро, сударыня, — сказал Ипполит Матвеевич.

Голубоглазая сударыня засмеялась и без всякой видимой связи с замечанием Ипполита Матвеевича заговорила о том, какие дураки живут в соседнем пенале.

— Они нарочно заводят примус, чтобы не было слышно, как они целуются. Но вы поймите, это же глупо. Мы все слышим. Вот они действительно ничего уже не слышат из-за своего примуса. Хотите, я вам сейчас покажу? Слушайте!

И Колина жена, постигшая все тайны примуса, громко сказала:

— Зверевы дураки!

За стеной слышалось адское пение примуса и звуки поцелуев.

— Видите? Они ничего не слышат. Зверевы дураки, болваны и психопаты. Видите!..

— Да, — сказал Ипполит Матвеевич.

— А мы примуса не держим. Зачем? Мы ходим обедать в вегетарианскую столовую, хотя я против вегетарианской столовой. Но когда мы с Колей поженились, он мечтал о том, как мы вместе будем ходить в вегетарианку. Ну вот мы и ходим. Я очень люблю мясо. А там котлеты из лапши. Только вы, пожалуйста, ничего не говорите Коле...

В это время вернулся Коля с Остапом.

— Ну что ж, раз у тебя решительно нельзя остановиться, мы пойдем к Пантелею.

— Верно, ребята! — закричал Коля. — Идите к Иванопуло. Это свой парень.

— Приходите к нам в гости, — сказала Колина жена, — мы с мужем будем очень рады.

— Опять в гости зовут! — возмутились в крайнем пенале слева. — Мало им гостей!

— А вы — дураки, болваны и психопаты, не ваше дело! — сказала Колина жена, не повышая голоса.

— Ты слышишь, Иван Андреевич, — заволновались в крайнем пенале, — твою жену оскорбляют, а ты молчишь.

Подали свой голос невидимые комментаторы и из других пеналов. Словесная перепалка разрасталась. Компаньоны ушли вниз, к Иванопуло.

Студента не было дома. Ипполит Матвеевич зажег спичку. На дверях висела записка: «Буду не раньше 9 ч. Пантелей».

— Не беда, — сказал Остап, — я знаю, где ключ.

Он пошарил под несгораемой кассой, достал ключ и открыл дверь.

Комната студента Иванопуло была точно такого же размера, как и Колина, но зато угловая. Одна стена ее была каменная, чем студент очень гордился. Ипполит Матвеевич с огорчением заметил, что у студента не было даже матраца.

— Отлично устроимся, — сказал Остап, — приличная кубатура для Москвы. Если мы уляжемся все втроем на полу, то даже останется немного места. А Пантелей — сукин сын! Куда он девал матрац, интересно знать?

Окно выходило в переулок. Там ходил милиционер. Напротив, в домике, построенном на манер готической башни, помещалось посольство крохотной державы. За железной решеткой играли в теннис. Летал белый мячик. Слышались короткие возгласы.

— Аут, — сказал Остап, — класс игры невысокий. Однако давайте отдыхать.

Концессионеры разостлали на полу газеты. Ипполит Матвеевич вынул подушку-думку, которую возил с собой.

Остап повалился на телеграммы и заснул. Ипполит Матвеевич спал уже давно.

Глава XVII
УВАЖАЙТЕ МАТРАЦЫ, ГРАЖДАНЕ!

— Лиза, пойдем обедать!
— Мне не хочется. Я вчера уже обедала.
— Я тебя не понимаю.
— Не пойду я есть фальшивого зайца.
— Ну и глупо!
— Я не могу питаться вегетарианскими сосисками.
— Сегодня будешь есть шарлотку.
— Мне что-то не хочется.
— Говори тише. Все слышно.

И молодые супруги перешли на драматический шепот.

Через две минуты Коля понял в первый раз за три месяца супружеской жизни, что любимая женщина любит морковные, картофельные и гороховые сосиски гораздо меньше, чем он.

— Значит, ты предпочитаешь собачину диетическому питанию? — закричал Коля, в горячности не учтя подслушивающих соседей.

— Да говори тише! — громко закричала Лиза. — И потом, ты ко мне плохо относишься. Да! Я люблю мясо! Иногда. Что же тут дурного?

Коля изумленно замолчал. Этот поворот был для него неожиданным. Мясо пробило бы в Колином бюджете огромную, незаполнимую брешь. Прогуливаясь вдоль матраца, на котором, свернувшись в узелок, сидела раскрасневшаяся Лиза, молодой супруг производил отчаянные вычисления.

Копирование на кальку в чертежном бюро «Техносила» давало Коле Калачову даже в самые удачные месяцы никак не больше сорока рублей. За квартиру Коля не платил. В диком поселке не было управдома, и квартирная плата была там понятием абстрактным. Десять рублей уходило на обучение

Лизы кройке и шитью на курсах с правами строительного техникума. Обед на двоих (одно первое — борщ монастырский и одно второе — фальшивый заяц или настоящая лапша), съедаемый честно пополам в вегетарианской столовой «Не укради», вырывал из бюджета супругов тринадцать рублей в месяц. Остальные деньги расплывались неизвестно куда. Это больше всего смущало Колю. «Куда идут деньги?» — задумывался он, вытягивая рейсфедером на небесного цвета кальке длинную и тонкую линию. При таких условиях перейти на мясоедение значило гибель. Поэтому Коля пылко заговорил:

— Подумай только, пожирать трупы убитых животных! Людоедство под маской культуры! Все болезни происходят от мяса.

— Конечно,— с застенчивой иронией сказала Лиза,— например, ангина.

— Да, да, и ангина! А что ты думаешь? Организм, ослабленный вечным потреблением мяса, не в силах сопротивляться инфекции.

— Как это глупо!

— Не это глупо. Глуп тот, кто стремится набить свой желудок, не заботясь о количестве витаминов.

Коля вдруг замолчал. Все больше и больше заслоняя фон из пресных и вялых лапшевников, каши и картофельной чепухи, перед Колиным внутренним оком предстала обширная свиная котлета. Она, как видно, только что соскочила со сковороды. Она еще шипела, булькала и выпускала пряный дым. Кость из котлеты торчала, как дуэльный пистолет.

— Ведь ты пойми,— закричал Коля,— какая-нибудь свиная котлета отнимает у человека неделю жизни!

— Пусть отнимает! — сказала Лиза.— Фальшивый заяц отнимает полгода. Вчера, когда мы съели морковное жаркое, я почувствовала, что умираю. Только я не хотела тебе говорить.

— Почему же ты не хотела говорить?
— У меня не было сил. Я боялась заплакать.
— А теперь ты не боишься?
— Теперь мне уже все равно.

Лиза всплакнула.

— Лев Толстой, — сказал Коля дрожащим голосом, — тоже не ел мяса.
— Да-а, — ответила Лиза, икая от слез, — граф ел спаржу.
— Спаржа не мясо.
— А когда он писал «Войну и мир», он ел мясо! Ел, ел, ел! И когда «Анну Каренину» писал — лопал, лопал, лопал!
— Да замолчи!
— Лопал! Лопал! Лопал!
— А когда «Крейцерову сонату» писал, тогда тоже лопал? — ядовито спросил Коля.
— «Крейцерова соната» маленькая. Попробовал бы он написать «Войну и мир», сидя на вегетарианских сосисках!
— Что ты, наконец, прицепилась ко мне со своим Толстым?
— Я к тебе прицепилась с Толстым? Я? Я к вам прицепилась с Толстым?

Коля тоже перешел на «вы». В пеналах громко ликовали. Лиза поспешно с затылка на лоб натягивала голубую вязаную шапочку.

— Куда ты идешь?
— Оставь меня в покое. Иду по делу.

И Лиза убежала.

«Куда она могла пойти?» — подумал Коля. Он прислушался.

— Много воли дано вашей сестре при советской власти, — сказали в крайнем слева пенале.
— Утопится! — решили в третьем пенале.

Пятый пенал развел примус и занялся обыденными поцелуями.

Лиза взволнованно бежала по улицам.

Был тот час воскресного дня, когда счастливцы везут по Арбату с рынка матрацы.

Молодожены и советские середняки — главные покупатели пружинных матрацев. Они везут их стоймя и обнимают обеими руками. Да как им не обнимать голубую, в лоснящихся цветочках, основу своего счастья!

Граждане! Уважайте пружинный матрац в голубых цветочках! Это семейный очаг, альфа и омега меблировки, общее и целое домашнего уюта, любовная база, отец примуса! Как сладко спать под демократический звон его пружин! Какие чудесные сны видит человек, засыпающий на его голубой дерюге! Каким уважением пользуется каждый матрацевладелец!

Человек, лишенный матраца, жалок. Он не существует. Он не платит налогов, не имеет жены, знакомые не дают ему взаймы денег «до среды», шоферы такси посылают ему вдогонку оскорбительные слова, девушки смеются над ним: они не любят идеалистов.

Человек, лишенный матраца, большей частью пишет стихи:

Под мягкий звон часов Буре приятно отдыхать в качалке.
Снежинки вьются на дворе, и, как мечты, летают галки.

Творит он за высокой конторкой телеграфа, задерживая деловых матрацевладельцев, пришедших отправлять телеграммы.

Матрац ломает жизнь человеческую. В его обивке и пружинах таится некая сила, притягательная и до сих пор не исследованная. На призывный звон его пружин стекаются люди и вещи. Приходит финагент и девушки. Они хотят дружить с матрацевладельцами. Финагент делает это в целях фискальных, преследующих государственную пользу, а девушки — бескорыстно, повинуясь законам природы.

Начинается цветение молодости. Финагент, собравши налог, как пчела собирает весеннюю взятку, с радостным гулом улетает в свой участковый улей. А отхлынувших девушек заменяет жена и примус «Ювель № 1».

Матрац ненасытен. Он требует жертвоприношений. По ночам он издает звон падающего мяча. Ему нужна этажерка. Ему нужен стол на глупых тумбах. Лязгая пружинами, он требует занавесей, портьер и кухонной посуды. Он толкает человека и говорит ему:

— Пойди! Купи рубель и скалку!

— Мне стыдно за тебя, человек, у тебя до сих пор нет ковра!

— Работай! Я скоро принесу тебе детей! Тебе нужны деньги на пеленки и колясочку.

Матрац все помнит и все делает по-своему.

Даже поэт не может избежать общей участи. Вот он везет с рынка матрац, с ужасом прижимаясь к его мягкому брюху.

— Я сломлю твое упорство, поэт! — говорит матрац. — Тебе уже не надо будет бегать на телеграф писать стихи. Да и вообще стоит ли их писать? Служи! И сальдо будет всегда в твою пользу. Подумай о жене и детях.

— У меня нет жены! — кричит поэт, отшатываясь от пружинного учителя.

— Она будет. И я не поручусь, что это будет самая красивая девушка на земле. Я не знаю даже, будет ли она добра. Приготовься ко всему. У тебя родятся дети.

— Я не люблю детей!

— Ты полюбишь их!

— Вы пугаете меня, гражданин матрац!

— Молчи, дурак! Ты не знаешь всего! Ты еще возьмешь в Мосдреве кредит на мебель.

— Я убью тебя, матрац!

— Щенок! Если ты осмелишься это сделать, соседи донесут на тебя в домоуправление.

Так каждое воскресенье, под радостный звон матрацев, циркулируют по Москве счастливцы.

Но не этим одним, конечно, замечательно московское воскресенье. Воскресенье — музейный день.

Есть в Москве особая категория людей. Она ничего не понимает в живописи, не интересуется архитектурой и не любит памятников старины. Эта категория посещает музеи исключительно потому, что они расположены в прекрасных зданиях. Эти люди бродят по ослепительным залам, завистливо рассматривают расписные потолки, трогают руками то, что трогать воспрещено, и беспрерывно бормочут:

— Эх! Люди жили!

Им не важно, что стены расписаны французом Пюви де Шаванном. Им важно узнать, сколько это стоило бывшему владельцу особняка. Они поднимаются по лестнице с мраморными изваяниями на площадках и представляют себе, сколько лакеев стояло здесь, сколько жалованья и чаевых получал каждый лакей. На камине стоит фарфор, но они, не обращая на него внимания, решают, что камин — штука невыгодная: слишком много уходит дров. В столовой, обшитой дубовой панелью, они не смотрят на замечательную резьбу. Их мучит одна мысль: что ел здесь бывший хозяин-купец и сколько бы это стоило при теперешней дороговизне?

В любом музее можно найти таких людей. В то время как экскурсии бодро маршируют от одного шедевра к другому, такой человек стоит посреди зала и, не глядя ни на что, мычит, тоскуя:

— Эх! Люди жили!

Лиза бежала по улице, проглатывая слезы. Мысли подгоняли ее. Она думала о своей счастливой и бедной жизни.

«Вот если бы еще стол и два стула, было бы совсем хорошо. И примус, в конце концов, нужно завести. Нужно как-то устроиться».

Она пошла медленнее, потому что внезапно вспомнила о ссоре с Колей. Кроме того, ей очень хотелось есть. Ненависть к мужу разгорелась в ней внезапно.

— Это просто безобразие! — сказала она вслух.

Есть захотелось еще сильней.

— Хорошо же, хорошо. Я сама знаю, что мне делать.

И Лиза, краснея, купила у торговки бутерброд с вареной колбасой. Как она ни была голодна, есть на улице показалось неудобным. Как-никак, а она все-таки была матрацевладелицей и тонко разбиралась в жизни. Она оглянулась и вошла в подъезд двухэтажного особняка. Там, испытывая большое наслаждение, она принялась за бутерброд. Колбаса была обольстительна. Большая экскурсия вошла в подъезд. Проходя мимо стоявшей у стены Лизы, экскурсанты посматривали на нее.

«Пусть видят!» — решила озлобленная Лиза.

Глава XVIII
МУЗЕЙ МЕБЕЛИ

Лиза вытерла платочком рот и смахнула с кофточки крошки. Ей стало веселее. Она стояла перед вывеской:

МУЗЕЙ МЕБЕЛЬНОГО МАСТЕРСТВА

Возвращаться домой было неудобно. Идти было не к кому. В карманчике лежало двадцать копеек. И Лиза решила начать самостоятельную жизнь с посещения музея. Проверив наличность, Лиза пошла в вестибюль.

Там она сразу наткнулась на человека в подержанной бороде, который, упершись тягостным взглядом в малахитовую колонну, цедил сквозь усы:

— Богато жили люди!

Лиза с уважением посмотрела на колонну и прошла наверх.

В маленьких квадратных комнатах, с такими низкими потолками, что каждый входящий туда человек казался гигантом, Лиза бродила минут десять.

Это были комнаты, обставленные павловским ампиром, красным деревом и карельской березой — мебелью строгой, чудесной и воинственной. Два квадратных шкафа, стеклянные дверцы которых были крест-накрест пересечены копьями, стояли против письменного стола. Стол был безбрежен. Сесть за него было все равно что сесть за Театральную площадь, причем Большой театр с колоннадой и четверкой бронзовых коняг, волокущих Аполлона на премьеру «Красного мака», показался бы на столе чернильным прибором. Так, по крайней мере, чудилось Лизе, воспитываемой на морковке, как некий кролик. По углам стояли кресла с высокими спинками, верхушки которых были загнуты на манер бараньих рогов. Солнце лежало на персиковой обивке кресел.

В такое кресло хотелось сейчас же сесть, но сидеть на нем воспрещалось.

Лиза мысленно сопоставила, как выглядело бы кресло бесценного павловского ампира рядом с ее матрацем в красную полоску. Выходило — ничего себе. Она прочла на стене табличку с научным и идеологическим обоснованием павловского ампира и, огорчаясь тому, что у нее с Колей нет комнаты в этом дворце, вышла в неожиданный коридор.

По левую руку от самого пола шли низенькие полукруглые окна. Сквозь них, под ногами, Лиза увидела огромный белый двухсветный зал с колоннами. В зале тоже стояла мебель и блуждали посетители. Лиза остановилась. Никогда еще она не видела зала у себя под ногами.

Дивясь и млея, она долго смотрела вниз. Вдруг она заметила, что там от кресел к бюро переходят ее сегодняшние знакомые — Бендер и его спутник, бритоголовый представительный старик.

— Вот хорошо! — сказала Лиза. — Будет не так скучно.

Она очень обрадовалась, побежала вниз и сразу же заблудилась. Она попала в красную гостиную, в которой стояло предметов сорок. Это была ореховая мебель на гнутых ножках. Из гостиной не было выхода. Пришлось бежать назад через круглую комнату с верхним светом, меблированную, казалось, только цветочными подушками.

Она бежала мимо парчовых кресел итальянского Возрождения, мимо голландских шкафов, мимо большой готической кровати с балдахином на черных витых колоннах. Человек на этой постели казался бы не больше ореха.

Наконец Лиза услышала гул экскурсантов, невнимательно слушавших руководителя, обличавшего империалистические замыслы Екатерины II в связи с любовью покойной императрицы к мебели стиля Луи-Сез.

Это и был большой двухсветный зал с колоннами. Лиза прошла в противоположный его конец, где знакомый ей товарищ Бендер жарко беседовал со своим бритоголовым спутником.

Подходя, Лиза услышала звучный голос:

— Мебель в стиле шик-модерн. Но это, кажется, не то, что нам нужно.

— Да, но здесь, очевидно, есть еще и другие залы. Нам необходимо систематически все осмотреть.

— Здравствуйте, — сказала Лиза.

Оба повернулись и сразу сморщились.

— Здравствуйте, товарищ Бендер. Хорошо, что я вас нашла. А то одной скучно. Давайте смотреть все вместе.

Концессионеры переглянулись. Ипполит Матвеевич приосанился, хотя ему было неприятно, что Лиза может их задержать в важном деле поисков брильянтовой мебели.

— Мы — типичные провинциалы, — сказал Бендер нетерпеливо, — но как попали сюда вы, москвичка?

— Совершенно случайно. Я поссорилась с Колей.

— Вот как? — заметил Ипполит Матвеевич.

— Ну, покинем этот зал, — сказал Остап.

— А я его еще не смотрела. Он такой красивенький.

— Начинается! — шепнул Остап на ухо Ипполиту Матвеевичу. И, обращаясь к Лизе, добавил: — Смотреть здесь совершенно нечего. Упадочный стиль. Эпоха Керенского.

— Тут где-то, мне говорили, есть мебель мастера Гамбса, — сообщил Ипполит Матвеевич, — туда, пожалуй, отправимся.

Лиза согласилась и, взяв Воробьянинова под руку (он казался ей удивительно милым представителем науки), направилась к выходу. Несмотря на всю серьезность положения и наступивший решительный момент в поисках сокровищ, Бендер, идя позади парочки, игриво смеялся. Его смешил предводитель команчей в роли кавалера.

Лиза сильно стесняла концессионеров. В то время как они одним взглядом определяли, что в комнате нужной мебели нет, и невольно влеклись в следующую, Лиза подолгу застревала в каждом отделе. Она прочитывала вслух все печатные критики на мебель, отпускала острые замечания насчет посетителей и подолгу застаивалась у каждого экспоната. Невольно и совершенно незаметно для себя она приспосабливала виденную мебель к своей комнате и потребностям. Готическая кровать ей совсем не понравилась. Кровать была слишком велика. Если бы даже Коле удалось чудом получить комнату в три квадратных сажени, то и тогда средневековое ложе не поместилось бы в комнате. Однако Лиза долго обхаживала кровать, обмеривала шажками ее подлинную площадь. Лизе было очень весело. Она не замечала кислых физиономий своих спутников, рыцарские характеры которых не позволяли им сломя голову броситься в комнату мастера Гамбса.

— Потерпим, — шепнул Остап, — мебель не уйдет; а вы, предводитель, не жмите девочку. Я ревную.

Воробьянинов самодовольно улыбнулся.

Залы тянулись медленно. Им не было конца. Мебель александровской эпохи была представлена многочисленными комплектами. Сравнительно небольшие ее размеры привели Лизу в восторг.

— Смотрите, смотрите! — доверчиво кричала она, хватая Воробьянинова за рукав. — Видите это бюро? Оно чудно подошло бы к нашей комнате. Правда?

— Прелестная мебель! — гневно сказал Остап. — Упадочная только.

— А здесь я уже была, — сказала Лиза, входя в красную гостиную, — здесь, я думаю, останавливаться не стоит.

К ее удивлению, равнодушные к мебели спутники замерли у дверей, как часовые.

— Что же вы стали? Пойдемте. Я уже устала.

— Подождите, — сказал Ипполит Матвеевич, освобождаясь от ее руки, — одну минуточку.

Большая комната была перегружена мебелью. Гамбсовские стулья расположились вдоль стены и вокруг стола. Диван в углу тоже окружали стулья. Их гнутые ножки и удобные спинки были захватывающе знакомы Ипполиту Матвеевичу. Остап испытующе смотрел на него. Ипполит Матвеевич стал красным.

— Вы устали, барышня, — сказал он Лизе, — присядьте-ка сюда и отдохните, а мы с ним походим немного. Это, кажется, интересный зал.

Лизу усадили.

Концессионеры отошли к окну.

— Они? — спросил Остап.

— Как будто они. Нужно более тщательно осмотреть.

— Все стулья тут?

— Сейчас я посчитаю. Подождите, подождите...

Воробьянинов стал переводить глаза со стула на стул.

— Позвольте, — сказал он наконец, — двадцать стульев. Этого не может быть. Их ведь должно быть всего десять.

— А вы присмотритесь хорошо. Может быть, это не те стулья.

Они стали ходить между стульями.

— Ну? — торопил Остап.

— Спинка как будто не такая, как у моих.

— Значит, не те?

— Не те.

— Напрасно я с вами связался, кажется.

Ипполит Матвеевич был совершенно подавлен.

— Ладно, — сказал Остап, — заседание продолжается. Стул не иголка. Найдется. Дайте ордер сюда. Придется вступить в неприятный контакт с администрацией музея. Садитесь рядом с девочкой и сидите. Я сейчас приду.

— Чего это вы такой грустный? — говорила Лиза. — Вы устали?

Ипполит Матвеевич отделывался молчанием.

— У вас голова болит?

— Да, немножко. Заботы, знаете ли. Отсутствие женской ласки сказывается на жизненном укладе.

Лиза сперва удивилась, а потом, посмотрев на своего бритоголового собеседника, и на самом деле его пожалела. Глаза у Воробьянинова были страдальческие. Пенсне не скрывало резко обозначавшихся мешочков. Быстрый переход от спокойной жизни делопроизводителя уездного загса к неудобному и хлопотливому быту охотника за брильянтами и авантюриста даром не дался. Ипполит Матвеевич сильно похудел, и у него стала побаливать печень. Под суровым надзором Бендера Ипполит Матвеевич терял свою физиономию и быстро растворялся в могучем интеллекте сына турецкоподданного. Теперь, когда он на минуту остался вдвоем с очаровательной гражданкой Калачовой, ему захотелось рассказать ей обо всех горестях и волнениях, но он не посмел этого сделать.

— Да,— сказал он, нежно глядя на собеседницу,— такие дела. Как же вы поживаете, Елизавета...

— Петровна. А вас как зовут?

Обменялись именами-отчествами.

«Сказка любви дорогой»,— подумал Ипполит Матвеевич, вглядываясь в простенькое лицо Лизы. Так страстно, так неотвратимо захотелось старому предводителю женской ласки, отсутствие которой тяжело сказывается на жизненном укладе, что он немедленно взял Лизину лапку в свои морщинистые руки и горячо заговорил о Париже. Ему захотелось быть богатым, расточительным и неотразимым. Ему хотелось увлекать и под шум оркестров пить редереры с красоткой из дамского оркестра в отдельном кабинете. О чем было говорить с этой девочкой, которая, безусловно, ничего не знает ни о редерерах, ни о дамских оркестрах и которая по своей природе даже не может постичь всей прелести этого жанра. А быть увлекательным так хотелось! И Ипполит Матвеевич обольщал Лизу рассказами о Париже.

— Вы научный работник? — спросила Лиза.

— Да, некоторым образом,— ответил Ипполит Матвеевич, чувствуя, что со времени знакомства с Бендером он вновь приобрел несвойственное ему в последние годы нахальство.

— А сколько вам лет, простите за нескромность?

— К науке, которую я в настоящий момент представляю, это не имеет отношения.

Этим быстрым и метким ответом Лиза была покорена.

— Но все-таки? Тридцать? Сорок? Пятьдесят?

— Почти. Тридцать восемь.

— Ого! Вы выглядите значительно моложе.

Ипполит Матвеевич почувствовал себя счастливым.

— Когда вы доставите мне счастье увидеться с вами снова? — спросил Ипполит Матвеевич в нос.

Лизе стало очень стыдно. Она заерзала в кресле и затосковала.

— Куда это товарищ Бендер запропастился? — сказала она тоненьким голосом.

— Так когда же? — спросил Воробьянинов нетерпеливо. — Когда и где мы увидимся?

— Ну, я не знаю. Когда хотите.

— Сегодня можно?

— Сегодня?

— Умоляю вас.

— Ну, хорошо. Пусть сегодня. Заходите к нам.

— Нет, давайте встретимся на воздухе. Теперь такие погоды замечательные. Знаете стихи: «Это май-баловник, это май-чародей веет свежим своим опахалом».

— Это Жарова стихи?

— М-м... Кажется. Так сегодня? Где же?

— Какой вы странный! Где хотите. Хотите — у несгораемого шкафа? Знаете? Когда стемнеет...

Едва Ипполит Матвеевич успел поцеловать Лизе руку, что он сделал весьма торжественно, в три разделения, как вернулся Остап. Остап был очень деловит.

— Простите, мадемуазель, — сказал он быстро, — но мы с приятелем не сможем вас проводить. Открылось небольшое, но очень важное дельце. Нам надо срочно отправиться в одно место.

У Ипполита Матвеевича захватило дыханье.

— До свиданья, Елизавета Петровна, — сказал он поспешно, — простите, простите, простите, но мы страшно спешим.

И компаньоны убежали, оставив удивленную Лизу в комнате, обильно обставленной гамбсовской мебелью.

— Если бы не я, — сказал Остап, когда они спускались по лестнице, — ни черта бы не вышло. Молитесь на меня! Молитесь, молитесь, не бойтесь, голова не отвалится! Слушайте! Ваша мебель музейного значения не имеет. Ей место не в музее, а в казарме штрафного батальона. Вы удовлетворены этой ситуацией?

— Что за издевательство! — воскликнул Воробьянинов, начавший было освобождаться из-под ига могучего интеллекта сына турецкоподданного.

— Молчание, — холодно сказал Остап, — вы не знаете, что происходит. Если мы сейчас не захватим нашу мебель — кончено. Никогда нам ее не видать. Только что я имел в конторе тяжелый разговорчик с заведующим этой исторической свалкой.

— Ну и что же? — закричал Ипполит Матвеевич. — Что же сказал вам заведующий?

— Сказал все, что надо. Не волнуйтесь. «Скажите, — спросил я его, — чем объяснить, что направленная вам по ордеру мебель из Старгорода не имеется в наличности?» Спросил я это, конечно, любезно, в товарищеском порядке. «Какая это мебель? — спрашивает он. — У меня в музее таких фактов не наблюдается». Я ему сразу ордера подсунул. Он полез в книги. Искал полчаса и наконец возвращается. Ну, как вы себе представляете? Где эта мебель?

— Пропала? — пискнул Воробьянинов.

— Представьте себе, нет. Представьте себе, что в таком кавардаке она уцелела. Как я вам уже говорил, музейной ценности она не имеет. Ее свалили в склад, и только вчера, заметьте себе, вчера, через семь лет (она лежала на складе семь лет!), она была отправлена в аукцион на продажу. Аукцион Главнауки. И если ее не купили вчера или сегодня утром, она наша! Вы удовлетворены?

— Скорее! — закричал Ипполит Матвеевич.

— Извозчик! — завопил Остап.

Они сели не торгуясь.

— Молитесь на меня, молитесь! Не бойтесь, гофмаршал! Вино, женщины и карты нам обеспечены. Тогда рассчитаемся и за голубой жилет.

В пассаж на Петровке, где помещается аукционный зал, концессионеры вбежали бодрые, как жеребцы.

В первой же комнате аукциона они увидели то, что так долго искали. Все десять стульев Ипполита Матвеевича стояли вдоль стенки на своих гнутых ножках. Даже обивка на них не потемнела, не выгорела, не попортилась. Стулья были свежие и чистые, как будто только что вышли из-под надзора рачительной Клавдии Ивановны.

— Они? — спросил Остап.

— Боже, боже, — твердил Ипполит Матвеевич, — они, они. Они самые. На этот раз сомнений никаких.

— На всякий случай проверим, — сказал Остап, стараясь быть спокойным.

Он подошел к продавцу:

— Скажите, эти стулья, кажется, из мебельного музея?

— Эти? Эти — да.
— А они продаются?
— Продаются.
— Какая цена?
— Цены еще нет. Они у нас идут с аукциона.
— Ага. Сегодня?
— Нет. Сегодня торг уже кончился. Завтра с пяти часов.
— А сейчас они не продаются?
— Нет. Завтра с пяти часов.

Так, сразу же, уйти от стульев было невозможно.

— Разрешите, — пролепетал Ипполит Матвеевич, — осмотреть. Можно?

Концессионеры долго рассматривали стулья, садились на них, смотрели для приличия и другие вещи. Воробьянинов сопел и все время подталкивал Остапа локтем.

— Молитесь на меня! — шептал Остап. — Молитесь, предводитель.

Ипполит Матвеевич был готов не только молиться на Остапа, но даже целовать подметки его малиновых штиблет.

— Завтра, — говорил он, — завтра, завтра, завтра.

Ему хотелось петь.

Глава XIX
БАЛЛОТИРОВКА ПО-ЕВРОПЕЙСКИ

В то время как друзья вели культурно-просветительный образ жизни, посещали музеи и делали авансы девушкам, в Старгороде, на улице Плеханова, двойная вдова Грицацуева, женщина толстая и слабая, совещалась и конспирировала со своими соседками. Все скопом рассматривали оставленную Бендером записку и даже разглядывали ее на свет. Но водяных знаков на ней не было, а если бы они и были, то и тогда таинственные каракули великолепного Остапа не стали бы более ясными.

Прошло три дня. Горизонт оставался чистым. Ни Бендер, ни чайное ситечко, ни дутый браслетик, ни стул не возвращались. Все эти одушевленные и неодушевленные предметы пропали самым загадочным образом.

Тогда вдова приняла радикальные меры. Она пошла в контору «Старгородской правды», и там ей живо состряпали объявление:

Умоляю
лиц, знающих местопребывание.

Ушел из дому т. Бендер, лет 25—30. Одет в зеленый костюм, желтые ботинки и голубой жилет. Брюнет.
Указавш. прошу сообщ. за приличн. вознагражд.
Ул. Плеханова, 15, Грицацуевой.

— Это ваш сын? — участливо осведомились в конторе.

— Муж он мне! — ответила страдалица, закрывая лицо платком.

— Ах, муж!

— Законный. А что?

— Да ничего. Вы бы в милицию все-таки обратились.

Вдова испугалась. Милиции она страшилась. Провожаемая странными взглядами, вдова ушла.

Троекратно прозвучал призыв со страниц «Старгородской правды». Но молчала великая страна. Не нашлось лиц, знающих местопребывание брюнета в желтых ботинках. Никто не являлся за приличным вознаграждением. Соседки судачили.

Чело вдовы омрачалось с каждым днем все больше. И странное дело: муж мелькнул, как ракета, утащив с собой в черное небо хороший стул и семейное ситечко, а вдова все любила его. Кто может понять сердце женщины, особенно вдовой?

К трамваю в Старгороде уже привыкли и садились в него безбоязненно. Кондуктора кричали свежими голосами: «Местов нет» — и все шло так, будто трамвай заведен в городе еще при Владимире Красное Солнышко. Инвалиды всех групп, женщины с детьми и Виктор Михайлович Полесов садились в вагоны с передней площадки. На крик: «Получите билеты!» — Полесов важно говорил: «Годовой» — и оставался рядом с вагоновожатым. Годового билета у него не было и не могло быть.

Пребывание Воробьянинова и великого комбинатора оставило в городе глубокий след.

Заговорщики тщательно хранили доверенную им тайну. Молчал даже Виктор Михайлович, которого так и подмывало выложить волнующие его секреты первому встречному. Однако, вспоминая могучие плечи Остапа, Полесов крепился. Душу он отводил только в разговорах с гадалкой.

— А как вы думаете, Елена Станиславовна, — говорил он, — чем объяснить отсутствие наших руководителей?

Елену Станиславовну это тоже весьма интересовало, но она не имела никаких сведений.

— А не думаете ли вы, Елена Станиславовна, — продолжал неугомонный слесарь, — что они выполняют сейчас особое задание?

Гадалка была убеждена, что это именно так. Того же мнения придерживался, видно, и попугай в красных подштанниках. Он смотрел на Полесова своим круглым разумным глазом, как бы говоря: «Дай семечек, и я тебе сейчас все расскажу. Виктор, ты будешь губернатором. Тебе будут подчинены все слесаря. А дворник дома № 5 так и останется дворником, возомнившим о себе хамом».

— А не думаете ли вы, Елена Станиславовна, что нам нужно продолжать работу? Как-никак нельзя сидеть сложа руки!

Гадалка согласилась и заметила:

— А ведь Ипполит Матвеевич герой!

— Герой, Елена Станиславовна! Ясно. А этот боевой офицер с ним? Деловой человек! Как хотите, Елена Станиславовна, а дело так стоять не может. Решительно не может.

И Полесов начал действовать. Он делал регулярные визиты всем членам тайного общества «Меча и орала», особенно допекая осторожного владельца «Одесской бубличной артели „Московские баранки"» гражданина Кислярского. При виде Полесова Кислярский чернел. А слова о необходимости действовать доводили боязливого бараночника до умоисступления.

К концу недели все собрались у Елены Станиславовны в комнате с попугаем. Полесов кипел.

— Ты, Виктор, не болбочи, — говорил ему рассудительный Дядьев, — чего ты целыми днями по городу носишься?

— Надо действовать! — кричал Полесов.

— Действовать надо, а вот кричать совершенно не надо. Я, господа, вот как себе все это представляю. Раз Ипполит Матвеевич сказал — дело святое. И, надо полагать, ждать нам осталось недолго. Как все это будет происходить, нам и знать не надо: на то военные люди есть. А мы часть гражданская — представители городской интеллигенции и купечества. Нам что важно? Быть готовыми. Есть у нас что-нибудь? Центр у нас есть? Нету. Кто станет во главе города? Никого нет. А это, господа, самое главное. Англичане, господа, с большевиками, кажется, больше церемониться не будут. Это нам первый признак. Все переменится, господа, и очень быстро. Уверяю вас.

— Ну, в этом мы и не сомневаемся, — сказал Чарушников, надуваясь.

— И прекрасно, что не сомневаетесь. Как ваше мнение, господин Кислярский? И ваше, молодые люди?

Никеша и Владя всем своим видом выразили уверенность в быстрой перемене. А Кислярский, понявший со слов главы торговой фирмы «Быстроупак», что ему не придется принимать непосредственного участия в вооруженных столкновениях, обрадованно поддакнул.

— Что же нам сейчас делать? — нетерпеливо спросил Виктор Михайлович.

— Погодите, — сказал Дядьев, — берите пример со спутника господина Воробьянинова. Какая ловкость! Какая осторожность! Вы заметили, как он быстро перевел дело на помощь беспризорным? Так нужно действовать и нам. Мы только помогаем детям. Итак, господа, наметим кандидатуры!

— Ипполита Матвеевича Воробьянинова мы предлагаем в предводители дворянства! — воскликнули молодые люди Никеша и Владя.

Чарушников снисходительно закашлялся.

— Куда там! Он не меньше чем министром будет. А то и выше подымай — в диктаторы!

— Да что вы, господа, — сказал Дядьев, — предводитель — дело десятое! О губернаторе нам надо думать, а не о предводителе. Давайте начнем с губернатора. Я думаю...

— Господина Дядьева! — восторженно закричал Полесов. — Кому же еще взять бразды над всей губернией?

— Я очень польщен доверием... — начал Дядьев. Но тут выступил внезапно покрасневший Чарушников.

— Этот вопрос, господа, — сказал он с надсадой в голосе, — следовало бы провентилировать.

На Дядьева он старался не смотреть.

Владелец «Быстроупака» гордо рассматривал свои сапоги, на которые налипли деревянные стружки.

— Я не возражаю,— вымолвил он,— давайте пробаллотируем. Закрытым голосованием или открытым?

— Нам по-советскому не надо,— обиженно сказал Чарушников,— давайте голосовать по-честному, по-европейски — закрыто.

Голосовали бумажками. За Дядьева было подано четыре записки. За Чарушникова — две. Кто-то воздержался. По лицу Кислярского было видно, что это он. Ему не хотелось портить отношений с будущим губернатором, кто бы он ни был.

Когда трепещущий Полесов огласил результаты честной европейской баллотировки, в комнате воцарилось тягостное молчание. На Чарушникова старались не смотреть. Неудачливый кандидат в губернаторы сидел как оплеванный.

Елене Станиславовне было очень его жалко. Это она голосовала за него.

Другой голос Чарушников, искушенный в избирательных делах, подал за себя сам. Добрая Елена Станиславовна тут же сказала:

— А городским головой я предлагаю выбрать все-таки мосье Чарушникова.

— Почему же — все-таки? — проговорил великодушный губернатор. — Не все-таки, а именно его, и никого другого. Общественная деятельность господина Чарушникова нам хорошо известна.

— Просим, просим! — закричали все.

— Так считать избрание утвержденным?

Оплеванный Чарушников ожил и даже запротестовал:

— Нет, нет, господа, я прошу пробаллотировать. Городского голову даже скорее нужно баллотировать, чем губернатора. Если уж, господа, вы хотите оказать мне доверие, то, пожалуйста, очень прошу вас, пробаллотируйте!

В пустую сахарницу посыпались бумажки.

— Шесть голосов — за,— сказал Полесов,— и один воздержался.

— Поздравляю вас, господин голова! — сказал Кислярский, по лицу которого было видно, что воздержался он и на этот раз. — Поздравляю вас!

Чарушников расцвел.

— Остается освежиться, ваше превосходительство,— сказал он Дядьеву.— Слетай-ка, Полесов, в «Октябрь». Деньги есть?

Полесов сделал рукой таинственный жест и убежал. Выборы на время прервали и продолжали их уже за ужином.

Попечителем учебного округа наметили бывшего директора дворянской гимназии, ныне букиниста, Распопова. Его очень хвалили. Только Владя, выпивший три рюмки водки, вдруг запротестовал:

— Его нельзя выбирать. Он мне на выпускном экзамене двойку по логике поставил.

На Владю набросились.

— В такой решительный час,— закричали ему,— нельзя помышлять о собственном благе! Подумайте об отечестве.

Владю так быстро сагитировали, что даже он сам голосовал за своего мучителя. Распопов был избран всеми голосами при одном воздержавшемся.

Кислярскому предложили пост председателя биржевого комитета. Он против этого не возражал, но при голосовании на всякий случай воздержался.

Перебирая знакомых и родственников, выбрали: полицмейстера, заведующего пробирной палатой, акцизного, податного и фабричного инспектора; заполнили вакансии окружного прокурора, председателя, секретаря и членов суда; наметили председателей земской и купеческой управы, попечительства о детях и, наконец, мещанской управы. Елену Станиславовну выбрали попечительницей обществ «Капля молока» и «Белый цветок». Никеше и Владю назначили, за их молодостью, чиновниками для особых поручений при губернаторе.

— Паз-звольте! — воскликнул вдруг Чарушников. — Губернатору целых два чиновника! А мне?

— Городскому голове, — мягко сказал губернатор, — чиновников для особых поручений не полагается по штату.

— Ну, тогда секретаря.

Дядьев согласился. Оживилась и Елена Станиславовна.

— Нельзя ли, — сказала она, робея, — тут у меня есть один молодой человек, очень милый и воспитанный мальчик. Сын мадам Черкесовой... Очень, очень милый, очень способный... Он безработный сейчас. На бирже труда состоит. У него есть даже билет. Его обещали на днях устроить в союз... Не сможете ли вы взять его к себе? Мать будет очень благодарна.

— Пожалуй, можно будет, — милостиво сказал Чарушников, — как вы смотрите на это, господа? Ладно. В общем, я думаю, удастся.

— Что ж, — заметил Дядьев, — кажется, в общих чертах... все? Все как будто?

— А я? — раздался вдруг тонкий, волнующийся голос.

Все обернулись. В углу, возле попугая, стоял вконец расстроенный Полесов. У Виктора Михайловича на черных веках закипали слезы. Всем стало очень совестно. Гости вспомнили вдруг, что пьют водку Полесова и что он вообще один из главных организаторов старгородского отделения «Меча и орала».

Елена Станиславовна схватилась за виски и испуганно вскрикнула.

— Виктор Михайлович! — застонали все. — Голубчик! Милый! Ну как вам не стыдно? Ну чего вы стали в углу? Идите сюда сейчас же!

Полесов приблизился. Он страдал. Он не ждал от товарищей по мечу и оралу такой черствости.

Елена Станиславовна не вытерпела.

— Господа,— сказала она,— это ужасно! Как вы могли забыть дорогого всем нам Виктора Михайловича?

Она поднялась и поцеловала слесаря-аристократа в закопченный лоб.

— Неужели же, господа, Виктор Михайлович не сможет быть достойным попечителем учебного округа или полицмейстером?

— А, Виктор Михайлович? — спросил губернатор.— Хотите быть попечителем?

— Ну, конечно же, он будет прекрасным, гуманным попечителем! — поддержал городской голова, глотая грибок и морщась.

— А Распо-опов? — обидчиво протянул Виктор Михайлович.— Вы же уже назначили Распопова?

— Да, в самом деле, куда девать Распопова?

— В брандмейстеры, что ли?..

— В брандмейстеры! — заволновался вдруг Виктор Михайлович.

Перед ним мгновенно возникли пожарные колесницы, блеск огней, звуки труб и барабанная дробь. Засверкали топоры, закачались факелы, земля разверзлась, и вороные драконы понесли его на пожар городского театра.

— Брандмейстером? Я хочу быть брандмейстером!

— Ну вот и отлично! Поздравляю вас. Отныне вы брандмейстер.

— За процветание пожарной дружины! — иронически сказал председатель биржевого комитета.

На Кислярского набросились все:

— Вы всегда были левым! Знаем вас!

— Господа, какой же я левый?

— Знаем, знаем!..

— Левый!

— Все евреи левые.

— Но, ей-богу, господа, этих шуток я не понимаю.
— Левый, левый, не скрывайте!
— Ночью спит и видит во сне Милюкова!
— Кадет! Кадет!
— Кадеты Финляндию продали, — замычал вдруг Чарушников, — у японцев деньги брали! Армяшек разводили.

Кислярский не вынес потока неосновательных обвинений. Бледный, поблескивая глазками, председатель биржевого комитета ухватился за спинку стула и звенящим голосом сказал:

— Я всегда был октябристом и останусь им.

Стали разбираться в том, кто какой партии сочувствует.

— Прежде всего, господа, демократия, — сказал Чарушников, — наше городское самоуправление должно быть демократичным. Но без кадетишек. Они нам довольно нагадили в семнадцатом году!

— Надеюсь, — ядовито заинтересовался губернатор, — среди нас нет так называемых социал-демократов?

Левее октябристов, которых на заседании представлял Кислярский, не было никого. Чарушников объявил себя «центром». На крайнем правом фланге стоял брандмейстер. Он был настолько правым, что даже не знал, к какой партии принадлежит.

Заговорили о войне.

— Не сегодня завтра, — сказал Дядьев.
— Будет война, будет.
— Советую запастись кое-чем, пока не поздно.
— Вы думаете? — встревожился Кислярский.
— А вы как полагаете? Вы думаете, что во время войны можно будет что-нибудь достать? Сейчас же мука с рынка долой! Серебряные монетки — как сквозь землю, бумажечки пойдут всякие, почтовые марки, имеющие хождение наравне, и всякая такая штука.

— Война — дело решенное.

— Вы как знаете, — сказал Дядьев, — а я все свободные средства бросаю на закупку предметов первой необходимости.

— А ваши дела с мануфактурой?

— Мануфактура сама собой, а мука и сахар своим порядком. Так что советую и вам. Советую настоятельно.

Полесов усмехнулся.

— Как же большевики будут воевать? Чем? Чем они будут воевать? Старыми винтовками? А воздушный флот? Мне один видный коммунист говорил, что у них — ну, как вы думаете, сколько аэропланов?

— Штук двести!

— Двести? Не двести, а тридцать два! А у Франции восемьдесят тысяч боевых самолетов.

— Да-а... Довели большевики до ручки.

Разошлись за полночь.

Губернатор пошел провожать городского голову. Оба шли преувеличенно ровно.

— Губернатор! — говорил Чарушников. — Какой же ты губернатор, когда ты не генерал?

— Я штатским генералом буду, а тебе завидно? Когда захочу, посажу тебя в тюремный замок. Насидишься у меня.

— Меня нельзя посадить. Я баллотированный, облеченный доверием.

— За баллотированного двух небаллотированных дают.

— Па-апрашу со мной не острить! — закричал вдруг Чарушников на всю улицу.

— Что же ты, дурак, кричишь? — спросил губернатор. — Хочешь в милиции ночевать?

— Мне нельзя в милиции ночевать, — ответил городской голова, — я советский служащий...

Сияла звезда. Ночь была волшебна. На Второй Советской продолжался спор губернатора с городским головой.

Глава XX

ОТ СЕВИЛЬИ ДО ГРЕНАДЫ

Позвольте, а где же отец Федор? Где стриженый священник церкви Фрола и Лавра? Он, кажется, собирался пойти на Виноградную улицу, в дом № 34, к гражданину Брунсу? Где же этот кладоискатель в образе ангела и заклятый враг Ипполита Матвеевича Воробьянинова, дежурящего ныне в темном коридоре у несгораемого шкафа?

Исчез отец Федор. Завертела его нелегкая. Говорят, что видели его на станции Попасная, Донецких дорог. Бежал он по перрону с чайником кипятку...

Взалкал отец Федор. Захотелось ему богатства. Понесло его по России за гарнитуром генеральши Поповой, в котором, надо признаться, ни черта нет.

Едет отец по России. Только письма жене пишет.

ПИСЬМО ОТЦА ФЕДОРА,
писанное им в Харькове на вокзале,
своей жене в уездный город N

Голубушка моя, Катерина Александровна!

Весьма перед тобою виноват. Бросил тебя, бедную, одну в такое время.

Должен тебе все рассказать. Ты меня поймешь и, можно надеяться, согласишься.

Ни в какие живоцерковцы я, конечно, не пошел и идти не думал, и боже меня от этого упаси.

Теперь читай внимательно. Мы скоро заживем иначе. Помнишь, я тебе говорил про свечной заводик. Будет он у нас, и еще кое-что, может быть, будет. И не придется уже тебе самой обеды варить да еще столовников держать. В Самару поедем и наймем прислугу.

Тут дело такое, но ты его держи в большом секрете, никому, даже Марье Ивановне, не говори. Я ищу клад. Помнишь покойную Клавдию Ивановну Петухову, воробьяниновскую тещу? Перед смертью Клавдия Ивановна открылась мне, что в ее доме, в Старгороде, в одном из гостинных стульев (их всего двенадцать) запрятаны ее брильянты.

Ты, Катенька, не подумай, что я вор какой-нибудь. Эти брильянты она завещала мне и велела их стеречь от Ипполита Матвеевича, ее давнишнего мучителя.

Вот почему я тебя, бедную, бросил так неожиданно. Ты уж меня не виновать.

Приехал я в Старгород, и представь себе — этот старый женолюб тоже там очутился. Узнал как-то. Видно, старуху перед смертью пытал. Ужасный человек! И с ним ездит какой-то уголовный преступник, — нанял себе бандита. Они на меня прямо набросились, сжить со свету хотели. Да я не такой, мне пальца в рот не клади, не дался.

Сперва я попал на ложный путь. Один стул только нашел в воробьяниновском доме (там ныне богоугодное заведение); несу я мою мебель к себе в номера «Сорбонна», и вдруг из-за угла с рыканьем человек на меня лезет, как лев, набросился и схватился за стул. Чуть до драки не дошло. Осрамить меня хотели. Потом я пригляделся, смотрю — Воробьянинов. Побрился, представь себе, и голову оголил, аферист, позорится на старости лет.

Разломали мы стул — ничего там нету. Это потом я понял, что на ложный путь попал. А в то время очень огорчался.

Стало мне обидно, и я этому развратнику всю правду в лицо выложил.

Какой, говорю, срам на старости лет, какая, говорю, дикость в России теперь настала: чтобы предводитель дворянства на священнослужителя, аки лев, бросался и за беспартийность упрекал! Вы, говорю, низкий человек, мучитель Клавдии Ивановны и охотник за чужим добром, которое теперь государственное, а не его.

Стыдно ему стало, и он ушел от меня прочь, в публичный дом, должно быть.

А я пошел к себе в номера «Сорбонна» и стал обдумывать дальнейший план. И сообразил я то, что дураку этому бритому никогда бы в голову не пришло: я решил найти человека, который распределял реквизированную мебель. Представь себе, Катенька, недаром я на юридическом факультете обучался — пошло на пользу. Нашел я этого человека. На другой же день нашел. Варфоломеич — очень порядочный старичок. Живет себе со старухой-бабушкой, тяжелым трудом хлеб добывает. Он мне все документы дал. Пришлось, правда, вознаградить за такую услугу. Остался без денег (но об этом после). Оказалось, что все двенадцать гостинных стульев из воробьяниновского дома попали к инженеру Брунсу, на Виноградную улицу, дом № 34. Заметь, что все стулья попали к одному человеку, чего я никак не ожидал (боялся, что стулья попадут в разные места). Я очень этому обрадовался. Тут как раз в «Сорбонне» я снова встретился с мерзавцем Воробьяниновым. Я хорошенько отчитал его и его друга, бандита, не пожалел. Я очень боялся, что они проведают мой секрет, и затаился в гостинице до тех пор, покуда они не съехали.

Брунс, оказывается, из Старгорода выехал в 1923 году в Харьков, куда его назначили служить. От дворника я выведал, что он увез с собою всю мебель и очень ее сохраняет. Человек он, говорят, степенный.

Сижу теперь в Харькове на вокзале и пишу вот по какому случаю. Во-первых, очень тебя люблю и вспоминаю, а во-вторых, Брунса здесь уже нет. Но ты не огорчайся. Брунс служит теперь в Ростове, в «Новоросцементе», как я узнал. Денег у меня на дорогу в обрез. Выезжаю через час товаро-пассажирским. А ты, моя добрая, зайди, пожалуйста, к зятю, возьми у него пятьдесят рублей (он мне должен и обещался отдать) и вышли в Ростов: главный почтамт, до востребования, Федору Иоанновичу Вострикову. Перевод, в видах экономии, пошли почтой. Будет стоить тридцать копеек.

Что у нас слышно в городе? Что нового?

Приходила ли к тебе Кондратьевна? Отцу Кириллу скажи, что скоро вернусь: мол, к умирающей тетке в Воронеж поехал. Экономь средства. Обедает ли еще Евстигнеев? Кланяйся ему от меня. Скажи, что к тетке уехал.

Как погода? Здесь, в Харькове, совсем лето. Город шумный — центр Украинской республики. После провинции кажется, будто за границу попал.

Сделай:

1) мою летнюю рясу в чистку отдай (лучше 3 р. за чистку отдать, чем на новую тратиться), 2) здоровье береги, 3) когда Гуленьке будешь писать, упомяни невзначай, что я к тетке уехал в Воронеж.

Кланяйся всем от меня. Скажи, что скоро приеду. Нежно целую, обнимаю и благословляю.

Твой муж Федя.

Нотабене: где-то теперь рыщет Воробьянинов?

Любовь сушит человека. Бык мычит от страсти. Петух не находит себе места. Предводитель дворянства теряет аппетит.

Бросив Остапа и студента Иванопуло в трактире, Ипполит Матвеевич пробрался в розовый домик и занял позицию у несгораемой кассы. Он слышал шум отходящих в Кастилию поездов и плеск отплывающих пароходов.

> Гаснут дальней Альпухары
> Золотистые края.

Сердце шаталось, как маятник. В ушах тикало.

> На призывный звон гитары
> Выйди, милая моя.

Тревога носилась по коридору. Ничто не могло растопить холод несгораемого шкафа.

> От Севильи до Гренады
> В тихом сумраке ночей...

В пеналах стонали граммофоны. Раздавался пчелиный гул примусов.

> Раздаются серенады,
> Раздается звон мечей...

Словом, Ипполит Матвеевич был влюблен до крайности в Лизу Калачову.

Многие люди проходили по коридору мимо Ипполита Матвеевича, но от них пахло табаком, или водкой, или аптекой, или суточными щами. Во мраке коридора людей можно было различать только по запаху или тяжести шагов. Лиза не проходила. В этом Ипполит Матвеевич был уверен. Она не курила, не пила водки и не носила сапог, подбитых железными дольками. Йодом или головизной пахнуть от нее не могло. От нее мог произойти только нежнейший запах рисовой кашицы или вкусно изготовленного сена, которым госпожа Нордман-Северова так долго кормила знаменитого художника Илью Репина.

Но вот послышались легкие, неуверенные шаги. Кто-то шел по коридору, натыкаясь на его эластичные стены и сладко бормоча.

— Это вы, Елизавета Петровна? — спросил Ипполит Матвеевич зефирным голоском.

В ответ пробасили:

— Скажите, пожалуйста, где здесь живут Пферферкорны? Тут в темноте ни черта не разберешь.

Ипполит Матвеевич испуганно замолчал. Искатель Пферферкорнов недоуменно подождал ответа и, не дождавшись его, пополз дальше.

Только к девяти часам пришла Лиза. Они вышли на улицу, под карамельно-зеленое вечернее небо.

— Где же мы будем гулять? — спросила Лиза.

Ипполит Матвеевич поглядел на ее белое светящееся лицо и, вместо того чтобы прямо сказать: «Я здесь, Инезилья, стою под окном», начал длинно и нудно говорить о том, что давно не был в Москве и что Париж не в пример лучше Белокаменной, которая, как ни крути, остается бессистемно распланированной большой деревней.

— Помню я Москву, Елизавета Петровна, не такой. Сейчас во всем скаредность чувствуется. А мы в свое время денег не жалели. «В жизни живем мы только раз», есть такая песенка.

Прошли через весь Пречистенский бульвар и вышли на набережную, к храму Христа Спасителя.

За Москворецким мостом тянулись черно-бурые лисьи хвосты. Электрические станции Могэса дымили, как эскадра. Трамваи перекатывались через мосты. По реке шли лодки. Грустно повествовала гармоника.

Ухватившись за руку Ипполита Матвеевича, Лиза рассказала ему обо всех своих огорчениях. Про ссору с мужем, про трудную жизнь среди подслушивающих соседей — бывших химиков — и об однообразии вегетарианского стола.

Ипполит Матвеевич слушал и соображал. Демоны просыпались в нем. Мнился ему замечательный ужин. Он пришел к заключению, что такую девушку нужно чем-нибудь оглушить.

— Пойдемте в театр, — предложил Ипполит Матвеевич.

— Лучше в кино, — сказала Лиза, — в кино дешевле.

— О! При чем тут деньги! Такая ночь, и вдруг какие-то деньги.

Совершенно разошедшиеся демоны, не торгуясь, посадили парочку на извозчика и повезли в кино «Арс». Ипполит Матвеевич был великолепен. Он взял самые дорогие билеты. Впрочем, до конца сеанса не дотерпели. Лиза привыкла сидеть на дешевых местах, вблизи, и плохо видела из дорогого тридцать четвертого ряда.

В кармане Ипполита Матвеевича лежала половина суммы, полученной концессионерами от старгородских заговорщиков. Это были большие деньги для отвыкшего от роскоши Воробьянинова. Теперь, взволнованный возможностью легкой любви, он собирался ослепить Лизу широтою размаха. Для этого он считал себя великолепно подготовленным. Он с гордостью вспомнил, как легко покорил когда-то сердце прекрасной Елены Боур. Привычка тратить деньги легко и помпезно была ему присуща. Воспитанностью и умением вести разговор с любой дамой он славился в Старгороде. Ему показалось смешным затратить весь свой старорежимный лоск на покорение маленькой советской девочки, которая ничего еще толком не видела и не знала.

После недолгих уговоров Ипполит Матвеевич повез Лизу в «Прагу», образцовую столовую МСПО — «лучшее место в Москве», как говорил ему Бендер.

«Прага» поразила Лизу обилием зеркал, света и цветочных горшков. Лизе это было простительно: она никогда еще не посещала больших образцово-показательных ресторанов. Но зеркальный зал совсем неожиданно поразил и Ипполита Матвеевича. Он отстал, забыл ресторанный уклад. Теперь ему было положительно стыдно за свои баронские сапоги с квадратными носами, штучные довоенные брюки и лунный жилет, осыпанный серебряной звездой.

Оба смутились и замерли на виду у всей довольно разношерстной публики.

— Пройдемте туда, в угол, — предложил Воробьянинов, хотя у самой эстрады, где оркестр выпиливал дежурное попурри из «Баядерки», были свободные столики.

Чувствуя, что на нее все смотрят, Лиза быстро согласилась. За нею смущенно последовал светский лев и покоритель женщин Воробьянинов. Потертые брюки светского льва свисали с худого зада мешочком. Покоритель женщин сгорбился и, чтобы преодолеть смущение, стал протирать пенсне.

Никто не подошел к столу. Этого Ипполит Матвеевич не ожидал. И он, вместо того чтобы галантно беседовать со своей дамой, молчал, томился, несмело стучал пепельницей по столу и бесконечно откашливался. Лиза с любопытством смотрела по сторонам, молчание становилось неестественным. Но Ипполит Матвеевич не мог вымолвить ни слова. Он забыл, что именно он всегда говорил в таких случаях.

— Будьте добры! — взывал он к пролетавшим мимо работникам нарпита.

— Сию минуточку-с! — кричали официанты на ходу.

Наконец карточка была принесена. Ипполит Матвеевич с чувством облегчения углубился в нее.

— Однако, — пробормотал он, — телячьи котлеты — два двадцать пять, филе — два двадцать пять, водка — пять рублей.

— За пять рублей большой графин-с, — сообщил официант, нетерпеливо оглядываясь.

«Что со мной? — ужасался Ипполит Матвеевич. — Я становлюсь смешон».

— Вот, пожалуйста, — сказал он Лизе с запоздалой вежливостью, — не угодно ли выбрать? Что будете есть?

Лизе было совестно. Она видела, как гордо смотрел официант на ее спутника, и понимала, что он делает что-то не то.

— Я совсем не хочу есть, — сказала она дрогнувшим голосом. — Или вот что... Скажите, товарищ, нет ли у вас чего-нибудь вегетарианского?

Официант стал топтаться, как конь.

— Вегетарианского не держим-с. Разве омлет с ветчиной.

— Тогда вот что, — сказал Ипполит Матвеевич, решившись, — дайте нам сосисок. Вы ведь будете есть сосиски, Елизавета Петровна?

— Буду.

— Так вот. Сосиски. Вот эти, по рублю двадцать пять. И бутылку водки.

— В графинчике будет.

— Тогда — большой графин.

Работник нарпита посмотрел на беззащитную Лизу прозрачными глазами.

— Водку чем будете закусывать? Икры свежей? Семги? Расстегайчиков?

В Ипполите Матвеевиче продолжал бушевать делопроизводитель загса.

— Не надо, — с неприятной грубостью сказал он. — Почему у вас огурцы соленые? Ну, хорошо, дайте два.

Официант убежал, и за столиком снова водворилось молчание. Первой заговорила Лиза:

— Я здесь никогда не была. Здесь очень мило.

— Да-а, — протянул Ипполит Матвеевич, высчитывая стоимость заказанного.

«Ничего, — думал он, — выпью водки — разойдусь. А то, в самом деле, неловко как-то».

Но когда выпил водки и закусил огурцом, то не разошелся, а помрачнел еще больше. Лиза не пила. Натянутость не исчезла. А тут еще к столику подошел человек и, ласкательно глядя на Лизу, предложил купить цветы.

Ипполит Матвеевич притворился, что не замечает усатого цветочника, но тот не уходил. Говорить при нем любезности было совершенно невозможно.

На время выручила концертная программа. На эстраду вышел сдобный мужчина в визитке и лаковых туфлях.

— Ну вот мы снова увиделись с вами, — развязно сказал он в публику. — Следующим номером нашей концертной пррогррраммы выступит мировая исполнительница русских народных песен, хорошо известная в Марьиной роще, Варвара Ивановна Годлевская. Варвара Ивановна! Пожалуйте!

Ипполит Матвеевич пил водку и молчал. Так как Лиза не пила и все время порывалась уйти домой, надо было спешить, чтобы выпить весь графин.

Когда на сцену вышел куплетист в рубчатой бархатной толстовке, сменивший певицу, известную в Марьиной роще, и запел:

> Хо́дите,
> Вы всюду бродите,
> Как будто ваш аппендицит
> От хождения будет сыт,
> Хо́дите,
> Та-ра-ра-ра, —

Ипполит Матвеевич уже порядочно захмелел и, вместе со всеми посетителями образцовой столовой, которых он еще полчаса тому назад считал грубиянами и скаредными советскими бандитами, захлопал в такт ладошами и стал подпевать:

> Хо́дите,
> Та-ра-ра-ра...

Он часто вскакивал и, не извинившись, уходил в уборную. Соседние столики его уже называли дядей и приваживали к себе на бокал пива. Но он не шел. Он стал вдруг гордым и подозрительным. Лиза решительно встала из-за стола:

— Я пойду. А вы оставайтесь. Я сама дойду.

— Нет, зачем же? Как дворянин, не могу допустить! Сеньор! Счет! Ха-мы!..

На счет Ипполит Матвеевич смотрел долго, раскачиваясь на стуле.

— Девять рублей двадцать копеек? — бормотал он. — Может быть, вам еще дать ключ от квартиры, где деньги лежат?

Кончилось тем, что Ипполита Матвеевича свели вниз, бережно держа под руки. Лиза не могла убежать, потому что номерок от гардероба был у великосветского льва.

В первом же переулке Ипполит Матвеевич навалился на Лизу плечом и стал хватать ее руками. Лиза молча отдиралась.

— Слушайте! — говорила она. — Слушайте! Слушайте!

— Поедем в номера! — убеждал Воробьянинов.

Лиза с силой высвободилась и, не примериваясь, ударила покорителя женщин кулачком в нос. Сейчас же свалилось пенсне с золотой дужкой и, попав под квадратный носок баронских сапог, с хрустом раскрошилось.

> Ночной зефир
> Струит эфир...

Лиза, захлебываясь слезами, побежала по Серебряному переулку к себе домой.

> Шумит,
> Бежит
> Гвадалквивир.

Ослепленный Ипполит Матвеевич мелко затрусил в противоположную сторону, крича:

— Держи вора!

Потом он долго плакал и, еще плача, купил у старушки все ее баранки вместе с корзиной. Он вышел на Смоленский рынок, пустой и темный, и долго расхаживал там взад и вперед, разбрасывая баранки, как сеятель бросает семена. При этом он немузыкально кричал:

> Хо́дите,
> Вы всюду бродите,
> Та-ра-ра-ра...

Затем Ипполит Матвеевич подружился с лихачом, раскрыл ему всю душу и сбивчиво рассказал про брильянты.

— Веселый барин! — воскликнул извозчик.

Ипполит Матвеевич действительно развеселился. Как видно, его веселье носило несколько предосудительный характер, потому что часам к одиннадцати утра он проснулся в отделении милиции. Из двухсот рублей, которыми он так позорно начал ночь наслаждений и утех, при нем оставалось только двенадцать.

Ему казалось, что он умирает. Болел позвоночник, ныла печень, а на голову, он чувствовал, ему надели свинцовый котелок. Но ужаснее всего было то, что он решительно не помнил, где и как он мог истратить такие большие деньги. По дороге домой пришлось зайти к оптику и вставить в оправу пенсне новые стекла.

Остап долго, с удивлением, рассматривал измочаленную фигуру Ипполита Матвеевича, но ничего не сказал. Он был холоден и готов к борьбе.

Глава XXI
ЭКЗЕКУЦИЯ

Аукционный торг открывался в пять часов. Доступ граждан для обозрения вещей начинался с четырех. Друзья явились в три и целый час рассматривали машиностроительную выставку, помещавшуюся тут же рядом.

— Похоже на то,— сказал Остап,— что уже завтра мы сможем, при наличии доброй воли, купить этот паровозик. Жалко, что цена не проставлена. Приятно все-таки иметь собственный паровоз.

Ипполит Матвеевич маялся. Только стулья могли его утешить.

От них он отошел лишь в ту минуту, когда на кафедру взобрался аукционист в клетчатых брюках «столетье» и бороде, ниспадавшей на толстовку русского коверкота.

Концессионеры заняли места в четвертом ряду справа. Ипполит Матвеевич начал сильно волноваться. Ему казалось, что стулья будут продаваться сейчас же. Но они стояли сорок третьим номером, и в продажу поступала сначала обычная аукционная гиль и дичь: разрозненные гербовые сервизы, соусник, серебряный подстаканник, пейзаж художника Петунина, бисерный ридикюль, совершенно новая горелка от примуса, бюстик Наполеона, полотняные бюстгальтеры, гобелен «Охотник, стреляющий диких уток» и прочая галиматья.

Приходилось терпеть и ждать. Ждать было очень трудно: все стулья налицо; цель была близка, ее можно было достать рукой.

«А большой бы здесь начался переполох, — подумал Остап, оглядывая аукционную публику, — если бы они узнали, какой огурчик будет сегодня продаваться под видом этих стульев».

— Фигура, изображающая правосудие! — провозгласил аукционист. — Бронзовая. В полном порядке. Пять рублей. Кто больше? Шесть с полтиной, справа, в конце — семь. Восемь рублей в первом ряду, прямо. Второй раз, восемь рублей, прямо. Третий раз, в первом ряду, прямо.

К гражданину из первого ряда сейчас же понеслась девица с квитанцией для получения денег.

Стучал молоточек аукциониста. Продавались пепельницы из дворца, стекло баккара, пудреница фарфоровая.

Время тянулось мучительно.

— Бронзовый бюстик Александра Третьего. Может служить пресс-папье. Больше, кажется, ни на что не годен. Идет с предложенной цены бюстик Александра Третьего.

В публике засмеялись.

— Купите, предводитель, — съязвил Остап, — вы, кажется, любите.

Ипполит Матвеевич не отводил глаз от стульев и молчал.

— Нет желающих? Снимается с торга бронзовый бюстик Александра Третьего. Фигура, изображающая правосудие. Кажется, парная к только что купленной. Василий, покажите публике «Правосудие». Пять рублей. Кто больше?

В первом ряду, прямо, послышалось сопенье. Как видно, гражданину хотелось иметь «Правосудие» в полном составе.

— Пять рублей — бронзовое «Правосудие»!
— Шесть! — четко сказал гражданин.
— Шесть рублей, прямо. Семь. Девять рублей, в конце справа.
— Девять с полтиной, — тихо сказал любитель «Правосудия», поднимая руку.
— С полтиной, прямо. Второй раз, с полтиной, прямо. Третий раз, с полтиной.

Молоточек опустился. На гражданина из первого ряда налетела барышня.

Он уплатил и поплёлся в другую комнату получать свою бронзу.

— Десять стульев из дворца! — сказал вдруг аукционист.

— Почему из дворца? — тихо ахнул Ипполит Матвеевич.

Остап рассердился:

— Да идите вы к черту! Слушайте и не рыпайтесь!
— Десять стульев из дворца. Ореховые. Эпохи Александра Второго. В полном порядке. Работы мебельной мастерской Гамбса. Василий, подайте один стул под рефлектор.

Василий так грубо потащил стул, что Ипполит Матвеевич привскочил.

— Да сядьте вы, идиот проклятый, навязался на мою голову! — зашипел Остап. — Сядьте, я вам говорю!

У Ипполита Матвеевича заходила нижняя челюсть. Остап сделал стойку. Глаза его посветлели.

— Десять стульев ореховых. Восемьдесят рублей.

Зал оживился. Продавалась вещь, нужная в хозяйстве. Одна за другой выскакивали руки. Остап был спокоен.

— Чего же вы не торгуетесь? — набросился на него Воробьянинов.

— Пошел вон, — ответил Остап, стиснув зубы.

— Сто двадцать рублей, позади. Сто тридцать пять, там же. Сто сорок.

Остап спокойно повернулся спиной к кафедре и с усмешкой стал рассматривать своих конкурентов.

Был разгар аукциона. Свободных мест уже не было. Как раз позади Остапа дама, переговорив с мужем, польстилась на стулья («Чудные полукресла! Дивная работа! Саня! Из дворца же!») и подняла руку.

— Сто сорок пять, в пятом ряду справа. Раз.

Зал потух. Слишком дорого.

— Сто сорок пять. Два.

Остап равнодушно рассматривал лепной карниз. Ипполит Матвеевич сидел, опустив голову, и вздрагивал.

— Сто сорок пять. Три.

Но прежде чем черный лакированный молоточек ударился о фанерную кафедру, Остап повернулся, выбросил вверх руку и негромко сказал:

— Двести.

Все головы повернулись в сторону концессионеров. Фуражки, кепки, картузы и шляпы пришли в движение. Аукционист поднял скучающее лицо и посмотрел на Остапа.

— Двести, раз, — сказал он, — двести, в четвертом ряду справа, два. Нет больше желающих торговаться? Двести рублей, гарнитур ореховый дворцовый из десяти предметов. Двести рублей — три, в четвертом ряду справа.

Рука с молоточком повисла над кафедрой.

— Мама! — сказал Ипполит Матвеевич громко.

Остап, розовый и спокойный, улыбался. Молоточек упал, издавая небесный звук.

— Продано, — сказал аукционист. — Барышня! В четвертом ряду справа.

— Ну, председатель, эффектно? — спросил Остап. — Что бы, интересно знать, вы делали без технического руководителя?

Ипполит Матвеевич счастливо ухнул. К ним рысью приближалась барышня.

— Вы купили стулья?

— Мы! — воскликнул долго сдерживавшийся Ипполит Матвеевич. — Мы, мы. Когда их можно будет взять?

— А когда хотите. Хоть сейчас!

Мотив «Хо́дите, вы всюду бродите» бешено запрыгал в голове Ипполита Матвеевича. «Наши стулья, наши, наши, наши!» Об этом кричал весь его организм. «Наши!» — кричала печень. «Наши!» — подтверждала слепая кишка.

Он так обрадовался, что у него в самых неожиданных местах объявились пульсы. Все это вибрировало, раскачивалось и трещало под напором неслыханного счастья. Стал виден поезд, приближающийся к Сен-Готарду. На открытой площадке последнего вагона стоял Ипполит Матвеевич Воробьянинов в белых брюках и курил сигару. Эдельвейсы тихо падали на его голову, снова украшенную блестящей алюминиевой сединой. Он катил в Эдем.

— А почему же двести тридцать, а не двести? — услышал Ипполит Матвеевич.

Это говорил Остап, вертя в руках квитанцию.

— Включается пятнадцать процентов комиссионного сбора, — ответила барышня.

— Ну что же делать! Берите!

Остап вытащил бумажник, отсчитал двести рублей и повернулся к главному директору предприятия:

— Гоните тридцать рублей, дражайший, да поживее: не видите — дамочка ждет. Ну?

Ипполит Матвеевич не сделал ни малейшей попытки достать деньги.

— Ну? Что же вы на меня смотрите, как солдат на вошь? Обалдели от счастья?

— У меня нет денег, — пробормотал наконец Ипполит Матвеевич.

— У кого нет? — спросил Остап очень тихо.

— У меня.

— А двести рублей?!

— Я... м-м-м... п-потерял.

Остап посмотрел на Воробьянинова, быстро оценил помятость его лица, зелень щек и раздувшиеся мешки под глазами.

— Дайте деньги! — прошептал он с ненавистью. — Старая сволочь!

— Так вы будете платить? — спросила барышня.

— Одну минуточку! — сказал Остап, чарующе улыбаясь. — Маленькая заминка.

Была еще маленькая надежда. Можно было уговорить подождать с деньгами.

Тут очнувшийся Ипполит Матвеевич, разбрызгивая слюну, ворвался в разговор.

— Позвольте! — завопил он. — Почему комиссионный сбор? Мы ничего не знаем о таком сборе! Надо предупреждать. Я отказываюсь платить эти тридцать рублей.

— Хорошо, — сказала барышня кротко, — я сейчас все устрою.

Взяв квитанцию, она унеслась к аукционисту и сказала ему несколько слов. Аукционист сейчас же поднялся. Борода его сверкала под светом сильных электрических ламп.

— По правилам аукционного торга, — звонко заявил он, — лицо, отказывающееся уплатить полную сумму за купленный им предмет, должно покинуть зал. Торг на стулья отменяется.

Изумленные друзья сидели недвижимо.

— Папрашу вас! — сказал аукционист.

Эффект был велик. В публике злобно смеялись. Остап все-таки не вставал. Таких ударов он не испытывал давно.

— Па-апра-шу вас!

Аукционист пел голосом, не допускающим возражений.

Смех в зале усилился.

И они ушли. Мало кто уходил из аукционного зала с таким горьким чувством. Первым шел Воробьянинов. Согнув прямые костистые плечи, в укоротившемся пиджачке и глупых баронских сапогах, он шел, как журавль, чувствуя за собой теплый, дружественный взгляд великого комбинатора.

Концессионеры остановились в комнате, соседней с аукционным залом. Теперь они могли смотреть на торжище только через стеклянную дверь. Путь туда был уже прегражден. Остап дружественно молчал.

— Возмутительные порядки, — трусливо забормотал Ипполит Матвеевич, — форменное безобразие! В милицию на них нужно жаловаться.

Остап молчал.

— Нет, действительно, это ч-черт знает что такое! — продолжал горячиться Воробьянинов. — Дерут с трудящихся втридорога. Ей-богу!.. За какие-то подержанные десять стульев двести тридцать рублей. С ума сойти.

— Да, — деревянно сказал Остап.

— Правда? — переспросил Воробьянинов. — С ума сойти можно!

— Можно.

Остап подошел к Воробьянинову вплотную и, оглянувшись по сторонам, дал предводителю короткий, сильный и незаметный для постороннего глаза удар в бок.

— Вот тебе милиция! Вот тебе дороговизна стульев для трудящихся всех стран! Вот тебе ночные прогулки по девочкам! Вот тебе седина в бороду! Вот тебе бес в ребро!

Ипполит Матвеевич за все время экзекуции не издал ни звука.

Со стороны могло показаться, что почтительный сын разговаривает с отцом, только отец слишком оживленно трясет головой.

— Ну, теперь пошел вон!

Остап повернулся спиной к директору предприятия и стал смотреть в аукционный зал. Через минуту он оглянулся.

Ипполит Матвеевич все еще стоял позади, сложив руки по швам.

— Ах, вы еще здесь, душа общества? Пошел! Ну?
— Това-арищ Бендер, — взмолился Воробьянинов. — Товарищ Бендер!
— Иди! Иди! И к Иванопуло не приходи! Выгоню!
— Това-арищ Бендер!

Остап больше не оборачивался. В зале произошло нечто, так сильно заинтересовавшее Бендера, что он приотворил дверь и стал прислушиваться.

— Все пропало! — пробормотал он.
— Что пропало? — угодливо спросил Воробьянинов.
— Стулья отдельно продают, вот что. Может быть, желаете приобрести? Пожалуйста. Я вас не держу. Только сомневаюсь, чтобы вас пустили. Да и денег у вас, кажется, не густо.

В это время в аукционном зале происходило следующее: аукционист, почувствовавший, что выколотить из публики двести рублей сразу не удастся (слишком крупная сумма для мелюзги, оставшейся в зале), решил получить эти двести рублей по кускам. Стулья снова поступили в торг, но уже по частям.

— Четыре стула из дворца. Ореховые. Мягкие. Работы Гамбса. Тридцать рублей. Кто больше?

К Остапу быстро вернулись его решительность и хладнокровие.

— Ну, вы, дамский любимец, стойте здесь и никуда не выходите. Я через пять минут приду. А вы тут смотрите, кто и что. Чтоб ни один стул не ушел.

В голове Бендера сразу созрел план, единственно возможный при таких тяжелых условиях, в которых они очутились.

Он выбежал на Петровку, направился к ближайшему асфальтовому чану и вступил в деловой разговор с беспризорными.

Он, как и обещал, вернулся к Ипполиту Матвеевичу через пять минут. Беспризорные стояли наготове у входа в аукцион.

— Продают, продают, — зашептал Ипполит Матвеевич, — четыре и два уже продали.

— Это вы удружили, — сказал Остап, — радуйтесь. В руках все было, понимаете — в руках. Можете вы это понять?

В зале раздавался скрипучий голос, дарованный природой одним только аукционистам, крупье и стекольщикам:

— С полтиной, налево. Три. Еще один стул из дворца. Ореховый. В полной исправности. С полтиной, прямо. Раз — с полтиной, прямо.

Три стула были проданы поодиночке. Аукционист объявил к продаже последний стул. Злость душила Остапа. Он снова набросился на Воробьянинова. Оскорбительные замечания его были полны горечи. Кто знает, до чего дошел бы Остап в своих сатирических упражнениях, если бы его не прервал быстро подошедший мужчина в костюме лодзинских коричневых цветов. Он размахивал пухлыми руками, наклонялся, прыгал и отскакивал, словно играл в теннис.

— А скажите, — поспешно спросил он Остапа, — здесь в самом деле аукцион? Да? Аукцион? И здесь в самом деле продаются вещи? Замечательно!

Незнакомец отпрыгнул, и лицо его озарилось множеством улыбок.

— Вот здесь действительно продают вещи? И в самом деле можно дешево купить? Высокий класс! Очень, очень! Ах!..

Незнакомец, виляя толстенькими бедрами, пронесся в зал мимо ошеломленных концессионеров и так быстро купил последний стул, что Воробьянинов только крякнул. Незнакомец с квитанцией в руках подбежал к прилавку выдачи.

— А скажите, стул можно сейчас взять? Замечательно!.. Ах!.. Ах!..

Беспрерывно блея и все время находясь в движении, незнакомец погрузил стул на извозчика и укатил. По его следам бежал беспризорный.

Мало-помалу разошлись и разъехались все новые собственники стульев. За ними мчались несовершеннолетние агенты Остапа. Ушел и он сам. Ипполит Матвеевич боязливо следовал позади. Сегодняшний день казался ему сном. Все произошло быстро и совсем не так, как ожидалось.

На Сивцевом Вражке рояли, мандолины и гармоники праздновали весну. Окна были распахнуты. Цветники в глиняных горшочках заполняли подоконники. Толстый человек, с раскрытой волосатой грудью, в подтяжках, стоял у окна и страстно пел. Вдоль стены медленно пробирался кот. В продуктовых палатках пылали керосиновые лампочки.

У розового домика прогуливался Коля. Увидев Остапа, шедшего впереди, он вежливо с ним раскланялся и подошел к Воробьянинову. Ипполит Матвеевич сердечно его приветствовал. Коля, однако, не стал терять времени.

— Добрый вечер, — решительно сказал он и, не в силах сдержаться, ударил Ипполита Матвеевича в ухо.

Одновременно с этим Коля произнес довольно пошлую, по мнению наблюдавшего за этой сценой Остапа, фразу:

— Так будет со всеми, — сказал Коля детским голосом, — кто покусится...

На что именно покусится, Коля не договорил. Он поднялся на носках и, закрыв глаза, хлопнул Воробьянинова по щеке.

Ипполит Матвеевич приподнял локоть, но не посмел даже пикнуть.

— Правильно, — приговаривал Остап, — а теперь по шее. Два раза. Так. Ничего не поделаешь. Иногда яйцам приходится учить зарвавшуюся курицу... Еще разок... Так. Не стесняйтесь. По голове больше не бейте. Это самое слабое его место.

Если бы старгородские заговорщики видели гиганта мысли и отца русской демократии в эту критическую для него минуту, то, надо думать, тайный союз «Меча и орала» прекратил бы свое существование.

— Ну, кажется, хватит, — сказал Коля, пряча руку в карман.

— Еще один разик, — умолял Остап.

— Ну его к черту! Будет знать другой раз!

Коля ушел. Остап поднялся к Иванопуло и посмотрел вниз. Ипполит Матвеевич стоял наискось от дома, прислонясь к чугунной посольской ограде.

— Гражданин Михельсон! — крикнул Остап. — Конрад Карлович! Войдите в помещение! Я разрешаю!

В комнату Ипполит Матвеевич вошел уже слегка оживший.

— Неслыханная наглость! — сказал он гневно. — Я еле сдержал себя.

— Ай-яй-яй, — посочувствовал Остап, — какая теперь молодежь пошла! Ужасная молодежь! Преследует чужих жен! Растрачивает чужие деньги... Полная упадочность. А скажите, когда бьют по голове, в самом деле больно?

— Я его вызову на дуэль!

— Чудно! Могу вам отрекомендовать моего хорошего знакомого. Знает дуэльный кодекс наизусть и обладает двумя вениками, вполне пригодными для борьбы не на жизнь, а на смерть. В секунданты можно взять Иванопуло и соседа справа. Он — бывший почетный гражданин города Кологрива и до сих пор кичится этим титулом. А можно устроить дуэль на мясорубках — это элегантнее. Каждое ранение безусловно смертельно. Пораженный противник механически превращается в котлету. Вас это устраивает, предводитель?

В это время с улицы донесся свист, и Остап отправился получать агентурные сведения от беспризорных.

Беспризорные отлично справились с возложенным на них поручением. Четыре стула попали в театр Колумба. Беспризорный подробно рассказал, как эти стулья везли на тачке, как их выгрузили и втащили в здание через артистический ход. Местоположение театра Остапу было хорошо известно.

Два стула увезла на извозчике, как сказал другой юный следопыт, «шикарная чмара». Мальчишка, как видно, большими способностями не отличался. Переулок, в который привезли стулья, — Варсонофьевский — он знал, помнил даже, что номер квартиры семнадцатый, но номер дома никак не мог вспомнить.

— Очень шибко бежал, — сказал беспризорный, — из головы выскочило.

— Не получишь денег,— заявил наниматель.

— Дя-адя!.. Да я тебе покажу.

— Хорошо! Оставайся. Пойдем вместе.

Блеющий гражданин жил, оказывается, на Садовой-Спасской. Точный адрес его Остап записал в блокнот.

Восьмой стул поехал в Дом народов. Мальчишка, преследовавший этот стул, оказался пронырой. Преодолевая заграждения в виде комендатуры и многочисленных курьеров, он проник в дом и убедился, что стул был куплен завхозом редакции «Станка».

Двух мальчишек еще не было. Они прибежали почти одновременно, запыхавшиеся и утомленные.

— Казарменный переулок, у Чистых Прудов.

— Номер?

— Девять. И квартира девять. Там татары рядом живут. Во дворе. Я ему и стул донес. Пешком шли.

Последний гонец принес печальные вести. Сперва все было хорошо, но потом все стало плохо. Покупатель вошел со стулом в товарный двор Октябрьского вокзала, и пролезть за ним было никак нельзя — у ворот стояли стрелки́ ОВО НКПС.

— Наверно, уехал,— закончил беспризорный свой доклад.

Это очень встревожило Остапа. Наградив беспризорных по-царски — рубль на гонца, не считая вестника с Варсонофьевского переулка, забывшего номер дома (ему было велено явиться на другой день пораньше),— технический директор вернулся домой и, не отвечая на расспросы осрамившегося председателя правления, принялся комбинировать.

— Ничего еще не потеряно. Адреса есть, а для того, чтобы добыть стулья, существует много старых, испытанных приемов: 1) простое знакомство, 2) любовная интрига, 3) знакомство со взломом, 4) обмен и 5) деньги. Последнее — самое верное. Но денег мало.

Остап иронически посмотрел на Ипполита Матвеевича. К великому комбинатору вернулись обычная свежесть мысли и душевное равновесие. Деньги, конечно, можно будет достать. В запасе имелись: картина «Большевики пишут письмо Чемберлену», чайное ситечко и полная возможность продолжать карьеру многоженца.

Беспокоил только десятый стул. След, конечно, был, но какой след! — расплывчатый и туманный.

— Ну что ж, — сказал Остап громко. — На такие шансы ловить можно. Играю девять против одного. Заседание продолжается! Слышите? Вы! Присяжный заседатель!

Глава XXII
ЛЮДОЕДКА ЭЛЛОЧКА

Словарь Вильяма Шекспира, по подсчету исследователей, составляет двенадцать тысяч слов. Словарь негра из людоедского племени «Мумбо-Юмбо» составляет триста слов.

Эллочка Щукина легко и свободно обходилась тридцатью.

Вот слова, фразы и междометия, придирчиво выбранные ею из всего великого, многословного и могучего русского языка:

1. Хамите.
2. Хо-хо! (Выражает, в зависимости от обстоятельств: иронию, удивление, восторг, ненависть, радость, презрение и удовлетворенность.)
3. Знаменито.
4. Мрачный. (По отношению ко всему. Например: «мрачный Петя пришел», «мрачная погода», «мрачный случай», «мрачный кот» и т. д.)
5. Мрак.

6. Жуть. (Жуткий. Например, при встрече с доброй знакомой: «жуткая встреча».)

7. Парниша. (По отношению ко всем знакомым мужчинам, независимо от возраста и общественного положения.)

8. Не учите меня жить.

9. Как ребенка. («Я бью его, как ребенка», — при игре в карты. «Я его срезала, как ребенка», — как видно, в разговоре с ответственным съемщиком.)

10. Кр-р-расота!

11. Толстый и красивый. (Употребляется как характеристика неодушевленных и одушевленных предметов.)

12. Поедем на извозчике. (Говорится мужу.)

13. Поедем в таксо. (Знакомым мужского пола.)

14. У вас вся спина белая. (Шутка.)

15. Подумаешь.

16. Уля. (Ласкательное окончание имен. Например: Мишуля, Зинуля.)

17. Ого! (Ирония, удивление, восторг, ненависть, радость, презрение и удовлетворенность.)

Оставшиеся в крайне незначительном количестве слова служили передаточным звеном между Эллочкой и приказчиками универсальных магазинов.

Если рассмотреть фотографии Эллочки Щукиной, висящие над постелью ее мужа, инженера Эрнеста Павловича Щукина (одна — анфас, другая — в профиль), то не трудно заметить лоб приятной высоты и выпуклости, большие влажные глаза, милейший в Московской губернии носик и подбородок с маленьким, нарисованным тушью пятнышком.

Рост Эллочки льстил мужчинам. Она была маленькая, и даже самые плюгавые мужчины рядом с нею выглядели большими и могучими мужами.

Что же касается особых примет, то их не было. Эллочка и не нуждалась в них. Она была красива.

Двести рублей, которые ежемесячно получал ее муж на заводе «Электролюстра», для Эллочки были оскорблением. Они никак не могли помочь той грандиозной борьбе, которую Эллочка вела уже четыре года, с тех пор как заняла общественное положение домашней хозяйки, жены Щукина. Борьба велась с полным напряжением сил. Она поглощала все ресурсы. Эрнест Павлович брал на дом вечернюю работу, отказался от прислуги, разводил примус, выносил мусор и даже жарил котлеты.

Но все было бесплодно. Опасный враг уже разрушал хозяйство с каждым годом все больше. Эллочка четыре года тому назад заметила, что у нее есть соперница за океаном. Несчастье посетило Эллочку в тот радостный вечер, когда она примеряла очень миленькую крепдешиновую кофточку. В этом наряде она казалась почти богиней.

— Хо-хо! — воскликнула она, сведя к этому людоедскому крику поразительно сложные чувства, захватившие ее.

Упрощенно чувства эти можно было бы выразить в следующей фразе: «Увидев меня такой, мужчины взволнуются. Они задрожат. Они пойдут за мной на край света, заикаясь от любви. Но я буду холодна. Разве они стоят меня? Я — самая красивая. Такой элегантной кофточки нет ни у кого на земном шаре».

Но слов было всего тридцать, и Эллочка выбрала из них наиболее выразительное — «хо-хо».

В такой великий час к ней пришла Фима Со́бак. Она принесла с собой морозное дыхание января и французский журнал мод. На первой странице Эллочка остановилась. Сверкающая фотография изображала дочь американского миллиардера Вандербильда в вечернем платье. Там были меха и перья, шелк и жемчуг, необыкновенная легкость покроя и умопомрачительная прическа. Это решило все.

— Ого! — сказала Эллочка сама себе.

Это значило: «или я, или она».

Утро другого дня застало Эллочку в парикмахерской. Здесь она потеряла прекрасную черную косу и перекрасила волосы в рыжий цвет. Затем удалось подняться еще на одну ступеньку той лестницы, которая приближала Эллочку к сияющему раю, где прогуливаются дочки миллиардеров, не годящиеся домашней хозяйке Щукиной даже в подметки. По рабкредиту была куплена собачья шкура, изображавшая выхухоль. Она была употреблена на отделку вечернего туалета.

Мистер Щукин, давно лелеявший мечту о покупке новой чертежной доски, несколько приуныл.

Платье, отороченное собакой, нанесло заносчивой Вандербильдихе первый меткий удар. Потом гордой американке были нанесены три удара подряд. Эллочка приобрела у домашнего скорняка Фимочки Со́бак шиншилловый палантин (русский заяц, умерщвленный в Тульской губернии), завела себе голубиную шляпу из аргентинского фетра и перешила новый пиджак мужа в модный дамский жакет. Миллиардерша покачнулась, но ее, как видно, спас любвеобильный папа Вандербильд.

Очередной номер журнала мод заключал в себе портреты проклятой соперницы в четырех видах: 1) в чернобурых лисах, 2) с брильянтовой звездой во лбу, 3) в авиационном костюме (высокие сапожки, тончайшая зеленая куртка и перчатки, раструбы которых были инкрустированы изумрудами средней величины) и 4) в бальном туалете (каскады драгоценностей и немножко шелку).

Эллочка произвела мобилизацию. Папа-Щукин взял ссуду в кассе взаимопомощи. Больше тридцати рублей ему не дали. Новое мощное усилие в корне подрезало хозяйство. Приходилось бороться во всех областях жизни. Недавно были получены фотографии мисс в ее новом замке во Флориде. Пришлось и Эллочке обзавестись новой мебелью. Она купила на аукционе два мягких стула. (Удачная покупка! Никак нельзя было пропустить!) Не спросясь мужа, Эллочка взяла деньги из обеденных сумм. До пятнадцатого осталось десять дней и четыре рубля.

Эллочка с шиком провезла стулья по Варсонофьевскому переулку. Мужа дома не было. Впрочем, он скоро явился, таща с собой портфель-сундук.

— Мрачный муж пришел, — отчетливо сказала Эллочка. Все слова произносились ею отчетливо и выскакивали бойко, как горошины.

— Здравствуй, Еленочка, а это что такое? Откуда стулья?

— Хо-хо!

— Нет, в самом деле?

— Кр-расота!

— Да. Стулья хорошие.

— Зна-ме-ни-тые!

— Подарил кто-нибудь?

— Ого!

— Как?! Неужели ты купила? На какие же средства? Неужели на хозяйственные? Ведь я тебе тысячу раз говорил...

— Эрнестуля! Хамишь!

— Ну как же так можно делать?! Ведь нам же есть нечего будет!

— Подумаешь!

— Но ведь это возмутительно! Ты живешь не по средствам!

— Шутите!

— Да, да. Вы живете не по средствам...

— Не учите меня жить!

— Нет, давай поговорим серьезно. Я получаю двести рублей...

— Мрак!

— Взяток не беру, денег не краду и подделывать их не умею...

— Жуть!

Эрнест Павлович замолчал.

— Вот что, — сказал он наконец, — так жить нельзя.

— Хо-хо, — сказала Эллочка, садясь на новый стул.

— Нам надо разойтись.

— Подумаешь!

— Мы не сходимся характерами. Я...

— Ты толстый и красивый парниша.

— Сколько раз я просил не называть меня парнишей!

— Шутите!

— И откуда у тебя этот идиотский жаргон!

— Не учите меня жить!

— О, черт! — крикнул инженер.

— Хамите, Эрнестуля.

— Давай разойдемся мирно.

— Ого!

— Ты мне ничего не докажешь! Этот спор...

— Я побью тебя, как ребенка.

— Нет, это совершенно невыносимо. Твои доводы не могут меня удержать от того шага, который я вынужден сделать. Я сейчас же иду за ломовиком.

— Шутите!

— Мебель мы делим поровну.

— Жуть!

— Ты будешь получать сто рублей в месяц. Даже сто двадцать. Комната останется у тебя. Живи, как тебе хочется, а я так не могу...

— Знаменито, — сказала Эллочка презрительно.

— А я перееду к Ивану Алексеевичу.

— Ого!

— Он уехал на дачу и оставил мне на лето всю свою квартиру. Ключ у меня... Только мебели нет.

— Кр-расота!

Эрнест Павлович через пять минут вернулся с дворником.

— Ну, гардероб я не возьму, он тебе нужнее, а вот письменный стол, уж будь так добра... И один этот стул возьмите, дворник. Я возьму один из этих двух стульев. Я думаю, что имею на это право?!

Эрнест Павлович связал свои вещи в большой узел, завернул сапоги в газету и повернулся к дверям.

— У тебя вся спина белая, — сказала Эллочка граммофонным голосом.

— До свидания, Елена.

Он ждал, что жена хоть в этом случае воздержится от обычных металлических словечек. Эллочка также почувствовала всю важность минуты. Она напряглась и стала искать подходящие для разлуки слова. Они быстро нашлись:

— Поедешь в таксо́? Кр-расота!

Инженер лавиной скатился по лестнице.

Вечер Эллочка провела с Фимой Со́бак. Они обсуждали необычайно важное событие, грозившее опрокинуть мировую экономику.

— Кажется, будут носить длинное и широкое, — говорила Фима, по-куриному окуная голову в плечи.

— Мрак.

И Эллочка с уважением посмотрела на Фиму Со́бак. Мадмуазель Со́бак слыла культурной девушкой: в ее словаре было около ста восьмидесяти слов. При этом ей было известно одно такое слово, которое Эллочке даже не могло присниться. Это было богатое слово: гомосексуализм. Фима Со́бак, несомненно, была культурной девушкой.

Оживленная беседа затянулась далеко за полночь.

В десять часов утра великий комбинатор вошел в Варсонофьевский переулок. Впереди бежал давешний беспризорный мальчик. Он указал дом.

— Не врешь?

— Что вы, дядя... Вот сюда, в парадное.

Бендер выдал мальчику честно заработанный рубль.

— Прибавить надо, — сказал мальчик по-извозчичьи.

— От мертвого осла уши. Получишь у Пушкина. До свидания, дефективный.

Остап постучал в дверь, совершенно не думая о том, под каким предлогом он войдет. Для разговоров с дамочками он предпочитал вдохновение.

— Ого? — спросили из-за двери.
— По делу, — ответил Остап.

Дверь открылась. Остап прошел в комнату, которая могла быть обставлена только существом с воображением дятла. На стенах висели кинооткрыточки, куколки и тамбовские гобелены. На этом пестром фоне, от которого рябило в глазах, трудно было заметить маленькую хозяйку комнаты. На ней был халатик, переделанный из толстовки Эрнеста Павловича и отороченный загадочным мехом.

Остап сразу понял, как вести себя в светском обществе. Он закрыл глаза и сделал шаг назад.

— Прекрасный мех! — воскликнул он.
— Шутите! — сказала Эллочка нежно. — Это мексиканский тушкан.

— Быть этого не может. Вас обманули. Вам дали гораздо лучший мех. Это шанхайские барсы. Ну да! Барсы! Я знаю их по оттенку. Видите, как мех играет на солнце!.. Изумруд! Изумруд!

Эллочка сама красила мексиканского тушкана зеленой акварелью, и потому похвала утреннего посетителя была ей особенно приятна.

Не давая хозяйке опомниться, великий комбинатор вывалил все, что слышал когда-либо о мехах. После этого заговорили о шелке, и Остап обещал подарить очаровательной хозяйке несколько сот шелковых коконов, якобы привезенных ему председателем ЦИК Узбекистана.

— Вы — парниша что надо, — заметила Эллочка после первых минут знакомства.

— Вас, конечно, удивил ранний визит неизвестного мужчины?

— Хо-хо!

— Но я к вам по одному деликатному делу.

— Шутите!

— Вы вчера были на аукционе и произвели на меня чрезвычайное впечатление.

— Хамите!

— Помилуйте! Хамить такой очаровательной женщине бесчеловечно.

— Жуть!

Беседа продолжалась дальше в таком же направлении, дающем, однако, в некоторых случаях чудесные плоды. Но комплименты Остапа раз от разу становились все водянистее и короче. Он заметил, что второго стула в комнате не было. Пришлось нащупывать след. Перемежая свои расспросы цветистой восточной лестью, Остап узнал о событиях, происшедших вчера в Эллочкиной жизни.

«Новое дело, — подумал он, — стулья расползаются, как тараканы».

— Милая девушка, — неожиданно сказал Остап, — продайте мне этот стул. Он мне очень нравится. Только вы с вашим женским чутьем могли выбрать такую художественную вещь. Продайте, девочка, а я вам дам семь рублей.

— Хамите, парниша, — лукаво сказала Эллочка.

— Хо-хо, — втолковывал Остап.

«С ней нужно действовать иначе, — решил он, — предложим обмен».

— Вы знаете, сейчас в Европе и в лучших домах Филадельфии возобновили старинную моду — разливать чай через ситечко. Необычайно эффектно и очень элегантно.

Эллочка насторожилась.

— Ко мне как раз знакомый дипломат приехал из Вены и привез в подарок. Забавная вещь.

— Должно быть, знаменито, — заинтересовалась Эллочка.

— Ого! Хо-хо! Давайте обменяемся. Вы мне — стул, а я вам — ситечко. Хотите?

И Остап вынул из кармана маленькое позолоченное ситечко.

Солнце каталось в ситечке, как яйцо. По потолку сигали зайчики. Неожиданно осветился темный угол комнаты. На Эллочку вещь произвела такое же неотразимое впечатление, какое производит старая банка из-под консервов на людоеда Мумбо-Юмбо. В таких случаях людоед кричит полным голосом. Эллочка же тихо застонала:

— Хо-хо!

Не дав ей опомниться, Остап положил ситечко на стол, взял стул и, узнав у очаровательной женщины адрес мужа, галантно раскланялся.

Глава XXIII
АВЕССАЛОМ ВЛАДИМИРОВИЧ ИЗНУРЕНКОВ

Для концессионеров началась страдная пора. Остап утверждал, что стулья нужно ковать, пока они горячи. Ипполит Матвеевич был амнистирован, хотя время от времени Остап допрашивал его:

— И какого черта я с вами связался? Зачем вы мне, собственно говоря? Поехали бы себе домой, в загс. Там вас покойники ждут, новорожденные. Не мучьте младенцев. Поезжайте!

Но в душе великий комбинатор привязался к одичавшему предводителю. «Без него не так смешно жить», — думал Остап. И он весело поглядывал на Воробьянинова, у которого на голове уже пророс серебряный газончик.

В плане работ инициативе Ипполита Матвеевича было отведено порядочное место. Как только тихий Иванопуло уходил, Бендер вдалбливал в голову компаньона кратчайшие пути к отысканию сокровищ:

— Действовать смело. Никого не расспрашивать. Побольше цинизма. Людям это нравится. Через третьих лиц ничего не предпринимать. Дураков больше нет. Никто для вас не станет таскать брильянты из чужого кармана. Но и без уголовщины. Кодекс мы должны чтить.

И тем не менее розыски шли без особенного блеска. Мешали Уголовный кодекс и огромное количество буржуазных предрассудков, сохранившихся у обитателей столицы. Они, например, терпеть не могли ночных визитов через форточку. Приходилось работать только легально.

В комнате студента Иванопуло в день посещения Остапом Эллочки Щукиной появилась мебель. Это был стул, обмененный на чайное ситечко, — третий по счету трофей экспедиции. Давно уже прошло то время, когда охота за брильянтами вызывала в компаньонах мощные эмоции, когда они рвали стулья когтями и грызли их пружины.

— Даже если в стульях ничего нет, — говорил Остап, — считайте, что мы заработали десять тысяч, по крайней мере. Каждый вскрытый стул прибавляет нам шансы. Что из того, что в дамочкином стуле ничего нет? Из-за этого не надо его ломать. Пусть Иванопуло помеблируется. Нам самим приятнее.

В тот же день концессионеры выпорхнули из розового домика и разошлись в разные стороны. Ипполиту Матвеевичу был поручен блеющий незнакомец с Садовой-Спасской, дано двадцать пять рублей на расходы, велено в пивные не заходить и без стула не возвращаться. На себя великий комбинатор взял Эллочкиного мужа.

Ипполит Матвеевич пересек город на автобусе № 6. Трясясь на кожаной скамеечке и взлетая под самый лаковый потолок кареты, он думал о том, как узнать фамилию блеющего гражданина, под каким предлогом к нему войти, что сказать первой фразой и как приступить к самой сути.

Высадившись у Красных ворот, он нашел по записанному Остапом адресу нужный дом и принялся ходить вокруг да около. Войти он не решался. Это была старая, грязная московская гостиница, превращенная в жилтоварищество, укомплектованное, судя по обшарпанному фасаду, злостными неплательщиками.

Ипполит Матвеевич долго стоял против подъезда, подходил к нему, затвердил наизусть рукописное объявление с угрозами по адресу нерадивых жильцов и, ничего не надумав, поднялся на второй этаж. В коридор выходили отдельные комнаты. Медленно, словно бы он подходил к классной доске, чтобы доказать не выученную им теорему, Ипполит Матвеевич приблизился к комнате № 41. На дверях висела на одной кнопке, головой вниз, визитная карточка:

> АВЕССАЛОМ ВЛАДИМИРОВИЧ
> ИЗНУРЕНКОВ

В полном затмении, Ипполит Матвеевич забыл постучать, открыл дверь, сделал три лунатических шага и очутился посреди комнаты.

— Простите, — сказал он придушенным голосом, — могу я видеть товарища Изнуренкова?

Авессалом Владимирович не отвечал. Воробьянинов поднял голову и только теперь увидел, что в комнате никого нет.

По внешнему ее виду никак нельзя было определить наклонностей ее хозяина. Ясно было лишь то, что он холост и прислуги у него нет. На подоконнике лежала бумажка с колбасными шкурками. Тахта у стены была завалена газетами. На маленькой полочке стояло несколько пыльных книг. Со стен глядели цветные фотографии котов, котиков и кошечек. Посредине комнаты, рядом с грязными, повалившимися набок ботинками, стоял ореховый стул. На всех предметах меблировки, а в том числе и на стуле из старгородского особняка, болтались малиновые сургучные печати. Но Ипполит Матвеевич не обратил на это внимания. Он сразу же забыл об Уголовном кодексе, о наставлениях Остапа и подскочил к стулу.

В это время газеты на тахте зашевелились. Ипполит Матвеевич испугался. Газеты поползли и свалились на пол. Из-под них вышел спокойный котик. Он равнодушно посмотрел на Ипполита Матвеевича и стал умываться, захватывая лапкой ухо, щечку и ус.

— Фу! — сказал Ипполит Матвеевич.

И потащил стул к двери. Дверь раскрылась сама. На пороге появился хозяин комнаты — блеющий незнакомец. Он был в пальто, из-под которого виднелись лиловые кальсоны. В руке он держал брюки.

Об Авессаломе Владимировиче Изнуренкове можно было сказать, что другого такого человека нет во всей республике. Республика ценила его по заслугам. Он приносил ей большую пользу. И за всем тем он оставался неизвестным, хотя в своем искусстве он был таким же мастером, как Шаляпин — в пении, Горький — в литературе, Капабланка — в шахматах, Мельников — в беге на коньках и самый носатый, самый коричневый ассириец, занимающий лучшее место на углу Тверской и Камергерского, — в чистке сапог желтым кремом.

Шаляпин пел. Горький писал большой роман. Капабланка готовился к матчу с Алехиным. Мельников рвал рекорды. Ассириец доводил штиблеты граждан до солнечного блеска. Авессалом Изнуренков — острил.

Он никогда не острил бесцельно, ради красного словца. Он делал это по заданиям юмористических журналов. На своих плечах он выносил ответственнейшие кампании, снабжал темами для рисунков и фельетонов большинство московских сатирических журналов.

Великие люди острят два раза в жизни. Эти остроты увеличивают их славу и попадают в историю. Изнуренков выпускал не меньше шестидесяти первоклассных острот в месяц, которые с улыбкой повторялись всеми, и все же оставался в неизвестности. Если остротой Изнуренкова подписывался рисунок, то слава доставалась художнику. Имя художника помещали над рисунком. Имени Изнуренкова не было.

— Это ужасно! — кричал он.— Невозможно подписаться. Под чем я подпишусь? Под двумя строчками?

И он продолжал жарко бороться с врагами общества: плохими кооператорами, растратчиками, Чемберленом, бюрократами. Он уязвлял своими остротами подхалимов, управдомов, частников, завов, хулиганов, граждан, не желавших снижать цены, и хозяйственников, отлынивающих от режима экономии.

После выхода журналов в свет остроты произносились с цирковой арены, перепечатывались вечерними газетами без указания источника и преподносились публике с эстрады «авторами-куплетистами».

Изнуренков умудрялся острить в тех областях, где, казалось, уже ничего смешного нельзя было сказать. Из такой чахлой пустыни, как вздутые накидки на себестоимость, Изнуренков умудрялся выжать около сотни шедевров юмора. Гейне опустил бы руки, если бы ему предложили сказать что-нибудь смешное и вместе с тем общественно полезное по поводу неправильной тарификации грузов малой скорости; Марк Твен убежал бы от такой темы. Но Изнуренков оставался на своем посту.

Он бегал по редакционным комнатам, натыкаясь на урны для окурков и блея. Через десять минут тема была обработана, обдуман рисунок и приделан заголовок.

Увидев в своей комнате человека, уносящего опечатанный стул, Авессалом Владимирович взмахнул только что выглаженными у портного брюками, подпрыгнул и заклекотал:

— Вы с ума сошли! Я протестую! Вы не имеете права! Есть же, наконец, закон! Хотя дуракам он и не писан, но вам, может быть, понаслышке известно, что мебель может стоять еще две недели!.. Я пожалуюсь прокурору!.. Я уплачу, наконец!

Ипполит Матвеевич стоял на месте, а Изнуренков сбросил пальто и, не отходя от двери, натянул брюки на свои полные, как у Чичикова, ноги. Изнуренков был толстоват, но лицо имел худое.

Воробьянинов не сомневался, что его сейчас схватят и потащат в милицию. Поэтому он был крайне удивлен, когда хозяин комнаты, справившись со своим туалетом, неожиданно успокоился.

— Поймите же,— заговорил хозяин примирительным тоном,— ведь я не могу на это согласиться.

Ипполит Матвеевич на месте Изнуренкова тоже, в конце концов, не мог бы согласиться, чтобы у него среди бела дня крали стулья. Но он не знал, что сказать, и поэтому молчал.

— Это не я виноват. Виноват сам Музпред. Да, я сознаюсь. Я не платил за прокатное пианино восемь месяцев, но ведь я его не продал, хотя сделать это имел полную возможность. Я поступил честно, а они по-жульнически. Забрали инструмент, да еще подали в суд и описали мебель. У меня ничего нельзя описать. Эта мебель — орудие производства. И стул — тоже орудие производства!

Ипполит Матвеевич начал кое-что соображать.

— Отпустите стул! — завизжал вдруг Авессалом Владимирович. — Слышите? Вы! Бюрократ!

Ипполит Матвеевич покорно отпустил стул и пролепетал:

— Простите, недоразумение, служба такая.

Тут Изнуренков страшно развеселился. Он забегал по комнате и запел: «А поутру она вновь улыбалась перед окошком своим, как всегда». Он не знал, что делать со своими руками. Они у него летали. Он начал завязывать галстук и, не довязав, бросил. Потом схватил газету и, ничего в ней не прочитав, кинул на пол.

— Так вы не возьмете сегодня мебель?.. Хорошо!.. Ах! Ах!

Ипполит Матвеевич, пользуясь благоприятно сложившимися обстоятельствами, двинулся к двери.

— Подождите! — крикнул вдруг Изнуренков. — Вы когда-нибудь видели такого кота? Скажите, он в самом деле пушист до чрезвычайности?

Котик очутился в дрожащих руках Ипполита Матвеевича.

— Высокий класс!.. — бормотал Авессалом Владимирович, не зная, что делать с излишком своей энергии. — Ах!.. Ах!..

Он кинулся к окну, всплеснул руками и стал часто и мелко кланяться двум девушкам, глядевшим на него из окна противоположного дома. Он топтался на месте и расточал томные ахи:

— Девушки из предместий! Лучший плод!.. Высокий класс!.. Ах!.. «А поутру она вновь улыбалась перед окошком своим, как всегда...»

— Так я пойду, гражданин, — глупо сказал директор концессии.

— Подождите, подождите! — заволновался вдруг Изнуренков. — Одну минуточку!.. Ах!.. А котик? Правда, он пушист до чрезвычайности?.. Подождите!.. Я сейчас!..

Он смущенно порылся во всех карманах, убежал, вернулся, ахнул, выглянул из окна, снова убежал и снова вернулся.

— Простите, душечка, — сказал он Воробьянинову, который в продолжение всех этих манипуляций стоял, сложив руки по-солдатски. С этими словами он дал предводителю полтинник.

— Нет, нет, не отказывайтесь, пожалуйста. Всякий труд должен быть оплачен.

— Премного благодарен, — сказал Ипполит Матвеевич, удивляясь своей изворотливости.

— Спасибо, дорогой, спасибо, душечка!..

Идя по коридору, Ипполит Матвеевич слышал доносившиеся из комнаты Изнуренкова блеяние, визг, пение и страстные крики.

На улице Воробьянинов вспомнил про Остапа и задрожал от страха.

Эрнест Павлович Щукин бродил по пустой квартире, любезно уступленной ему на лето приятелем, и решал вопрос: принять ванну или не принимать.

Трехкомнатная квартира помещалась под самой крышей девятиэтажного дома. В ней, кроме письменного стола и воробьяниновского стула, было только трюмо. Солнце отражалось в зеркале и резало глаза. Инженер прилег на письменный стол, но сейчас же вскочил. Все было раскалено.

«Пойду умоюсь», — решил он.

Он разделся, остыл, посмотрел на себя в зеркало и пошел в ванную комнату. Прохлада охватила его. Он влез в ванну, облил себя водой из голубой эмалированной кружки и щедро намылился. Он весь покрылся хлопьями пены и стал похож на елочного деда.

— Хорошо! — сказал Эрнест Павлович.

Все было хорошо. Стало прохладно. Жены не было. Впереди была полная свобода. Инженер присел и отвернул кран, чтобы смыть мыло. Кран захлебнулся и стал медленно говорить что-то неразборчивое. Вода не шла. Эрнест Павлович засунул скользкий мизинец в отверстие крана. Пролилась тонкая струйка, но больше не было ничего. Эрнест Павлович поморщился, вышел из ванны, поочередно поднимая ноги, и пошел к кухонному крану. Но там тоже ничего не удалось выдоить.

Эрнест Павлович зашлепал в комнаты и остановился перед зеркалом. Пена щипала глаза, спина чесалась, мыльные хлопья падали на паркет. Прислушавшись, не идет ли в ванной вода, Эрнест Павлович решил позвать дворника.

«Пусть хоть он воды принесет, — решил инженер, протирая глаза и медленно закипая, — а то черт знает что такое».

Он выглянул в окно. На самом дне дворовой шахты играли дети.

— Дворник! — закричал Эрнест Павлович. — Дворник!

Никто не отозвался.

Тогда Эрнест Павлович вспомнил, что дворник живет в парадном, под лестницей. Он вступил на холодные плитки и, придерживая дверь рукой, свесился вниз. На площадке была только одна квартира, и Эрнест Павлович не боялся, что его могут увидеть в странном наряде из мыльных хлопьев.

— Дворник! — крикнул он вниз.

Слово грянуло и с шумом покатилось по ступенькам.

— Гу-гу! — ответила лестница.

— Дворник! Дворник!

— Гум-гум! Гум-гум!

Тут нетерпеливо перебиравший босыми ногами инженер поскользнулся и, чтобы сохранить равновесие, выпустил из руки дверь. Дверь прищелкнула медным язычком американского замка и затворилась. Стена задрожала. Эрнест Павлович, не поняв еще непоправимости случившегося, потянул дверную ручку. Дверь не подалась.

Инженер ошеломленно подергал ее еще несколько раз и прислушался с бьющимся сердцем. Была сумеречная церковная тишина. Сквозь разноцветные стекла высоченного окна еле пробивался свет.

«Положение», — подумал Эрнест Павлович.

— Вот сволочь! — сказал он двери.

Внизу, как петарды, стали ухать и взрываться человеческие голоса. Потом, как громкоговоритель, залаяла комнатная собачка.

По лестнице толкали вверх детскую колясочку.

Эрнест Павлович трусливо заходил по площадке.

— С ума можно сойти!

Ему показалось, что все это слишком дико, чтобы могло случиться на самом деле. Он снова подошел к двери и прислушался. Он услышал какие-то новые звуки. Сначала ему показалось, что в квартире кто-то ходит.

«Может быть, кто-нибудь пришел с черного хода?» — подумал он, хотя знал, что дверь черного хода закрыта и в квартиру никто не может войти.

Однообразный шум продолжался. Инженер задержал дыхание. Тогда он разобрал, что шум этот производит плещущая вода. Она, очевидно, бежала изо всех кранов квартиры. Эрнест Павлович чуть не заревел.

Положение было ужасное. В Москве, в центре города, на площадке девятого этажа стоял взрослый усатый человек с высшим образованием, абсолютно голый и покрытый шевелящейся еще мыльной пеной. Идти ему было некуда. Он скорее согласился бы сесть в тюрьму, чем показаться в таком виде. Оставалось одно — пропадать. Пена лопалась и жгла спину. На руках и на лице она уже застыла, стала похожа на паршу и стягивала кожу, как бритвенный камень.

Так прошло полчаса. Инженер терся об известковые стены, стонал и несколько раз безуспешно пытался выломать дверь. Он стал грязным и страшным.

Щукин решил спуститься вниз, к дворнику, чего бы это ему ни стоило.

«Нету другого выхода, нету. Только спрятаться у дворника!»

Задыхаясь и прикрывшись рукой так, как это делают мужчины, входя в воду, Эрнест Павлович медленно стал красться вдоль перил. Он очутился на площадке между восьмым и девятым этажами.

Его фигура осветилась разноцветными ромбами и квадратами окна. Он стал похож на Арлекина, подслушивающего разговор Коломбины с Паяцем. Он уже повернул в новый пролет лестницы, как вдруг дверной замок нижней квартиры выпалил и из квартиры вышла барышня с балетным чемоданчиком. Не успела барышня сделать шагу, как Эрнест Павлович очутился уже на своей площадке. Он почти оглох от страшных ударов сердца.

Только через полчаса инженер оправился и смог предпринять новую вылазку. На этот раз он твердо решил стремительно кинуться вниз и, не обращая внимания ни на что, добежать до заветной дворницкой.

Так он и сделал. Неслышно прыгая через четыре ступеньки и подвывая, член бюро секции инженеров и техников поскакал вниз. На площадке шестого этажа он на секунду остановился. Это его погубило. Снизу кто-то поднимался.

— Несносный мальчишка! — послышался женский голос, многократно усиленный лестничным репродуктором. — Сколько раз я ему говорила!..

Эрнест Павлович, повинуясь уже не разуму, а инстинкту, как преследуемый собаками кот, взлетел на девятый этаж.

Очутившись на своей, загаженной мокрыми следами площадке, он беззвучно заплакал, дергая себя за волосы и конвульсивно раскачиваясь. Кипящие слезы врезались в мыльную корку и прожгли в ней две волнистые борозды.

— Господи! — сказал инженер. — Боже мой! Боже мой!

Жизни не было. А между тем он явственно услышал шум пробежавшего по улице грузовика. Значит, где-то жили!

Он еще несколько раз побуждал себя спуститься вниз, но не смог — нервы сдали. Он попал в склеп.

— Наследили за собой, как свиньи! — услышал он старушечий голос с нижней площадки.

Инженер подбежал к стене и несколько раз боднул ее головой. Самым разумным было бы, конечно, кричать до тех пор, пока кто-нибудь не придет, и потом сдаться пришедшему в плен. Но Эрнест Павлович совершенно потерял способность соображать и, тяжело дыша, вертелся на площадке.

Выхода не было.

Глава XXIV
КЛУБ АВТОМОБИЛИСТОВ

В редакции большой ежедневной газеты «Станок», помещавшейся на втором этаже Дома народов, спешно пекли материал к сдаче в набор.

Выбирались из загона (материал набранный, но не вошедший в прошлый номер) заметки и статьи, подсчитывалось число занимаемых ими строк, и начиналась ежедневная торговля из-за места.

Всего газета на своих четырех страницах (полосах) могла вместить 4400 строк. Сюда должно было войти все: телеграммы, статьи, хроника, письма рабкоров, объявления, один стихотворный фельетон и два в прозе, карикатуры, фотографии, специальные отделы: театр, спорт, шахматы, передовая и подпередовая, извещения советских, партийных и профессиональных организаций, печатающийся с продолжением роман, художественные очерки столичной жизни, мелочи под названием «Крупинки», научно-популярные статьи, радио- и различный случайный материал. Всего по отделам набиралось материалу тысяч на десять строк. Поэтому распределение места на полосах обычно сопровождалось драматическими сценами.

Первым к секретарю редакции прибежал заведующий шахматным отделом маэстро Судейкин. Он задал вежливый, но полный горечи вопрос:

— Как? Сегодня не будет шахмат?

— Не вмещаются,— ответил секретарь.— Подвал большой. Триста строк.

— Но ведь сегодня же суббота. Читатель ждет воскресного отдела. У меня ответы на задачи, у меня прелестный этюд Неунывако, у меня, наконец...

— Хорошо. Сколько вы хотите?

— Не меньше ста пятидесяти.

— Хорошо. Раз есть ответы на задачи, дадим шестьдесят строк.

Маэстро пытался было вымолить еще строк тридцать, хотя бы на этюд Неунывако (замечательная индийская партия Тартаковер — Боголюбов лежала у него уже больше месяца), но его оттеснили.

Пришел репортер Персицкий.

— Нужно давать впечатления с пленума? — спросил он очень тихо.

— Конечно! — закричал секретарь.— Ведь позавчера говорили.

— Пленум есть,— сказал Персицкий еще тише,— и две зарисовки, но они не дают мне места.

— Как не дают? С кем вы говорили? Что они, посходили с ума?

Секретарь побежал ругаться. За ним, интригуя на ходу, следовал Персицкий, а еще позади бежал сотрудник из отдела объявлений.

— У нас секаровская жидкость! — кричал он грустным голосом.

За ними плелся завхоз, таща с собой купленный для редактора на аукционе мягкий стул.

— Жидкость во вторник. Сегодня публикуем наши приложения!

— Много вы будете иметь с ваших бесплатных объявлений, а за жидкость уже получены деньги.

— Хорошо, в ночной редакции выясним. Сдайте объявление Паше. Она сейчас как раз едет в ночную.

Секретарь сел читать передовую. Его сейчас же оторвали от этого увлекательного занятия. Пришел художник.

— Ага,— сказал секретарь,— очень хорошо. Есть тема для карикатуры, в связи с последними телеграммами из Германии.

— Я думаю так,— проговорил художник.— Стальной Шлем и общее положение Германии...

— Хорошо. Так вы как-нибудь скомбинируйте, а потом мне покажите.

Художник пошел в свой отдел. Он взял квадратик ватманской бумаги и набросал карандашом худого пса. На псиную голову он надел германскую каску с пикой. А затем принялся делать надписи. На туловище животного он написал печатными буквами слово «Германия», на витом хвосте — «Данцигский коридор», на челюсти — «Мечты о реванше», на ошейнике — «План Дауэса» и на высунутом языке — «Штреземан». Перед собакой художник поставил Пуанкаре, державшего в руке кусок мяса. На мясе художник тоже замыслил сделать надпись, но кусок был мал, и надпись не помещалась. Человек менее сообразительный, чем газетный карикатурист, растерялся бы, но художник не задумываясь пририсовал к мясу подобие привязанного к шейке бутылки рецепта и уже на нем написал крохотными буквами: «Французские предложения о гарантиях безопасности». Чтобы Пуанкаре не смешали с каким-либо другим государственным деятелем, художник на животе его написал: «Пуанкаре». Набросок был готов.

На столах художественного отдела лежали иностранные журналы, большие ножницы, баночки с тушью и белилами. На полу валялись обрезки фотографий: чье-то плечо, чьи-то ноги и кусочки пейзажа. Человек пять художников скребли фотографии бритвенными ножичками «жиллет», подсвечивая их; придавали снимкам резкость, подкрашивая их тушью и белилами, и ставили на обороте подпись и размер: 3 $^3/_4$ квадрата, 2 колонки и так далее — указания, потребные для цинкографии.

В комнате редактора сидела иностранная делегация. Редакционный переводчик смотрел в лицо говорящего иностранца и, обращаясь к редактору, говорил:

— Товарищ Арно желает узнать...

Шел разговор о структуре советской газеты. Пока переводчик объяснял редактору, что желал бы узнать товарищ Арно, сам Арно, в бархатных велосипедных брюках, и все остальные иностранцы с любопытством смотрели на красную ручку с пером № 86, которая была прислонена к углу комнаты. Перо почти касалось потолка, а ручка в своей широкой части была толщиною в туловище среднего человека. Этой ручкой можно было бы писать: перо было самое настоящее, хотя превосходило по величине большую щуку.

— Ого-го! — смеялись иностранцы. — Колоссаль!

Это перо было поднесено редакции съездом рабкоров.

Редактор, сидя на воробьяниновском стуле, улыбался и, быстро кивая головой то на ручку, то на гостей, весело объяснял.

Крик в секретариате продолжался. Персицкий принес статью Семашко, и секретарь срочно вычеркивал из макета третьей полосы шахматный отдел. Маэстро Судейкин уже не боролся за прелестный этюд Неунывако. Он тщился сохранить хотя бы решения задач. После борьбы, более напряженной, чем борьба его с Ласкером на сен-себастианском турнире, маэстро отвоевал себе местечко за счет «Суда и быта».

Семашко послали в набор. Секретарь снова углубился в передовую. Прочесть ее секретарь решил во что бы то ни стало, из чисто спортивного интереса.

Когда он дошел до места: «...Однако содержание последнего пакта таково, что если Лига наций зарегистрирует его, то придется признать, что...», к нему подошел «Суд и быт», волосатый мужчина. Секретарь продолжал читать, нарочно не глядя в сторону «Суда и быта» и делая в передовой ненужные пометки.

«Суд и быт» зашел с другой стороны и сказал обидчиво:

— Я не понимаю.

— Ну-ну, — забормотал секретарь, стараясь оттянуть время, — в чем дело?

— Дело в том, что в среду «Суда и быта» не было, в пятницу «Суда и быта» не было, в четверг поместили из загона только алиментное дело, а в субботу снимают процесс, о котором давно пишут во всех газетах, и только мы...

— Где пишут? — закричал секретарь. — Я не читал.

— Завтра всюду появится, а мы опять опоздаем.

— А когда вам поручили чубаровское дело, вы что писали? Строки от вас нельзя было получить. Я знаю. Вы писали о чубаровцах в вечерку.

— Откуда вы это знаете?

— Знаю. Мне говорили.

— В таком случае я знаю, кто вам говорил. Вам говорил Персицкий, тот Персицкий, который на глазах у всей Москвы пользуется аппаратом редакции, чтобы давать материал в Ленинград.

— Паша! — сказал секретарь тихо. — Позовите Персицкого.

«Суд и быт» индифферентно сидел на подоконнике. Позади него виднелся сад, в котором возились птицы и городошники. Тяжбу разбирали долго. Секретарь прекратил ее ловким приемом: выкинул шахматы и вместо них поставил «Суд и быт». Персицкому было сделано предупреждение.

Наступило самое горячее редакционное время — пять часов.

Над разогревшимися пишущими машинками курился дымок. Сотрудники диктовали противными от спешки голосами. Старшая машинистка кричала на негодяев, незаметно подкидывавших свои материалы вне очереди.

По коридору ходил редакционный поэт. Он ухаживал за машинисткой, скромные бедра которой развязывали его поэтические чувства. Он уводил ее в конец коридора и у окна говорил слова любви, на которые девушка отвечала:

— У меня сегодня сверхурочная работа, и я очень занята.

Это значило, что она любит другого.

Поэт путался под ногами и ко всем знакомым обращался с поразительно однообразной просьбой:

— Дайте десять копеек на трамвай!

За этой суммой он забрел в отдел рабкоров. Потолкавшись среди столов, за которыми работали «читчики», и потрогав руками кипы корреспонденции, поэт возобновил свои попытки. Читчики, самые суровые в редакции люди (их сделала такими необходимость прочитывать в день по сто писем, вычерченных руками, знакомыми больше с топором, малярной кистью или тачкой, нежели с письмом), молчали.

Поэт побывал в экспедиции и в конце концов перекочевал в контору. Но там он не только не получил десяти копеек, а даже подвергся нападению со стороны комсомольца Авдотьева: поэту было предложено вступить в кружок автомобилистов. Влюбленную душу поэта заволокло парами бензина. Он сделал два шага в сторону и, взяв третью скорость, скрылся с глаз.

Авдотьев нисколько не был обескуражен. Он верил в торжество автомобильной идеи. В секретариате он повел борьбу тихой сапой. Это и помешало секретарю докончить чтение передовой статьи.

— Слушай, Александр Иосифович. Ты подожди, дело серьезное, — сказал Авдотьев, садясь на секретарский стол. — У нас образовался автомобильный клуб. Редакция не даст нам взаймы рублей пятьсот на восемь месяцев?

— Можешь не сомневаться.

— Что? Ты думаешь — мертвое дело?

— Не думаю, а знаю. Сколько же у вас в кружке членов?

— Уже очень много.

Кружок пока что состоял только из одного организатора, но Авдотьев об этом не распространялся.

— За пятьсот рублей мы покупаем на «кладбище» машину. Егоров уже высмотрел. Ремонт, он говорит, будет стоить не больше пятисот. Всего тысяча. Вот я и думаю набрать двадцать человек, по полсотни на каждого. Зато будет замечательно. Научимся управлять машиной. Егоров будет шефом. И через три месяца — к августу — мы все умеем управлять, есть машина, и каждый по очереди едет, куда ему угодно.

— А пятьсот рублей на покупку?

— Даст касса взаимопомощи под проценты. Выплатим. Так что ж, записывать тебя?

Но секретарь был уже лысоват, много работал, находился во власти семьи и квартиры, любил полежать после обеда на диване и почитать перед сном «Правду». Он подумал и отказался.

— Ты, — сказал Авдотьев, — старик!

Авдотьев подходил к каждому столу и повторял свои зажигательные речи. В стариках, которыми он считал всех сотрудников старше двадцати лет, его слова вызывали сомнительный эффект. Они кисло отбрехивались, напирая на то, что они уже друзья детей и регулярно платят по двадцати копеек в год на благое дело помощи бедным крошкам. Они, собственно говоря, согласились бы вступить в новый клуб, но...

— Что «но»? — кричал Авдотьев. — Вот если бы автомобиль был сегодня? Да? Если бы вам положить на стол синий шестицилиндровый «паккард» за пятнадцать копеек в год, а бензин и смазочные материалы за счет правительства?!

— Иди, иди! — говорили старички. — Сейчас последний посыл, мешаешь работать!

Автомобильная идея гасла и начинала чадить. Наконец нашелся пионер нового предприятия. Персицкий с грохотом отскочил от телефона, выслушал Авдотьева и сказал:

— Ты не так подходишь, дай лист. Начнем сначала.

И Персицкий вместе с Авдотьевым начали новый обход.

— Ты, старый матрац, — говорил Персицкий голубоглазому юноше, — на это даже денег не нужно давать. У тебя есть заем двадцать седьмого года? На сколько? На пятьдесят? Тем лучше. Ты даешь эти облигации в наш клуб. Из облигаций составляется капитал. К августу мы сможем реализовать все облигации и купить автомобиль.

— А если моя облигация выиграет? — защищался юноша.

— А сколько ты хочешь выиграть?

— Пятьдесят тысяч.

— На эти пятьдесят тысяч будут куплены автомобили. И если я выиграю — тоже. И если Авдотьев — тоже. Словом, чья бы облигация ни выиграла, деньги идут на машины. Теперь ты понял? Чудак! На собственной машине поедешь по Военно-Грузинской дороге! Горы! Дурак!.. А позади тебя на собственных машинах «Суд и быт» катит, хроника, отдел происшествий и эта дамочка, знаешь, которая дает кино... Ну? Ну? Ухаживать будешь!..

Каждый держатель облигации в глубине души не верит в возможность выигрыша. Зато он очень ревниво относится к облигациям своих соседей и знакомых. Он пуще огня боится того, что выиграют они, а он, всегдашний неудачник, снова останется на бобах. Поэтому надежды на выигрыш соседа по редакции неотвратимо толкали держателей облигаций в лоно нового клуба. Смущало только опасение, что ни одна облигация не выиграет. Но это почему-то казалось маловероятным, и, кроме того, автомобильный клуб ничего не терял: одна машина с «кладбища» была гарантирована на составленный из облигаций капитал.

Двадцать человек набралось за пять минут. Когда дело было увенчано, пришел секретарь, прослышавший о заманчивых перспективах автомобильного клуба.

— А что, ребятки, — сказал он, — не записаться ли также и мне?

— Запишись, старик, отчего же, — ответил Авдотьев, — только не к нам. У нас уже, к сожалению, полный комплект, и прием новых членов прекращен до тысяча девятьсот двадцать девятого года. А запишись ты лучше в друзья детей. Дешево и спокойно. Двадцать копеек в год, и ехать никуда не нужно.

Секретарь помялся, вспомнил, что он и впрямь уже староват, вздохнул и пошел дочитывать увлекательную передовую.

— Скажите, товарищ, — остановил его в коридоре красавец с черкесским лицом, — где здесь редакция газеты «Станок»?

Это был великий комбинатор.

Глава XXV
РАЗГОВОР С ГОЛЫМ ИНЖЕНЕРОМ

Появлению Остапа Бендера в редакции предшествовал ряд немаловажных событий.

Не застав Эрнеста Павловича днем (квартира была заперта, и хозяин, вероятно, был на службе), великий комбинатор решил зайти к нему попозже, а пока что расхаживал по городу. Томясь жаждой деятельности, он переходил улицы, останавливался на площадях, делал глазки милиционеру, подсаживал дам в автобусы и вообще имел такой вид, будто бы вся Москва с ее памятниками, трамваями, моссельпромщицами, церковками, вокзалами и афишными тумбами собралась к нему на раут. Он ходил среди гостей, мило беседовал с ними и для каждого находил теплое словечко. Прием такого огромного количества посетителей несколько утомил великого комбинатора. К тому же был уже шестой час, и надо было отправляться к инженеру Щукину.

Но судьба судила так, что, прежде чем свидеться с Эрнестом Павловичем, Остапу пришлось задержаться часа на два для подписания небольшого протокола.

На Театральной площади великий комбинатор попал под лошадь. Совершенно неожиданно на него налетело робкое животное белого цвета и толкнуло его костистой грудью. Бендер упал, обливаясь потом. Было очень жарко. Белая лошадь громко просила извинения. Остап живо поднялся. Его могучее тело не получило никакого повреждения. Тем больше было причин и возможностей для скандала.

Гостеприимного и любезного хозяина Москвы нельзя было узнать. Он вразвалку подошел к смущенному старику извозчику и треснул его кулаком по ватной спине. Старичок терпеливо перенес наказание. Прибежал милиционер.

— Требую протокола! — с пафосом закричал Остап. В его голосе послышались металлические нотки человека, оскорбленного в самых святых своих чувствах. И, стоя у стены Малого театра, на том самом месте, где впоследствии был сооружен памятник великому русскому драматургу Островскому, Остап подписал протокол и дал небольшое интервью набежавшему Персицкому. Персицкий не брезговал черной работой. Он аккуратно записал в блокнот фамилию и имя потерпевшего и помчался далее.

Остап горделиво двинулся в путь. Все еще переживая нападение белой лошади и чувствуя запоздалое сожаление, что не успел дать извозчику и по шее, Остап, шагая через две ступеньки, поднялся до седьмого этажа щукинского дома. Здесь на голову ему упала тяжелая капля. Он посмотрел вверх. Прямо в глаза ему хлынул с верхней площадки небольшой водопадик грязной воды.

«За такие штуки надо морду бить», — решил Остап.

Он бросился наверх. У двери щукинской квартиры, спиной к нему, сидел голый человек, покрытый белыми лишаями. Он сидел прямо на кафельных плитках, держась за голову и раскачиваясь.

Вокруг голого была вода, вылившаяся в щель квартирной двери.

— О-о-о, — стонал голый, — о-о-о...

— Скажите, это вы здесь льете воду? — спросил Остап раздраженно. — Что это за место для купанья? Вы с ума сошли!

Голый посмотрел на Остапа и всхлипнул.

— Слушайте, гражданин, вместо того чтобы плакать, вы, может быть, пошли бы в баню? Посмотрите, на что вы похожи! Прямо какой-то пикадор!

— Ключ, — замычал инженер.

— Что ключ? — спросил Остап.

— От кв-в-варти-ыры.

— Где деньги лежат?

Голый человек икал с поразительной быстротой. Ничто не могло смутить Остапа. Он начинал соображать. И когда наконец сообразил, чуть не свалился за перила от хохота, бороться с которым было бы все равно бесполезно.

— Так вы не можете войти в квартиру? Но это же так просто!

Стараясь не запачкаться о голого, Остап подошел к двери, сунул в щель американского замка длинный желтый ноготь большого пальца и осторожно стал поворачивать его справа налево и сверху вниз.

Дверь бесшумно отворилась, и голый с радостным воем вбежал в затопленную квартиру.

Шумели краны. Вода в столовой образовала водоворот. В спальне она стояла спокойным прудом, по которому тихо, лебединым ходом, плыли ночные туфли. Сонной рыбьей стайкой сбились в угол окурки.

Воробьяниновский стул стоял в столовой, где было наиболее сильное течение воды. Белые бурунчики образовались у всех его четырех ножек. Стул слегка подрагивал и, казалось, собирался немедленно уплыть от своего преследователя. Остап сел на него и поджал ноги. Пришедший в себя Эрнест Павлович, с криками «пардон! пардон!», закрыл краны, умылся и предстал перед Бендером голый до пояса и в закатанных до колен мокрых брюках.

— Вы меня просто спасли! — возбужденно кричал он.— Извините, не могу подать вам руки, я весь мокрый. Вы знаете, я чуть с ума не сошел.

— К тому, видно, и шло.

— Я очутился в ужасном положении.

И Эрнест Павлович, переживая вновь страшное происшествие, то омрачаясь, то нервно смеясь, рассказал великому комбинатору подробности постигшего его несчастья.

— Если бы не вы, я бы погиб,— закончил инженер.

— Да,— сказал Остап,— со мной тоже был такой случай. Даже похуже немного.

Инженера настолько сейчас интересовало все, что касалось подобных историй, что он даже бросил ведро, которым собирал воду, и стал напряженно слушать.

— Совсем так, как с вами,— начал Бендер,— только было этой зимой, и не в Москве, а в Миргороде, в один из веселеньких промежутков между Махно и Тютюником в девятнадцатом году. Жил я в семействе одном. Хохлы отчаянные! Типичные собственники: одноэтажный домик и много разного барахла. Надо вам заметить, что насчет канализации и прочих удобств в Миргороде есть только выгребные ямы. Ну и выскочил я однажды ночью в одном белье прямо на снег: простуды я не боялся — дело минутное. Выскочил и машинально захлопнул за собой дверь. Мороз — градусов двадцать. Я стучу — не открывают. На месте нельзя стоять: замерзнешь! Стучу и бегаю, стучу и бегаю — не открывают. И главное, в доме ни одна сатана не спит. Ночь страшная. Собаки воют. Стреляют где-то. А я бегаю по сугробам в летних кальсонах. Целый час стучал. Чуть не подох. И почему, вы думаете, они не открывали? Имущество прятали, зашивали керенки в подушку. Думали, что с обыском. Я их чуть не поубивал потом.

Инженеру все это было очень близко.

— Да,— сказал Остап,— так это вы инженер Щукин?

— Я. Только уж вы, пожалуйста, никому не говорите. Неудобно, право.

— О, пожалуйста! Антр-ну, тет-а-тет. В четыре глаза, как говорят французы. А я к вам по делу, товарищ Щукин.

— Чрезвычайно буду рад вам служить.

— Гран мерси. Дело пустяковое. Ваша супруга просила меня к вам зайти и взять у вас этот стул.

Она говорила, что он ей нужен для пары. А вам она собирается прислать кресло.

— Да, пожалуйста! — воскликнул Эрнест Павлович. — Я очень рад. И зачем вам утруждать себя? Я могу сам принести. Сегодня же.

— Нет, зачем же! Для меня это — сущие пустяки. Живу я недалеко, для меня это нетрудно.

Инженер засуетился и проводил великого комбинатора до самой двери, переступить которую он страшился, хотя ключ был уже предусмотрительно положен в карман мокрых штанов.

Бывшему студенту Иванопуло был подарен еще один стул. Обшивка его была, правда, немного повреждена, но все же это был прекрасный стул и к тому же точь-в-точь как первый.

Остапа не тревожила неудача с этим стулом, четвертым по счету. Он знал все штучки судьбы.

В стройную систему его умозаключений темной громадой врезывался только стул, уплывший в глубину товарного двора Октябрьского вокзала. Мысли об этом стуле были неприятны и навевали тягостное сомнение.

Великий комбинатор находился в положении рулеточного игрока, ставящего исключительно на номера, одного из той породы людей, которые желают выиграть сразу в тридцать шесть раз больше своей ставки. Положение было даже хуже: концессионеры играли в такую рулетку, где зеро́ приходилось на одиннадцать номеров из двенадцати. Да и самый двенадцатый номер вышел из поля зрения, находился черт знает где и, возможно, хранил в себе чудесный выигрыш.

Цепь этих горестных размышлений была прервана приходом главного директора. Уже один его вид возбудил в Остапе нехорошие чувства.

— Ого! — сказал технический руководитель. — Я вижу, что вы делаете успехи. Только не шутите со мной. Зачем вы оставили стул за дверью? Чтобы позабавиться надо мной?

— Товарищ Бендер,— пробормотал предводитель.

— Ах, зачем вы играете на моих нервах! Несите его сюда скорее, несите! Вы видите, что новый стул, на котором я сижу, увеличил ценность вашего приобретения во много раз.

Остап склонил голову набок и сощурил глаза.

— Не мучьте дитю,— забасил он наконец,— где стул? Почему вы его не принесли?

Сбивчивый доклад Ипполита Матвеевича прерывался криками с места, ироническими аплодисментами и каверзными вопросами. Воробьянинов закончил свой доклад под единодушный смех аудитории.

— А мои инструкции? — спросил Остап грозно.— Сколько раз я вам говорил, что красть грешно! Еще тогда, когда вы в Старгороде хотели обокрасть мою жену, мадам Грицацуеву, еще тогда я понял, что у вас мелкоуголовный характер. Самое большое, к чему смогут привести вас эти способности,— это шесть месяцев без строгой изоляции. Для гиганта мысли и отца русской демократии масштаб как будто небольшой, и вот результаты. Стул, который был у вас в руках, выскользнул. Мало того, вы испортили легкое место! Попробуйте нанести туда второй визит. Вам этот Авессалом голову оторвет. Счастье ваше, что вам помог идиотский случай, не то сидели бы вы за решеткой и напрасно ждали бы от меня передачи. Я вам передачу носить не буду, имейте это в виду. Что мне Гекуба? Вы мне, в конце концов, не мать, не сестра и не любовница.

Ипполит Матвеевич, сознававший все свое ничтожество, стоял понурясь.

— Вот что, дорогуша, я вижу полную бесцельность нашей совместной работы. Во всяком случае, работать с таким малокультурным компаньоном, как вы, из сорока процентов представляется мне абсурдным. Воленс-неволенс, но я должен поставить новые условия.

Ипполит Матвеевич задышал. До этих пор он старался не дышать.

— Да, мой старый друг, вы больны организационным бессилием и бледной немочью. Соответственно этому уменьшаются ваши паи. Честно, хотите — двадцать процентов?

Ипполит Матвеевич решительно замотал головой.

— Почему же вы не хотите? Вам мало?

— М-мало.

— Но ведь это же тридцать тысяч рублей! Сколько же вы хотите?

— Согласен на сорок.

— Грабеж среди бела дня! — сказал Остап, подражая интонациям предводителя во время исторического торга в дворницкой. — Вам мало тридцати тысяч? Вам нужен еще ключ от квартиры?!

— Это вам нужен ключ от квартиры, — пролепетал Ипполит Матвеевич.

— Берите двадцать, пока не поздно, а то я могу раздумать. Пользуйтесь тем, что у меня хорошее настроение.

Воробьянинов давно уже потерял тот самодовольный вид, с которым некогда начинал поиски бриллиантов.

Лед, который тронулся еще в дворницкой, лед, гремевший, трескавшийся и ударявшийся о гранит набережной, давно уже измельчал и стаял. Льда уже не было. Была широко разлившаяся вода, которая небрежно несла на себе Ипполита Матвеевича, швыряя его из стороны в сторону, то ударяя его о бревно, то сталкивая его со стульями, то унося от этих стульев. Невыразимую боязнь чувствовал Ипполит Матвеевич. Все пугало его. По реке плыли мусор, нефтяные остатки, пробитые курятники, дохлая рыба, чья-то ужасная шляпа. Может быть, это была шляпа отца

Федора, утиный картузик, сорванный с него ветром в Ростове? Кто знает! Конца пути не было видно. К берегу не прибивало, а плыть против течения бывший предводитель дворянства не имел ни сил, ни желания.

Его несло в открытое море приключений.

Глава XXVI
ДВА ВИЗИТА

Подобно распеленатому малютке, который, не останавливаясь ни на секунду, разжимает и сжимает восковые кулачки, двигает ножонками, вертит головой, величиной в крупное антоновское яблоко, одетое в чепчик, и выдувает изо рта пузыри, Авессалом Изнуренков находился в состоянии вечного беспокойства. Он двигал полными ножками, вертел выбритым подбородочком, издавал ахи и производил волосатыми руками такие жесты, будто делал гимнастику на резинках.

Он вел очень хлопотливую жизнь, всюду появлялся и что-то предлагал, несясь по улице, как испуганная курица, быстро говорил вслух, словно высчитывал страховку каменного, крытого железом строения. Сущность его жизни и деятельности заключалась в том, что он органически не мог заняться каким-нибудь делом, предметом или мыслью больше чем на минуту.

Если острота не нравилась и не вызывала мгновенного смеха, Изнуренков не убеждал редактора, как другие, что острота хороша и требует для полной оценки лишь небольшого размышления, он сейчас же предлагал новую остроту.

— Что плохо, то плохо, — говорил он, — кончено.

В магазинах Авессалом Владимирович производил такой сумбур, так быстро появлялся и исчезал на глазах пораженных приказчиков, так экспансивно покупал коробку шоколада, что кассирша ожидала получить с него по крайней мере рублей тридцать. Но Изнуренков, пританцовывая у кассы и хватаясь за галстук, как будто его душили, бросал на стеклянную дощечку измятую трехрублевку и, благодарно блея, убегал.

Если бы этот человек мог остановить себя хоть бы на два часа, произошли бы самые неожиданные события.

Может быть, Изнуренков присел бы к столу и написал прекрасную повесть, а может быть, и заявление в кассу взаимопомощи о выдаче безвозвратной ссуды, или новый пункт к закону о пользовании жилплощадью, или книгу «Уменье хорошо одеваться и вести себя в обществе».

Но сделать этого он не мог. Бешено работающие ноги уносили его, из двигающихся рук карандаш вылетал как стрела, мысли прыгали.

Изнуренков бегал по комнате, и печати на мебели тряслись, как серьги у танцующей цыганки. На стуле сидела смешливая девушка из предместья.

— Ах, ах, — вскрикивал Авессалом Владимирович, — божественно! «Царица голосом и взором свой пышный оживляет пир...» Ах, ах! Высокий класс!.. Вы — королева Марго.

Ничего этого не понимавшая королева из предместья с уважением смеялась.

— Ну, ешьте шоколад, ну, я вас прошу!.. Ах, ах!.. Очаровательно!

Он поминутно целовал королеве руки, восторгался ее скромным туалетом, совал ей кота и заискивающе спрашивал:

— Правда, он похож на попугая? Лев! Лев! Настоящий лев! Скажите, он действительно пушист до чрезвычайности?.. А хвост! Хвост! Скажите, это действительно большой хвост? Ах!

Потом кот полетел в угол, и Авессалом Владимирович, прижав руки к пухлой молочной груди, стал с кем-то раскланиваться в окошко. Вдруг в его бедовой голове щелкнул какой-то клапан, и он начал вызывающе острить по поводу физических и душевных качеств своей гостьи:

— Скажите, а эта брошка действительно из стекла? Ах! Ах! Какой блеск!.. Вы меня ослепили, честное слово!.. А скажите, Париж действительно большой город? Там действительно Эйфелева башня?.. Ах! Ах!.. Какие руки!.. Какой нос!.. Ах!

Он не обнимал девушку. Ему было достаточно говорить ей комплименты. И он говорил без умолку. Поток их был прерван неожиданным появлением Остапа.

Великий комбинатор вертел в руках клочок бумаги и сурово допрашивал:

— Изнуренков здесь живет? Это вы и есть?

Авессалом Владимирович тревожно вглядывался в каменное лицо посетителя. В его глазах он старался прочесть, какие именно претензии будут сейчас предъявлены: штраф ли это за разбитое при разговоре в трамвае стекло, повестка ли в нарсуд за неплатеж квартирных денег или прием подписки на журнал для слепых.

— Что же это, товарищ, — жестко сказал Бендер, — это совсем не дело — прогонять казенного курьера.

— Какого курьера? — ужаснулся Изнуренков.

— Сами знаете какого. Сейчас мебель буду вывозить. Попрошу вас, гражданка, очистить стул, — строго проговорил Остап.

Гражданка, над которой только что читали стихи самых лирических поэтов, поднялась с места.

— Нет! Сидите! — закричал Изнуренков, закрывая стул своим телом. — Они не имеют права.

— Насчет прав молчали бы, гражданин. Сознательным надо быть. Освободите мебель! Закон надо соблюдать!

С этими словами Остап схватил стул и потряс им в воздухе.

— Вывожу мебель! — решительно заявил Бендер.

— Нет, не вывозите!

— Как же не вывожу, — усмехнулся Остап, выходя со стулом в коридор, — когда именно вывожу.

Авессалом поцеловал у королевы руку и, наклонив голову, побежал за строгим судьей. Тот уже спускался по лестнице.

— А я вам говорю, что не имеете права. По закону мебель может стоять две недели, а она стояла только три дня! Может быть, я уплачу!

Изнуренков вился вокруг Остапа, как пчела. Таким манером оба очутились на улице. Авессалом Владимирович бежал за стулом до самого угла. Здесь он увидел воробьев, прыгавших вокруг навозной кучи. Он посмотрел на них просветленными глазами, забормотал, всплеснул руками и, заливаясь смехом, произнес:

— Высокий класс! Ах! Ах!.. Какой поворот темы!

Увлеченный разработкой темы, Изнуренков весело повернул назад и, подскакивая, побежал домой. О стуле он вспомнил только дома, застав девушку из предместья стоящей посреди комнаты.

Остап отвез стул на извозчике.

— Учитесь, — сказал он Ипполиту Матвеевичу, — стул взят голыми руками. Даром. Вы понимаете?

После вскрытия стула Ипполит Матвеевич загрустил.

— Шансы все увеличиваются, — сказал Остап, — а денег ни копейки. Скажите, а покойная ваша теща не любила шутить?

— А что такое?

— Может быть, никаких брильянтов нет?

Ипполит Матвеевич так замахал руками, что на нем поднялся пиджачок.

— В таком случае все прекрасно. Будем надеяться, что достояние Иванопуло увеличится еще только на один стул.

— О вас, товарищ Бендер, сегодня в газетах писали, — заискивающе сказал Ипполит Матвеевич.

Остап нахмурился.

Он не любил, когда пресса поднимала вой вокруг его имени.

— Что вы мелете? В какой газете?

Ипполит Матвеевич с торжеством развернул «Станок».

— Вот здесь. В отделе «Что случилось за день».

Остап несколько успокоился, потому что боялся заметок только в разоблачительных отделах: «Наши шпильки» и «Злоупотребителей — под суд».

Действительно, в отделе «Что случилось за день» нонпарелью было напечатано:

ПОПАЛ ПОД ЛОШАДЬ

Вчера на площади Свердлова попал под лошадь извозчика № 8974 гр. О. Бендер. Пострадавший отделался легким испугом.

— Это извозчик отделался легким испугом, а не я, — ворчливо заметил О. Бендер. — Идиоты! Пишут, пишут — и сами не знают, что пишут. Ах! Это — «Станок». Очень, очень приятно. Вы знаете, Воробьянинов, что эту заметку, может быть, писали, сидя на нашем стуле? Забавная история!

Великий комбинатор задумался.

Повод для визита в редакцию был найден.

Осведомившись у секретаря о том, что все комнаты справа и слева во всю длину коридора заняты редакцией, Остап напустил на себя простецкий вид и предпринял обход редакционных помещений: ему нужно было узнать, в какой комнате находится стул.

Он влез в местком, где уже шло заседание молодых автомобилистов, и так как сразу увидел, что стула там нет, перекочевал в соседнее помещение. В конторе он делал вид, что ожидает резолюции; в отделе рабкоров узнавал, где здесь, согласно объявлению, продается макулатура; в секретариате выспрашивал условия подписки, а в комнате фельетонистов спросил, где принимают объявления об утере документов.

Таким образом он добрался до комнаты редактора, который, сидя на концессионном стуле, трубил в телефонную трубку.

Остапу нужно было время, чтобы внимательно изучить местность.

— Тут, товарищ редактор, на меня помещена форменная клевета, — сказал Бендер.

— Какая клевета? — спросил редактор.

Остап долго разворачивал экземпляр «Станка». Оглянувшись на дверь, он увидел на ней американский замок. Если вырезать кусочек стекла в двери, то легко можно было бы просунуть руку и открыть замок изнутри.

Редактор прочел указанную Остапом заметку.

— В чем же вы, товарищ, видите клевету?

— Как же! А вот это:

Пострадавший отделался легким испугом.

— Не понимаю.

Остап ласково смотрел на редактора и на стул.

— Стану я пугаться какого-то там извозчика! Опозорили перед всем миром — опровержение нужно.

— Вот что, гражданин, — сказал редактор, — никто вас не позорил, и по таким пустяковым вопросам мы опровержений не даем.

— Ну, все равно, я так этого дела не оставлю, — говорил Остап, покидая кабинет.

Он уже увидел все, что ему было нужно.

Глава XXVII

ЗАМЕЧАТЕЛЬНАЯ ДОПРОВСКАЯ КОРЗИНКА

Старгородское отделение эфемерного «Меча и орала» вместе с молодцами из «Быстроупака» выстроилось в длиннейшую очередь у мучного лабаза «Хлебопродукта».

Прохожие останавливались.

— Куда очередь стоит? — спрашивали граждане.

В нудной очереди, стоящей у магазина, всегда есть один человек, словоохотливость которого тем больше, чем дальше он стоит от магазинных дверей. А дальше всех стоял Полесов.

— Дожили, — говорил брандмейстер, — скоро все на жмых перейдем. В девятнадцатом году и то лучше было. Муки в городе на четыре дня.

Граждане недоверчиво подкручивали усы, вступали с Полесовым в спор и ссылались на «Старгородскую правду».

Доказав Полесову, как дважды два — четыре, что муки в городе сколько угодно и что нечего устраивать панику, граждане бежали домой, брали все наличные деньги и присоединялись к мучной очереди.

Молодцы из «Быстроупака», закупив всю муку в лабазе, перешли на бакалею и образовали чайно-сахарную очередь.

В три дня Старгород был охвачен продовольственным и товарным кризисом. Представители кооперации и госторговли предложили, до прибытия находящегося в пути продовольствия, ограничить отпуск товаров в одни руки по фунту сахара и по пять фунтов муки.

На другой день было изобретено противоядие.

Первым в очереди за сахаром стоял Альхен. За ним — его жена Сашхен, Паша Эмильевич, четыре Яковлевича и все пятнадцать призреваемых старушек в туальденоровых нарядах. Выкачав из магазина Старгико полпуда сахару, Альхен увел свою очередь в другой кооператив, кляня по дороге Пашу Эмильевича, который успел слопать отпущенный на его долю фунт сахарного песку. Паша сыпал сахар горкой на ладонь и отправлял в свою широкую пасть. Альхен хлопотал целый день. Во избежание усушки и раструски он изъял Пашу Эмильевича из очереди и приспособил его для перетаскивания скупленного на привозной рынок. Там Альхен застенчиво перепродавал в частные лавочки добытые сахар, муку, чай и маркизет.

Полесов стоял в очередях главным образом из принципа. Денег у него не было, и купить он все равно ничего не мог. Он кочевал из очереди в очередь, прислушивался к разговорам, делал едкие замечания, многозначительно задирал брови и пророчествовал. Следствием его недомолвок было то, что город наполнили слухи о приезде какой-то с Мечи и Урала подпольной организации.

Губернатор Дядьев заработал в один день десять тысяч. Сколько заработал председатель биржевого комитета Кислярский, не знала даже его жена.

Мысль о том, что он принадлежит к тайному обществу, не давала Кислярскому покоя. Шедшие по городу слухи испугали его вконец. Проведя бессонную ночь, председатель биржевого комитета решил, что только чистосердечное признание может сократить ему срок пребывания в тюрьме.

— Слушай, Генриетта, — сказал он жене, — пора уже переносить мануфактуру к шурину.

— А что, разве придут? — спросила Генриетта Кислярская.

— Могут прийти. Раз в стране нет свободы торговли, то должен же я когда-нибудь сесть?

— Так что, уже приготовить белье? Несчастная моя жизнь! Вечно носить передачу. И почему ты не пойдешь в советские служащие? Ведь шурин состоит членом профсоюза, и — ничего! А этому обязательно нужно быть красным купцом!

Генриетта не знала, что судьба возвела ее мужа в председатели биржевого комитета. Поэтому она была спокойна.

— Может быть, я не приду ночевать, — сказал Кислярский, — тогда ты завтра приходи с передачей. Только, пожалуйста, не приноси вареников. Что мне за удовольствие есть холодные вареники?

— Может быть, возьмешь с собой примус?

— Так тебе и разрешат держать в камере примус! Дай мне мою корзинку.

У Кислярского была специальная допровская корзина. Сделанная по особому заказу, она была вполне универсальна. В развернутом виде она представляла кровать, в полуразвернутом — столик; кроме того, она заменяла шкаф: в ней были полочки, крючки и ящики. Жена положила в универсальную корзину холодный ужин и свежее белье.

— Можешь меня не провожать, — сказал опытный муж. — Если придет Рубенс за деньгами, скажи, что денег нет. До свиданья! Рубенс может подождать.

И Кислярский степенно вышел на улицу, держа за ручку допровскую корзинку.

— Куда вы, гражданин Кислярский? — окликнул Полесов.

Он стоял у телеграфного столба и криками подбадривал рабочего связи, который, цепляясь железными когтями за столб, подбирался к изоляторам.

— Иду сознаваться, — ответил Кислярский.

— В чем?

— В мече и орале.

Виктор Михайлович лишился языка. А Кислярский, выставив вперед свой яйцевидный животик, опоясанный широким дачным поясом с накладным карманчиком для часов, неторопливо пошел в губпрокуратуру.

Виктор Михайлович захлопал крыльями и улетел к Дядьеву.

— Кислярский — провокатор! — закричал брандмейстер. — Только что пошел доносить. Его еще видно.

— Как? И корзинка при нем? — ужаснулся старгородский губернатор.

— При нем.

Дядьев поцеловал жену, крикнул, что, если придет Рубенс, денег ему не давать, и стремглав выбежал на улицу. Виктор Михайлович завертелся, застонал, словно курица, снесшая яйцо, и побежал к Владе с Никешей.

Между тем гражданин Кислярский, медленно прогуливаясь, приближался к губпрокуратуре. По дороге он встретил Рубенса и долго с ним говорил.

— А как же деньги? — спросил Рубенс.

— За деньгами придете к жене.

— А почему вы с корзинкой? — подозрительно осведомился Рубенс.

— Иду в баню.

— Ну, желаю вам легкого пара.

Потом Кислярский зашел в кондитерскую ССПО, бывшую «Бонбон де Варсови», выкушал стакан кофе и съел слоеный пирожок. Пора было идти каяться. Председатель биржевого комитета вступил в приемную губпрокуратуры. Там было пусто. Кислярский подошел к двери, на которой было написано: «Губернский прокурор», и вежливо постучал.

— Можно! — ответил хорошо знакомый Кислярскому голос.

Кислярский вошел и в изумлении остановился. Его яйцевидный животик сразу же опал и сморщился, как финик. То, что он увидел, было полной для него неожиданностью.

Письменный стол, за которым сидел прокурор, окружали члены могучей организации «Меча и орала». Судя по их жестам и плаксивым голосам, они сознавались во всем.

— Вот он, — воскликнул Дядьев, — самый главный октябрист!

— Во-первых, — сказал Кислярский, ставя на пол допровскую корзинку и приближаясь к столу, — во-первых, я не октябрист, затем, я всегда сочувствовал советской власти, а в-третьих, главный это не я, а товарищ Чарушников, адрес которого...

— Красноармейская! — закричал Дядьев.

— Номер три! — хором сообщили Владя и Никеша.

— Во двор и налево, — добавил Виктор Михайлович, — я могу показать.

Через двадцать минут привезли Чарушникова, который прежде всего заявил, что никого из присутствующих в кабинете никогда в жизни не видел. Вслед за этим, не сделав никакого перерыва, Чарушников донес на Елену Станиславовну.

Только в камере, переменив белье и растянувшись на допровской корзинке, председатель биржевого комитета почувствовал себя легко и спокойно.

Мадам Грицацуева-Бендер за время кризиса успела запастись пищевыми продуктами и товарами для своей лавчонки по меньшей мере на четыре месяца. Успокоившись, она снова загрустила о молодом супруге, томящемся на заседаниях Малого Совнаркома. Визит к гадалке не внес успокоения.

Елена Станиславовна, встревоженная исчезновением всего старгородского ареопага, метала карты с возмутительной небрежностью. Карты возвещали то конец мира, то прибавку к жалованью, то свидание с мужем в казенном доме и в присутствии недоброжелателя — пикового короля.

Да и самое гадание кончилось как-то странно. Пришли агенты — пиковые короли — и увели прорицательницу в казенный дом, к прокурору.

Оставшись наедине с попугаем, вдовица в смятении собралась было уходить, как вдруг попугай ударил клювом в клетку и первый раз в жизни заговорил человечьим голосом.

— Дожились! — сказал он сардонически, накрыл голову крылом и выдернул из-под мышки перышко.

Мадам Грицацуева-Бендер в страхе кинулась к дверям.

Вдогонку ей полилась горячая, сбивчивая речь. Древняя птица была так поражена визитом агентов и уводом хозяйки в казенный дом, что начала выкрикивать все знакомые ей слова. Наибольшее место в ее репертуаре занимал Виктор Михайлович Полесов.

— При наличии отсутствия, — раздраженно сказала птица.

И, повернувшись на жердочке вниз головой, подмигнула глазом застывшей у двери вдове, как бы говоря: «Ну, как вам это понравится, вдовица?»

— Мать моя! — простонала Грицацуева.

— В каком полку служили? — спросил попугай голосом Бендера. — Кр-р-р-рах... Европа нам поможет.

После бегства вдовы попугай оправил на себе манишку и сказал те слова, которые у него безуспешно пытались вырвать люди в течение тридцати лет:

— Попка дурак!

Вдова бежала по улице и голосила. А дома ее ждал вертлявый старичок.

Это был Варфоломеич.

— По объявлению, — сказал Варфоломеич, — два часа жду, барышня.

Тяжелое копыто предчувствия ударило Грицацуеву в сердце.

— Ох! — запела вдова. — Истомилась душенька!

— От вас, кажется, ушел гражданин Бендер? Вы объявление давали?

Вдова упала на мешки с мукой.

— Какие у вас организмы слабые, — сладко сказал Варфоломеич. — Я бы хотел сперначалу насчет вознаграждения уяснить себе...

— Ох!.. Все берите! Ничего мне теперь не жалко! — причитала чувствительная вдова.

— Так вот-с. Мне известно пребывание сыночка вашего О. Бендера. Какое вознаграждение будет?

— Все берите! — повторила вдова.

— Двадцать рублей, — сухо сказал Варфоломеич.

Вдова поднялась с мешков. Она была замарана мукой. Запорошенные ресницы усиленно моргали.

— Сколько? — переспросила она.

— Пятнадцать рублей, — спустил цену Варфоломеич.

Он чуял, что и три рубля вырвать у несчастной женщины будет трудно.

Попирая ногами кули, вдова наступала на старичка, призывала в свидетели небесную силу и с ее помощью добилась твердой цены.

— Ну что ж, бог с вами, пусть пять рублей будет. Только деньги попрошу вперед. У меня такое правило.

Варфоломеич достал из записной книжечки две газетных вырезки и, не выпуская их из рук, стал читать:

— Вот извольте посмотреть по порядку. Вы писали, значит: «Умоляю... ушел из дому товарищ Бендер... зеленый костюм, желтые ботинки, голубой жилет...» Правильно ведь? Это «Старгородская правда», значит. А вот что пишут про сыночка вашего в столичных газетах. Вот... «Попал под лошадь...»

Да вы не убивайтесь, мадамочка, дальше слушайте... «Попал под лошадь...» Да жив, жив! Говорю вам, жив. Нешто б я за покойника деньги брал бы? Так вот: «Попал под лошадь. Вчера на площади Свердлова попал под лошадь извозчика № 8974 гражданин О. Бендер. Пострадавший отделался легким испугом...» Так вот, эти документики я вам предоставляю, а вы мне денежки вперед. У меня уж такое правило.

Вдова с плачем отдала деньги. Муж, ее милый муж в желтых ботинках лежал на далекой московской земле, и огнедышащая извозчичья лошадь била копытом по его голубой гарусной груди.

Чуткая душа Варфоломеича удовлетворилась приличным вознаграждением. Он ушел, объяснив вдове, что дополнительные следы ее мужа, безусловно, найдутся в редакции газеты «Станок», где, уж конечно, все на свете известно.

ПИСЬМО ОТЦА ФЕДОРА,
писанное в Ростове, в водогрейне «Млечный Путь»,
жене своей в уездный город N

Милая моя Катя! Новое огорчение постигло меня, но об этом после. Деньги получил вполне своевременно, за что тебя сердечно благодарю. По приезде в Ростов сейчас же побежал по адресу. «Новоросцемент» — весьма большое учреждение, никто там инженера Брунса и не знал. Я уже было совсем отчаялся, но меня надоумили. Идите, говорят, в личный стол. Пошел. «Да, — сказали мне, — служил у нас такой, ответственную работу исполнял, только, говорят, в прошлом году он от нас ушел. Переманили его в Баку, на службу в Азнефть, по делу техники безопасности».

Ну, голубушка моя, не так кратко мое путешествие, как мы думали. Ты пишешь, что деньги на исходе. Ничего не поделаешь, Катерина Александровна. Конца ждать недолго. Вооружись терпением и, помолясь богу, продай мой диагоналевый студенческий мундир. И не такие еще придется нести расходы. Будь готова ко всему.

Дороговизна в Ростове ужасная. За номер в гостинице уплатил 2 р. 25 к. До Баку денег хватит. Оттуда, в случае удачи, телеграфирую.

Погоды здесь жаркие. Пальто ношу на руке. В номере боюсь оставить, — того и гляди, украдут. Народ здесь бедовый.

Не нравится мне город Ростов. По количеству народонаселения и по своему географическому положению он значительно уступает Харькову. Но ничего, матушка, бог даст, и в Москву вместе съездим. Посмотришь тогда — совсем западноевропейский город. А потом заживем в Самаре, возле своего заводика.

Не приехал ли назад Воробьянинов? Где-то он теперь рыщет? Столуется ли еще Евстигнеев? Как моя ряса после чистки? Во всех знакомых поддерживай уверенность, будто я нахожусь у одра тетеньки. Гуленьке напиши то же.

Да! Совсем было позабыл рассказать тебе про страшный случай, происшедший со мной сегодня.

Любуясь тихим Доном, стоял я у моста и возмечтал о нашем будущем достатке. Тут поднялся ветер и унес в реку картузик брата твоего, булочника. Только я его и видел. Пришлось пойти на новый расход: купить английский кепи за 2 р. 50 к. Брату твоему, булочнику, ничего о случившемся не рассказывай. Убеди его, что я в Воронеже.

Плохо вот с бельем приходится. Вечером стираю, а если не высохнет, утром надеваю влажное. При теперешней жаре это даже приятно.

Целую тебя и обнимаю.

Твой вечно муж Федя.

Глава XXVIII
КУРОЧКА И ТИХООКЕАНСКИЙ ПЕТУШОК

Репортер Персицкий деятельно готовился к двухсотлетнему юбилею великого математика Исаака Ньютона.

В разгар работы вошел Степа из «Науки и жизни». За ним плелась тучная гражданка.

— Слушайте, Персицкий,— сказал Степа,— к вам вот гражданка по делу пришла. Идите сюда, гражданка, этот товарищ вам объяснит.

Степа, посмеиваясь, убежал.

— Ну? — спросил Персицкий. — Что скажете?

Мадам Грицацуева (это была она) возвела на репортера томные глаза и молча протянула ему бумажку.

— Так, — сказал Персицкий, — ...попал под лошадь... отделался легким испугом... В чем же дело?

— Адрес,— просительно молвила вдова,— нельзя ли адрес узнать?

— Чей адрес?

— О. Бендера.

— Откуда же я знаю?

— А вот товарищ говорил, что вы знаете.

— Ничего я не знаю. Обратитесь в адресный стол.

— А может, вы вспомните, товарищ? В желтых ботинках.

— Я сам в желтых ботинках. В Москве еще двести тысяч человек в желтых ботинках ходят. Может быть, вам нужно узнать их адреса? Тогда пожалуйста. Я брошу всякую работу и займусь этим делом. Через полгода вы будете знать все. Я занят, гражданка.

Но вдова, которая почувствовала к Персицкому большое уважение, шла за ним по коридору и, стуча накрахмаленной нижней юбкой, повторяла свои просьбы.

«Сволочь Степа, — подумал Персицкий. — Ну, ничего, я на него напущу изобретателя вечного движения, он у меня попрыгает».

— Ну что я могу сделать? — раздраженно спросил Персицкий, останавливаясь перед вдовой. — Откуда я могу знать адрес гражданина О. Бендера? Что я — лошадь, которая на него наехала? Или извозчик, которого он на моих глазах ударил по спине?..

Вдова отвечала смутным рокотом, в котором можно было разобрать только «товарищ» и «очень вас».

Занятия в Доме народов уже кончились. Канцелярия и коридоры опустели. Где-то только дошлепывала страницу пишущая машинка.

— Пардон, мадам, вы видите, что я занят!

С этими словами Персицкий скрылся в уборной. Погуляв там десять минут, он весело вышел. Грицацуева терпеливо трясла юбками на углу двух коридоров. При приближении Персицкого она снова заговорила.

Репортер осатанел.

— Вот что, тетка, — сказал он, — так и быть, я вам скажу, где ваш О. Бендер. Идите прямо по коридору, потом поверните направо и идите опять прямо. Там будет дверь. Спросите Черепенникова. Он должен знать.

И Персицкий, довольный своей выдумкой, так быстро исчез, что дополнительных сведений крахмальная вдовушка получить не успела.

Расправив юбки, мадам Грицацуева пошла по коридору.

Коридоры Дома народов были так длинны и узки, что идущие по ним невольно ускоряли ход. По любому прохожему можно было узнать, сколько он прошел. Если он шел чуть убыстренным шагом, это значило, что поход его только начат. Прошедшие два или три коридора развивали среднюю рысь. А иногда можно было увидеть человека, бегущего во весь дух: он находился в стадии пятого коридора. Гражданин же, отмахавший восемь коридоров, легко мог соперничать в быстроте с птицей, беговой лошадью и чемпионом мира — бегуном Нурми.

Повернув направо, мадам Грицацуева побежала. Трещал паркет.

Навстречу ей быстро шел брюнет в голубом жилете и малиновых башмаках. По лицу Остапа было видно, что посещение Дома народов в столь поздний час вызвано чрезвычайными делами концессии. Очевидно, в планы технического руководителя не входила встреча с любимой.

При виде вдовушки Бендер повернулся и не оглядываясь пошел вдоль стены назад.

— Товарищ Бендер, — закричала вдова в восторге, — куда же вы?

Великий комбинатор усилил ход. Наддала и вдова.

— Подождите, что я скажу, — просила она.

Но слова не долетали до слуха Остапа. В его ушах уже пел и свистал ветер. Он мчался четвертым коридором, проскакивал пролеты внутренних железных лестниц. Своей любимой он оставил только эхо, которое долго повторяли ей лестничные шумы.

— Ну, спасибо, — бурчал Остап, сидя на пятом этаже, — нашла время для рандеву. Кто прислал сюда эту знойную дамочку? Пора уже ликвидировать московское отделение концессии, а то еще, чего доброго, ко мне приедет гусар-одиночка с мотором.

В это время мадам Грицацуева, отделенная от Остапа тремя этажами, тысячью дверей и дюжиной коридоров, вытерла подолом нижней юбки разгоряченное лицо и начала поиски. Сперва она хотела поскорей найти мужа и объясниться с ним. В коридорах зажглись несветлые лампы. Все лампы, все коридоры и все двери были одинаковы. Вдове стало страшно. Ей захотелось уйти.

Подчиняясь коридорной прогрессии, она неслась со все усиливающейся быстротой. Через полчаса уже невозможно было остановиться. Двери президиумов, секретариатов, месткомов, оргответов и редакций с грохотом пролетали по обе стороны ее громоздкого тела. На ходу железными своими юбками она опрокидывала урны для окурков. С кастрюльным шумом урны катились по ее следам. В углах коридоров образовывались вихри и водовороты. Хлопали растворившиеся форточки. Указующие персты, намалеванные трафаретом на стенах, втыкались в бедную путницу.

Наконец Грицацуева попала на площадку внутренней лестницы. Там было темно, но вдова преодолела страх, сбежала вниз и дернула стеклянную дверь. Дверь была заперта. Вдова бросилась назад. Но дверь, через которую она только что прошла, была тоже закрыта чьей-то заботливой рукой.

В Москве любят запирать двери.

Тысячи парадных подъездов заколочены изнутри досками, и сотни тысяч граждан пробираются в свои квартиры черным ходом. Давно прошел восемнадцатый год, давно уже стало смутным понятие — «налет на квартиру», сгинула подомовая охрана, организованная жильцами в целях безопасности, разрешается проблема уличного движения, строятся огромные электростанции, делаются величайшие научные открытия, но нет человека, который посвятил бы свою жизнь разрешению проблемы закрытых дверей.

Кто тот человек, который разрешит загадку кинематографов, театров и цирков?

Три тысячи человек должны за десять минут войти в цирк через одни-единственные, открытые только в одной своей половине двери. Остальные десять дверей, специально приспособленных для пропуска больших толп народа, — закрыты. Кто знает, почему они закрыты? Возможно, что лет двадцать назад из цирковой конюшни украли ученого ослика, и с тех пор дирекция в страхе замуровывает удобные входы и выходы. А может быть, когда-то сквозняком прохватило знаменитого короля воздуха, и закрытые двери есть только отголосок учиненного королем скандала.

В театрах и кино публику выпускают небольшими партиями, якобы во избежание затора. Избежать заторов очень легко — стоит только открыть имеющиеся в изобилии выходы. Но вместо того администрация действует, применяя силу. Капельдинеры, сцепившись руками, образуют живой барьер и таким образом держат публику в осаде не меньше получаса. А двери, заветные двери, закрытые еще при Павле Первом, закрыты и поныне.

Пятнадцать тысяч любителей футбола, возбужденные молодецкой игрой сборной Москвы, принуждены продираться к трамваю сквозь щель, такую узкую, что один легко вооруженный воин мог бы задержать здесь сорок тысяч варваров, подкрепленных двумя осадными башнями.

Спортивный стадион не имеет крыши, но ворот есть несколько. Открыта только калиточка. Выйти можно, только проломив ворота. После каждого большого соревнования их ломают. Но в заботах об исполнении святой традиции их каждый раз аккуратно восстанавливают и плотно запирают.

Если уже нет никакой возможности привесить дверь (это бывает тогда, когда ее не к чему привесить), пускаются в ход скрытые двери всех видов:

1. Барьеры.
2. Рогатки.
3. Перевернутые скамейки.
4. Заградительные надписи.
5. Веревки.

Барьеры в большом ходу в учреждениях.

Ими преграждается доступ к нужному сотруднику. Посетитель, как тигр, ходит вдоль барьера, стараясь знаками обратить на себя внимание. Это удается не всегда. А может быть, посетитель принес полезное изобретение! А может быть, и просто хочет уплатить подоходный налог! Но барьер помешал — осталось неизвестным изобретение, и налог остался неуплаченным.

Рогатка применяется на улице.

Ставят ее весною на шумной магистрали якобы для ограждения производящегося ремонта тротуара. И мгновенно шумная улица делается пустынной. Прохожие просачиваются в нужные им места по другим улицам. Им ежедневно приходится делать лишний километр, но легкокрылая надежда их не покидает. Лето проходит. Вянет лист. А рогатка все стоит. Ремонт не сделан. И улица пустынна.

Перевернутыми садовыми скамейками преграждают входы в московские скверы, которые по возмутительной небрежности строителей не снабжены крепкими воротами.

О заградительных надписях можно было бы написать целую книгу, но это в планы авторов сейчас не входит.

Надписи эти бывают двух родов: прямые и косвенные.

К прямым можно отнести:

> ВХОД ВОСПРЕЩАЕТСЯ

> ПОСТОРОННИМ ЛИЦАМ
> ВХОД ВОСПРЕЩАЕТСЯ

> ХОДА НЕТ

Такие надписи иной раз вывешиваются на дверях учреждений, особенно усиленно посещаемых публикой.

Косвенные надписи наиболее губительны. Они не запрещают входа, но редкий смельчак рискнет все-таки воспользоваться своим правом. Вот они, эти позорные надписи:

> БЕЗ ДОКЛАДА НЕ ВХОДИТЬ

> ПРИЕМА НЕТ

> СВОИМ ПОСЕЩЕНИЕМ ТЫ МЕШАЕШЬ ЗАНЯТОМУ ЧЕЛОВЕКУ

Там, где нельзя поставить барьера или рогатки, перевернуть скамейки или вывесить заградительную надпись,— там протягиваются веревки. Протягиваются они по вдохновению, в самых неожиданных местах. Если они протянуты на высоте человеческой груди, дело ограничивается легким испугом и несколько нервным смехом. Протянутая же на высоте лодыжки веревка может искалечить человека.

К черту двери! К черту очереди у театральных подъездов! Разрешите войти без доклада! Умоляем снять рогатку, поставленную нерадивым управдомом у своей развороченной панели! Вон перевернутые скамейки! Поставьте их на место! В сквере приятно сидеть именно ночью. Воздух чист, и в голову лезут умные мысли!

Мадам Грицацуева, сидя на лестнице у запертой стеклянной двери в самой середине Дома народов, думала о своей вдовьей судьбе, изредка вздремывала и ждала утра.

Из освещенного коридора через стеклянную дверь на вдову лился желтый свет электрических плафонов. Пепельное утро проникало сквозь окна лестничной клетки.

Был тихий час, когда утро еще молодо и чисто. В этот час Грицацуева услышала шаги в коридоре. Вдова живо поднялась и припала к стеклу. В конце коридора сверкнул голубой жилет. Малиновые башмаки были запорошены штукатуркой. Ветреный сын турецкоподданного, стряхивая с пиджака пылинку, приближался к стеклянной двери.

— Суслик! — позвала вдова. — Су-у-услик!

Она дышала на стекло с невыразимой нежностью. Стекло затуманилось, пошло радужными пятнами. В тумане и радугах сияли голубые и малиновые призраки.

Остап не слышал кукования вдовы. Он почесывал спину и озабоченно крутил головой. Еще секунда — и он пропал бы за поворотом.

Со стоном «Товарищ Бендер!» бедная супруга забарабанила по стеклу. Великий комбинатор обернулся.

— А, — сказал он, видя, что отделен от вдовы закрытой дверью, — вы тоже здесь?

— Здесь, здесь, — твердила вдова радостно.

— Обними же меня, моя радость, мы так долго не виделись, — пригласил технический директор.

Вдова засуетилась. Она подскакивала за дверью, как чижик в клетке. Притихшие за ночь юбки опять загремели. Остап раскрыл объятия.

— Что же ты не идешь, моя курочка? Твой тихоокеанский петушок так устал на заседании Малого Совнаркома.

Вдова была лишена фантазии.

— Суслик, — сказала она в пятый раз. — Откройте мне дверь, товарищ Бендер.

— Тише, девушка! Женщину украшает скромность. К чему эти прыжки?

Вдова мучилась.

— Ну чего вы терзаетесь? — спрашивал Остап. Кто вам мешает жить?

— Сам уехал, а сам спрашивает!

И вдова заплакала.

— Утрите ваши глазки, гражданка. Каждая ваша слезинка — это молекула в космосе.

— А я ждала, ждала, торговлю закрыла. За вами поехала, товарищ Бендер...

— Ну и как вам теперь живется на лестнице? Не дует?

Вдова стала медленно закипать, как большой монастырский самовар.

— Изменщик! — выговорила она, вздрогнув.

У Остапа было еще немного свободного времени. Он защелкал пальцами и, ритмично покачиваясь, тихо пропел:

> Частица черта в нас
> Заключена подчас!
> И сила женских чар
> Родит в груди пожар...

— Чтоб тебе лопнуть! — пожелала вдова по окончании танца. — Браслет украл, мужнин подарок. А стул зачем забрал?

— Вы, кажется, переходите на личности? — заметил Остап холодно.

— Украл, украл! — твердила вдова.

— Вот что, девушка: зарубите на своем носике, что Остап Бендер никогда ничего не крал.

— А ситечко кто взял?

— Ах, ситечко! Из вашего неликвидного фонда? И это вы считаете кражей? В таком случае наши взгляды на жизнь диаметрально противоположны.

— Унес, — куковала вдова.

— Значит, если молодой, здоровый человек позаимствовал у провинциальной бабушки ненужную ей, по слабости здоровья, кухонную принадлежность, то, значит, он вор? Так вас прикажете понимать?

— Вор, вор!

— В таком случае нам придется расстаться. Я согласен на развод.

Вдова кинулась на дверь. Стекла задрожали. Остап понял, что пора уходить.

— Обниматься некогда, — сказал он, — прощай, любимая! Мы разошлись, как в море корабли.

— Караул!! — завопила вдова.

Но Остап уже был в конце коридора. Он встал на подоконник, тяжело спрыгнул на влажную после ночного дождя землю и скрылся в блистающих физкультурных садах.

На крики вдовы набрел проснувшийся сторож. Он выпустил узницу, пригрозив штрафом.

Глава XXIX
АВТОР «ГАВРИЛИАДЫ»

Когда мадам Грицацуева покидала негостеприимный стан канцелярий, к Дому народов уже стекались служащие самых скромных рангов: курьеры, входящие и исходящие барышни, сменные телефонистки, юные помощники счетоводов и броненодростки.

Среди них двигался Никифор Ляпис, очень молодой человек с бараньей прической и нескромным взглядом.

Невежды, упрямцы и первичные посетители входили в Дом народов с главного подъезда. Никифор Ляпис проник в здание через амбулаторию. В Доме народов он был своим человеком и знал кратчайшие пути к оазисам, где брызжут светлые ключи гонорара под широколиственной сенью ведомственных журналов.

Прежде всего Никифор Ляпис пошел в буфет. Никелированная касса сыграла матчиш и выбросила три чека. Никифор съел варенец, вскрыв запечатанный бумагой стакан, и кремовое пирожное, похожее на клумбочку. Все это он запил чаем. Потом Ляпис неторопливо стал обходить свои владения.

Первый визит он сделал в редакцию ежемесячного охотничьего журнала «Герасим и Муму». Товарища Наперникова еще не было, и Никифор Ляпис двинулся в «Гигроскопический вестник», еженедельный рупор, посредством которого работники фармации общались с внешним миром.

— Доброе утро, — сказал Никифор. — Написал замечательные стихи.

— О чем? — спросил начальник литстранички. — На какую тему? Ведь вы же знаете, Трубецкой, что у нас журнал...

Начальник для более тонкого определения сущности «Гигроскопического вестника» пошевелил пальцами. Трубецкой-Ляпис посмотрел на свои брюки из белой рогожи, отклонил корпус назад и певуче сказал:

— «Баллада о гангрене».

— Это интересно, — заметила гигроскопическая персона. — Давно пора в популярной форме проводить идеи профилактики.

Ляпис немедленно задекламировал:

> Страдал Гаврила от гангрены,
> Гаврила от гангрены слег...

Дальше тем же молодецким четырехстопным ямбом рассказывалось о Гавриле, который по темноте своей не пошел вовремя в аптеку и погиб из-за того, что не смазал ранку йодом.

— Вы делаете успехи, Трубецкой, — одобрил редактор, — но хотелось бы еще больше... Вы понимаете?

Он задвигал пальцами, но страшную балладу взял, обещав уплатить во вторник.

В журнале «Будни морзиста» Ляписа встретили гостеприимно.

— Хорошо, что вы пришли, Трубецкой. Нам как раз нужны стихи. Только — быт, быт, быт. Никакой лирики. Слышите, Трубецкой? Что-нибудь из жизни потельработников и вместе с тем, вы понимаете?..

— Вчера я именно задумался над бытом потель-работников. И у меня вылилась такая поэма. Называется «Последнее письмо». Вот...

> Служил Гаврила почтальоном,
> Гаврила письма разносил...

История о Гавриле была заключена в семьдесят две строки. В конце стихотворения письмоносец Гаврила, сраженный пулей фашиста, все же доставляет письмо по адресу.

— Где же происходило дело? — спросили Ляписа. Вопрос был законный. В СССР нет фашистов, за границей нет Гаврил, членов союза работников связи.

— В чем дело? — сказал Ляпис. — Дело происходит, конечно, у нас, а фашист переодетый.

— Знаете, Трубецкой, напишите лучше нам о радиостанции.

— А почему вы не хотите почтальона?

— Пусть полежит. Мы его берем условно.

Погрустневший Никифор Ляпис-Трубецкой пошел снова в «Герасим и Муму». Наперников уже сидел за своей конторкой. На стене висел сильно увеличенный портрет Тургенева, в пенсне, болотных сапогах и с двустволкой наперевес. Рядом с Наперниковым стоял конкурент Ляписа — стихотворец из пригорода.

Началась старая песня о Гавриле, но уже с охотничьим уклоном. Творение шло под названием «Молитва браконьера».

> Гаврила ждал в засаде зайца,
> Гаврила зайца подстрелил...

— Очень хорошо! — сказал добрый Наперников. — Вы, Трубецкой, в этом стихотворении превзошли самого Энтиха. Только нужно кое-что исправить. Первое — выкиньте с корнем «молитву».

— И зайца, — сказал конкурент.

— Почему же зайца? — удивился Наперников.

— Потому что не сезон.
— Слышите, Трубецкой, измените и зайца.

Поэма в преображенном виде носила название «Урок браконьеру», а зайцы были заменены бекасами. Потом оказалось, что бекасов летом тоже не стреляют. В окончательной форме стихи читались:

> Гаврила ждал в засаде птицу.
> Гаврила птицу подстрелил...
>
> и т. д.

После завтрака в столовой Ляпис снова принялся за работу. Белые брюки мелькали в темноте коридоров. Он входил в редакции и продавал многоликого Гаврилу.

В «Кооперативную флейту» Гаврила был сдан под названием «Эолова флейта».

> Служил Гаврила за прилавком.
> Гаврила флейтой торговал...

Простаки из толстого журнала «Лес, как он есть» купили у Ляписа небольшую поэму «На опушке». Начиналась она так:

> Гаврила шел кудрявым лесом,
> Бамбук Гаврила порубал...

Последний за этот день Гаврила занимался хлебопечением. Ему нашлось место в редакции «Работника булки». Поэма носила длинное и грустное название «О хлебе, качестве продукции и о любимой». Поэма посвящалась загадочной Хине Члек. Начало было по-прежнему эпическим:

> Служил Гаврила хлебопеком,
> Гаврила булку испекал...

Посвящение, после деликатной борьбы, выкинули.

Самое печальное было то, что Ляпису денег нигде не дали. Одни обещали дать во вторник, другие — в четверг или пятницу — через две недели.

Пришлось идти занимать деньги в стан врагов — туда, где Ляписа никогда не печатали.

Ляпис спустился с пятого этажа на второй и вошел в секретариат «Станка». На его несчастье, он сразу же столкнулся с работягой Персицким.

— А! — воскликнул Персицкий. — Ляпсус!

— Слушайте, — сказал Никифор Ляпис, понижая голос, — дайте три рубля. Мне «Герасим и Муму» должен кучу денег.

— Полтинник я вам дам. Подождите. Я сейчас приду.

И Персицкий вернулся, приведя с собой десяток сотрудников «Станка».

Завязался общий разговор.

— Ну как торговали? — спрашивал Персицкий.

— Написал замечательные стихи!

— Про Гаврилу? Что-нибудь крестьянское? «Пахал Гаврила спозаранку, Гаврила плуг свой обожал»?

— Что Гаврила! Ведь это же халтура! — защищался Ляпис. — Я написал о Кавказе.

— А вы были на Кавказе?

— Через две недели поеду.

— А вы не боитесь, Ляпсус? Там же шакалы!

— Очень меня это пугает! Они же на Кавказе не ядовитые!

После этого ответа все насторожились.

— Скажите, Ляпсус, — спросил Персицкий, — какие, по-вашему, шакалы?

— Да знаю я, отстаньте!

— Ну, скажите, если знаете!

— Ну, такие... В форме змеи.

— Да, да, вы правы, как всегда. По-вашему, ведь седло дикой козы подается к столу вместе со стременами.

— Никогда я этого не говорил! — закричал Трубецкой.

— Вы не говорили. Вы писали. Мне Наперников говорил, что вы пытались всучить ему такие стишата в «Герасим и Муму», якобы из быта охотников. Скажите по совести, Ляпсус, почему вы пишете о том, чего вы в жизни не видели и о чем не имеете ни малейшего представления? Почему у вас в стихотворении «Кантон» пеньюар — это бальное платье? Почему?!

— Вы — мещанин, — сказал Ляпис хвастливо.

— Почему в стихотворении «Скачка на приз Буденного» жокей у вас затягивает на лошади супонь и после этого садится на облучок? Вы видели когда-нибудь супонь?

— Видел.

— Ну, скажите, какая она!

— Оставьте меня в покое. Вы псих!

— А облучок видели? На скачках были?

— Не обязательно всюду быть! — кричал Ляпис. — Пушкин писал турецкие стихи и никогда не был в Турции.

— О да, Эрзерум ведь находится в Тульской губернии.

Ляпис не понял сарказма. Он горячо продолжал:

— Пушкин писал по материалам. Он прочел историю Пугачевского бунта, а потом написал. А мне про скачки все рассказал Энтих.

После этой виртуозной защиты Персицкий потащил упирающегося Ляписа в соседнюю комнату. Зрители последовали за ними. Там на стене висела большая газетная вырезка, обведенная траурной каймой.

— Вы писали этот очерк в «Капитанском мостике»?

— Я писал.

— Это, кажется, ваш первый опыт в прозе? Поздравляю вас! «Волны перекатывались через мол и падали вниз стремительным домкратом...» Ну, удружили же вы «Капитанскому мостику»! «Мостик» теперь долго вас не забудет, Ляпис!

— В чем дело?

— Дело в том, что... Вы знаете, что такое домкрат?

— Ну, конечно, знаю, оставьте меня в покое...

— Как вы себе представляете домкрат? Опишите своими словами.

— Такой... Падает, одним словом.

— Домкрат падает. Заметьте все! Домкрат стремительно падает! Подождите, Ляпсус, я вам сейчас принесу полтинник. Не пускайте его!

Но и на этот раз полтинник выдан не был. Персицкий притащил из справочного бюро двадцать первый том Брокгауза, от Домиций до Евреинова. Между Домицием, крепостью в великом герцогстве Мекленбург-Шверинском, и Доммелем, рекой в Бельгии и Нидерландах, было найдено искомое слово.

— Слушайте! «Домкрат (нем. Daumkraft) — одна из машин для поднятия значительных тяжестей. Обыкновенный простой Д., употребляемый для поднятия экипажей и т. п., состоит из подвижной зубчатой полосы, которую захватывает шестерня, вращаемая с помощью рукоятки...» И так далее. И далее: «Джон Диксон в 1879 г. установил на место обелиск, известный под названием „Иглы Клеопатры", при помощи четырех рабочих, действовавших четырьмя гидравлическими Д.». И этот прибор, по-вашему, обладает способностью стремительно падать? Значит, Брокгауз с Эфроном обманывали человечество в течение пятидесяти лет? Почему вы халтурите, вместо того чтобы учиться? Ответьте!

— Мне нужны деньги.

— Но у вас же их никогда нет. Вы ведь вечно рыщете за полтинником.

— Я купил мебель и вышел из бюджета.

— И много вы купили мебели? Вам за вашу халтуру платят столько, сколько она стоит, — грош!

— Хороший грош! Я такой стул купил на аукционе...

— В форме змеи?

— Нет. Из дворца. Но меня постигло несчастье. Вчера я вернулся ночью домой...

— От Хины Члек? — закричали присутствующие в один голос.

— Хина!.. С Хиной я сколько времени уже не живу. Возвращался я с диспута Маяковского. Прихожу. Окно открыто. Я сразу почувствовал, что что-то случилось.

— Ай-яй-яй! — сказал Персицкий, закрывая лицо руками. — Я чувствую, товарищи, что у Ляпсуса украли его лучший шедевр «Гаврила дворником служил, Гаврила в дворники нанялся».

— Дайте мне договорить. Удивительное хулиганство! Ко мне в комнату залезли какие-то негодяи и распороли всю обшивку стула. Может быть, кто-нибудь займет пятерку на ремонт?

— Для ремонта сочините нового Гаврилу. Я вам даже начало могу сказать. Подождите, подождите... Сейчас... Вот: «Гаврила стул купил на рынке, был у Гаврилы стул плохой». Скорее запишите. Это можно с прибылью продать в «Голос комода»... Эх, Трубецкой, Трубецкой!.. Да, кстати, Ляпсус, почему вы Трубецкой? Почему вам не взять псевдоним еще получше? Например, Долгорукий! Никифор Долгорукий! Или Никифор Валуа? Или еще лучше: гражданин Никифор Сумароков-Эльстон? Если у вас случится хорошая кормушка, сразу три стишка в «Гермуму», то выход из положения у вас блестящий. Один бред подписывается Сумароковым, другая макулатура — Эльстоном, а третья — Юсуповым... Эх вы, халтурщик!..

Глава XXX
В ТЕАТРЕ КОЛУМБА

Ипполит Матвеевич постепенно становился подхалимом. Когда он смотрел на Остапа, глаза его приобретали голубой жандармский оттенок.

В комнате Иванопуло было так жарко, что высохшие воробьяниновские стулья потрескивали, как дрова в камине. Великий комбинатор отдыхал, подложив под голову голубой жилет.

Ипполит Матвеевич смотрел в окно. Там, по кривым переулкам, мимо крошечных московских садов, проносилась гербовая карета. В черном ее лаке попеременно отражались кланяющиеся прохожие: кавалергард с медной головой, городские дамы и пухлые белые облачка. Громя мостовую подковами, лошади понесли карету мимо Ипполита Матвеевича. Он отвернулся с разочарованием.

Карета несла на себе герб МКХ, предназначалась для перевозки мусора, и ее дощатые стенки ничего не отражали.

На козлах сидел бравый старик с пушистой седой бородой. Если бы Ипполит Матвеевич знал, что кучер не кто иной, как граф Алексей Буланов, знаменитый гусар-схимник, он, вероятно, окликнул бы старика, чтобы поговорить с ним о прелестных прошедших временах.

Граф Алексей Буланов был сильно озабочен. Нахлестывая лошадей, он грустно размышлял о бюрократизме, разъедающем ассенизационный подотдел, из-за которого графу вот уже полгода как не выдавали положенного по гендоговору спецфартука.

— Послушайте, — сказал вдруг великий комбинатор, — как вас звали в детстве?

— А зачем вам?

— Да так! Не знаю, как вас называть, Воробьяниновым звать вас надоело, а Ипполитом Матвеевичем — слишком кисло. Как же вас звали? Ипа?

— Киса, — ответил Ипполит Матвеевич, усмехаясь.

— Конгениально. Так вот что, Киса, — посмотрите, пожалуйста, что у меня на спине. Болит между лопатками.

Остап стянул через голову рубашку «ковбой». Перед Кисой Воробьяниновым открылась обширная спина захолустного Антиноя, спина очаровательной формы, но несколько грязноватая.

— Ого,— сказал Ипполит Матвеевич,— краснота какая-то.

Между лопатками великого комбинатора лиловели и переливались нефтяной радугой синяки странных очертаний.

— Честное слово, цифра восемь! — воскликнул Воробьянинов.— Первый раз вижу такой синяк.

— А другой цифры нет? — спокойно спросил Остап.

— Как будто бы буква Р.

— Вопросов больше не имею. Все понятно. Проклятая ручка! Видите, Киса, как я страдаю, каким опасностям подвергаюсь из-за ваших стульев. Эти арифметические знаки нанесены мне большой самопадающей ручкой с пером номер восемьдесят шесть. Нужно вам заметить, что проклятая ручка упала на мою спину в ту самую минуту, когда я погрузил руки во внутренность редакторского стула. А вы, ничего-то вы толком не умеете. Изнуренковский стул кто изгадил так, что мне потом пришлось за вас отдуваться? Об аукционе я уж и не говорю. Нашли время для кобеляжа! В вашем возрасте кобелировать просто вредно! Берегите свое здоровье!.. То ли дело я! За мною — стул вдовицы. За мною — два щукинских. Изнуренковский стул в конечном итоге сделал я! В редакцию и к Ляпису я ходил! И только один-единственный стул вы довели до победного конца, да и то при помощи нашего священного врага — архиепископа.

Неслышно ступая по комнате босыми ногами, технический директор вразумлял покорного Кису.

Стул, исчезнувший в товарном дворе Октябрьского вокзала, по-прежнему оставался темным пятном на сверкающем плане концессионных работ. Четыре стула в театре Колумба представляли верную добычу. Но театр уезжал в поездку по Волге с тиражным пароходом «Скрябин» и сегодня показывал премьеру «Женитьбы» последним спектаклем сезона. Нужно было решить — оставаться ли в Москве для розысков пропавшего в просторах Каланчевской площади стула или выехать вместе с труппой в гастрольное турне. Остап склонялся к последнему.

— А то, может быть, разделимся? — спросил Остап. — Я поеду с театром, а вы оставайтесь и проследите за стулом в товарном дворе.

Но Киса так трусливо моргал седыми ресницами, что Остап не стал продолжать.

— Из двух зайцев, — сказал он, — выбирают того, который пожирнее. Поедем вместе. Но расходы будут велики. Нужны будут деньги. У меня осталось шестьдесят рублей. У вас сколько? Ах, я и забыл! В ваши годы девичья любовь так дорого стоит! Постановляю: сегодня мы идем в театр на премьеру «Женитьбы». Не забудьте надеть фрак. Если стулья еще на месте и их не продали за долги соцстраху, завтра же мы выезжаем. Помните, Воробьянинов, наступает последний акт комедии «Сокровище моей тещи». Приближается финита ля комедия, Воробьянинов! Не дышите, мой старый друг! Равнение на рампу! О, моя молодость! О, запах кулис! Сколько воспоминаний! Сколько интриг! Сколько таланту я показал в свое время в роли Гамлета! Одним словом, заседание продолжается!

Из экономии шли в театр пешком. Еще было совсем светло, но фонари уже сияли лимонным светом. На глазах у всех погибала весна. Пыль гнала ее с площадей, жаркий ветерок оттеснял ее в переулок. Там старушки приголубливали красавицу и пили с ней чай во двориках, за круглыми столами. Но жизнь весны кончилась — в люди ее не пускали. А ей так хотелось к памятнику Пушкина, где уже прогуливались молодые люди в пестреньких кепках, брюках-дудочках, галстуках «собачья радость» и ботиночках «джимми».

Девушки, осыпанные лиловой пудрой, циркулировали между храмом МСПО и кооперативом «Коммунар» (между б. Филипповым и б. Елисеевым). Девушки внятно ругались. В этот час прохожие замедляли шаги, но не только потому, что Тверская становилась тесна. Московские лошади были не лучше старгородских: они так же нарочно постукивали копытами по торцам мостовой. Велосипедисты бесшумно летели со стадиона «Юных пионеров», с первого большого международного матча. Мороженщик катил свой зеленый сундук, полный майского грома, боязливо косясь на милиционера; но милиционер, скованный светящимся семафором, которым регулировал уличное движение, был не опасен.

Во всей этой сутолоке двигались два друга. Соблазны возникали на каждом шагу. В крохотных обжорочках на виду у всей улицы жарили шашлыки карские, кавказские и филейные. Горячий и пронзительный дым восходил к светленькому небу. Из пивных, ресторанчиков и кино «Великий немой» неслась струнная музыка. У трамвайной остановки горячился громкоговоритель.

Нужно было торопиться. Друзья вступили в гулкий вестибюль театра Колумба.

Воробьянинов бросился к кассе и прочел расценку на места.

— Все-таки, — сказал он, — очень дорого. Шестнадцатый ряд — три рубля.

— Как я не люблю, — заметил Остап, — этих мещан, провинциальных простофиль! Куда вы полезли? Разве вы не видите, что это касса?

— Ну а куда же? Ведь без билета не пустят!

— Киса, вы пошляк. В каждом благоустроенном театре есть два окошечка. В окошечко кассы обращаются только влюбленные и богатые наследники. Остальные граждане (их, как можете заметить, подавляющее большинство) обращаются непосредственно в окошечко администратора.

И действительно, перед окошечком кассы стояло человек пять скромно одетых людей. Возможно, это были богатые наследники или влюбленные. Зато у окошечка администратора господствовало оживление. Там стояла цветная очередь. Молодые люди, в фасонных пиджаках и брюках того покроя, который провинциалу может только присниться, уверенно размахивали записочками от знакомых им режиссеров, артистов, редакций, театрального костюмера, начальника района милиции и прочих, тесно связанных с театром лиц, как то: членов ассоциации теа- и кинокритиков, общества «Слезы бедных матерей», школьного совета «мастерской циркового эксперимента» и какого-то «Фортинбраса при Умслопогасе». Человек восемь стояли с записками от Эспера Эклеровича.

Остап врезался в очередь, растолкал фортинбрасовцев и, крича: «Мне только справку, вы не видите, что я даже калош не снял», — пробился к окошечку и заглянул внутрь.

Администратор трудился, как грузчик. Светлый брильянтовый пот орошал его жирное лицо. Телефон тревожил его поминутно и звонил с упорством трамвайного вагона, пробирающегося через Смоленский рынок.

— Скорее,— крикнул он Остапу,— вашу бумажку!
— Два места, — сказал Остап тихо, — в партере.
— Кому?
— Мне!
— А кто вы такой, чтоб я давал вам места?
— А я все-таки думаю, что вы меня знаете.
— Не узнаю.

Но взгляд незнакомца был так чист, так ясен, что рука администратора сама отвела Остапу два места в одиннадцатом ряду.

— Ходят всякие, — сказал администратор, пожимая плечами, — кто их знает, кто они такие! Может быть, он из Наркомпроса? Кажется, я его видел в Наркомпросе. Где я его видел?

И, машинально выдавая пропуска счастливым теа- и кинокритикам, притихший Яков Менелаевич продолжал вспоминать, где он видел эти чистые глаза.

Когда все пропуска были выданы и в фойе уменьшили свет, Яков Менелаевич вспомнил: эти чистые глаза, этот уверенный взгляд он видел в Таганской тюрьме в 1922 году, когда и сам сидел там по пустяковому делу.

Из одиннадцатого ряда, где сидели концессионеры, послышался смех. Остапу понравилось музыкальное вступление, исполненное оркестрантами на бутылках, кружках Эсмарха, саксофонах и больших полковых барабанах. Свистнула флейта, и занавес, навевая прохладу, расступился.

К удивлению Воробьянинова, привыкшего к классической интерпретации «Женитьбы», Подколесина на сцене не было. Порыскав глазами, Ипполит Матвеевич увидел свисающие с потолка фанерные прямоугольники, выкрашенные в основные цвета солнечного спектра. Ни дверей, ни синих кисейных окон не было. Под разноцветными прямоугольниками танцевали дамочки в больших, вырезанных из черного картона шляпах. Бутылочные стоны вызвали на сцену Подколесина, который врезался в толпу верхом на Степане. Подколесин был наряжен в камергерский мундир. Разогнав дамочек словами, которые в пьесе не значились, Подколесин возопил:

— Степа-ан!

Одновременно с этим он прыгнул в сторону и замер в трудной позе. Кружки Эсмарха загремели.

— Степа-а-ан!! — повторил Подколесин, делая новый прыжок.

Но так как Степан, стоящий тут же и одетый в барсову шкуру, не откликался, Подколесин трагически спросил:

— Что же ты молчишь, как Лига наций?

— Очевидно, я Чемберлена испужался, — ответил Степан, почесывая шкуру.

Чувствовалось, что Степан оттеснит Подколесина и станет главным персонажем осовремененной пьесы.

— Ну что, шьет портной сюртук?

Прыжок. Удар по кружкам Эсмарха. Степан с усилием сделал стойку на руках и в таком положении ответил:

— Шьет!

Оркестр сыграл попурри из «Чио-Чио-Сан». Все это время Степан стоял на руках. Лицо его залилось краской.

— А что, — спросил Подколесин, — не спрашивал ли портной, на что, мол, барину такое хорошее сукно?

Степан, который к тому времени сидел уже в оркестре и обнимал дирижера, ответил:

— Нет, не спрашивал. Разве он депутат английского парламента?

— А не спрашивал ли портной, не хочет ли, мол, барин жениться?

— Портной спрашивал, не хочет ли, мол, барин платить алименты.

После этого свет погас, и публика затопала ногами. Топала она до тех пор, покуда со сцены не послышался голос Подколесина:

— Граждане! Не волнуйтесь! Свет потушили нарочно, по ходу действия. Этого требует вещественное оформление.

Публика покорилась. Свет так и не зажигался до конца акта. В полной темноте гремели барабаны. С фонарями прошел отряд военных в форме гостиничных швейцаров. Потом, как видно — на верблюде, приехал Кочкарев. Судить обо всем этом можно было из следующего диалога:

— Фу, как ты меня испугал! А еще на верблюде приехал!

— Ах, ты заметил, несмотря на темноту?! А я хотел преподнести тебе сладкое вер-*блюдо!*

В антракте концессионеры прочли афишу:

ЖЕНИТЬБА

Текст — Н. В. Гоголя
Стихи — М. Шершеляфамова
Литмонтаж — И. Антиохийского
Музыкальное сопровождение — Х. Иванова
Автор спектакля — Ник. Сестрин

Вещественное оформление — *Симбиевич-Синдиевич.* Свет — *Платон Плащук.* Звуковое оформление — *Галкина, Палкина, Малкина, Чалкина и Залкинда.* Грим — мастерской *Крулт.* Парики — *Фома Кочура.* Мебель — древесных мастерских *Фортинбраса* при Умслопогасе им. Валтасара. Инструктор акробатики — *Жоржетта Тираспольских.* Гидравлический пресс — под управлением монтера *Мечникова.*

Афиша набрана, сверстана и отпечатана
в школе ФЗУ КРУЛТ

— Вам нравится? — робко спросил Ипполит Матвеевич.

— А вам?

— Очень интересно, только Степан какой-то странный.

— А мне не понравилось,— сказал Остап,— в особенности то, что мебель у них каких-то мастерских Вогопаса. Не приспособили ли они наши стулья на новый лад?

Эти опасения оказались напрасными. В начале же второго акта все четыре стула были вынесены на сцену неграми в цилиндрах.

Сцена сватовства вызвала наибольший интерес зрительного зала. В ту минуту, когда на протянутой через весь зал проволоке начала спускаться Агафья Тихоновна, страшный оркестр Х. Иванова произвел такой шум, что от него одного Агафья Тихоновна должна была бы упасть в публику. Однако Агафья держалась на сцене прекрасно. Она была в трико телесного цвета и мужском котелке. Балансируя зеленым зонтиком с надписью: «Я хочу Подколесина», она переступала по проволоке, и снизу всем были видны ее грязные подошвы. С проволоки она спрыгнула прямо на стул. Одновременно с этим все негры, Подколесин, Кочкарев в балетных пачках и сваха в костюме вагоновожатого сделали обратное сальто. Затем все отдыхали пять минут, для сокрытия чего был снова погашен свет.

Женихи были очень смешны, в особенности — Яичница. Вместо него выносили большую яичницу на сковороде. На моряке была мачта с парусом.

Напрасно купец Стариков кричал, что его душат патент и уравнительный. Он не понравился Агафье Тихоновне. Она вышла замуж за Степана. Оба принялись уписывать яичницу, которую подал им обратившийся в лакея Подколесин. Кочкарев с Феклой спели куплеты про Чемберлена и про алименты, которые британский министр взимает с Германии. На кружках Эсмарха сыграли отходную. И занавес, навевая прохладу, захлопнулся.

— Я доволен спектаклем, — сказал Остап, — стулья в целости. Но нам медлить нечего. Если Агафья Тихоновна будет ежедневно на них гукаться, то они недолго проживут.

Молодые люди в фасонных пиджаках, толкаясь и смеясь, вникали в тонкости вещественного и звукового оформления.

— Ну, — сказал Остап, — вам, Кисочка, надо бай-бай. Завтра с утра нужно за билетами становиться. Театр в семь вечера выезжает ускоренным в Нижний. Так что вы берите два жестких места для сидения до Нижнего, Курской дороги. Не беда — посидим. Всего одна ночь.

На другой день весь театр Колумба сидел в буфете Курского вокзала. Симбиевич-Синдиевич, приняв меры к тому, чтобы вещественное оформление пошло этим же поездом, закусывал за столиком. Вымочив в пиве усы, он тревожно спрашивал монтера:

— Что, гидравлический пресс не сломают в дороге?

— Беда с этим прессом, — отвечал Мечников, — работает он у нас пять минут, а возить его целое лето придется.

— А с «прожектором времен» тебе легче было, из пьесы «Порошок идеологии»?

— Конечно, легче. Прожектор хоть и больше был, но зато не такой ломкий.

За соседним столиком сидела Агафья Тихоновна, молоденькая девушка с ногами твердыми и блестящими, как кегли. Вокруг нее хлопотало звуковое оформление — Галкин, Палкин, Малкин, Чалкин и Залкинд.

— Вы вчера мне не в ногу подавали, — жаловалась Агафья Тихоновна, — я так и свалиться могу.

Звуковое оформление загалдело:

— Что ж делать! Две кружки лопнули!

— Разве теперь достанешь заграничную кружку Эсмарха? — кричал Галкин.

— Зайдите в Госмедторг. Не то что кружки Эсмарха, термометра купить нельзя! — поддержал Палкин.

— А вы разве и на термометрах играете? — ужаснулась девушка.

— На термометрах мы не играем, — заметил Залкинд, — но из-за этих проклятых кружек прямо-таки заболеваешь — приходится мерить температуру.

Автор спектакля и главный режиссер Ник. Сестрин прогуливался с женою по перрону. Подколесин с Кочкаревым хлопнули по три рюмки и наперебой ухаживали за Жоржеттой Тираспольских.

Концессионеры, пришедшие за два часа до отхода поезда, совершили уже пятый рейс вокруг сквера, разбитого перед вокзалом.

Голова у Ипполита Матвеевича кружилась. Погоня за стульями входила в решающую стадию. Удлиненные тени лежали на раскаленной мостовой. Пыль садилась на мокрые, потные лица. Подкатывали пролетки. Пахло бензином. Наемные машины высаживали пассажиров. Навстречу им выбегали Ермаки Тимофеевичи, уносили чемоданы, и овальные бляхи их сияли на солнце. Муза дальних странствий хватала людей за горло.

— Ну, пойдем и мы, — сказал Остап.

Ипполит Матвеевич покорно согласился. Тут он столкнулся лицом к лицу с гробовых дел мастером Безенчуком.

— Безенчук! — сказал он в крайнем удивлении. — Ты как сюда попал?

Безенчук снял шапку и радостно остолбенел.

— Господин Воробьянинов! — закричал он. — Почет дорогому гостю!

— Ну как дела?

— Плохи дела, — ответил гробовых дел мастер.

— Что же так?

— Клиента ищу. Не идет клиент.

— «Нимфа» перебивает?

— Куды ей! Она меня разве перебьет? Случаев нет. После вашей тещеньки один только «Пьер и Константин» перекинулся.

— Да что ты говоришь? Неужели умер?

— Перекинулся, Ипполит Матвеевич. На посту своем перекинулся. Брил аптекаря нашего Леопольда и перекинулся. Люди говорили — разрыв внутренности произошел, а я так думаю, что покойник от этого аптекаря лекарством надышался и не выдержал.

— Ай-яй-яй, — бормотал Ипполит Матвеевич, — ай-яй-яй! Ну что ж, значит, ты его и похоронил?

— Я и похоронил. Кому же другому? Разве «Нимфа», туды ее в качель, кисть дает?

— Одолел, значит?

— Одолел. Только били меня потом. Чуть сердце у меня не выбили. Милиция отняла. Два дня лежал, спиртом лечился.

— Растирался?

— Нам растираться не к чему.

— А сюда тебя зачем принесло?

— Товар привез.

— Какой же товар?

— Свой товар. Проводник знакомый помог провезти задаром в почтовом вагоне. По знакомству.

Ипполит Матвеевич только сейчас заметил, что поодаль Безенчука на земле стоял штабель гробов. Иные были с кистями, иные — так. Один из них Ипполит Матвеевич быстро опознал. Это был большой дубовый и пыльный гроб с безенчуковской витрины.

— Восемь штук, — сказал Безенчук самодовольно, — один к одному. Как огурчики.

— А кому тут твой товар нужен? Тут своих мастеров довольно.

— А гриб?

— Какой гриб?

— Эпидемия. Мне Прусис сказал, что в Москве гриб свирепствует, что хоронить людей не в чем. Весь материал перевели. Вот я и решил дела поправить.

Остап, прослушавший весь этот разговор с любопытством, вмешался:

— Слушай, ты, папаша, это в Париже грипп свирепствует.

— В Париже?

— Ну да. Поезжай в Париж. Там подмолотишь! Правда, будут некоторые затруднения с визой, но ты, папаша, не грусти. Если Бриан тебя полюбит, ты заживешь недурно: устроишься лейб-гробовщиком при парижском муниципалитете. А здесь и своих гробовщиков хватит.

Безенчук дико огляделся. Действительно, на площади, несмотря на уверения Прусиса, трупы не валялись, люди бодро держались на ногах, и некоторые из них даже смеялись.

Поезд давно уже унес и концессионеров, и театр Колумба, и прочую публику, а Безенчук все еще ошалело стоял над своими гробами. В наступившей темноте его глаза горели желтым неугасимым огнем.

Часть третья
СОКРОВИЩЕ МАДАМ ПЕТУХОВОЙ

Глава XXXI
ВОЛШЕБНАЯ НОЧЬ НА ВОЛГЕ

Влево от пассажирских дебаркадеров Волжского государственного речного пароходства, под надписью: «Чаль за кольца, решетку береги, стены не касайся», стоял великий комбинатор со своим другом и ближайшим помощником Кисой Воробьяниновым.

Над пристанями хлопали флаги. Дым, курчавый, как цветная капуста, валил из пароходных труб. Шла погрузка парохода «Антон Рубинштейн», стоявшего у дебаркадера № 2. Грузчики вонзали железные когти в тюки хлопка, на пристани выстроились в каре чугунные горшки, лежали мокросоленые кожи, бунты проволоки, ящики с листовым стеклом, клубки сноповязального шпагата, жернова, двухцветные костистые сельскохозяйственные машины, деревянные вилы, обшитые дерюгой корзинки с молодой черешней и сельдяные бочки. «Скрябина» не было. Это очень беспокоило Ипполита Матвеевича.

— Что вы переживаете? — спросил Остап. — Вообразите, что «Скрябин» здесь. Ну, как вы на него попадете? Если бы у нас даже были деньги на покупку билета, то и тогда бы ничего не вышло. Пароход этот пассажиров не берет.

Остап еще в поезде успел побеседовать с завгидропрессом, монтером Мечниковым, и узнал от него все. Пароход «Скрябин», заарендованный Наркомфином, должен был совершать рейс от Нижнего до Царицына, останавливаясь у каждой пристани и производя тираж выигрышного займа. Для этого из Москвы выехало целое учреждение: тиражная комиссия, канцелярия, духовой оркестр, кинооператор, корреспонденты центральных газет и театр Колумба. Театру предстояло в пути показывать пьесы, в которых популяризовалась идея госзаймов. До Сталинграда театр поступал на полное довольствие тиражной комиссии, а затем собирался, на свой страх и риск, совершить большую гастрольную поездку по Кавказу и Крыму с «Женитьбой».

«Скрябин» опоздал. Обещали, что он придет из затона, где делались последние приготовления, только к вечеру. Поэтому весь аппарат, прибывший из Москвы, в ожидании погрузки устроил бивак на пристани.

Нежные создания с чемоданчиками и портпледами сидели на бунтах проволоки, сторожа свои ундервуды, и с опасением поглядывали на крючников. На жернове примостился гражданин с фиолетовой эспаньолкой. На коленях у него лежала стопка эмалированных дощечек. На верхней из них любопытный мог бы прочесть:

ОТДЕЛ ВЗАИМНЫХ РАСЧЕТОВ

Письменные столы на тумбах и другие столы, более скромные, стояли друг на друге. У запечатанного несгораемого шкафа прогуливался часовой. Представитель «Станка» Персицкий смотрел в цейсовский бинокль с восьмикратным увеличением на территорию ярмарки.

Разворачиваясь против течения, подходил пароход «Скрябин». На бортах своих он нес фанерные щиты с радужными изображениями гигантских облигаций. Пароход заревел, подражая крику мамонта, а может быть, и другого животного, заменявшего в доисторические времена пароходную сирену.

Финансово-театральный бивак оживился. По городским спускам бежали тиражные служащие. В облаке пыли катился к пароходу толстенький Платон Плащук. Галкин, Палкин, Малкин, Чалкин и Залкинд выбежали из трактира «Плот». Над несгораемой кассой уже трудились крючники. Инструктор акробатики Жоржетта Тираспольских гимнастическим шагом взбежала по сходням. Симбиевич-Синдиевич, в заботах о вещественном оформлении, простирал руки то к кремлевским высотам, то к капитану, стоявшему на мостике. Кинооператор пронес свой аппарат высоко над головами толпы и еще на ходу требовал отвода четырехместной каюты для устройства в ней лаборатории.

В общей свалке Ипполит Матвеевич пробрался к стульям и, будучи вне себя, поволок было один стул в сторонку.

— Бросьте стул! — завопил Бендер. — Вы что, с ума спятили? Один стул возьмем, а остальные пропадут для нас навсегда. Подумали бы лучше о том, как попасть на пароход.

По дебаркадеру прошли музыканты, опоясанные медными трубами. Они с отвращением смотрели на саксофоны, флекстоны, пивные бутылки и кружки Эсмарха, которыми было вооружено звуковое оформление.

Тиражные колеса были привезены на фордовском фургончике. Это была сложная конструкция, составленная из шести вращающихся цилиндров, сверкающая медью и стеклом. Установка ее на нижней палубе заняла много времени.

Топот и перебранка продолжались до позднего вечера.

В тиражном зале устраивали эстраду, приколачивали к стенам плакаты и лозунги, расставляли деревянные скамьи для посетителей и сращивали электропровода с тиражными колесами. Письменные столы разместили на корме, а из каюты машинисток вперемежку со смехом слышалось цоканье пишущих машинок. Бледный человек с фиолетовой эспаньолкой ходил по всему пароходу и навешивал на соответствующие двери свои эмалированные таблицы:

> ОТДЕЛ ВЗАИМНЫХ РАСЧЕТОВ

> ЛИЧНЫЙ СТОЛ

> ОБЩАЯ КАНЦЕЛЯРИЯ

> МАШИННОЕ ОТДЕЛЕНИЕ

К большим табличкам человек с эспаньолкой присобачивал таблички поменьше:

> БЕЗ ДЕЛА НЕ ВХОДИТЬ

> ПРИЕМА НЕТ

> ПОСТОРОННИМ ЛИЦАМ ВХОД ВОСПРЕЩАЕТСЯ

> ВСЕ СПРАВКИ В РЕГИСТРАТУРЕ

Салон первого класса был оборудован под выставку денежных знаков и бон. Это вызвало взрыв негодования у Галкина, Палкина, Малкина, Чалкина и Залкинда.

— Где же мы будем обедать? — волновались они. — А если дождь?

— Ой, — сказал Ник. Сестрин своему помощнику, — не могу!.. Как ты думаешь, Сережа, мы не сможем обойтись без звукового оформления?

— Что вы, Николай Константинович! Артисты к ритму привыкли.

Тут поднялся новый галдеж. Пятерка пронюхала, что все четыре стула автор спектакля утащил в свою каюту.

— Так, так, — говорила пятерка с иронией, — а мы должны будем репетировать, сидя на койках; а на четырех стульях будет сидеть Николай Константинович со своей женой Густой, которая никакого отношения к нашему коллективу не имеет. Может, мы тоже хотим иметь в поездке своих жен!

С берега на тиражный пароход зло смотрел великий комбинатор.

Новый взрыв кликов достиг ушей концессионеров.

— Почему же вы мне раньше не сказали?! — кричал член комиссии.

— Откуда я мог знать, что он заболеет.

— Это черт знает что! Тогда поезжайте в рабис и требуйте, чтобы нам экстренно командировали художника.

— Куда же я поеду? Сейчас шесть часов. Рабис давно закрыт. Да и пароход через полчаса уходит.

— Тогда сами будете рисовать. Раз вы взяли на себя ответственность за украшение парохода, извольте отдуваться как хотите.

Остап уже бежал по сходням, расталкивая локтями крючников, барышень и просто любопытных. При входе его задержали:

— Пропуск!

— Товарищ! — заорал Бендер. — Вы! Вы! Толстенький! Которому художник нужен!

Через пять минут великий комбинатор сидел в белой каюте толстенького заведующего хозяйством плавучего тиража и договаривался об условиях работы.

— Значит, товарищ, — говорил толстячок, — нам от вас потребуется следующее: исполнение художественных плакатов, надписей и окончание транспаранта. Наш художник начал его делать и заболел. Мы его оставили здесь в больнице. Ну, конечно, общее наблюдение за художественной частью. Можете вы это взять на себя? Причем предупреждаю — работы много.

— Да, я могу взять это на себя. Мне приходилось выполнять такую работу.

— И вы можете сейчас же ехать с нами?

— Это будет трудновато, но я постараюсь.

Большая и тяжелая гора свалилась с плеч заведующего хозяйством. Испытывая детскую легкость, толстяк смотрел на нового художника лучезарным взглядом.

— Ваши условия? — спросил Остап дерзко. — Имейте в виду, я не похоронная контора.

— Условия сдельные. По расценкам рабиса.

Остап поморщился, что стоило ему большого труда.

— Но, кроме того, еще бесплатный стол, — поспешно добавил толстунчик, — и отдельная каюта.

— Ну ладно, — сказал Остап со вздохом, — соглашаюсь. Но со мною еще мальчик, ассистент.

— Насчет мальчика вот не знаю. На мальчика кредита не отпущено. На свой счет — пожалуйста. Пусть живет в вашей каюте.

— Ну, пускай по-вашему. Мальчишка у меня шустрый. Привык к спартанской обстановке.

Остап получил пропуск на себя и на шустрого мальчика, положил в карман ключ от каюты и вышел на горячую палубу. Он чувствовал немалое удовлетворение при прикосновении к ключу. Это было первый раз в его бурной жизни. Ключ и квартира были. Не было только денег. Но они находились тут же, рядом, в стульях. Великий комбинатор, заложив руки в карманы, гулял вдоль борта, не замечая оставшегося на берегу Воробьянинова.

Ипполит Матвеевич сперва делал знаки молча, а потом даже осмелился попискивать. Но Бендер был глух. Повернувшись спиною к председателю концессии, он внимательно следил за процедурой опускания гидравлического пресса в трюм.

Делались последние приготовления к отвалу. Агафья Тихоновна, она же Мура, постукивая ножками, бегала из своей каюты на корму, смотрела в воду, громко делилась своими восторгами с виртуозом-балалаечником и всем этим вносила смущение в ряды почтенных деятелей тиражного предприятия.

Пароход дал второй гудок. От страшных звуков сдвинулись облака. Солнце побагровело и свалилось за горизонт. В верхнем городе зажглись лампы и фонари. С рынка в Почаевском овраге донеслись хрипы граммофонов, состязавшихся перед последними покупателями. Оглушенный и одинокий, Ипполит Матвеевич что-то кричал, но его не было слышно. Лязг лебедки губил все остальные звуки.

Остап Бендер любил эффекты. Только перед третьим гудком, когда Ипполит Матвеевич уже не сомневался в том, что брошен на произвол судьбы, Остап заметил его:

— Что же вы стоите, как засватанный? Я думал, что вы уже давно на пароходе. Сейчас сходни снимают! Бегите скорей! Пропустите этого гражданина! Вот пропуск.

Ипполит Матвеевич, почти плача, взбежал на пароход.

— Вот это ваш мальчик? — спросил завхоз подозрительно.

— Мальчик, — сказал Остап, — разве плох? Кто скажет, что это девочка, пусть первый бросит в меня камень!

Толстяк угрюмо отошел.

— Ну, Киса, — заметил Остап, — придется с утра сесть за работу. Надеюсь, что вы сможете разводить краски. А потом вот что: я — художник, окончил ВХУТЕМАС, а вы — мой помощник. Если вы думаете, что это не так, то скорее бегите назад, на берег.

Черно-зеленая пена вырвалась из-под кормы. Пароход дрогнул, всплеснули медные тарелки, флейты, корнеты, тромбоны и басы затрубили чудный марш, и город, поворачиваясь и балансируя, перекочевал на левый берег. Продолжая дрожать, пароход стал по течению и быстро побежал в темноту. Позади качались звезды, лампы и портовые разноцветные знаки. Через минуту пароход отошел настолько, что городские огни стали казаться застывшим на месте ракетным порошком.

Еще слышался ропот работающих ундервудов, а природа и Волга брали свое. Нега охватила всех плывущих на пароходе «Скрябин». Члены тиражной комиссии томно прихлебывали чай. На первом заседании месткома, происходившем на носу, царила нежность. Так шумно дышал теплый вечер, так мягко полоскалась у бортов водичка, так быстро пролетали по бокам парохода темные очертания берегов, что председатель месткома, человек вполне положительный, открывши рот для произнесения речи об условиях труда в необычной обстановке, неожиданно для всех и для самого себя запел:

> Пароход по Волге плавал,
> Волга-матушка река...

А остальные суровые участники заседания пророкотали припев:

> Сире-энь цвяте-от...

Резолюция по докладу председателя месткома так и не была написана. Раздавались звуки пианино.

Заведующий музыкальным сопровождением X. Иванов извлекал из инструмента самые лирические ноты. Виртуоз-балалаечник плелся за Мурочкой и, не находя собственных слов для выражения любви, бормотал слова романса:

— Не уходи! Твои лобзанья жгучи, я лаской страстною еще не утомлен. В ущельях гор не просыпались тучи, звездой жемчужною не гаснул небосклон...

Симбиевич-Синдиевич, уцепившись за поручни, созерцал небесную бездну. По сравнению с ней вещественное оформление «Женитьбы» казалось ему возмутительным свинством. Он с гадливостью посмотрел на свои руки, принимавшие ярое участие в вещественном оформлении классической комедии.

В момент наивысшего томления расположившиеся на корме Галкин, Палкин, Малкин, Чалкин и Залкинд ударили в свои аптекарские и пивные принадлежности. Они репетировали. Мираж рассеялся сразу. Агафья Тихоновна зевнула и, не обращая внимания на виртуоза-вздыхателя, пошла спать. В душах месткомовцев снова зазвучал гендоговор, и они взялись за резолюцию. Симбиевич-Синдиевич после зрелого размышления пришел к тому выводу, что оформление «Женитьбы» не так уж плохо. Раздраженный голос из темноты звал Жоржетту Тираспольских на совещание к режиссеру. В деревнях лаяли собаки. Стало свежо.

В каюте первого класса Остап, лежа на кожаном диване и задумчиво глядя на пробочный пояс, обтянутый зеленой парусиной, допрашивал Ипполита Матвеевича:

— Вы умеете рисовать? Очень жаль. Я, к сожалению, тоже не умею.

Он подумал и продолжал:

— А буквы — вы умеете? Тоже не умеете? Совсем нехорошо! Ведь мы-то художники! Ну, дня два можно будет мотать, а потом выкинут. За эти два дня мы должны успеть сделать все, что нам нужно. Положение несколько затруднилось. Я узнал, что стулья находятся в каюте режиссера. Но и это, в конце концов, не страшно. Важно то, что мы на пароходе. Пока нас не выкинули, все стулья должны быть осмотрены. Сегодня уже поздно. Режиссер спит в своей каюте.

Глава XXXII
НЕЧИСТАЯ ПАРА

Люди еще спали, но река жила как днем. Шли плоты — огромные поля бревен с избами на них. Маленький злой буксир, на колесном кожухе которого дугой было выписано его имя — «Повелитель бурь», тащил за собой три нефтяных баржи, связанные в ряд. Пробежал снизу быстрый почтовик «Красная Латвия». «Скрябин» обогнал землечерпательный караван и, промеряя глубину полосатеньким шестом, стал описывать дугу, заворачивая против течения.

На пароходе стали просыпаться. На пристань «Бармино» полетела гирька со шпагатом. На этой леске пристанские потащили к себе толстый конец причального каната. Винты завертелись в обратную сторону. Полреки облилось шевелящейся пеной. «Скрябин» задрожал от резких ударов винта и всем боком пристал к дебаркадеру. Было еще рано. Поэтому тираж решили начать в десять часов.

Служба на «Скрябине» начиналась, словно бы и на суше, аккуратно в девять. Никто не изменил своих привычек. Тот, кто на суше опаздывал на службу, опаздывал и здесь, хотя спал в самом же учреждении. К новому укладу походные штаты Наркомфина привыкли довольно быстро. Курьеры подметали каюты с тем же равнодушием, с каким подметали канцелярии в Москве. Уборщицы разносили чай, бегали с бумажками из регистратуры в личный стол, ничуть не удивляясь тому, что личный стол помещается на корме, а регистратура на носу. Из каюты взаимных расчетов несся кастаньетный звук счетов и скрежетанье арифмометра. Перед капитанской рубкой кого-то распекали.

Великий комбинатор, обжигая босые ступни о верхнюю палубу, ходил вокруг длинной узкой полосы кумача, малюя на ней лозунг, с текстом которого он поминутно сверялся по бумажке:

«Все — на тираж! Каждый трудящийся должен иметь в кармане облигацию госзайма».

Великий комбинатор очень старался, но отсутствие способностей все-таки сказывалось. Надпись поползла вниз, и кусок кумача, казалось, был испорчен безнадежно. Тогда Остап, с помощью мальчика Кисы, перевернул дорожку наизнанку и снова принялся малевать. Теперь он стал осторожнее. Прежде чем наляпывать буквы, он отбил вымеленной веревочкой две параллельных линии и, тихо ругая неповинного Воробьянинова, приступил к изображению слов.

Ипполит Матвеевич добросовестно выполнял обязанности мальчика. Он сбегал вниз за горячей водой, растапливал клей, чихая, сыпал в ведерко краски и угодливо заглядывал в глаза взыскательного художника. Готовый и высушенный лозунг концессионеры снесли вниз и прикрепили к борту.

Толстячок, нанявший Остапа, сбежал на берег и оттуда смотрел работу нового художника. Буквы лозунга были разной толщины и несколько скошены в стороны. Выхода, однако, не было — приходилось довольствоваться и этим.

На берег сошел духовой оркестр и принялся выдувать горячительные марши. На звуки музыки со всего Бармина сбежались дети, а за ними из яблоневых садов двинулись мужики и бабы. Оркестр гремел до тех пор, покуда на берег не сошли члены тиражной комиссии. Начался митинг. С крыльца чайной Коробкова полились первые звуки доклада о международном положении.

Колумбовцы глазели на собрание с парохода. Оттуда видны были белые платочки баб, опасливо стоявших поодаль от крыльца, недвижимая толпа мужиков, слушавших оратора, и сам оратор, время от времени взмахивавший руками. Потом заиграла музыка. Оркестр повернулся и, не переставая играть, двинулся к сходням. За ним повалила толпа.

Тиражный аппарат методически выбрасывал комбинации цифр. Колеса оборачивались, оглашались номера, барминцы смотрели и слушали.

Прибежал на минуту Остап, убедился в том, что все обитатели парохода сидят в тиражном зале, и снова убежал на палубу.

— Воробьянинов, — шепнул он, — для вас срочное дело по художественной части. Встаньте у выхода из коридора первого класса и стойте. Если кто будет подходить — пойте погромче.

Старик опешил.

— Что же мне петь?

— Уж во всяком случае не «Боже, царя храни!». Что-нибудь страстное: «Яблочко» или «Сердце красавицы». Но предупреждаю, если вы вовремя не вступите со своей арией!.. Это вам не Экспериментальный театр! Голову оторву.

Великий комбинатор, пришлепывая босыми пятками, выбежал в коридор, обшитый вишневыми панелями. На секунду большое зеркало в конце коридора отразило его фигуру. Он читал табличку на двери:

> **НИК. СЕСТРИН
> РЕЖИССЕР ТЕАТРА КОЛУМБА**

Зеркало очистилось. Затем в нем появился великий комбинатор. В руке он держал стул с гнутыми ножками. Он промчался по коридору, вышел на палубу и, переглянувшись с Ипполитом Матвеевичем, понес стул наверх, к рубке рулевого. В стеклянной рубке не было никого. Остап отнес стул на корму и наставительно сказал:

— Стул будет стоять здесь до ночи. Я все обдумал. Здесь никто почти не бывает, кроме нас. Давайте прикроем стул плакатами, а когда стемнеет, спокойно ознакомимся с его содержанием.

Через минуту стул, заваленный фанерными листами и кумачом, перестал быть виден.

Ипполита Матвеевича снова охватила золотая лихорадка.

— А почему бы не отнести его в нашу каюту? — спросил он нетерпеливо. — Мы б его вскрыли сейчас же. И если бы нашли брильянты, то сейчас же на берег...

— А если бы не нашли? Тогда что? Куда его девать? Или, может быть, отнести его назад к гражданину Сестрину и вежливо сказать: «Извините, мол, мы у вас стульчик украли, но, к сожалению, ничего в нем не нашли, так что, мол, получите назад в несколько испорченном виде!» Так бы вы поступили?

Великий комбинатор был прав, как всегда. Ипполит Матвеевич оправился от смущения только в ту минуту, когда с палубы понеслись звуки увертюры, исполняемой на кружках Эсмарха и пивных батареях.

Тиражные операции на этот день были закончены. Зрители разместились на береговых склонах и, сверх всякого ожидания, шумно выражали свое одобрение аптечно-негритянскому ансамблю. Галкин, Палкин, Малкин, Чалкин и Залкинд гордо поглядывали, как бы говоря: «Вот видите! А вы утверждали, что широкие массы не поймут. Искусство, оно всегда доходит!»

Затем на импровизированной сцене колумбовцами был разыгран легкий водевиль с пением и танцами, содержание которого сводилось к тому, как Вавила выиграл пятьдесят тысяч рублей и что из этого вышло. Артисты, сбросившие с себя путы никсестринского конструктивизма, играли весело, танцевали энергично и пели милыми голосами. Берег был вполне удовлетворен.

Вторым номером выступил виртуоз-балалаечник. Берег покрылся улыбками.

«Барыня, барыня, — вырабатывал виртуоз, — сударыня-барыня».

Балалайка пришла в движение. Она перелетала за спину артиста, и из-за спины слышалось: «Если барин при цепочке, значит — барин без часов!» Она взлетала на воздух и за короткий свой полет выпускала немало труднейших вариаций.

Наступил черед Жоржетты Тираспольских. Она вывела с собой табунчик девушек в сарафанах. Концерт закончился русскими плясками.

Пока «Скрябин» готовился к дальнейшему плаванью, пока капитан переговаривался в трубку с машинным отделением и пароходные топки пылали, грея воду, духовой оркестр снова сошел на берег и, к общему удовольствию, стал играть танцы. Образовались живописные группы, полные движения. Закатывающееся солнце посылало мягкий абрикосовый свет. Наступил идеальный час для киносъемки. И действительно, оператор Полкан, позевывая, вышел из каюты. Воробьянинов, который уже свыкся с амплуа всеобщего мальчика, осторожно нес за Полканом съемочный аппарат. Полкан подошел к борту и воззрился на берег. Там на траве танцевали солдатскую польку. Парни топали босыми ногами с такой силой, будто хотели расколоть нашу планету. Девушки плыли. На террасах и съездах берега расположились зрители. Французский кинооператор из группы «Авангард» нашел бы здесь работы на трое суток. Но Полкан, скользнув по берегу крысиными глазками, сейчас же отвернулся, иноходью подбежал к председателю комиссии, поставил его к белой стенке, сунул в его руку книгу и, попросив не шевелиться, долго и плавно вертел ручку аппарата. Потом он увел стеснявшегося председателя на корму и снял его на фоне заката.

Закончив съемку, Полкан важно удалился в свою каюту и заперся.

Снова заревел гудок, и снова солнце в испуге убежало. Наступила вторая ночь. Пароход был готов к отходу.

Остап со страхом помышлял о завтрашнем утре. Ему предстояло вырезать в листе картона фигуру сеятеля, разбрасывающего облигации. Этот художественный искус был не по плечу великому комбинатору. Если с буквами Остап кое-как справлялся, то для художественного изображения сеятеля уже не оставалось никаких ресурсов.

— Так имейте в виду, — предостерегал толстяк, — с Васюков мы начинаем вечерние тиражи, и нам без транспаранта никак нельзя.

— Пожалуйста, не беспокойтесь, — заявил Остап, надеясь больше не на завтрашнее утро, а на сегодняшний вечер, — транспарант будет.

Наступила звездная ветреная ночь. Население тиражного ковчега уснуло.

Львы из тиражной комиссии спали. Спали ягнята из личного стола, козлы из бухгалтерии, кролики из отдела взаимных расчетов, гиены и шакалы звукового оформления и голубицы из машинного бюро.

Не спала только одна нечистая пара. Великий комбинатор вышел из своей каюты в первом часу ночи. За ним следовала бесшумная тень верного Кисы. Они поднялись на верхнюю палубу и неслышно приблизились к стулу, укрытому листами фанеры. Осторожно разобрав прикрытие, Остап поставил стул на ножки, сжав челюсти, вспорол плоскогубцами обшивку и залез рукой под сиденье.

Ветер бегал по верхней палубе. В небе легонько пошевеливались звезды. Под ногами, глубоко внизу, плескалась черная вода. Берегов не было видно. Ипполита Матвеевича трясло.

— Есть! — сказал Остап придушенным голосом.

ПИСЬМО ОТЦА ФЕДОРА,
*писанное им в Баку,
из меблированных комнат «Стоимость»,
жене своей в уездный город N*

Дорогая и бесценная моя Катя!

С каждым часом приближаемся мы к нашему счастью. Пишу я тебе из меблированных комнат «Стоимость» после того, как побывал по всем делам. Город Баку очень большой. Здесь, говорят, добывается керосин, но туда нужно ехать на электрическом поезде, а у меня нет денег. Живописный город омывается Каспийским морем. Оно действительно очень велико по размерам. Жара здесь страшная. На одной руке ношу пальто, на другой пиджак, — и то жарко. Руки преют. То и дело балуюсь чайком. А денег почти что нет. Но не беда, голубушка, Катерина Александровна, скоро денег у нас будет во множестве. Побываем всюду, а потом осядем по-хорошему в Самаре, подле своего заводика, и наливочку будем распивать. Впрочем, ближе к делу.

По своему географическому положению и по количеству народонаселения город Баку значительно превышает город Ростов. Однако уступает городу Харькову по своему движению. Инородцев здесь множество. А особенно много здесь армяшек и персиян. Здесь, матушка моя, до Турции недалеко. Был я и на базаре, и видел я много тюрецких вещей и шалей. Захотел я тебе в подарок купить мусульманское покрывало, только денег не было. И подумал я, что когда мы разбогатеем (а до этого днями нужно считать), тогда и мусульманское покрывало купить можно будет.

Ох, матушка, забыл тебе написать про два страшных случая, происшедших со мною в городе Баку: 1) уронил пиджак брата твоего, булочника, в Каспийское море и 2) в меня на базаре плюнул одногорбый верблюд. Эти оба происшествия меня крайне удивили. Почему власти допускают такое бесчинство над проезжими пассажирами, тем более что верблюда я не тронул, а даже сделал ему приятное — пощекотал хворостинкой в ноздре! А пиджак ловили всем обществом, еле выловили, а он возьми и окажись весь в керосине. Уж я и не знаю, что скажу твоему брату, булочнику. Ты, голубка, пока что держи язык за зубами. Обедает ли еще Евстигнеев?

Перечел письмо и увидел, что о деле ничего не успел тебе рассказать. Инженер Брунс действительно работает в Азнефти. Только в городе Баку его сейчас нету. Он уехал в отпуск в город Батум. Семья его имеет в Батуме постоянное местожительство. Я говорил тут с людьми, и они говорят, что действительно в Батуме у Брунса вся меблировка. Живет он там на даче, на Зеленом Мысу, — такое там есть дачное место (дорогое, говорят). Пути отсюда до Батума — на пятнадцать рублей с копейками. Вышли двадцать сюда телеграфом, из Батума все тебе протелеграфирую. Распространяй по городу слухи, что я все еще нахожусь у одра тетеньки в Воронеже. Твой вечно муж *Федя*.

Постскриптум: Относя письмо в почтовый ящик, у меня украли в номерах «Стоимость» пальто брата твоего, булочника. Я в таком горе! Хорошо, что теперь лето! Ты брату ничего не говори.

Глава XXXIII
ИЗГНАНИЕ ИЗ РАЯ

Между тем как одни герои романа были убеждены в том, что время терпит, а другие полагали, что время не ждет, время шло обычным своим порядком. За пыльным московским маем пришел пыльный июнь. В уездном городе N автомобиль Гос. № 1, повредившись на ухабе, стоял уже две недели на углу Старопанской площади и улицы имени товарища Губернского, время от времени заволакивая окрестность отчаянным дымом. Из старгородского допра выходили поодиночке сконфуженные участники заговора «Меча и орала» — у них была взята подписка о невыезде. Вдова Грицацуева (знойная женщина, мечта поэта) возвратилась к своему бакалейному делу и была оштрафована на пятнадцать рублей за то, что не вывесила на видном месте прейскурант цен на мыло, перец, синьку и прочие мелочные товары, — забывчивость, простительная женщине с большим сердцем!

— Есть! — повторил Остап сорвавшимся голосом. — Держите!

Ипполит Матвеевич принял в свои трепещущие руки плоский деревянный ящичек. Остап в темноте продолжал рыться в стуле. Блеснул береговой маячок. На воду лег золотой столбик и поплыл за пароходом.

— Что за черт! — сказал Остап. — Больше ничего нет!

— Н-н-не может быть, — пролепетал Ипполит Матвеевич.

— Ну, вы тоже посмотрите!

Воробьянинов, не дыша, пал на колени и по локоть всунул руку под сиденье. Между пальцами он ощутил основание пружины. Больше ничего твердого не было. От стула шел сухой мерзкий запах потревоженной пыли.

— Нету? — спросил Остап.

— Нет.

Тогда Остап приподнял стул и выбросил его далеко за борт. Послышался тяжелый всплеск. Вздрагивая от ночной сырости, концессионеры в сомнении вернулись к себе в каюту.

— Так, — сказал Бендер. — Что-то мы, во всяком случае, нашли.

Ипполит Матвеевич достал из кармана ящичек и осовело посмотрел на него.

— Давайте, давайте! Чего глаза пялите!

**ЭТИМЪ ПОЛУКРЕСЛОМЪ
МАСТЕРЪ
ГАМБСЪ
НАЧИНАЕТЪ НОВУЮ ПАРТIЮ МЕБЕЛИ.**
1865 г. Санктъ-Петербургъ.

Надпись эту Остап прочел вслух.

— А где же брильянты? — спросил Ипполит Матвеевич.

— Вы поразительно догадливы, дорогой охотник за табуретками! Брильянтов, как видите, нет.

На Воробьянинова было жалко смотреть. Отросшие слегка усы двигались, стекла пенсне были туманны. Казалось, что в отчаянии он бьет себя ушами по щекам.

Холодный, рассудительный голос великого комбинатора оказал свое обычное магическое действие. Воробьянинов вытянул руки по вытертым швам и замолчал.

— Молчи, грусть, молчи, Киса! Когда-нибудь мы посмеемся над дурацким восьмым стулом, в котором нашлась глупая дощечка. Держитесь. Тут есть еще три стула — девяносто девять шансов из ста!

За ночь на щеке огорченного до крайности Ипполита Матвеевича выскочил вулканический прыщ. Все страдания, все неудачи, вся мука погони за брильянтами — все это, казалось, ушло в прыщ и отливало теперь перламутром, закатной вишней и синькой.

— Это вы нарочно? — спросил Остап.

Ипполит Матвеевич конвульсивно вздохнул и, высокий, чуть согнутый, как удочка, пошел за красками. Началось изготовление транспаранта. Концессионеры трудились на верхней палубе.

И начался третий день плаванья.

Начался он короткой стычкой духового оркестра со звуковым оформлением из-за места для репетиций.

После завтрака к корме, одновременно с двух сторон, направились здоровяки с медными трубами и худые рыцари эсмарховских кружек. Первым на кормовую скамью успел усесться Галкин. Вторым прибежал кларнет из духового оркестра.

— Место занято, — хмуро сказал Галкин.
— Кем занято? — зловеще спросил кларнет.
— Мною, Галкиным.
— А еще кем?
— Палкиным, Малкиным, Чалкиным и Залкиндом.
— А Елкина у вас нет? Это наше место.

С обеих сторон приблизились подкрепления. Трижды опоясанный медным змеем-горынычем стоял геликон — самая мощная машина в оркестре. Покачивалась похожая на ухо валторна. Тромбоны стояли в полной боевой готовности. Солнце тысячу раз отразилось в боевых доспехах. Темно и мелко выглядело звуковое оформление. Там мигало бутылочное стекло, бледно светились клистирные кружки, и саксофон — возмутительная пародия на духовой инструмент, семенная вытяжка из настоящей духовой трубы, — был жалок и походил на носогрейку.

— Клистирный батальон, — сказал задира-кларнет, — претендует на место.

— Вы, — сказал Залкинд, стараясь подыскать наиболее обидное выражение, — вы — консерваторы от музыки!

— Не мешайте нам репетировать!

— Это вы нам мешаете!

— На ваших ночных посудинах чем меньше репетируешь, тем красивше выходит.

— А на ваших самоварах репетируй не репетируй, ни черта не получится.

Не придя ни к какому соглашению, обе стороны остались на месте и упрямо заиграли каждая свое. Вниз по реке неслись звуки, какие мог бы издать только трамвай, медленно проползающий по битому стеклу. Духовики исполняли марш Кексгольмского лейб-гвардии полка, а звуковое оформление — негрскую пляску: «Антилопа у истоков Замбези». Скандал был прекращен личным вмешательством председателя тиражной комиссии.

В одиннадцатом часу великий труд был закончен. Пятясь задом, Остап и Воробьянинов потащили транспарант к капитанскому мостику. Перед ними, воздев руки к звездам, бежал толстячок, заведующий хозяйством. Общими усилиями транспарант был привязан к поручням. Он высился над пассажирской палубой, как экран. В полчаса электротехник подвел к спине транспаранта провода и приладил внутри его три лампочки. Оставалось повернуть выключатель.

Впереди, вправо по носу, уже сквозили огоньки города Васюки.

На торжество освещения транспаранта заведующий хозяйством созвал все население парохода. Ипполит Матвеевич и великий комбинатор смотрели на собравшихся сверху, стоя по бокам темной еще скрижали.

Всякое событие на пароходе принималось плавучим учреждением близко к сердцу. Машинистки, курьеры, ответственные работники, колумбовцы и пароходная команда столпились, задрав головы, на пассажирской палубе.

— Давай! — скомандовал толстячок.

Транспарант осветился.

Остап посмотрел вниз, на толпу. Розовый свет лёг на лица.

Зрители засмеялись. Потом наступило молчание. И суровый голос снизу сказал:

— Где завхоз?

Голос был настолько ответственный, что завхоз, не считая ступенек, кинулся вниз.

— Посмотрите,— сказал голос,— полюбуйтесь на вашу работу!

— Сейчас вытурят! — шепнул Остап Ипполиту Матвеевичу.

И точно, на верхнюю палубу, как ястреб, вылетел толстячок.

— Ну, как транспарантик? — нахально спросил Остап. — Доходит?

— Собирайте вещи! — закричал завхоз.

— К чему такая спешка?

— Со-би-рай-те вещи! Вон! Вы под суд пойдёте! Наш начальник не любит шутить!

— Гоните его! — донёсся снизу ответственный голос.

— Нет, серьёзно, вам не нравится транспарант? Это в самом деле неважный транспарант?

Продолжать игру не имело смысла. «Скрябин» уже пристал к Васюкам, и с парохода можно было видеть ошеломленные лица васюкинцев, столпившихся на пристани.

В деньгах категорически было отказано. На сборы было дано пять минут.

— Сучья лапа, — сказал Симбиевич-Синдиевич, когда компаньоны сходили на пристань. — Поручили бы оформление транспаранта мне. Я б его так сделал, что никакой Мейерхольд за мной бы не угнался.

На пристани концессионеры остановились и посмотрели вверх. В чёрных небесах сиял транспарант.

— М-да, — сказал Остап, — транспарантик довольно дикий. Мизерное исполнение.

Рисунок, сделанный хвостом непокорного мула, по сравнению с транспарантом Остапа показался бы музейной ценностью. Вместо сеятеля, разбрасывающего облигации, шкодливая рука Остапа изобразила некий обрубок с сахарной головой и тонкими плетьми вместо рук.

Позади концессионеров пылал светом и гремел музыкой пароход, а впереди, на высоком берегу, был мрак уездной полночи, собачий лай и далекая гармошка.

— Резюмирую положение,— сказал Остап жизнерадостно.— Пассив: ни гроша денег, три стула уезжают вниз по реке, ночевать негде и ни одного значка деткомиссии. Актив: путеводитель по Волге издания тысяча девятьсот двадцать шестого года (пришлось позаимствовать у мосье Симбиевича в каюте). Бездефицитный баланс подвести очень трудно. Ночевать придется на пристани.

Концессионеры устроились на пристанских лавках. При свете дрянного керосинового фонаря Остап прочел из путеводителя:

«На правом высоком берегу — город *Васюки*. Отсюда отправляются лесные материалы, смола, лыко, рогожи, а сюда привозятся предметы широкого потребления для края, отстоящего на 50 километров от железной дороги. В городе *8000* жителей, государственная картонная фабрика с *320 рабочими*, маленький чугонолитейный, пивоваренный и кожевенный заводы. Из учебных заведений, кроме общеобразовательных, лесной техникум».

— Положение гораздо серьезнее, чем я предполагал, — сказал Остап. — Выколотить из васюкинцев деньги представляется мне пока что неразрешимой задачей. А денег нам нужно не менее тридцати рублей. Во-первых, нам нужно питаться и, во-вторых, обогнать тиражную лоханку и встретиться с колумбовцами на суше, в Сталинграде.

Ипполит Матвеевич свернулся, как старый худой кот после стычки с молодым соперником — кипучим владельцем крыш, чердаков и слуховых окон.

Остап разгуливал вдоль лавок, соображая и комбинируя. К часу ночи великолепный план был готов. Бендер улегся рядом с компаньоном и заснул.

Глава XXXIV

МЕЖДУПЛАНЕТНЫЙ ШАХМАТНЫЙ КОНГРЕСС

С утра по Васюкам ходил высокий, худой старик в золотом пенсне и в коротких, очень грязных, испачканных красками сапогах. Он налепливал на стены рукописные афиши:

---

22 ИЮНЯ 1927 г.

В помещении клуба «Картонажник»
состоится
лекция на тему:

«ПЛОДОТВОРНАЯ ДЕБЮТНАЯ ИДЕЯ»
И
*СЕАНС ОДНОВРЕМЕННОЙ ИГРЫ
В ШАХМАТЫ*
на 160 досках

гроссмейстера (старший мастер) *О. Бендера*

Все приходят со своими досками.
Плата за игру — 50 коп.
Плата за вход — 20 коп.
Начало ровно в 6 час. вечера

Администрация К. Михельсон

Сам гроссмейстер тоже не терял времени. Заарендовав клуб за три рубля, он перебросился в шахсекцию, которая почему-то помещалась в коридоре управления коннозаводством.

В шахсекции сидел одноглазый человек и читал роман Шпильгагена в пантелеевском издании.

— Гроссмейстер О. Бендер! — заявил Остап, присаживаясь на стол.— Устраиваю у вас сеанс одновременной игры.

Единственный глаз васюкинского шахматиста раскрылся до пределов, дозволенных природой.

— Сию минуточку, товарищ гроссмейстер! — крикнул одноглазый.— Присядьте, пожалуйста. Я сейчас.

И одноглазый убежал. Остап осмотрел помещение шахматной секции. На стенах висели фотографии беговых лошадей, а на столе лежала запыленная конторская книга с заголовком: «Достижения Васюкинской шахсекции за 1925 год».

Одноглазый вернулся с дюжиной граждан разного возраста. Все они по очереди подходили знакомиться, называли фамилии и почтительно жали руку гроссмейстера.

— Проездом в Казань,— говорил Остап отрывисто,— да, да, сеанс сегодня вечером, приходите. А сейчас, простите, не в форме: устал после карлсбадского турнира.

Васюкинские шахматисты внимали Остапу с сыновней любовью. Остапа понесло. Он почувствовал прилив новых сил и шахматных идей.

— Вы не поверите,— говорил он,— как далеко двинулась шахматная мысль. Вы знаете, Ласкер дошел до пошлых вещей, с ним стало невозможно играть. Он обкуривает своих противников сигарами. И нарочно курит дешевые, чтобы дым противней был. Шахматный мир в беспокойстве.

Гроссмейстер перешел на местные темы.

— Почему в провинции нет никакой игры мысли? Например, вот ваша шахсекция. Так она и называется: шахсекция. Скучно, девушки! Почему бы вам, в самом деле, не назвать ее как-нибудь красиво, истинно по-шахматному. Это вовлекло бы в секцию союзную массу. Назвали бы, например, вашу секцию: «Шахматный клуб четырех коней», или «Красный эндшпиль», или «Потеря качества при выигрыше темпа». Хорошо было бы! Звучно!

Идея имела успех.

— И в самом деле, — сказали васюкинцы, — почему бы не переименовать нашу секцию в «Клуб четырех коней»?

Так как бюро шахсекции было тут же, Остап организовал под своим почетным председательством минутное заседание, на котором секцию единогласно переименовали в «Шахклуб четырех коней». Гроссмейстер собственноручно, пользуясь уроками «Скрябина», художественно выполнил на листе картона вывеску с четырьмя конями и соответствующей надписью.

Это важное мероприятие сулило расцвет шахматной мысли в Васюках.

— Шахматы! — говорил Остап. — Знаете ли вы, что такое шахматы? Они двигают вперед не только культуру, но и экономику! Знаете ли вы, что ваш «Шахклуб четырех коней», при правильной постановке дела, сможет совершенно преобразить город Васюки?

Остап со вчерашнего дня еще ничего не ел. Поэтому красноречие его было необыкновенно.

— Да! — кричал он. — Шахматы обогащают страну! Если вы согласитесь на мой проект, то спускаться из города на пристань вы будете по мраморным лестницам! Васюки станут центром десяти губерний! Что вы раньше слышали о городе Земмеринге? Ничего! А теперь этот городишко богат и знаменит только потому, что там был организован международный турнир. Поэтому я говорю: в Васюках надо устроить международный шахматный турнир.

— Как? — закричали все.

— Вполне реальная вещь, — ответил гроссмейстер, — мои личные связи и ваша самодеятельность — вот все необходимое и достаточное для организации международного васюкинского турнира. Подумайте над тем, как красиво будет звучать: «Международный васюкинский турнир 1927 года». Приезд Хозе-Рауля Капабланки, Эммануила Ласкера, Алехина, Нимцовича, Рети, Рубинштейна, Мароцци, Тарраша, Видмара и доктора Григорьева обеспечен. Кроме того, обеспечено и мое участие!

— Но деньги! — застонали васюкинцы. — Им же всем нужно деньги платить! Много тысяч денег! Где же их взять?

— Все учтено могучим ураганом, — сказал О. Бендер, — деньги дадут сборы.

— Кто же у нас будет платить такие бешеные деньги? Васюкинцы...

— Какие там васюкинцы! Васюкинцы денег платить не будут. Они будут их по-лу-чать! Это же все чрезвычайно просто. Ведь на турнир с участием таких величайших вельтмейстеров съедутся любители шахмат всего мира. Сотни тысяч людей, богато обеспеченных людей, будут стремиться в Васюки. Во-первых, речной транспорт такого количества пассажиров поднять не сможет. Следовательно, НКПС построит железнодорожную магистраль Москва — Васюки. Это — раз. Два — это гостиницы и небоскребы для размещения гостей. Три — поднятие сельского хозяйства в радиусе на тысячу километров: гостей нужно снабжать — овощи, фрукты, икра, шоколадные конфеты. Дворец, в котором будет происходить турнир, — четыре. Пять — постройка гаражей для гостевого автотранспорта. Для передачи всему миру сенсационных результатов турнира придется построить сверхмощную радиостанцию. Это — в-шестых. Теперь относительно железнодорожной магистрали Москва — Васюки. Несомненно, таковая не будет обладать такой пропускной способностью, чтобы перевезти в Васюки всех желающих. Отсюда вытекает аэропорт «Большие Васюки» — регулярное отправление почтовых самолетов и дирижаблей во все концы света, включая Лос-Анжелос и Мельбурн.

Ослепительные перспективы развернулись перед васюкинскими любителями. Пределы комнаты расширились. Гнилые стены коннозаводского гнезда рухнули, и вместо них в голубое небо ушел стеклянный тридцатитрехэтажный дворец шахматной мысли. В каждом его зале, в каждой комнате и даже в проносящихся пулей лифтах сидели вдумчивые люди и играли в шахматы на инкрустированных малахитом досках...

Мраморные лестницы ниспадали в синюю Волгу. На реке стояли океанские пароходы. По фуникулерам подымались в город мордатые иностранцы, шахматные леди, австралийские поклонники индийской защиты, индусы в белых тюрбанах, приверженцы испанской партии, немцы, французы, новозеландцы, жители бассейна реки Амазонки и завидующие васюкинцам — москвичи, ленинградцы, киевляне, сибиряки и одесситы.

Автомобили конвейером двигались среди мраморных отелей. Но вот — все остановилось. Из фешенебельной гостиницы «Проходная пешка» вышел чемпион мира Хозе-Рауль Капабланка-и-Граупера. Его окружали дамы. Милиционер, одетый в специальную шахматную форму (галифе в клетку и слоны на петлицах), вежливо откозырял. К чемпиону с достоинством подошел одноглазый председатель васюкинского «Клуба четырех коней».

Беседа двух светил, ведшаяся на английском языке, была прервана прилетом доктора Григорьева и будущего чемпиона мира Алехина.

Приветственные крики потрясли город. Хозе-Рауль Капабланка-и-Граупера поморщился. По мановению руки одноглазого к аэроплану была подана мраморная лестница. Доктор Григорьев сбежал по ней, приветственно размахивая новой шляпой и комментируя на ходу возможную ошибку Капабланки в предстоящем его матче с Алехиным.

Вдруг на горизонте была усмотрена черная точка. Она быстро приближалась и росла, превратившись в большой изумрудный парашют. Как большая редька, висел на парашютном кольце человек с чемоданчиком.

— Это он! — закричал одноглазый. — Ура! Ура! Ура! Я узнаю великого философа-шахматиста, доктора Ласкера. Только он один во всем мире носит такие зеленые носочки.

Хозе-Рауль Капабланка-и-Граупера снова поморщился.

Ласкеру проворно подставили мраморную лестницу, и бодрый экс-чемпион, сдувая с левого рукава пылинку, севшую на него во время полета над Силезией, упал в объятия одноглазого. Одноглазый взял Ласкера за талию, подвел его к чемпиону и сказал:

— Помиритесь! Прошу вас от имени широких васюкинских масс! Помиритесь!

Хозе-Рауль шумно вздохнул и, потрясая руку старого ветерана, сказал:

— Я всегда преклонялся перед вашей идеей перевода слона в испанской партии с *в*5 на *с*4.

— Ура! — воскликнул одноглазый.— Просто и убедительно, в стиле чемпиона!

И вся невообразимая толпа подхватила:

— Ура! Виват! Банзай! Просто и убедительно, в стиле чемпиона!!!

Экспрессы подкатывали к двенадцати васюкинским вокзалам, высаживая все новые и новые толпы шахматных любителей.

Уже небо запылало от светящихся реклам, когда по улицам города провели белую лошадь. Это была единственная лошадь, уцелевшая после механизации васюкинского транспорта. Особым постановлением она была переименована в коня, хотя и считалась всю жизнь кобылой. Почитатели шахмат приветствовали ее, размахивая пальмовыми ветвями и шахматными досками.

— Не беспокойтесь, — сказал Остап, — мой проект гарантирует вашему городу неслыханный расцвет производительных сил. Подумайте, что будет, когда турнир окончится и когда уедут все гости. Жители Москвы, стесненные жилищным кризисом, бросятся в ваш великолепный город. Столица автоматически переходит в Васюки. Сюда приезжает правительство. Васюки переименовываются в Нью-Москву, Москва — в Старые Васюки. Ленинградцы и харьковчане скрежещут зубами, но ничего не могут поделать. Нью-Москва становится элегантнейшим центром Европы, а скоро и всего мира.

— Всего мира!!! — застонали оглушенные васюкинцы.

— Да! А впоследствии и вселенной. Шахматная мысль, превратившая уездный город в столицу земного шара, превратится в прикладную науку и изобретет способы междупланетного сообщения. Из Васюков полетят сигналы на Марс, Юпитер и Нептун. Сообщение с Венерой сделается таким же легким, как переезд из Рыбинска в Ярославль. А там, как знать, может быть, лет через восемь в Васюках состоится первый в истории мироздания междупланетный шахматный конгресс!

Остап вытер свой благородный лоб. Ему хотелось есть до такой степени, что он охотно съел бы зажаренного шахматного коня.

— Да-а, — выдавил из себя одноглазый, обводя пыльное помещение сумасшедшим взором. — Но как же практически провести мероприятие в жизнь, подвести, так сказать, базу?

Присутствующие напряженно смотрели на гроссмейстера.

— Повторяю, что практически дело зависит только от вашей самодеятельности. Всю организацию, повторяю, я беру на себя. Материальных затрат никаких, если не считать расходов на телеграммы.

Одноглазый подталкивал своих соратников.

— Ну! — спрашивал он. — Что вы скажете?

— Устроим! Устроим! — гомонили васюкинцы.

— Сколько же нужно денег на... это... телеграммы?

— Смешная цифра, — сказал Остап, — сто рублей.

— У нас в кассе только двадцать один рубль шестнадцать копеек. Этого, конечно, мы понимаем, далеко не достаточно...

Но гроссмейстер оказался покладистым организатором.

— Ладно, — сказал он, — давайте ваши двадцать рублей.

— А хватит? — спросил одноглазый.

— На первичные телеграммы хватит. А потом начнутся пожертвования, и денег некуда будет девать.

Упрятав деньги в зеленый походный пиджак, гроссмейстер напомнил собравшимся о своей лекции и сеансе одновременной игры на 160 досках, любезно распрощался до вечера и отправился в клуб «Картонажник» на свидание с Ипполитом Матвеевичем.

— Я голодаю, — сказал Воробьянинов трескучим голосом.

Он уже сидел за кассовым окошечком, но не собрал еще ни одной копейки и не мог купить даже фунта хлеба. Перед ним лежала проволочная зеленая корзиночка, предназначенная для сбора. В такие корзиночки в домах средней руки кладут ножи и вилки.

— Слушайте, Воробьянинов, — закричал Остап, — прекратите часа на полтора кассовые операции! Идем обедать в нарпит. По дороге обрисую ситуацию. Кстати, вам нужно побриться и почиститься. У вас просто босяцкий вид. У гроссмейстера не может быть таких подозрительных знакомых.

— Ни одного билета не продал, — сообщил Ипполит Матвеевич.

— Не беда. К вечеру набегут. Город мне уже пожертвовал двадцать рублей на организацию международного шахматного турнира.

— Так зачем же нам сеанс одновременной игры? — зашептал администратор. — Ведь побить могут. А с двадцатью рублями мы сейчас же сможем сесть на пароход — как раз «Карл Либкнехт» сверху пришел, — спокойно ехать в Сталинград и ждать там приезда театра. Авось там удастся вскрыть стулья. Тогда мы — богачи, и все принадлежит нам.

— На голодный желудок нельзя говорить такие глупые вещи. Это отрицательно влияет на мозг. За двадцать рублей мы, может быть, до Сталинграда и доедем... А питаться на какие деньги? Витамины, дорогой товарищ предводитель, даром никому не даются. Зато с экспансивных васюкинцев можно будет сорвать за лекцию и сеанс рублей тридцать.

— Побьют! — горько сказал Воробьянинов.

— Конечно, риск есть. Могут баки набить. Впрочем, у меня есть одна мыслишка, которая вас-то обезопасит во всяком случае. Но об этом после. Пока что идем вкусить от местных блюд.

К шести часам вечера сытый, выбритый и пахнущий одеколоном гроссмейстер вошел в кассу клуба «Картонажник».

Сытый и выбритый Воробьянинов бойко торговал билетами.

— Ну как? — тихо спросил гроссмейстер.

— Входных — тридцать и для игры — двадцать, — ответил администратор.

— Шестнадцать рублей. Слабо, слабо!

— Что вы, Бендер, смотрите, какая очередь стоит! Неминуемо побьют.

— Об этом не думайте. Когда будут бить, будете плакать, а пока что не задерживайтесь! Учитесь торговать!

Через час в кассе было тридцать пять рублей. Публика волновалась в зале.

— Закрывайте окошечко! Давайте деньги! — сказал Остап. — Теперь вот что. Нате вам пять рублей, идите на пристань, наймите лодку часа на два и ждите меня на берегу, пониже амбара. Мы с вами совершим вечернюю прогулку. Обо мне не беспокойтесь. Я сегодня в форме.

Гроссмейстер вошел в зал. Он чувствовал себя бодрым и твердо знал, что первый ход $e2—e4$ не грозит ему никакими осложнениями. Остальные ходы, правда, рисовались в совершенном уже тумане, но это нисколько не смущало великого комбинатора. У него был приготовлен совершенно неожиданный выход для спасения даже самой безнадежной партии.

Гроссмейстера встретили рукоплесканиями. Небольшой клубный зал был увешан разноцветными флажками.

Неделю тому назад состоялся вечер «Общества спасания на водах», о чем свидетельствовал также лозунг на стене:

*ДЕЛО ПОМОЩИ УТОПАЮЩИМ —
ДЕЛО РУК САМИХ УТОПАЮЩИХ*

Остап поклонился, протянул вперед руки, как бы отвергая не заслуженные им аплодисменты, и взошел на эстраду.

— Товарищи! — сказал он прекрасным голосом. — Товарищи и братья по шахматам, предметом моей сегодняшней лекции служит то, о чем я читал, и, должен признаться, не без успеха, в Нижнем Новгороде неделю тому назад. Предмет моей лекции — плодотворная дебютная идея. Что такое, товарищи, дебют и что такое, товарищи, идея? Дебют, товарищи, — это «Quasi una fantasia». А что такое, товарищи, значит идея? Идея, товарищи, — это человеческая мысль, облеченная в логическую шахматную форму. Даже с ничтожными силами можно овладеть всей доской. Все зависит от каждого индивидуума в отдельности. Например, вон тот блондинчик в третьем ряду. Положим, он играет хорошо...

Блондин в третьем ряду зарделся.

— А вон тот брюнет, допустим, хуже.

Все повернулись и осмотрели также брюнета.

— Что же мы видим, товарищи? Мы видим, что блондин играет хорошо, а брюнет играет плохо. И никакие лекции не изменят этого соотношения сил, если каждый индивидуум в отдельности не будет постоянно тренироваться в шашк... то есть я хотел сказать — в шахматах... А теперь, товарищи, я расскажу вам несколько поучительных историй из практики наших уважаемых гипермодернистов Капабланки, Ласкера и доктора Григорьева.

Остап рассказал аудитории несколько ветхозаветных анекдотов, почерпнутых еще в детстве из «Синего журнала», и этим закончил интермедию.

Краткостью лекции все были слегка удивлены. И одноглазый не сводил своего единственного ока с гроссмейстеровой обуви.

Однако начавшийся сеанс одновременной игры задержал растущее подозрение одноглазого шахматиста. Вместе со всеми он расставлял столы покоем. Всего против гроссмейстера сели играть тридцать любителей. Многие из них были совершенно растеряны и поминутно глядели в шахматные учебники, освежая в памяти сложные варианты, при помощи которых надеялись сдаться гроссмейстеру хотя бы после двадцать второго хода.

Остап скользнул взглядом по шеренгам «черных», которые окружали его со всех сторон, по закрытой двери и неустрашимо принялся за работу. Он подошел к одноглазому, сидевшему за первой доской, и передвинул королевскую пешку с клетки *e*2 на клетку *e*4.

Одноглазый сейчас же схватил свои уши руками и стал напряженно думать. По рядам любителей прошелестело:

— Гроссмейстер сыграл *e*2—*e*4.

Остап не баловал своих противников разнообразием дебютов. На остальных двадцати девяти досках он проделал ту же операцию: перетащил королевскую пешку с *e*2 на *e*4. Один за другим любители хватались за волосы и погружались в лихорадочные рассуждения. Неиграющие переводили взоры за гроссмейстером. Единственный в городе фотолюбитель уже взгромоздился было на стул и собирался поджечь магний, но Остап сердито замахал руками и, прервав свое течение вдоль досок, громко закричал:

— Уберите фотографа! Он мешает моей шахматной мысли!

«С какой стати оставлять свою фотографию в этом жалком городишке. Я не люблю иметь дело с милицией», — решил он про себя.

Негодующее шиканье любителей заставило фотографа отказаться от своей попытки. Возмущение было так велико, что фотографа даже выперли из помещения.

На третьем ходу выяснилось, что гроссмейстер играет восемнадцать испанских партий. В остальных двенадцати черные применили хотя и устаревшую, но довольно верную защиту Филидора. Если б Остап узнал, что он играет такие мудреные партии и сталкивается с такой испытанной защитой, он крайне бы удивился. Дело в том, что великий комбинатор играл в шахматы второй раз в жизни.

Сперва любители, и первый среди них — одноглазый, пришли в ужас. Коварство гроссмейстера было несомненно.

С необычайной легкостью и, безусловно, ехидничая в душе над отсталыми любителями города Васюки, гроссмейстер жертвовал пешки, тяжелые и легкие фигуры направо и налево. Обхаянному на лекции брюнету он пожертвовал даже ферзя. Брюнет пришел в ужас и хотел было немедленно сдаться, но только страшным усилием воли заставил себя продолжать игру.

Гром среди ясного неба раздался через пять минут.

— Мат! — пролепетал насмерть перепуганный брюнет. — Вам мат, товарищ гроссмейстер.

Остап проанализировал положение, позорно назвал «ферзя» «королевой» и высокопарно поздравил брюнета с выигрышем. Гул пробежал по рядам любителей.

«Пора удирать», — подумал Остап, спокойно расхаживая среди столов и небрежно переставляя фигуры.

— Вы неправильно коня поставили, товарищ гроссмейстер, — залебезил одноглазый. — Конь так не ходит.

— Пардон, пардон, извиняюсь, — ответил гроссмейстер, — после лекции я несколько устал.

В течение ближайших десяти минут гроссмейстер проиграл еще десять партий.

Удивленные крики раздавались в помещении клуба «Картонажник». Назревал конфликт. Остап проиграл подряд пятнадцать партий, а вскоре еще три. Оставался один одноглазый. В начале партии он от страха наделал множество ошибок и теперь с трудом вёл игру к победному концу. Остап, незаметно для окружающих, украл с доски чёрную ладью и спрятал её в карман.

Толпа тесно сомкнулась вокруг играющих.

— Только что на этом месте стояла моя ладья! — закричал одноглазый, осмотревшись, — а теперь её уже нет!

— Нет, значит, и не было! — грубовато ответил Остап.

— Как же не было? Я ясно помню!
— Конечно, не было!
— Куда же она девалась? Вы её выиграли?
— Выиграл.
— Когда? На каком ходу?
— Что вы мне морочите голову с вашей ладьёй? Если сдаётесь, то так и говорите!
— Позвольте, товарищи, у меня все ходы записаны!
— Контора пишет, — сказал Остап.
— Это возмутительно! — заорал одноглазый. — Отдайте мою ладью.
— Сдавайтесь, сдавайтесь, что это за кошки-мышки такие!
— Отдайте ладью!

С этими словами гроссмейстер, поняв, что промедление смерти подобно, зачерпнул в горсть несколько фигур и швырнул их в голову одноглазого противника.

— Товарищи! — заверещал одноглазый. — Смотрите все! Любителя бьют!

Шахматисты города Васюки опешили.

Не теряя драгоценного времени, Остап швырнул шахматной доской в лампу и, ударяя в наступившей темноте по чьим-то челюстям и лбам, выбежал на улицу. Васюкинские любители, падая друг на друга, ринулись за ним.

Был лунный вечер. Остап несся по серебряной улице легко, как ангел, отталкиваясь от грешной земли. Ввиду несостоявшегося превращения Васюков в центр мироздания, бежать пришлось не среди дворцов, а среди бревенчатых домиков с наружными ставнями.

Сзади неслись шахматные любители.

— Держите гроссмейстера! — ревел одноглазый.

— Жулье! — поддерживали остальные.

— Пижоны! — огрызался гроссмейстер, увеличивая скорость.

— Караул! — кричали изобиженные шахматисты.

Остап запрыгал по лестнице, ведущей на пристань. Ему предстояло пробежать четыреста ступенек. На шестой площадке его уже поджидали два любителя, пробравшиеся сюда окольной тропинкой прямо по склону. Остап оглянулся. Сверху катилась собачьей стаей тесная группа разъяренных поклонников защиты Филидора. Отступления не было. Поэтому Остап побежал вперед.

— Вот я вас сейчас, сволочей! — гаркнул он храбрецам-разведчикам, бросаясь с пятой площадки.

Испуганные пластуны ухнули, перевалились за перила и покатились куда-то в темноту бугров и склонов. Путь был свободен.

— Держите гроссмейстера! — катилось сверху.

Преследователи бежали, стуча по деревянной лестнице, как падающие кегельные шары.

Выбежав на берег, Остап уклонился вправо, ища глазами лодку с верным ему администратором.

Ипполит Матвеевич идиллически сидел в лодочке. Остап бухнулся на скамейку и яростно стал выгребать от берега. Через минуту в лодку полетели камни. Одним из них был подбит Ипполит Матвеевич. Немного повыше вулканического прыща у него вырос темный желвак. Ипполит Матвеевич упрятал голову в плечи и захныкал.

— Вот еще шляпа! Мне чуть голову не оторвали, и я ничего: бодр и весел. А если принять во внимание еще пятьдесят рублей чистой прибыли, то за одну гулю на вашей голове — гонорар довольно приличный.

Между тем преследователи, которые только сейчас поняли, что план превращения Васюков в Нью-Москву рухнул и что гроссмейстер увозит из города пятьдесят кровных васюкинских рублей, погрузились в большую лодку и с криками выгребали на середину реки. В лодку набилось человек тридцать. Всем хотелось принять личное участие в расправе с гроссмейстером. Экспедицией командовал одноглазый. Единственное его око сверкало в ночи, как маяк.

— Держи гроссмейстера! — вопили в перегруженной барке.

— Ходу, Киса! — сказал Остап.— Если они нас догонят, не смогу поручиться за целость вашего пенсне.

Обе лодки шли вниз по течению. Расстояние между ними все уменьшалось. Остап выбивался из сил.

— Не уйдете, сволочи! — кричали из барки.

Остап не отвечал: было некогда. Весла вырывались из воды. Вода потоками вылетала из-под беснующихся весел и попадала в лодку.

— Валяй,— шептал Остап самому себе.

Ипполит Матвеевич маялся. Барка торжествовала. Высокий ее корпус уже обходил лодочку концессионеров с левой руки, чтобы прижать гроссмейстера к берегу. Концессионеров ждала плачевная участь. Радость на барке была так велика, что все шахматисты перешли на правый борт, чтобы, поравнявшись с лодочкой, превосходными силами обрушиться на злодея-гроссмейстера.

— Берегите пенсне, Киса! — в отчаянии крикнул Остап, бросая весла.— Сейчас начнется!

— Господа! — воскликнул вдруг Ипполит Матвеевич петушиным голосом. — Неужели вы будете нас бить?

— Еще как! — загремели васюкинские любители, собираясь прыгать в лодку.

Но в это время произошло крайне обидное для честных шахматистов всего мира происшествие. Барка неожиданно накренилась и правым бортом зачерпнула воду.

— Осторожней! — пискнул одноглазый капитан.

Но было уже поздно. Слишком много любителей скопилось на правом борту васюкинского дредноута. Переменив центр тяжести, барка не стала колебаться и в полном соответствии с законами физики перевернулась.

Общий вопль нарушил спокойствие реки.

— Уау! — протяжно стонали шахматисты.

Целых тридцать любителей очутились в воде. Они быстро выплывали на поверхность и один за другим цеплялись за перевернутую барку. Последним причалил одноглазый.

— Пижоны! — в восторге кричал Остап. — Что же вы не бьете вашего гроссмейстера? Вы, если не ошибаюсь, хотели меня бить?

Остап описал вокруг потерпевших крушение круг.

— Вы же понимаете, васюкинские индивидуумы, что я мог бы вас поодиночке утопить, но я дарую вам жизнь. Живите, граждане! Только, ради создателя, не играйте в шахматы! Вы же просто не умеете играть! Эх вы, пижоны, пижоны... Едем, Ипполит Матвеевич, дальше. Прощайте, одноглазые любители! Боюсь, что Васюки центром мироздания не станут. Я не думаю, чтобы мастера шахмат приехали к таким дуракам, как вы, даже если бы я их об этом просил. Прощайте, любители сильных шахматных ощущений! Да здравствует «Клуб четырех коней»!

Глава XXXV

И ДР.

Утро застало концессионеров на виду Чебоксар. Остап дремал у руля. Ипполит Матвеевич сонно водил веслами по воде. От холодной ночи обоих подирала дрожь. На востоке распускались розовые бутоны. Пенсне Ипполита Матвеевича все светлело. Овальные стекла его заиграли. В них попеременно отразились оба берега. Семафор с левого берега изогнулся в двояковогнутом стекле. Синие купола Чебоксар плыли словно корабли. Сад на востоке разрастался. Бутоны превратились в вулканы и принялись извергать лаву наилучших кондитерских красок. Птички на левом берегу учинили большой и громкий скандал. Золотая дужка пенсне вспыхнула и ослепила гроссмейстера. Взошло солнце.

Остап раскрыл глаза и вытянулся, накреня лодку и треща костями.

— С добрым утром, Киса, — сказал он, давясь зевотой. — Я пришел к тебе с приветом, рассказать, что солнце встало, что оно горячим светом по чему-то там затрепетало...

— Пристань, — доложил Ипполит Матвеевич.

Остап вытащил путеводитель и справился.

— Судя по всему — Чебоксары. Так, так...

Обращаем внимание на очень красиво расположенный г. Чебоксары.

— Киса, он в самом деле красиво расположен?..

В настоящее время в Чебоксарах 7702 жителя.

— Киса! Давайте бросим погоню за брильянтами и увеличим население Чебоксар до семи тысяч семисот четырех человек. А? Это будет очень эффектно... Откроем «Пти-шво» и с этого «Пти-шво» будем иметь верный гран-кусок хлеба... Ну-с, дальше.

> Основанный в 1555 году город сохранил несколько весьма интересных церквей. Помимо административных учреждений Чувашской республики здесь имеются: рабочий факультет, партийная школа, педагогический техникум, две школы второй ступени, музеи, научное общество и библиотека. На чебоксарской пристани и на базаре можно видеть чувашей и черемис, выделяющихся своим внешним видом...

Но еще прежде, чем друзья приблизились к пристани, где можно было видеть чувашей и черемис, их внимание было привлечено предметом, плывшим по течению впереди лодки.

— Стул! — закричал Остап.— Администратор! Наш стул плывет.

Компаньоны подплыли к стулу. Он покачивался, вращался, погружался в воду, снова выплывал, удаляясь от лодки концессионеров. Вода свободно вливалась в его распоротое брюхо.

Это был стул, вскрытый на «Скрябине» и теперь медленно направляющийся в Каспийское море.

— Здорово, приятель! — крикнул Остап. — Давненько не виделись! Знаете, Воробьянинов, этот стул напоминает мне нашу жизнь. Мы тоже плывем по течению. Нас топят, мы выплываем, хотя, кажется, никого этим не радуем. Нас никто не любит, если не считать Уголовного розыска, который, впрочем, тоже нас не любит. Никому до нас нет дела. Если бы вчера шахматным любителям удалось нас утопить, от нас остался бы только один протокол осмотра трупов: «Оба тела лежат ногами к юго-востоку, а головами к северу-западу. На теле рваные раны, нанесенные, по-видимому, каким-то тупым орудием». Любители били бы нас, очевидно, шахматными досками. Орудие, что и говорить, туповатое... «Труп первый принадлежит мужчине лет пятидесяти пяти, одет в рваный люстриновый пиджак, старые брюки и старые сапоги. В кармане пиджака удостоверение на имя Конрада Карловича гр. Михельсона...» Вот, Киса, что о вас написали бы.

— А о вас бы что написали? — сердито спросил Воробьянинов.

— О! Обо мне написали бы совсем другое. Обо мне написали бы так: «Труп второй принадлежит мужчине двадцати семи лет. Он любил и страдал. Он любил деньги и страдал от их недостатка. Голова его с высоким лбом, обрамленным иссиня-черными кудрями, обращена к солнцу. Его изящные ноги, сорок второй номер ботинок, направлены к северному сиянию. Тело облачено в незапятнанные белые одежды, на груди золотая арфа с инкрустацией из перламутра и ноты романса: „Прощай ты, Новая деревня". Покойный юноша занимался выжиганием по дереву, что видно из обнаруженного в кармане фрака удостоверения, выданного 23/VIII-24 г. кустарной артелью „Пегас и Парнас" за № 86/1562». И меня похоронят, Киса, пышно, с оркестром, с речами, и на памятнике моем будет высечено: «Здесь лежит известный теплотехник и истребитель Остап-Сулейман-Берта-Мария Бендербей, отец которого был турецкоподданным и умер, не оставив сыну своему Остапу-Сулейману ни малейшего наследства. Мать покойного была графиней и жила нетрудовыми доходами».

Разговаривая подобным образом, концессионеры приткнулись к чебоксарскому берегу.

Вечером, увеличив капитал на пять рублей продажей васюкинской лодки, друзья погрузились на теплоход «Урицкий» и поплыли в Сталинград, рассчитывая обогнать по дороге медлительный тиражный пароход и встретиться с труппой колумбовцев в Сталинграде.

«Скрябин» пришел в Сталинград в начале июля. Друзья встретили его, прячась за ящиками на пристани. Перед разгрузкой на пароходе состоялся тираж. Разыграли крупные выигрыши.

Стульев пришлось ждать часа четыре. Сначала с парохода повалили колумбовцы и тиражные служащие. Среди них выделялось сияющее лицо Персицкого.

Сидя в засаде, концессионеры слышали его крики:

— Да! Моментально еду в Москву! Телеграмму уже послал! И знаете какую? «Ликую с вами». Пусть догадываются!

Потом Персицкий сел в прокатный автомобиль, предварительно осмотрев его со всех сторон и пощупав радиатор, и уехал, провожаемый почему-то криками «ура!».

После того как с парохода был выгружен гидравлический пресс, стали выносить колумбовское вещественное оформление. Стулья вынесли, когда уже стемнело. Колумбовцы погрузились в пять пароконных фургонов и, весело крича, покатили прямо на вокзал.

— Кажется, в Сталинграде они играть не будут, — сказал Ипполит Матвеевич.

Это озадачило Остапа.

— Придется ехать, — решил он, — а на какие деньги ехать? Впрочем, идем на вокзал, а там видно будет.

На вокзале выяснилось, что театр едет в Пятигорск через Тихорецкую — Минеральные Воды. Денег у концессионеров хватило только на один билет.

— Вы умеете ездить зайцем? — спросил Остап Воробьянинова.

— Я попробую, — робко сказал Ипполит Матвеевич.

— Черт с вами! Лучше уж не пробуйте! Прощаю вам еще раз. Так и быть, зайцем поеду я.

Для Ипполита Матвеевича был куплен билет в бесплацкартном жестком вагоне, в котором бывший предводитель и прибыл на уставленную олеандрами в зеленых кадках станцию «Минеральные Воды» Северо-Кавказских железных дорог и, стараясь не попадаться на глаза выгружавшимся из поезда колумбовцам, стал искать Остапа.

Давно уже театр уехал в Пятигорск, разместясь в новеньких дачных вагончиках, а Остапа все не было. Он приехал только вечером и нашел Воробьянинова в полном расстройстве.

— Где вы были? — простонал предводитель. — Я так измучился!

— Это вы-то измучились, разъезжая с билетом в кармане? А я, значит, не измучился? Это не меня, следовательно, согнали с буферов вашего поезда в Тихорецкой? Это, значит, не я сидел там три часа, как дурак, ожидая товарного поезда с пустыми нарзанными бутылками? Вы — свинья, гражданин предводитель! Где театр?

— В Пятигорске.

— Едем! Я кое-что накропал по дороге. Чистый доход выражается в трех рублях. Это, конечно, немного, но на первое обзаведение нарзаном и железнодорожными билетами хватит.

Дачный поезд, бренча, как телега, в пятьдесят минут дотащил путешественников до Пятигорска. Мимо Змейки и Бештау концессионеры прибыли к подножию Машука.

Глава XXXVI
ВИД НА МАЛАХИТОВУЮ ЛУЖУ

Был воскресный вечер. Все было чисто и умыто. Даже Машук, поросший кустами и рощицами, казалось, был тщательно расчесан и струил запах горного вежеталя.

Белые штаны самого разнообразного свойства мелькали по игрушечному перрону: штаны из рогожки, чертовой кожи, коломянки, парусины и нежной фланели. Здесь ходили в сандалиях и рубашечках апаш. Концессионеры, в тяжелых, грязных сапожищах, тяжелых пыльных брюках, горячих жилетах и раскаленных пиджаках, чувствовали себя чужими. Среди всеобщего многообразия веселеньких ситчиков, которыми щеголяли курортные девицы, самым светлейшим и самым элегантным был костюм начальницы станции.

На удивление всем приезжим, начальником станции была женщина. Рыжие кудри вырывались из-под красной фуражки с двумя серебряными галунами на околыше. Она носила белый форменный китель и белую юбку.

Налюбовавшись начальницей, прочитав свеженаклеенную афишу о гастролях в Пятигорске театра Колумба и выпив два пятикопеечных стакана нарзана, путешественники проникли в город на трамвае линии «Вокзал — „Цветник"». За вход в «Цветник» взяли десять копеек.

В «Цветнике» было много музыки, много веселых людей и очень мало цветов. Симфонический оркестр исполнял в белой раковине «Пляску комаров». В Лермонтовской галерее продавали нарзан. Нарзаном торговали в киосках и вразнос.

Никому не было дела до двух грязных искателей брильянтов.

— Эх, Киса,— сказал Остап,— мы чужие на этом празднике жизни.

Первую ночь на курорте концессионеры провели у нарзанного источника.

Только здесь, в Пятигорске, когда театр Колумба ставил третий раз перед изумленными горожанами свою «Женитьбу», компаньоны поняли всю трудность погони за сокровищами. Проникнуть в театр, как они предполагали раньше, было невозможно. За кулисами ночевали Галкин, Палкин, Малкин, Чалкин и Залкинд, марочная диета которых не позволяла им жить в гостинице.

Так проходили дни, и друзья выбивались из сил, ночуя у места дуэли Лермонтова и прокармливаясь переноской багажа туристов-середнячков.

На шестой день Остапу удалось свести знакомство с монтером Мечниковым, заведующим гидропрессом. К этому времени Мечников, из-за отсутствия денег каждодневно опохмелявшийся нарзаном из источника, пришел в ужасное состояние и, по наблюдению Остапа, продавал на рынке кое-какие предметы из театрального реквизита. Окончательная договоренность была достигнута на утреннем возлиянии у источника. Монтер Мечников называл Остапа дусей и соглашался.

— Можно, — говорил он, — это всегда можно, дуся. С нашим удовольствием, дуся.

Остап сразу же понял, что монтер великий дока.

Договаривающиеся стороны заглядывали друг другу в глаза, обнимались, хлопали по спинам и вежливо смеялись.

— Ну, — сказал Остап, — за все дело десятку!

— Дуся! — удивился монтер. — Вы меня озлобляете. Я человек, измученный нарзаном.

— Сколько же вы хотите?

— Положите полста. Ведь имущество-то казенное. Я человек измученный.

— Хорошо. Берите двадцать! Согласны? Ну, по глазам вижу, что согласны.

— Согласие есть продукт при полном непротивлении сторон.

— Хорошо излагает, собака, — шепнул Остап на ухо Ипполиту Матвеевичу, — учитесь.

— Когда же вы стулья принесете?

— Стулья против денег.

— Это можно, — сказал Остап, не думая.

— Деньги вперед,— заявил монтер,— утром — деньги, вечером — стулья или вечером — деньги, а на другой день утром — стулья.

— А может быть, сегодня — стулья, а завтра — деньги? — пытал Остап.

— Я же, дуся, человек измученный. Такие условия душа не принимает.

— Но ведь я,— сказал Остап,— только завтра получу деньги по телеграфу.

— Тогда и разговаривать будем,— заключил упрямый монтер,— а пока, дуся, счастливо оставаться у источника, а я пошел: у меня с прессом работы много. Симбиевич за глотку берет. Сил не хватает. А одним нарзаном разве проживешь?

И Мечников, великолепно освещенный солнцем, удалился.

Остап строго посмотрел на Ипполита Матвеевича.

— Время,— сказал он,— которое мы имеем,— это деньги, которых мы не имеем. Киса, мы должны делать карьеру. Сто пятьдесят тысяч рублей и ноль ноль копеек лежат перед нами. Нужно только двадцать рублей, чтобы сокровище стало нашим. Тут не надо брезговать никакими средствами. Пан или пропал. Выбираю пана, хотя он и явный поляк.

Остап задумчиво обошел кругом Воробьянинова.

— Снимите пиджак, предводитель, поживее,— сказал он неожиданно.

Остап принял из рук удивленного Ипполита Матвеевича пиджак, бросил его наземь и принялся топтать пыльными штиблетами.

— Что вы делаете? — завопил Воробьянинов. — Этот пиджак я ношу уже пятнадцать лет, и он все как новый!

— Не волнуйтесь! Он скоро не будет как новый! Дайте шляпу! Теперь посыпьте брюки пылью и оросите их нарзаном. Живо!

Ипполит Матвеевич через несколько минут стал грязным до отвращения.

— Теперь вы дозрели и приобрели полную возможность зарабатывать деньги честным трудом.

— Что же я должен делать? — слезливо спросил Воробьянинов.

— Французский язык знаете, надеюсь?

— Очень плохо. В пределах гимназического курса.

— Гм... Придется орудовать в этих пределах. Сможете ли вы сказать по-французски следующую фразу: «Господа, я не ел шесть дней»?

— Мосье, — начал Ипполит Матвеевич, запинаясь, — мосье, гм, гм... же не, что ли, же не манж па... шесть, как оно: ен, де, труа, катр, сенк... сис... сис... жур. Значит, же не манж па сис жур.

— Ну и произношение у вас, Киса! Впрочем, что от нищего требовать! Конечно, нищий в Европейской России говорит по-французски хуже, чем Мильеран. Ну, Кисуля, а в каких пределах вы знаете немецкий язык?

— Зачем мне это все? — воскликнул Ипполит Матвеевич.

— Затем, — сказал Остап веско, — что вы сейчас пойдете к «Цветнику», станете в тени и будете на французском, немецком и русском языках просить подаяние, упирая на то, что вы бывший член Государственной думы от кадетской фракции. Весь чистый сбор поступит монтеру Мечникову. Поняли?

Ипполит Матвеевич преобразился. Грудь его выгнулась, как Дворцовый мост в Ленинграде, глаза метнули огонь, и из ноздрей, как показалось Остапу, повалил густой дым. Усы медленно стали приподниматься.

— Ай-яй-яй, — сказал великий комбинатор, ничуть не испугавшись, — посмотрите на него. Не человек, а какой-то конек-горбунок!

— Никогда, — принялся вдруг чревовещать Ипполит Матвеевич, — никогда Воробьянинов не протягивал руки.

— Так протянете ноги, старый дуралей! — закричал Остап. — Вы не протягивали руки?

— Не протягивал.

— Как вам понравится этот альфонсизм? Три месяца живет на мой счет. Три месяца я кормлю его, пою и воспитываю, и этот альфонс становится теперь в третью позицию и заявляет, что он... Ну! Довольно, товарищ! Одно из двух: или вы сейчас же отправитесь к «Цветнику» и приносите к вечеру десять рублей, или я вас автоматически исключаю из числа пайщиков-концессионеров. Считаю до пяти. Да или нет? Раз...

— Да, — пробормотал предводитель.

— В таком случае повторите заклинание.

— Мосье, же не манж па сис жур. Гебен зи мир битте этвас копек ауф дем штюк брод. Подайте что-нибудь бывшему депутату Государственной думы.

— Еще раз. Жалостнее!

Ипполит Матвеевич повторил.

— Ну, хорошо. У вас талант к нищенству заложен с детства. Идите. Свидание у источника в полночь. Это, имейте в виду, не для романтики, а просто — вечером больше подают.

— А вы, — спросил Ипполит Матвеевич, — куда пойдете?

— Обо мне не беспокойтесь. Я действую, как всегда, в самом трудном месте.

Друзья разошлись.

Остап сбегал в писчебумажную лавчонку, купил там на последний гривенник квитанционную книжку и около часу сидел на каменной тумбе, перенумеровывая квитанции и расписываясь на каждой из них.

— Прежде всего система, — бормотал он, — каждая общественная копейка должна быть учтена.

Великий комбинатор двинулся стрелковым шагом по горной дороге, ведущей вокруг Машука к месту дуэли Лермонтова с Мартыновым, мимо санаториев и домов отдыха.

Обгоняемый автобусами и пароконными экипажами, Остап вышел к Провалу.

Небольшая, высеченная в скале галерея вела в конусообразный провал. Галерея кончалась балкончиком, стоя на котором можно было увидеть на дне Провала лужицу малахитовой зловонной жидкости. Этот Провал считается достопримечательностью Пятигорска, и поэтому за день его посещает немалое число экскурсий и туристов-одиночек.

Остап сразу же выяснил, что Провал для человека, лишенного предрассудков, может явиться доходной статьей.

«Удивительное дело, — размышлял Остап, — как город не догадался до сих пор брать гривенники за вход в Провал. Это, кажется, единственное место, куда пятигорцы пускают туристов без денег. Я уничтожу это позорное пятно на репутации города, я исправлю досадное упущение».

И Остап поступил так, как подсказывали ему разум, здоровый инстинкт и создавшаяся ситуация.

Он остановился у входа в Провал и, трепля в руках квитанционную книжку, время от времени вскрикивал:

— Приобретайте билеты, граждане! Десять копеек! Дети и красноармейцы бесплатно! Студентам — пять копеек! Не членам профсоюза — тридцать копеек!

Остап бил наверняка. Пятигорцы в Провал не ходили, а с советского туриста содрать десять копеек за вход «куда-то» не представляло ни малейшего труда. Часам к пяти набралось уже рублей шесть.

Помогли не члены союза, которых в Пятигорске было множество. Все доверчиво отдавали свои гривенники, и один румяный турист, завидя Остапа, сказал жене торжествующе:

— Видишь, Танюша, что я тебе вчера говорил? А ты говорила, что за вход в Провал платить не нужно. Не может быть. Правда, товарищ?

— Совершеннейшая правда,— подтвердил Остап,— этого быть не может, чтобы не брать за вход. Членам профсоюза — десять копеек и не членам профсоюза — тридцать копеек.

Перед вечером к Провалу подъехала на двух линейках экскурсия харьковских милиционеров. Остап испугался и хотел было притвориться невинным туристом, но милиционеры так робко столпились вокруг великого комбинатора, что пути к отступлению не было. Поэтому Остап закричал довольно твердым голосом:

— Членам профсоюза — десять копеек, но так как представители милиции могут быть приравнены к студентам и детям, то с них по пять копеек.

Милиционеры заплатили, деликатно осведомившись, с какой целью взимаются пятаки.

— С целью капитального ремонта Провала,— дерзко ответил Остап,— чтоб не слишком провалился.

В то время как великий комбинатор ловко торговал видом на малахитовую лужу, Ипполит Матвеевич, сгорбясь и погрязая в стыде, стоял под акацией и, не глядя на гуляющих, жевал три врученных ему фразы:

— Мсье, же не манж па... Гебен зи мир битте... Подайте что-нибудь депутату Государственной думы...

Подавали не то чтобы мало, но как-то невесело. Однако, играя на чистом парижском произношении слова «манж» и волнуя души бедственным положением бывшего члена Госдумы, удалось нахватать медяков рубля на три.

Под ногами гуляющих трещал гравий. Оркестр с небольшими перерывами исполнял Штрауса, Брамса и Грига. Светлая толпа, лепеча, катилась мимо старого предводителя и возвращалась вспять. Тень Лермонтова незримо витала над гражданами, вкушавшими мацони на веранде буфета. Пахло одеколоном и нарзанными газами.

— Подайте бывшему члену Государственной думы, — бормотал предводитель.

— Скажите, вы в самом деле были членом Государственной думы? — раздалось над ухом Ипполита Матвеевича. — И вы действительно ходили на заседания? Ах! Ах! Высокий класс!

Ипполит Матвеевич поднял лицо и обмер. Перед ним прыгал, как воробышек, толстенький Авессалом Владимирович Изнуренков. Он сменил коричневый лодзинский костюм на белый пиджак и серые панталоны с игривой искоркой. Он был необычайно оживлен и иной раз подскакивал вершков на пять от земли. Ипполита Матвеевича Изнуренков не узнал и продолжал засыпать его вопросами:

— Скажите, вы в самом деле видели Родзянко? Пуришкевич в самом деле был лысый? Ах! Ах! Какая тема! Высокий класс!

Продолжая вертеться, Изнуренков сунул растерявшемуся предводителю три рубля и убежал. Но долго еще в «Цветнике» мелькали его толстенькие ляжки и чуть не с деревьев сыпалось:

— Ах! Ах! «Не пой, красавица, при мне ты песни Грузии печальной!» Ах! Ах! «Напоминают мне оне иную жизнь и берег дальний!..» Ах! Ах! «А поутру она вновь улыбалась!» Высокий класс!..

Ипполит Матвеевич продолжал стоять, обратив глаза к земле. И напрасно так стоял он. Он не видел многого.

В чудном мраке пятигорской ночи по аллеям парка гуляла Эллочка Щукина, волоча за собой покорного, примирившегося с нею Эрнеста Павловича. Поездка на Кислые воды была последним аккордом в тяжелой борьбе с дочкой Вандербильда. Гордая американка недавно с развлекательной целью выехала в собственной яхте на Сандвичевы острова.

— Хо-хо! — раздавалось в ночной тиши. — Знаменито, Эрнестуля! Кр-р-расота!

В буфете, освещенном лампами, сидел голубой воришка Альхен со своей супругой Сашхен. Щеки ее по-прежнему были украшены николаевскими полубакенбардами. Альхен застенчиво ел шашлык по-карски, запивая его кахетинским № 2, а Сашхен, поглаживая бакенбарды, ждала заказанной осетрины.

После ликвидации второго дома собеса (было продано все, включая даже туальденоровый колпак повара и лозунг: «Тщательно пережевывая пищу, ты помогаешь обществу») Альхен решил отдохнуть и поразвлечься. Сама судьба хранила этого сытого жулика. Он собирался в этот день поехать в Провал, но не успел. Это спасло его. Остап выдоил бы из робкого завхоза никак не меньше тридцати рублей.

Ипполит Матвеевич побрел к источнику только тогда, когда музыканты складывали свои пюпитры, праздничная публика расходилась и только влюбленные парочки усиленно дышали в тощих аллеях «Цветника».

— Сколько насбирали? — спросил Остап, когда согбенная фигура предводителя появилась у источника.

— Семь рублей двадцать девять копеек. Три рубля бумажкой. Остальные — медь и немного серебра.

— Для первой гастроли дивно! Ставка ответственного работника! Вы меня умиляете, Киса! Но какой дурак дал вам три рубля, хотел бы я знать? Может быть, вы сдачи давали?

— Изнуренков дал.

— Да не может быть! Авессалом? Ишь ты, шарик! Куда закатился! Вы с ним говорили? Ах, он вас не узнал!

— Расспрашивал о Государственной думе! Смеялся!

— Вот видите, предводитель, нищим быть не так-то уж плохо, особенно при умеренном образовании и слабой постановке голоса! А вы еще кобенились, лорда — хранителя печати ломали! Ну, Кисочка, и я провел время недаром. Пятнадцать рублей как одна копейка. Итого — хватит.

На другое утро монтер получил деньги и вечером притащил два стула. Третий стул, по его словам, взять было никак невозможно. На нем звуковое оформление играло в карты.

Для большей безопасности друзья забрались почти на самую вершину Машука.

Внизу прочными недвижимыми огнями светился Пятигорск. Пониже Пятигорска плохонькие огоньки обозначали станицу Горячеводскую. На горизонте двумя параллельными пунктирными линиями высовывался из-за горы Кисловодск.

Остап глянул в звездное небо и вынул из кармана известные уже плоскогубцы.

Глава XXXVII
ЗЕЛЕНЫЙ МЫС

Инженер Брунс сидел на каменной веранде дачи на Зеленом Мысу под большой пальмой, накрахмаленные листья которой бросали острые и узкие тени на бритый затылок инженера, на белую его рубашку и на гамбсовский стул из гарнитура генеральши Поповой, на котором томился инженер, дожидаясь обеда.

Брунс вытянул толстые, наливные губы трубочкой и голосом шаловливого карапуза протянул:

— Му-у-усик!

Дача молчала.

Тропическая флора ластилась к инженеру. Кактусы протягивали к нему свои ежовые рукавицы. Драцены гремели листьями. Бананы и саговые пальмы отгоняли мух с лысины инженера. Розы, обвивающие веранду, падали к его сандалиям.

Но все было тщетно. Брунс хотел обедать. Он раздраженно смотрел на перламутровую бухту, на далекий мысик Батума и певуче призывал:

— Му-у-у-усик! Му-у-у-усик!

Во влажном субтропическом воздухе звук быстро замирал. Ответа не было. Брунс представил себе большого коричневого гуся с шипящей жирной кожей и, не в силах сдержать себя, завопил:

— Мусик!!! Готов гусик?!

— Андрей Михайлович! — закричал женский голос из комнаты. — Не морочь мне голову!

Инженер, свернувший уже привычные губы в трубочку, немедленно ответил:

— Мусик! Ты не жалеешь своего маленького мужика!

— Пошел вон, обжора! — ответили из комнаты.

Но инженер не покорился. Он собрался было продолжать вызовы гусика, которые он безуспешно вел уже два часа, но неожиданный шорох заставил его обернуться.

Из черно-зеленых бамбуковых зарослей вышел человек в рваной синей косоворотке, опоясанной потертым витым шнурком с густыми кистями, и в затертых полосатых брюках. На добром лице незнакомца топорщилась лохматая бородка. В руках он держал пиджак.

Человек приблизился и спросил приятным голосом:

— Где здесь находится инженер Брунс?

— Я инженер Брунс, — сказал заклинатель гусика неожиданным басом. — Чем могу?

Человек молча повалился на колени. Это был отец Федор.

— Вы с ума сошли! — воскликнул инженер, вскакивая. — Встаньте, пожалуйста!

— Не встану, — ответил отец Федор, водя головой за инженером и глядя на него ясными глазами.

— Встаньте!

— Не встану!

И отец Федор осторожно, чтобы не было больно, стал постукивать головой о гравий.

— Мусик! Иди сюда! — закричал испуганный инженер. — Смотри, что делается. Встаньте, я вас прошу. Ну, умоляю вас!

— Не встану, — повторил отец Федор.

На веранду выбежала Мусик, тонко разбиравшаяся в интонациях мужа.

Завидев даму, отец Федор, не поднимаясь с колен, проворно переполз поближе к ней, поклонился в ноги и зачастил:

— На вас, матушка, на вас, голубушка, на вас уповаю.

Тогда инженер Брунс покраснел, схватил просителя под мышки и, натужась, поднял его, чтобы поставить на ноги, но отец Федор схитрил и поджал ноги. Возмущенный Брунс потащил странного гостя в угол и насильно посадил его в полукресло (гамбсовское, отнюдь не из воробьяниновского особняка, но из гостиной генеральши Поповой).

— Не смею, — забормотал отец Федор, кладя на колени попахивающий керосином пиджак булочника, — не осмеливаюсь сидеть в присутствии высокопоставленных особ.

И отец Федор сделал попытку снова пасть на колени.

Инженер с печальным криком придержал отца Федора за плечи.

— Мусик, — сказал он, тяжело дыша, — поговори с этим гражданином. Тут какое-то недоразумение.

Мусик сразу взяла деловой тон.

— В моем доме, — сказала она грозно, — пожалуйста, не становитесь ни на какие колени!

— Голубушка! — умилился отец Федор. — Матушка!

— Никакая я вам не матушка. Что вам угодно?

Поп залопотал что-то непонятное, но, видно, умилительное. Только после долгих расспросов удалось понять, что он, как особой милости, просит продать ему гарнитур из двенадцати стульев, на одном из которых он в настоящий момент сидит.

Инженер от удивления выпустил из рук плечи отца Федора, который немедленно бухнулся на колени и стал по-черепашьи гоняться за инженером.

— Почему, — кричал инженер, увертываясь от длинных рук отца Федора, — почему я должен продать свои стулья? Сколько вы ни бухайтесь на колени, я ничего не могу понять!

— Да ведь это мои стулья, — простонал отец Федор.

— То есть как это ваши? Откуда ваши? С ума вы спятили? Мусик, теперь для меня все ясно! Это явный псих!

— Мои, — униженно твердил отец Федор.

— Что ж, по-вашему, я у вас их украл? — вскипел инженер. — Украл? Слышишь, Мусик! Это какой-то шантаж!

— Ни боже мой, — шепнул отец Федор.

— Если я их у вас украл, то требуйте судом и не устраивайте в моем доме пандемониума! Слышишь, Мусик! До чего доходит нахальство. Пообедать не дадут по-человечески!

Нет, отец Федор не хотел требовать «свои» стулья судом. Отнюдь. Он знал, что инженер Брунс не крал у него стульев. О нет! У него и в мыслях этого не было. Но эти стулья все-таки до революции принадлежали ему, отцу Федору, и они бесконечно дороги его жене, умирающей сейчас в Воронеже. Исполняя ее волю, а никак не по собственной дерзости, он позволил себе узнать местонахождение стульев и явиться к гражданину Брунсу. Отец Федор не просит подаяния. О нет! Он достаточно обеспечен (небольшой свечной заводик в Самаре), чтобы усладить последние минуты жены покупкой старых стульев. Он готов не поскупиться и уплатить за весь гарнитур рублей двадцать.

— Что? — крикнул инженер, багровея. — Двадцать рублей? За прекрасный гостинный гарнитур? Мусик! Ты слышишь? Это все-таки псих! Ей-богу, псих!

— Я не псих. А единственно выполняя волю пославшей мя жены...

— О ч-черт, — сказал инженер, — опять ползать начал! Мусик! Он опять ползает!

— Назначьте же цену, — стенал отец Федор, осмотрительно биясь головой о ствол араукарии.

— Не портите дерева, чудак вы человек! Мусик, он, кажется, не псих. Просто, как видно, расстроен человек болезнью жены. Продать ему разве стулья, а? Отвяжется, а? А то он лоб разобьет!

— А мы на чем сидеть будем? — спросила Мусик.

— Купим другие.

— Это за двадцать-то рублей?

— За двадцать я, положим, не продам. Положим, не продам я и за двести... А за двести пятьдесят продам.

Ответом послужил страшный удар головой о драцену.

— Ну, Мусик, это мне уже надоело.

Инженер решительно подошел к отцу Федору и стал диктовать ультиматум:

— Во-первых, отойдите от пальмы не менее чем на три шага; во-вторых, немедленно встаньте. В-третьих, мебель я продам за двести пятьдесят рублей, не меньше.

— Не корысти ради, — пропел отец Федор, — а токмо во исполнение воли больной жены.

— Ну, милый, моя жена тоже больна. Правда, Мусик, у тебя легкие не в порядке? Но я не требую на этом основании, чтобы вы... ну... продали мне, положим, ваш пиджак за тридцать копеек.

— Возьмите даром! — воскликнул отец Федор.

Инженер раздраженно махнул рукой и холодно сказал:

— Вы ваши шутки бросьте. Ни в какие рассуждения я больше не пускаюсь. Стулья оценены мною в двести пятьдесят рублей, и я не уступлю ни копейки.

— Пятьдесят, — предложил отец Федор.

— Мусик! — сказал инженер. — Позови Багратиона. Пусть проводит гражданина!

— Не корысти ради...

— Багратион!

Отец Федор в страхе бежал, а инженер пошел в столовую и сел за гусика. Любимая птица произвела на Брунса благотворное действие. Он начал успокаиваться.

В тот момент, когда инженер, обмотав косточку папиросной бумагой, поднес гусиную ножку к розовому рту, в окне появилось умоляющее лицо отца Федора.

— Не корысти ради, — сказал мягкий голос. — Пятьдесят пять рублей.

Инженер, не оглядываясь, зарычал. Отец Федор исчез.

Весь день потом фигура отца Федора мелькала во всех концах дачи. То выбегала она из тени криптомерии, то возникала она в мандариновой роще, то перелетала через черный двор и, трепеща, уносилась к Ботаническому саду.

Инженер весь день призывал Мусика, жаловался на психа и на головную боль. В наступившей тьме время от времени раздавался голос отца Федора.

— Сто тридцать восемь! — кричал он откуда-то с неба.

А через минуту голос его приходил со стороны дачи Думбасова.

— Сто сорок один, — предлагал отец Федор, — не корысти ради, господин Брунс, а токмо...

Наконец инженер не выдержал, вышел на середину веранды и, вглядываясь в темноту, начал размеренно кричать:

— Черт с вами! Двести рублей! Только отвяжитесь.

Послышались шорох потревоженных бамбуков, тихий стон и удаляющиеся шаги. Потом все смолкло.

В заливе барахтались звезды. Светляки догоняли отца Федора, кружились вокруг головы, обливая лицо его зеленоватым медицинским светом.

— Ну и гусики теперь пошли, — пробормотал инженер, входя в комнаты.

Между тем отец Федор летел в последнем автобусе вдоль морского берега к Батуму. Под самым боком, со звуком перелистываемой книги, набегал легкий прибой, ветер ударял по лицу, и автомобильной сирене отвечало мяуканье шакалов.

В этот же вечер отец Федор отправил в город N жене своей Катерине Александровне такую телеграмму:

ТОВАР НАШЕЛ ВЫШЛИ ДВЕСТИ ТРИДЦАТЬ ТЕЛЕГРАФОМ ПРОДАЙ ЧТО ХОЧЕШЬ ФЕДЯ

Два дня он восторженно слонялся у Брунсовой дачи, издали раскланивался с Мусиком и даже время от времени оглашал тропические дали криками:

— Не корысти ради, а токмо волею пославшей мя супруги!

На третий день деньги были получены с отчаянной телеграммой:

ПРОДАЛА ВСЕ ОСТАЛАСЬ БЕЗ ОДНОЙ КОПЕЙКИ ЦЕЛУЮ И ЖДУ ЕВСТИГНЕЕВ ВСЕ ОБЕДАЕТ КАТЯ

Отец Федор пересчитал деньги, истово перекрестился, нанял фургон и поехал на Зеленый Мыс.

Погода была сумрачная. С турецкой границы ветер нагонял тучи. Чорох курился. Голубая прослойка в небе все уменьшалась. Шторм доходил до семи баллов. Было запрещено купаться и выходить в море на лодках. Гул и гром стояли над Батумом. Шторм тряс берега.

Достигши дачи инженера Брунса, отец Федор велел вознице-аджарцу в башлыке подождать и отправился за мебелью.

— Принес деньги я, — сказал отец Федор, — уступили бы малость.

— Мусик, — застонал инженер, — я не могу больше!

— Да нет, я деньги принес, — заторопился отец Федор, — двести рублей, как вы говорили.

— Мусик! Возьми у него деньги! Дай ему стулья. И пусть сделает все это поскорее. У меня мигрень.

Цель всей жизни была достигнута. Свечной заводик в Самаре сам лез в руки. Брильянты сыпались в карманы, как семечки.

Двенадцать стульев один за другим были погружены в фургон. Они очень походили на воробьяниновские, с тою только разницей, что обивка их была не ситцевая, в цветочках, а репсовая, синяя, в розовую полосочку.

Нетерпение охватывало отца Федора. Под полою у него за витой шнурок был заткнут топорик. Отец

Федор сел рядом с кучером и, поминутно оглядываясь на стулья, выехал к Батуму. Бодрые кони свезли отца Федора и его сокровища вниз, на шоссейную дорогу, мимо ресторанчика «Финал», по бамбуковым столам и беседкам которого гулял ветер, мимо туннеля, проглатывавшего последние цистерны нефтяного маршрута, мимо фотографа, лишенного в этот хмурый денек обычной своей клиентуры, мимо вывески «Батумский ботанический сад» и повлекли не слишком быстро над самой линией прибоя. В том месте, где дорога соприкасалась с массивами, отца Федора обдавало солеными брызгами. Отбитые массивами от берега, волны оборачивались гейзерами, поднимались к небу и медленно опадали.

Толчки и взрывы прибоя накаляли смятенный дух отца Федора. Лошади, борясь с ветром, медленно приближались к Махинджаури. Куда хватал глаз, свистали и пучились мутные зеленые воды. До самого Батума трепалась белая пена прибоя, словно подол нижней юбки, выбившейся из-под платья неряшливой дамочки.

— Стой! — закричал вдруг отец Федор вознице. — Стой, мусульманин!

И он, дрожа и спотыкаясь, стал выгружать стулья на пустынный берег. Равнодушный аджарец получил свою пятерку, хлестнул по лошадям и уехал. А отец Федор, убедившись, что вокруг никого нет, стащил стулья с обрыва на небольшой, сухой еще кусок пляжа и вынул топорик.

Минуту он находился в сомнении, не знал, с какого стула начать. Потом, словно лунатик, подошел к третьему стулу и зверски ударил топориком по спинке. Стул опрокинулся, не повредившись.

— Ага! — крикнул отец Федор. — Я т-тебе покажу!

И он бросился на стул, как на живую тварь. Вмиг стул был изрублен в капусту. Отец Федор не слышал ударов топора о дерево, о репс и о пружины. В могучем реве шторма глохли, как в войлоке, все посторонние звуки.

— Ага! Ага! Ага! — приговаривал отец Федор, рубя сплеча.

Стулья выходили из строя один за другим. Ярость отца Федора все увеличивалась. Увеличивался и шторм. Иные волны добирались до самых ног отца Федора.

От Батума до Синопа стоял великий шум. Море бесилось и срывало свое бешенство на каждом суденышке. Пароход «Ленин», чадя двумя своими трубами и тяжело оседая на корму, подходил к Новороссийску. Шторм вертелся в Черном море, выбрасывая тысячетонные валы на берега Трапезунда, Ялты, Одессы и Констанцы. За тишиной Босфора и Дарданелл гремело Средиземное море. За Гибралтарским проливом бился о Европу Атлантический океан. Сердитая вода опоясывала земной шар.

А на батумском берегу стоял отец Федор и, обливаясь потом, разрубал последний стул. Через минуту все было кончено. Отчаяние охватило отца Федора. Бросив остолбенелый взгляд на навороченную им гору ножек, спинок и пружин, он отступил. Вода схватила его за ноги. Он рванулся вперед и, вымокший, бросился на шоссе. Большая волна грянулась о то место, где только что стоял отец Федор, и, катясь назад, увлекла с собою весь искалеченный гарнитур генеральши Поповой. Отец Федор уже не видел этого. Он брел по шоссе, согнувшись и прижимая к груди мокрый кулак.

Он вошел в Батум, сослепу ничего не видя вокруг. Положение его было самое ужасное. За пять тысяч километров от дома с двадцатью рублями в кармане доехать в родной город было положительно невозможно.

Отец Федор миновал турецкий базар, на котором ему идеальным шепотом советовали купить пудру Коти, шелковые чулки и необандероленный сухумский табак, потащился к вокзалу и затерялся в толпе носильщиков.

Глава XXXVIII
ПОД ОБЛАКАМИ

Через три дня после сделки концессионеров с монтером Мечниковым театр Колумба выехал по железной дороге через Махачкалу и Баку. Все эти три дня концессионеры, не удовлетворившиеся содержимым вскрытых на Машуке двух стульев, ждали от Мечникова третьего, последнего из колумбовских стульев. Но монтер, измученный нарзаном, обратил все двадцать рублей на покупку простой водки и дошел до такого состояния, что содержался взаперти в бутафорской.

— Вот вам и Кислые воды! — заявил Остап, узнав об отъезде театра. — Сучья лапа этот монтер! Имей после этого дело с театработниками!

Остап стал гораздо суетливее, чем прежде. Шансы на отыскание сокровищ увеличились безмерно.

— Нужны деньги на поездку во Владикавказ, — сказал Остап. — Оттуда мы поедем в Тифлис на автомобиле по Военно-Грузинской дороге. Очаровательные виды! Захватывающий пейзаж! Чудный горный воздух! И в финале всего — сто пятьдесят тысяч рублей ноль ноль копеек. Есть смысл продолжать заседание.

Но выехать из Минеральных Вод было не так-то легко. Воробьянинов оказался бездарным железнодорожным зайцем, и так как попытки его сесть в поезд оказались безуспешными, то ему пришлось выступить около «Цветника» в качестве бывшего попечителя учебного округа. Это имело весьма малый успех. Два рубля за двенадцать часов тяжелой и унизительной работы. Сумма, однако, достаточная для проезда во Владикавказ.

В Беслане Остапа, ехавшего без билета, согнали с поезда, и великий комбинатор дерзко бежал за поездом версты три, грозя ни в чем не виновному Ипполиту Матвеевичу кулаком.

После этого Остапу удалось вскочить на ступеньку медленно подтягивающегося к Кавказскому хребту поезда. С этой позиции Остап с любопытством взирал на развернувшуюся перед ним панораму Кавказской горной цепи.

Был четвертый час утра. Горные вершины осветились темно-розовым солнечным светом. Горы не понравились Остапу.

— Слишком много шику, — сказал он. — Дикая красота. Воображение идиота. Никчемная вещь.

У владикавказского вокзала приезжающих ждал большой открытый автобус Закавтопромторга, и ласковые люди говорили:

— Кто поедет по Военно-Грузинской дороге, тех в город везем бесплатно.

— Куда же вы, Киса? — сказал Остап. — Нам в автобус. Пусть везут нас бесплатно.

Подвезенный автобусом к конторе Закавтопромторга, Остап, однако, не поспешил записаться на место в машине. Оживленно беседуя с Ипполитом Матвеевичем, он любовался опоясанной облаком Столовой горой и, находя, что гора действительно похожа на стол, быстро удалился.

Во Владикавказе пришлось просидеть несколько дней. Но все попытки достать деньги на проезд по Военно-Грузинской дороге или совершенно не приносили плодов, или давали средства, достаточные лишь для дневного пропитания. Попытка взимать с граждан гривенники не удалась. Кавказский хребет был настолько высок и виден, что брать за его показ деньги не представлялось возможным. Его было видно почти отовсюду. Других же красот во Владикавказе не было. Что же касается Терека, то протекал он мимо «Трека», за вход в который деньги взимал город без помощи Остапа. Сбор подаяний, произведенный Ипполитом Матвеевичем, принес за два дня тринадцать копеек.

— Довольно, — сказал Остап, — выход один: идти в Тифлис пешком. В пять дней мы пройдем двести верст. Ничего, папаша, очаровательные горные виды, свежий воздух!.. Нужны деньги на хлеб и любительскую колбасу. Можете прибавить к своему лексикону несколько итальянских фраз, это уж как хотите, но к вечеру вы должны насбирать не меньше двух рублей! Обедать сегодня не придется, дорогой товарищ. Увы! Плохие шансы...

Спозаранку концессионеры перешли мостик через Терек, обошли казармы и углубились в зеленую долину, по которой шла Военно-Грузинская дорога.

— Нам повезло, Киса, — сказал Остап, — ночью шел дождь, и нам не придется глотать пыль. Вдыхайте, предводитель, чистый воздух. Пойте! Вспоминайте кавказские стихи. Ведите себя как полагается!..

Но Ипполит Матвеевич не пел и не вспоминал стихов. Дорога шла на подъем. Ночи, проведенные под открытым небом, напоминали о себе колотьем в боку, тяжестью в ногах, а любительская колбаса — постоянной и мучительной изжогой. Он шел, склонившись набок, держа в руке пятифунтовый хлеб, завернутый во владикавказскую газету, и чуть волоча левую ногу.

Опять идти! На этот раз в Тифлис, на этот раз по красивейшей в мире дороге. Ипполиту Матвеевичу было все равно. Он не смотрел по сторонам, как Остап. Он решительно не замечал Терека, который начинал уже погромыхивать на дне долины. И только сияющие под солнцем ледяные вершины что-то смутно ему напоминали: не то блеск брильянтов, не то лучшие глазетовые гробы мастера Безенчука.

После Балты дорога вошла в ущелье и двинулась узким карнизом, высеченным в темных отвесных скалах. Спираль дороги завивалась кверху, и вечером концессионеры очутились на станции Ларс, в тысяче метров над уровнем моря.

Переночевали в бедном духане бесплатно и даже получили по стакану молока, прельстив хозяина и его гостей карточными фокусами.

Утро было так прелестно, что даже Ипполит Матвеевич, спрыснутый горным воздухом, зашагал бодрее вчерашнего. За станцией Ларс сейчас же встала грандиозная стена Бокового хребта. Долина Терека замкнулась тут узкими тесниными. Пейзаж становился все мрачнее, а надписи на скалах многочисленнее. Там, где скалы так сдавили течение Терека, что пролет моста равен всего десяти саженям, концессионеры увидели столько надписей на скалистых стенках ущелья, что Остап, забыв о величественности Дарьяльского ущелья, закричал, стараясь перебороть грохот и стоны Терека:

— Великие люди! Обратите внимание, предводитель. Видите? Чуть повыше облака и несколько ниже орла! Надпись: «Коля и Мика, июль 1914 г.». Незабываемое зрелище! Обратите внимание на художественность исполнения! Каждая буква величиною в метр и нарисована масляной краской! Где вы сейчас, Коля и Мика? Киса, — продолжал Остап, — давайте и мы увековечимся. Забьем Мике баки. У меня, кстати, и мел есть! Ей-богу, полезу сейчас и напишу: «Киса и Ося здесь были».

И Остап, недолго думая, сложил на парапет, ограждавший шоссе от кипучей бездны Терека, запасы любительской колбасы и стал подниматься на скалу.

Ипполит Матвеевич сначала следил за подъемом великого комбинатора, но потом рассеялся и, обернувшись, принялся разглядывать фундамент замка Тамары, сохранившийся на скале, похожей на лошадиный зуб.

В это время, в двух верстах от концессионеров, со стороны Тифлиса в Дарьяльское ущелье вошел отец Федор. Он шел мерным солдатским шагом, глядя вперед себя твердыми алмазными глазами и опираясь на высокую клюку с загнутым концом.

На последние деньги отец Федор доехал до Тифлиса и теперь шагал на родину пешком, питаясь доброхотными даяниями. При переходе через Крестовый перевал (2345 метров над уровнем моря) его укусил орел. Отец Федор замахнулся на дерзкую птицу клюкою и пошел дальше.

Он шел, запутавшись в облаках, и бормотал:

— Не корысти ради, а токмо волею пославшей мя жены!

Расстояние между врагами сокращалось. Поворотив за острый выступ, отец Федор налетел на старика в золотом пенсне.

Ущелье раскололось в глазах отца Федора. Терек прекратил свой тысячелетний крик.

Отец Федор узнал Воробьянинова. После страшной неудачи в Батуме, после того как все надежды рухнули, новая возможность заполучить богатство повлияла на отца Федора необыкновенным образом.

Он схватил Ипполита Матвеевича за тощий кадык и, сжимая пальцы, закричал охрипшим голосом:

— Куда девал сокровища убиенной тобою тещи?

Ипполит Матвеевич, ничего подобного не ждавший, молчал, выкатив глаза так, что они почти соприкасались со стеклами пенсне.

— Говори! — приказывал отец Федор. — Покайся, грешник!

Воробьянинов почувствовал, что теряет дыхание.

Тут отец Федор, уже торжествовавший победу, увидел прыгавшего по скале Бендера. Технический директор спускался вниз, крича во все горло:

> Дробясь о мрачные скалы,
> Кипят и пенятся валы...

Великий испуг поразил сердце отца Федора. Он машинально продолжал держать предводителя за горло, но колени у него затряслись.

— А, вот это кто?! — дружелюбно закричал Остап. — Конкурирующая организация!

Отец Федор не стал медлить. Повинуясь благодетельному инстинкту, он схватил концессионную колбасу и хлеб и побежал прочь.

— Бейте его, товарищ Бендер! — кричал с земли отдышавшийся Ипполит Матвеевич.

— Лови его! Держи!

Остап засвистал и заулюлюкал.

— Тю-у-у! — кричал он, пускаясь вдогонку. — Битва при пирамидах, или Бендер на охоте! Куда же вы бежите, клиент? Могу вам предложить хорошо выпотрошенный стул!

Отец Федор не выдержал муки преследования и полез на совершенно отвесную скалу. Его толкало вверх сердце, поднимавшееся к самому горлу, и особенный, известный только одним трусам зуд в пятках. Ноги сами отрывались от гранитов и несли своего повелителя вверх.

— У-у-у! — кричал Остап снизу. — Держи его!

— Он унес наши припасы! — завопил Ипполит Матвеевич, подбегая к Остапу.

— Стой! — загремел Остап. — Стой, тебе говорю!

Но это придало только новые силы изнемогшему было отцу Федору. Он взвился и в несколько скачков очутился сажен на десять выше самой высокой надписи.

— Отдай колбасу! — взывал Остап. — Отдай колбасу, дурак! Я все прощу!

Отец Федор уже ничего не слышал. Он очутился на ровной площадке, забраться на которую не удавалось до сих пор ни одному человеку. Отцом Федором овладел тоскливый ужас. Он понял, что слезть вниз ему никак не удастся. Скала опускалась на шоссе перпендикулярно, и об обратном спуске нечего было и думать. Он посмотрел вниз. Там бесновался Остап, и на дне ущелья поблескивало золотое пенсне предводителя.

— Я отдам колбасу! — закричал отец Федор. — Снимите меня!

В ответ грохотал Терек и из замка Тамары неслись страстные крики. Там жили совы.

— Сними-ите меня! — жалобно кричал отец Федор.

Он видел все маневры концессионеров. Они бегали под скалой и, судя по жестам, мерзко сквернословили.

Через час легший на живот и спустивший голову вниз отец Федор увидел, что Бендер и Воробьянинов уходят в сторону Крестового перевала.

Спустилась быстрая ночь. В кромешной тьме и в адском гуле под самым облаком дрожал и плакал отец Федор. Ему уже не нужны были земные сокровища. Он хотел только одного: вниз, на землю. Ночью он ревел так, что временами заглушал Терек, а утром подкрепился любительской колбасой с хлебом и сатанински хохотал над пробегавшими внизу автомобилями. Остаток дня он провел в созерцании гор и небесного светила — солнца. А следующей ночью он увидел царицу Тамару. Царица прилетела к нему из своего замка и кокетливо сказала:

— Соседями будем.

— Матушка! — с чувством сказал отец Федор. — Не корысти ради...

— Знаю, знаю, — заметила царица, — а токмо волею пославшей тя жены.

— Откуда ж вы знаете? — удивился отец Федор.

— Да уж знаю. Заходили бы, сосед. В шестьдесят шесть поиграем! А?

Она засмеялась и улетела, пуская в ночное небо шутихи.

На третий день отец Федор стал проповедовать птицам. Он почему-то склонял их к лютеранству.

— Птицы, — говорил он им звучным голосом, — покайтесь в своих грехах публично!

На четвертый день его показывали уже снизу экскурсантам.

— Направо — замок Тамары, — говорили опытные проводники, — а налево живой человек стоит, а чем живет и как туда попал, тоже неизвестно.

— И дикий же народ! — удивлялись экскурсанты. — Дети гор!

Шли облака. Над отцом Федором кружились орлы. Самый смелый из них украл остаток любительской колбасы и взмахом крыла сбросил в пенящийся Терек фунта полтора хлеба.

Отец Федор погрозил орлу пальцем и, лучезарно улыбаясь, прошептал:

> Птичка божия не знает
> Ни заботы, ни труда,
> Хлопотливо не свивает
> Долговечного гнезда.

Орел покосился на отца Федора, закричал «ку-ку-ре-ку» и улетел.

— Ах, орлуша, орлуша, большая ты стерва!

Через десять дней из Владикавказа прибыла пожарная команда с надлежащим обозом и принадлежностями и сняла отца Федора.

Когда его снимали, он хлопал руками и пел лишенным приятности голосом:

> И будешь ты царицей ми-и-и-и-рра,
> Подр-р-руга ве-е-чная моя!

И суровый Кавказ многократно повторил слова М. Ю. Лермонтова и музыку А. Рубинштейна.

— Не корысти ради, — сказал отец Федор брандмейстеру, — а токмо...

Хохочущего священника на пожарной лестнице увезли в психиатрическую лечебницу.

Глава XXXIX
ЗЕМЛЕТРЯСЕНИЕ

— Как вы думаете, предводитель, — спросил Остап, когда концессионеры подходили к селению Сиони, — чем можно заработать в этой чахлой местности, находящейся на двухверстной высоте?

Ипполит Матвеевич молчал. Единственное занятие, которым он мог бы снискать себе жизненные средства, было нищенство, но здесь, на горных спиралях и карнизах, просить было не у кого.

Впрочем, и здесь существовало нищенство, но нищенство совершенно особое — альпийское: к каждому проходившему мимо селения автобусу или легковому автомобилю подбегали дети и исполняли перед движущейся аудиторией несколько па наурской лезгинки; после этого дети бежали за машиной, крича:

— Давай денги! Денги давай!

Пассажиры швыряли пятаки и возносились к Крестовому перевалу.

— Святое дело, — сказал Остап, — капитальные затраты не требуются, доходы не велики, но в нашем положении ценны.

К двум часам второго дня пути Ипполит Матвеевич, под наблюдением великого комбинатора, исполнил перед летучими пассажирами свой первый танец. Танец этот был похож на мазурку, но пассажиры, пресыщенные дикими красотами Кавказа, сочли его за лезгинку и вознаградили тремя пятаками. Перед следующей машиной, которая оказалась автобусом, шедшим из Тифлиса во Владикавказ, плясал и скакал сам технический директор.

— Давай деньги! Деньги давай! — закричал он сердито.

Смеющиеся пассажиры щедро вознаградили его прыжки. Остап собрал в дорожной пыли тридцать копеек. Но тут сионские дети осыпали конкурентов каменным градом. Спасаясь от обстрела, путники скорым шагом направились в ближний аул, где истратили заработанные деньги на сыр и чуреки.

В этих занятиях концессионеры проводили свои дни. Ночевали они в горских саклях. На четвертый день они спустились по зигзагам шоссе в Кайшаурскую долину. Тут было жаркое солнце, и кости компаньонов, порядком промерзшие на Крестовом перевале, быстро отогрелись.

Дарьяльские скалы, мрак и холод перевала сменились зеленью и домовитостью глубочайшей долины. Путники шли над Арагвой, спускались в долину, населенную людьми и изобилующую домашним скотом и пищей. Здесь можно было выпросить кое-что, что-то заработать или просто украсть. Это было Закавказье.

Повеселевшие концессионеры пошли быстрее.

В Пассанауре, в жарком богатом селении с двумя гостиницами и несколькими духанами, друзья выпросили чурек и залегли в кустах напротив гостиницы «Франция» с садом и двумя медвежатами на цепи. Они наслаждались теплом, вкусным хлебом и заслуженным отдыхом.

Впрочем, скоро отдых был нарушен визгом автомобильных сирен, шорохом новых покрышек по кремневому шоссе и радостными возгласами. Друзья выглянули. К «Франции» подкатили цугом три однотипных новеньких автомобиля. Автомобили бесшумно остановились. Из первой машины выпрыгнул Персицкий. За ним вышел «Суд и быт», расправляя запыленные волосы. Потом из всех машин повалили члены автомобильного клуба газеты «Станок».

— Привал! — закричал Персицкий.— Хозяин! Пятнадцать шашлыков!

Во «Франции» заходили сонные фигуры и раздались крики барана, которого волокли за ноги на кухню.

— Вы не узнаете этого молодого человека? — спросил Остап. — Это репортер со «Скрябина», один из критиков нашего транспаранта. С каким, однако, шиком они приехали! Что это значит?

Остап приблизился к пожирателям шашлыка и элегантнейшим образом раскланялся с Персицким.

— Бонжур! — сказал репортер. — Где это я вас видел, дорогой товарищ? А-а-а! Припоминаю. Художник со «Скрябина»! Не так ли?

Остап прижал руку к сердцу и учтиво поклонился.

— Позвольте, позвольте,— продолжал Персицкий, обладавший цепкой памятью репортера. — Не на вас ли это в Москве, на Свердловской площади, налетела извозчичья лошадь?

— Как же, как же! И еще, по вашему меткому выражению, я якобы отделался легким испугом.

— А вы тут как, по художественной части орудуете?

— Нет, я с экскурсионными целями.

— Пешком?

— Пешком. Специалисты утверждают, что путешествие по Военно-Грузинской дороге на автомобиле — просто глупость.

— Не всегда глупость, дорогой мой, не всегда! Вот мы, например, едем не так-то уж глупо. Машинки, как видите, свои, подчеркиваю — свои, коллективные. Прямое сообщение Москва — Тифлис. Бензину уходит на грош. Удобство и быстрота передвижения. Мягкие рессоры. Европа!

— Откуда у вас все это? — завистливо спросил Остап. — Сто тысяч выиграли?

— Сто не сто, а пятьдесят выиграли.

— В девятку?

— На облигацию, принадлежавшую автомобильному клубу.

— Да, — сказал Остап, — и на эти деньги вы купили автомобили?

— Как видите!

— Так-с. Может быть, вам нужен старшой? Я знаю одного молодого человека. Непьющий.

— Какой старшой?

— Ну, такой... Общее руководство, деловые советы, наглядное обучение по комплексному методу... А?

— Я вас понимаю. Нет, не нужен.

— Не нужен?

— Нет. К сожалению. И художник также не нужен.

— В таком случае дайте десять рублей.

— Авдотьин, — сказал Персицкий. — Будь добр, выдай этому гражданину за мой счет три рубля. Расписки не надо. Это лицо неподотчетное.

— Этого крайне мало, — заметил Остап, — но я принимаю. Я понимаю всю затруднительность вашего положения. Конечно, если бы вы выиграли сто тысяч, то, вероятно, заняли бы мне целую пятерку. Но ведь вы выиграли всего-навсего пятьдесят тысяч рублей ноль ноль копеек. Во всяком случае — благодарю!

Бендер учтиво снял шляпу. Персицкий учтиво снял шляпу. Бендер прелюбезно поклонился. Персицкий ответил любезнейшим поклоном. Бендер приветственно помахал рукой. Персицкий, сидя у руля, сделал ручкой. Но Персицкий уехал в прекрасном автомобиле к сияющим далям, в обществе веселых друзей, а великий комбинатор остался на пыльной дороге с дураком-компаньоном.

— Видали вы этот блеск? — спросил Остап Ипполита Матвеевича.

— Закавтопромторг или частное общество «Мотор»? — деловито осведомился Воробьянинов, который за несколько дней пути отлично познакомился со всеми видами автотранспорта на дороге. — Я хотел было подойти к ним потанцевать.

— Вы скоро совсем отупеете, мой бедный друг. Какой же это Закавтопромторг? Эти люди, слышите, Киса, вы-и-гра-ли пятьдесят тысяч рублей! Вы сами видите, Кисуля, как они веселы и сколько они накупили всякой механической дряни! Когда мы получим наши деньги, мы истратим их гораздо рациональнее. Не правда ли?

И друзья, мечтая о том, что они купят, когда станут богачами, вышли из Пассанаура. Ипполит Матвеевич живо воображал себе покупку новых носков и отъезд за границу. Мечты Остапа были обширнее. Его проекты были грандиозны: не то заграждение Голубого Нила плотиной, не то открытие игорного особняка в Риге с филиалами во всех лимитрофах.

На третий день перед обедом, миновав скучные и пыльные места: Ананур, Душет и Цилканы, путники подошли к Мцхету — древней столице Грузии. Здесь Кура поворачивала к Тифлису.

Вечером путники миновали ЗАГЭС — Земо-Авчальскую гидроэлектростанцию. Стекло, вода и электричество сверкали различными огнями. Все это отражалось и дрожало в быстро бегущей Куре.

Здесь концессионеры свели дружбу с крестьянином, который привез их на арбе в Тифлис к одиннадцати часам вечера, в тот самый час, когда вечерняя свежесть вызывает на улицу истомившихся после душного дня жителей грузинской столицы.

— Городок не плох,— сказал Остап, выйдя на проспект Шота Руставели,— вы знаете, Киса...

Вдруг Остап, не договорив, бросился за каким-то гражданином, шагов через десять настиг его и стал оживленно с ним беседовать.

Потом быстро вернулся и ткнул Ипполита Матвеевича пальцем в бок.

— Знаете, кто это? — шепнул он быстро.— Это «Одесская бубличная артель — Московские баранки», гражданин Кислярский. Идем к нему. Сейчас вы снова, как это ни парадоксально, гигант мысли и отец русской демократии. Не забывайте надувать щеки и шевелить усами. Они, кстати, уже порядочно отросли. Ах, черт возьми! Какой случай! Фортуна! Если я его сейчас не вскрою на пятьсот рублей, плюньте мне в глаза! Идем! Идем!

Действительно, в некотором отдалении от концессионеров стоял молочно-голубой от страха Кислярский в чесучовом костюме и канотье.

— Вы, кажется, знакомы, — сказал Остап шепотом, — вот особа, приближенная к императору, гигант мысли и отец русской демократии. Не обращайте внимания на его костюм. Это для конспирации. Везите нас куда-нибудь немедленно. Нам нужно поговорить.

Кислярский, приехавший на Кавказ, чтобы отдохнуть от старгородских потрясений, был совершенно подавлен. Мурлыча какую-то чепуху о застое в бараночно-бубличном деле, Кислярский посадил страшных знакомцев в экипаж с посеребренными спицами и подножкой и повез их к горе Давида. На вершину этой ресторанной горы поднялись по канатной железной дороге. Тифлис в тысячах огней медленно уползал в преисподнюю. Заговорщики поднимались прямо к звездам.

Ресторанные столы были расставлены на траве. Глухо бубнил кавказский оркестр, и маленькая девочка, под счастливыми взглядами родителей, по собственному почину танцевала между столиками лезгинку.

— Прикажите чего-нибудь подать! — втолковывал Бендер.

По приказу опытного Кислярского были поданы вино, зелень и соленый грузинский сыр.

— И поесть чего-нибудь, — сказал Остап. — Если бы вы знали, дорогой господин Кислярский, что нам пришлось перенести сегодня с Ипполитом Матвеевичем, вы бы подивились нашему мужеству.

«Опять! — с отчаянием подумал Кислярский. — Опять начинаются мои мученья. И почему я не поехал в Крым? Я же ясно хотел ехать в Крым. И Генриетта советовала!»

Но он безропотно заказал два шашлыка и повернул к Остапу свое услужливое лицо.

— Так вот, — сказал Остап, оглядываясь по сторонам и понижая голос, — в двух словах. За нами следят уже два месяца, и, вероятно, завтра на конспиративной квартире нас будет ждать засада. Придется отстреливаться.

У Кислярского посеребрились щеки.

— Мы рады, — продолжал Остап, — встретить в этой тревожной обстановке преданного борца за родину.

— Гм... да! — гордо процедил Ипполит Матвеевич, вспоминая, с каким голодным пылом он танцевал лезгинку невдалеке от Сиони.

— Да, — шептал Остап. — Мы надеемся с вашей помощью поразить врага. Я дам вам парабеллум.

— Не надо, — твердо сказал Кислярский.

В следующую минуту выяснилось, что председатель биржевого комитета не имеет возможности принять участие в завтрашней битве. Он очень сожалеет, но не может. Он не знаком с военным делом. Потому-то его и выбрали председателем биржевого комитета. Он в полном отчаянии, но для спасения жизни отца русской демократии (сам он старый октябрист) готов оказать возможную финансовую помощь.

— Вы верный друг отечества! — торжественно сказал Остап, запивая пахучий шашлык сладеньким кипиани. — Пятьсот рублей могут спасти гиганта мысли.

— Скажите, — спросил Кислярский жалобно, — а двести рублей не могут спасти гиганта мысли?

Остап не выдержал и под столом восторженно пнул Ипполита Матвеевича ногой.

— Я думаю, — сказал Ипполит Матвеевич, — что торг здесь неуместен!

Он сейчас же получил пинок в ляжку, что означало:

«Браво, Киса, браво, что значит школа!»

Кислярский первый раз в жизни услышал голос гиганта мысли. Он так поразился этому обстоятельству, что немедленно передал Остапу пятьсот рублей. Затем он уплатил по счету и, оставив друзей за столиком, удалился по причине головной боли. Через полчаса он отправил жене в Старгород телеграмму:

ЕДУ ТВОЕМУ СОВЕТУ КРЫМ ВСЯКИЙ СЛУЧАЙ ГОТОВЬ КОРЗИНКУ

Долгие лишения, которые испытал Остап Бендер, требовали немедленной компенсации. Поэтому в тот же вечер великий комбинатор напился на ресторанной горе до столбняка и чуть не выпал из вагона фуникулера на пути в гостиницу. На другой день он привел в исполнение давнишнюю свою мечту. Купил дивный серый в яблоках костюм. В этом костюме было жарко, но он все-таки ходил в нем, обливаясь потом. Воробьянинову в магазине готового платья Тифкооперации были куплены белый пикейный костюм и морская фуражка с золотым клеймом неизвестного яхт-клуба. В этом одеянии Ипполит Матвеевич походил на торгового адмирала-любителя. Стан его выпрямился. Походка сделалась твердой.

— Ах! — говорил Бендер. — Высокий класс! Если б я был женщиной, то делал бы такому мужественному красавцу, как вы, восемь процентов скидки с обычной цены. Ах! Ах! В таком виде мы можем вращаться! Вы умеете вращаться, Киса?

— Товарищ Бендер, — твердил Воробьянинов, — как же будет со стулом? Нужно разузнать, что с театром.

— Хо-хо! — возразил Остап, танцуя со стулом в большом мавританском номере гостиницы «Ориант». — Не учите меня жить. Я теперь злой. У меня есть деньги. Но я великодушен. Даю вам двадцать рублей и три дня на разграбление города! Я — как Суворов!.. Грабьте город, Киса! Веселитесь!

И Остап, размахивая бедрами, запел в быстром темпе:

> Вечерний звон, вечерний звон,
> Как много дум наводит он.

Друзья беспробудно пьянствовали целую неделю. Адмиральский костюм Воробьянинова покрылся разноцветными винными яблоками, а на костюме Остапа они расплылись в одно большое радужное яблоко.

— Здравствуйте! — сказал на восьмое утро Остап, которому с похмелья пришло в голову почитать «Зарю Востока». — Слушайте, вы, пьянчуга, что пишут в газетах умные люди! Слушайте!

ТЕАТРАЛЬНАЯ ХРОНИКА

Вчера, 3 сентября, закончив гастроли в Тифлисе, выехал на гастроли в Ялту Московский театр Колумба. Театр предполагает пробыть в Крыму до начала зимнего сезона в Москве.

— Ага! Я вам говорил! — сказал Воробьянинов.
— Что вы мне говорили! — окрысился Остап.

Однако он был смущен. Эта оплошность была ему очень неприятна. Вместо того чтобы закончить курс погони за сокровищами в Тифлисе, теперь приходилось еще перебрасываться на Крымский полуостров. Остап сразу взялся за дело. Были куплены билеты в Батум и заказаны места во втором классе парохода «Пестель», который отходил из Батума на Одессу седьмого сентября в двадцать три часа по московскому времени.

В ночь с десятого на одиннадцатое сентября, когда «Пестель», не заходя в Анапу из-за шторма, повернул в открытое море и взял курс прямо на Ялту, Ипполиту Матвеевичу приснился сон.

Ему снилось, что он в адмиральском костюме стоял на балконе своего старгородского дома и знал, что стоящая внизу толпа ждет от него чего-то. Большой подъемный кран опустил к его ногам свинью в черных яблочках.

Пришел дворник Тихон в пиджачном костюме и, ухватив свинью за задние ноги, сказал:
— Эх, туды его в качель! Разве «Нимфа» кисть дает!

В руках Ипполита Матвеевича очутился кинжал. Им он ударил свинью в бок, и из большой широкой раны посыпались и заскакали по цементу брильянты. Они прыгали и стучали все громче. И под конец их стук стал невыносим и страшен.

Ипполит Матвеевич проснулся от удара волны об иллюминатор.

К Ялте подошли в штилевую погоду, в изнуряющее солнечное утро. Оправившийся от морской болезни предводитель красовался на носу, возле колокола, украшенного литой славянской вязью. Веселая Ялта выстроила вдоль берега свои крошечные лавчонки и рестораны-поплавки. На пристани стояли экипажи с бархатными сиденьями под полотняными вырезными тентами, автомобили и автобусы «Крымкурсо» и товарищества «Крымский шофер». Кирпичные девушки вращали развернутыми зонтиками и махали платками.

Друзья первыми сошли на раскаленную набережную. При виде концессионеров из толпы встречающих и любопытствующих вынырнул гражданин в чесучовом костюме и быстро зашагал к выходу из территории порта. Но было уже поздно. Охотничий взгляд великого комбинатора быстро распознал чесучового гражданина.

— Подождите, Воробьянинов! — крикнул Остап.

И он бросился вперед так быстро, что настиг чесучового мужчину в десяти шагах от выхода. Остап моментально вернулся со ста рублями.

— Не дает больше. Впрочем, я не настаивал, а то ему не на что будет вернуться домой.

И действительно, Кислярский в сей же час удрал на автомобиле в Севастополь, а оттуда третьим классом домой, в Старгород.

Весь день концессионеры провели в гостинице, сидя голыми на полу и поминутно бегая в ванную под душ. Но вода лилась теплая, как скверный чай. От жары не было спасенья. Казалось, что Ялта сейчас вот растает и стечет в море.

К восьми часам вечера, проклиная все стулья на свете, компаньоны напялили горячие штиблеты и пошли в театр.

Шла «Женитьба». Измученный жарой Степан, стоя на руках, чуть не падал. Агафья Тихоновна бежала по проволоке, держа взмокшими руками зонтик с надписью: «Я хочу Подколесина». В эту минуту, как и весь день, ей хотелось только одного: холодной воды со льдом. Публике тоже хотелось пить. Поэтому, а может быть, и потому, что вид Степана, пожирающего горячую яичницу, вызывал отвращение, спектакль не понравился.

Концессионеры были удовлетворены, потому что их стул, совместно с тремя новыми пышными полукреслами рококо, был на месте.

Запрятавшись в одну из лож, друзья терпеливо выждали окончания неимоверно затянувшегося спектакля. Публика наконец разошлась, и актеры побежали прохлаждаться. В театре не осталось никого, кроме членов-пайщиков концессионного предприятия. Все живое выбежало на улицу, под хлынувший наконец свежий дождь.

— За мной, Киса,— скомандовал Остап.— В случае чего мы — не нашедшие выхода из театра провинциалы.

Они пробрались за сцену и, чиркая спичками, но все же ударившись о гидравлический пресс, обследовали всю сцену.

Великий комбинатор побежал вверх по лестнице, в бутафорскую.

— Идите сюда! — крикнул он.

Воробьянинов, размахивая руками, помчался наверх.

— Видите? — сказал Остап, разжигая спичку.

Из мглы выступили угол гамбсовского стула и сектор зонтика с надписью: «...хочу...»

— Вот! Вот наше будущее, настоящее и прошедшее. Зажигайте, Киса, спички. Я его вскрою.

И Остап полез в карман за инструментами.

— Ну-с,— сказал он, протягивая руку к стулу,— еще одну спичку, предводитель.

Вспыхнула спичка, и, странное дело, стул сам собою скакнул в сторону и вдруг, на глазах изумленных концессионеров, провалился сквозь пол.

— Мама! — крикнул Ипполит Матвеевич, отлетая к стене, хотя не имел ни малейшего желания этого делать.

Со звоном выскочили стекла, и зонтик с надписью: «Я хочу Подколесина», — подхваченный вихрем, вылетел в окно к морю. Остап лежал на полу, легко придавленный фанерными щитами.

Было двенадцать часов и четырнадцать минут. Это был первый удар большого крымского землетрясения 1927 года.

Удар в девять баллов, причинивший неисчислимые бедствия всему полуострову, вырвал сокровище из рук концессионеров.

— Товарищ Бендер! Что это такое? — кричал Ипполит Матвеевич в ужасе.

Остап был вне себя: землетрясение встало на его пути. Это был единственный случай в его богатой практике.

— Что это? — вопил Воробьянинов.

С улицы доносились крики, звон и топот.

— Это то, что нам нужно немедленно удирать на улицу, пока нас не завалило стеной. Скорей! Скорей! Дайте руку, шляпа.

И они ринулись к выходу. К их удивлению, у двери, ведущей со сцены в переулок, лежал на спине целый и невредимый гамбсовский стул. Издав собачий визг, Ипполит Матвеевич вцепился в него мертвой хваткой.

— Давайте плоскогубцы! — крикнул он Остапу.

— Идиот вы паршивый! — застонал Остап. — Сейчас потолок обвалится, а он тут с ума сходит! Скорее на воздух!

— Плоскогубцы! — ревел обезумевший Ипполит Матвеевич.

— Ну вас к черту! Пропадайте здесь с вашим стулом! А мне моя жизнь дорога как память!

С этими словами Остап кинулся к двери. Ипполит Матвеевич залаял и, подхватив стул, побежал за Остапом.

Как только они очутились на середине переулка, земля тошно зашаталась под ногами, с крыши театра повалилась черепица, и на том месте, которое концессионеры только что покинули, уже лежали останки гидравлического пресса.

— Ну, теперь давайте стул, — хладнокровно сказал Бендер. — Вам, я вижу, уже надоело его держать.

— Не дам! — взвизгнул Ипполит Матвеевич.

— Это что такое? Бунт на корабле? Отдайте стул. Слышите?

— Это мой стул! — заклекотал Воробьянинов, перекрывая стон, плач и треск, несшийся отовсюду.

— В таком случае получайте гонорар, старая калоша!

И Остап ударил Воробьянинова медной ладонью по шее.

В эту же минуту по переулку промчался пожарный обоз с факелами, и при их трепетном свете Ипполит Матвеевич увидел на лице Бендера такое страшное выражение, что мгновенно покорился и отдал стул.

— Ну, теперь хорошо, — сказал Остап, переводя дыхание, — бунт подавлен. А сейчас возьмите стул и несите его за мной. Вы отвечаете за целость вещи. Если даже будет удар в пятьдесят баллов, стул должен быть сохранен! Поняли?

— Понял.

Всю ночь концессионеры блуждали вместе с паническими толпами, не решаясь, как и все, войти в покинутые дома и ожидая новых ударов.

На рассвете, когда страх немного уменьшился, Остап выбрал местечко, поблизости которого не было ни стен, которые могли бы обвалиться, ни людей, которые могли бы помешать, и приступил к вскрытию стула.

Результаты вскрытия поразили обоих концессионеров. В стуле ничего не было. Ипполит Матвеевич, не выдержавший всех потрясений ночи и утра, засмеялся крысиным смешком.

Непосредственно вслед за этим раздался третий удар, земля разверзлась и поглотила пощаженный первым толчком землетрясения и развороченный людьми гамбсовский стул, цветочки которого улыбались взошедшему в облачной пыли солнцу.

Ипполит Матвеевич встал на четвереньки и, оборотив помятое лицо к мутно-багровому солнечному диску, завыл. Слушая его, великий комбинатор свалился в обморок. Когда он очнулся, то увидел рядом с собой заросший лиловой щетиной подбородок Воробьянинова. Ипполит Матвеевич был без сознания.

— В конце концов, — сказал Остап голосом выздоравливающего тифозного, — теперь у нас осталось сто шансов из ста. Последний стул (при слове «стул» Ипполит Матвеевич очнулся) исчез в товарном дворе Октябрьского вокзала, но отнюдь не провалился сквозь землю. В чем дело? Заседание продолжается.

Где-то с грохотом падали кирпичи. Протяжно кричала пароходная сирена.

Глава XL
СОКРОВИЩЕ

В дождливый день конца октября Ипполит Матвеевич без пиджака, в лунном жилете, осыпанном мелкой серебряной звездой, хлопотал в комнате Иванопуло. Ипполит Матвеевич работал на подоконнике, потому что стола в комнате до сих пор не было. Великий комбинатор получил большой заказ по художественной части на изготовление адресных табличек для жилтовариществ. Исполнение табличек по трафарету Остап возложил на Воробьянинова, а сам целый почти месяц, со времени приезда в Москву, кружил в районе Октябрьского вокзала, с непостижимой страстью выискивая следы последнего стула, безусловно таящего в себе брильянты мадам Петуховой.

Наморщив лоб, Ипполит Матвеевич трафаретил железные дощечки. За полгода брильянтовой скачки он потерял все свои привычки.

По ночам Ипполиту Матвеевичу виделись горные хребты, украшенные дикими транспарантами, летал перед глазами Изнуренков, подрагивая коричневыми ляжками, переворачивались лодки, тонули люди, падал с неба кирпич и разверзшаяся земля пускала в глаза серный дым.

Остап, пребывавший ежедневно с Ипполитом Матвеевичем, не замечал в нем никакой перемены. Между тем Ипполит Матвеевич переменился необыкновенно. И походка у Ипполита Матвеевича была уже не та, и выражение глаз сделалось дикое, и отросший ус торчал уже не параллельно земной поверхности, а почти перпендикулярно, как у пожилого кота. Изменился Ипполит Матвеевич и внутренне. В характере появились не свойственные ему раньше черты решительности и жестокости. Три эпизода постепенно воспитали в нем эти новые чувства: чудесное спасение от тяжких кулаков васюкинских любителей, первый дебют по части нищенства у пятигорского «Цветника», наконец, землетрясение, после которого Ипполит Матвеевич несколько повредился и затаил к своему компаньону тайную ненависть.

В последнее время Ипполит Матвеевич был одержим сильнейшими подозрениями. Он боялся, что Остап вскроет стул сам и, забрав сокровища, уедет, бросив его на произвол судьбы. Высказывать свои подозрения он не смел, зная тяжелую руку Остапа и непреклонный его характер. Ежедневно, сидя у окна и подчищая старой зазубренной бритвой высохшие буквы, Ипполит Матвеевич томился. Каждый день он опасался, что Остап больше не придет и он, бывший предводитель дворянства, умрет голодной смертью под мокрым московским забором.

Но Остап приходил каждый вечер, хотя радостных вестей не приносил. Энергия и веселость его были неисчерпаемы. Надежда ни на одну минуту не покидала его.

В коридоре раздался топот ног, кто-то грохнулся о несгораемый шкаф, и фанерная дверь распахнулась с легкостью перевернутой ветром страницы. На пороге стоял великий комбинатор. Он был весь залит водой, щеки его горели, как яблоки. Он тяжело дышал.

— Ипполит Матвеевич! — закричал он. — Слушайте, Ипполит Матвеевич!

Воробьянинов удивился. Никогда еще технический директор не называл его по имени и отчеству. И вдруг он понял...

— Есть? — выдохнул он.

— В том-то и дело, что есть. Ах, Киса, черт вас раздери!

— Не кричите, все слышно.

— Верно, верно, могут услышать, — зашептал Остап быстро. — Есть, Киса, есть, и, если хотите, я могу продемонстрировать его сейчас же. Он в клубе железнодорожников, новом клубе... Вчера было открытие... Как я нашел? Чепуха? Необыкновенно трудная вещь! Гениальная комбинация, блестяще проведенная до конца! Античное приключение!.. Одним словом, высокий класс!

Не ожидая, пока Ипполит Матвеевич напялит пиджак, Остап выбежал в коридор. Воробьянинов присоединился к нему на лестнице. Оба, взволнованно забрасывая друг друга вопросами, мчались по мокрым улицам на Каланчевскую площадь. Они не сообразили даже, что можно сесть в трамвай.

— Вы одеты, как сапожник! — радостно болтал Остап. — Кто так ходит, Киса? Вам необходимы крахмальное белье, шелковые носочки и, конечно, цилиндр. В вашем лице есть что-то благородное! Скажите, вы в самом деле были предводителем дворянства?

Показав предводителю стул, который стоял в комнате шахматного кружка и имел самый обычный гамбсовский вид, хотя и таил в себе несметные ценности, Остап потащил Воробьянинова в коридор. Здесь не было ни души. Остап подошел к еще не замазанному на зиму окну и выдернул из гнезда задвижки обеих рам.

— Через это окошечко, — сказал он, — мы легко и нежно попадем в клуб в любой час сегодняшней ночи. Запомните, Киса, — третье окно от парадного подъезда.

Друзья долго еще бродили по клубу под видом представителей УОНО и не могли надивиться прекрасным залам и комнатам.

— Если бы я играл в Васюках, — сказал Остап, — сидя на таком стуле, я бы не проиграл ни одной партии. Энтузиазм не позволил бы. Однако пойдем, старичок, у меня двадцать пять рублей подкожных. Мы должны выпить пива и отдохнуть перед ночным визитом. Вас не шокирует пиво, предводитель? Не беда. Завтра вы будете лакать шампанское в неограниченном количестве.

Идя из пивной на Сивцев Вражек, Бендер страшно веселился и задирал прохожих. Он обнимал слегка захмелевшего Ипполита Матвеевича за плечи и говорил с нежностью:

— Вы чрезвычайно симпатичный старичок, Киса, но больше десяти процентов я вам не дам. Ей-богу, не дам. Ну зачем вам, зачем вам столько денег?

— Как зачем? Как зачем? — кипятился Ипполит Матвеевич.

Остап чистосердечно смеялся и приникал щекой к мокрому рукаву своего друга по концессии.

— Ну что вы купите, Киса? Ну что? Ведь у вас нет никакой фантазии. Ей-богу, пятнадцать тысяч вам за глаза хватит... Вы же скоро умрете, вы же старенький. Вам же деньги вообще не нужны... Знаете, Киса, я, кажется, ничего вам не дам. Это баловство. А возьму я вас, Кисуля, к себе в секретари. А? Сорок рублей в месяц. Харчи мои. Четыре выходных дня... А? Спецодежда там, чаевые, соцстрах... А? Подходит вам это предложение?

Ипполит Матвеевич вырвал руку и быстро ушел вперед. Шутки эти доводили его до исступления.

Остап нагнал Воробьянинова у входа в розовый особнячок.

— Вы в самом деле на меня обиделись? — спросил Остап.— Я ведь пошутил. Свои три процента вы получите. Ей-богу, вам трех процентов достаточно, Киса.

Ипполит Матвеевич угрюмо вошел в комнату.

— А? Киса,— резвился Остап,— соглашайтесь на три процента! Ей-богу, соглашайтесь! Другой бы согласился. Комнаты вам покупать не надо, благо Иванопуло уехал в Тверь на целый год. А то все-таки ко мне поступайте в камердинеры... Теплое местечко.

Увидев, что Ипполита Матвеевича ничем не растормошишь, Остап сладко зевнул, вытянулся к самому потолку, наполнив воздухом широкую грудную клетку, и сказал:

— Ну, друже, готовьте карманы. В клуб мы пойдем перед рассветом. Это наилучшее время. Сторожа спят и видят сладкие сны, за что их часто увольняют без выходного пособия. А пока, дорогуша, советую вам отдохнуть.

Остап улегся на трех стульях, собранных в разных частях Москвы, и, засыпая, проговорил:

— А то камердинером!.. Приличное жалованье... Харчи... Чаевые... Ну, ну, пошутил... Заседание продолжается! Лед тронулся, господа присяжные заседатели!

Это были последние слова великого комбинатора. Он заснул беспечным сном, глубоким, освежающим и не отягощенным сновидениями.

Ипполит Матвеевич вышел на улицу. Он был полон отчаяния и злобы. Луна прыгала по облачным кочкам. Мокрые решетки особняков жирно блестели. Газовые фонари, окруженные веночками водяной пыли, тревожно светились. Из пивной «Орел» вытолкнули пьяного. Пьяный заорал. Ипполит Матвеевич поморщился и твердо пошел назад. У него было одно желание: поскорее все кончить.

Он вошел в комнату, строго посмотрел на спящего Остапа, протер пенсне и взял с подоконника бритву. На ее зазубринках видны были высохшие чешуйки масляной краски. Он положил бритву в карман, еще раз прошел мимо Остапа, не глядя на него, но слыша его дыхание, и очутился в коридоре. Здесь было тихо и сонно. Как видно, все уже улеглись. В полной тьме коридора Ипполит Матвеевич вдруг улыбнулся наиязвительнейшим образом и почувствовал, что на его лбу задвигалась кожа. Чтобы проверить это новое ощущение, он снова улыбнулся. Он вспомнил вдруг, что в гимназии ученик Пыхтеев-Какуев умел шевелить ушами.

Ипполит Матвеевич дошел до лестницы и внимательно прислушался. На лестнице никого не было. С улицы донеслось цоканье копыт извозчичьей лошади, нарочито громкое и отчетливое, как будто бы считали на счетах. Предводитель кошачьим шагом вернулся в комнату, вынул из висящего на стуле пиджака Остапа двадцать пять рублей и плоскогубцы, надел на себя грязную адмиральскую фуражку и снова прислушался.

Остап спал тихо, не сопя. Его носоглотка и легкие работали идеально, исправно вдыхая и выдыхая воздух. Здоровенная рука свесилась к самому полу. Ипполит Матвеевич, ощущая секундные удары височного пульса, неторопливо подтянул правый рукав выше локтя, обмотал обнажившуюся руку вафельным полотенцем, отошел к двери, вынул из кармана бритву и, примерившись глазами к комнатным расстояниям, повернул выключатель. Свет погас, но комната оказалась слегка освещенной голубоватым аквариумным светом уличного фонаря.

— Тем лучше, — прошептал Ипполит Матвеевич.

Он приблизился к изголовью и, далеко отставив руку с бритвой, изо всей силы косо всадил все лезвие сразу в горло Остапа, сейчас же выдернул бритву и отскочил к стене. Великий комбинатор издал звук, какой производит кухонная раковина, всасывающая остатки воды. Ипполиту Матвеевичу удалось не запачкаться в крови. Вытирая пиджаком каменную стену, он прокрался к голубой двери и на секунду снова посмотрел на Остапа. Тело его два раза выгнулось и завалилось к спинкам стульев. Уличный свет поплыл по черной луже, образовавшейся на полу.

«Что это за лужа? — подумал Ипполит Матвеевич. — Да, да, кровь... Товарищ Бендер скончался».

Воробьянинов размотал слегка измазанное полотенце, бросил его, потом осторожно положил бритву на пол и удалился, тихо прикрыв дверь.

Очутившись на улице, Ипполит Матвеевич насупился и, бормоча: «Брильянты все мои, а вовсе не шесть процентов», пошел на Каланчевскую площадь.

У третьего окна от парадного подъезда железнодорожного клуба Ипполит Матвеевич остановился. Зеркальные окна нового здания жемчужно серели в свете подступавшего утра. В сыром воздухе звучали глуховатые голоса маневровых паровозов. Ипполит Матвеевич ловко вскарабкался на карниз, толкнул раму и бесшумно прыгнул в коридор.

Легко ориентируясь в серых предрассветных залах клуба, Ипполит Матвеевич проник в шахматный кабинет и, зацепив головой висевший на стене портрет Эммануила Ласкера, подошел к стулу. Он не спешил. Спешить ему было некуда. За ним никто не гнался. Гроссмейстер О. Бендер спал вечным сном в розовом особняке на Сивцевом Вражке.

Ипполит Матвеевич сел на пол, обхватил стул своими жилистыми ногами и с хладнокровием дантиста стал выдергивать из стула медные гвозди, не пропуская ни одного. На шестьдесят втором гвозде работа его кончилась. Английский ситец и рогожка свободно лежали на обивке стула.

Стоило только поднять их, чтобы увидеть футляры, футлярчики и ящички, наполненные драгоценными камнями.

«Сейчас же на автомобиль, — подумал Ипполит Матвеевич, обучившийся житейской мудрости в школе великого комбинатора, — на вокзал. И на польскую границу. За какой-нибудь камешек меня переправят на ту сторону, а там...»

И, желая поскорее увидеть, что будет «там», Ипполит Матвеевич сдернул со стула ситец и рогожку. Глазам его открылись пружины, прекрасные английские пружины, и набивка, замечательная набивка, довоенного качества, какой теперь нигде не найдешь. Но больше ничего в стуле не содержалось. Ипполит Матвеевич машинально разворошил обивку и целых полчаса просидел, не выпуская стула из цепких ног и тупо повторяя:

— Почему же здесь ничего нет? Этого не может быть! Этого не может быть!

Было уже почти светло, когда Воробьянинов, бросив все, как было, в шахматном кабинете, забыв там плоскогубцы и фуражку с золотым клеймом несуществующего яхт-клуба, никем не замеченный, тяжело и устало вылез через окно на улицу.

— Этого не может быть! — повторил он, отойдя на квартал. — Этого не может быть!

И он вернулся назад к клубу и стал разгуливать вдоль его больших окон, шевеля губами:

— Этого не может быть! Этого не может быть! Этого не может быть!

Изредка он вскрикивал и хватался за мокрую от утреннего тумана голову. Вспоминая все события ночи, он тряс седыми космами. Брильянтовое возбуждение оказалось слишком сильным средством: он одряхлел в пять минут.

— Ходют тут, ходют всякие, — услышал Воробьянинов над своим ухом.

Он увидел сторожа в брезентовой спецодежде и в холодных сапогах. Сторож был очень стар и, как видно, добр.

— Ходют и ходют, — общительно говорил старик, которому надоело ночное одиночество, — и вы тоже, товарищ, интересуетесь. И верно. Клуб у нас, можно сказать, необыкновенный.

Ипполит Матвеевич страдальчески смотрел на румяного старика.

— Да, — сказал старик, — необыкновенный этот клуб. Другого такого нигде нету.

— А что же в нем такого необыкновенного? — спросил Ипполит Матвеевич, собираясь с мыслями.

Старичок радостно посмотрел на Воробьянинова. Видно, рассказ о необыкновенном клубе нравился ему самому, и он любил его повторять.

— Ну и вот, — начал старик, — я тут в сторожах хожу десятый год, а такого случая не было. Ты слушай, солдатик. Ну и вот, был здесь постоянно клуб, известно какой, первого участка службы тяги. Я его и сторожил. Негодящий был клуб... Топили его, топили и ничего не могли сделать. А товарищ Красильников ко мне подступает: «Куда, мол, дрова у тебя идут?» А я их разве что ем, эти дрова? Бился товарищ Красильников с клубом — там сырость, тут холод, духовому кружку помещения нету, и в театр играть одно мучение: господа артисты мерзли. Пять лет кредита просили на новый клуб, да не знаю, что там выходило. Дорпрофсож кредита не утверждал. Только весною товарищ Красильников стул для сцены купил, стул хороший, мягкий...

Ипполит Матвеевич, налегая всем корпусом на сторожа, слушал. Он был в полуобмороке. А старик, заливаясь радостным смехом, рассказал, как он однажды взгромоздился на этот стул, чтобы вывинтить электрическую лампочку, да и покатился.

— С этого стула я соскользнул, обшивка на нем порвалась. И смотрю — из-под обшивки стеклушки сыплются и бусы белые на ниточке.

— Бусы, — проговорил Ипполит Матвеевич.

— Бусы! — визгнул старик восхищенно. — И смотрю, солдатик, дальше, а там коробочки разные. Я эти коробочки даже и не трогал. А пошел прямо к товарищу Красильникову и доложил. Так и комиссии потом докладывал. Не трогал я этих коробочек и не трогал. И хорошо, солдатик, сделал, потому что там драгоценность найдена была, запрятанная буржуазией...

— Где же драгоценности? — закричал предводитель.

— Где, где, — передразнил старик, — тут, солдатик, соображение надо иметь. Вот они!

— Где? Где?

— Да вот они! — закричал румяный страж, радуясь произведенному эффекту. — Вот они! Очки протри! Клуб на них построили, солдатик! Видишь? Вот он, клуб! Паровое отопление, шашки с часами, буфет, театр, в калошах не пускают!..

Ипполит Матвеевич оледенел и, не двигаясь с места, водил глазами по карнизам.

Так вот оно где, сокровище мадам Петуховой! Вот оно! Все тут! Все сто пятьдесят тысяч рублей ноль ноль копеек, как любил говорить Остап-Сулейман-Берта-Мария Бендер.

Брильянты превратились в сплошные фасадные стекла и железобетонные перекрытия, прохладные гимнастические залы были сделаны из жемчуга. Алмазная диадема превратилась в театральный зал с вертящейся сценой, рубиновые подвески разрослись в целые люстры, золотые змеиные браслеты с изумрудами обернулись прекрасной библиотекой, а фермуар перевоплотился в детские ясли, планерную мастерскую, шахматный кабинет и бильярдную.

Сокровище осталось, оно было сохранено и даже увеличилось. Его можно было потрогать руками, но нельзя было унести. Оно перешло на службу другим людям.

Ипполит Матвеевич потрогал руками гранитную облицовку. Холод камня передался в самое его сердце.

И он закричал.

Крик его, бешеный, страстный и дикий, — крик простреленной навылет волчицы — вылетел на середину площади, метнулся под мост и, отталкиваемый отовсюду звуками просыпающегося большого города, стал глохнуть и в минуту зачах. Великолепное осеннее утро скатилось с мокрых крыш на улицы Москвы. Город двинулся в будничный свой поход.

СОДЕРЖАНИЕ

Часть первая
СТАРГОРОДСКИЙ ЛЕВ

Глава I. Безенчук и «нимфы» 7
Глава II. Кончина мадам Петуховой 17
Глава III. «Зерцало грешного» 25
Глава IV. Муза дальних странствий 32
Глава V. Великий комбинатор 36
Глава VI. Брильянтовый дым 45
Глава VII. Следы «Титаника» 51
Глава VIII. Голубой воришка 56
Глава IX. Где ваши локоны? 68
Глава X. Слесарь, попугай и гадалка 76
Глава XI. Алфавит «Зеркало жизни» 87
Глава XII. Знойная женщина — мечта поэта 100
Глава XIII. Дышите глубже: вы взволнованы! . . . 112
Глава XIV. «Союз меча и орала» 128

Часть вторая
В МОСКВЕ

Глава XV. Среди океана стульев 143
Глава XVI. Общежитие имени монаха Бертольда Шварца . 145
Глава XVII. Уважайте матрацы, граждане! 153
Глава XVIII. Музей мебели 159
Глава XIX. Баллотировка по-европейски 169
Глава XX. От Севильи до Гренады 180
Глава XXI. Экзекуция 191
Глава XXII. Людоедка Эллочка 204

Глава XXIII. Авессалом Владимирович Изнуренков	213
Глава XXIV. Клуб автомобилистов	224
Глава XXV. Разговор с голым инженером	233
Глава XXVI. Два визита	240
Глава XXVII. Замечательная допровская корзинка	246
Глава XXVIII. Курочка и тихоокеанский петушок	255
Глава XXIX. Автор «Гаврилиады»	264
Глава XXX. В театре Колумба	271

Часть третья
СОКРОВИЩЕ МАДАМ ПЕТУХОВОЙ

Глава XXXI. Волшебная ночь на Волге	285
Глава XXXII. Нечистая пара	294
Глава XXXIII. Изгнание из рая	302
Глава XXXIV. Междупланетный шахматный конгресс	308
Глава XXXV. И др.	325
Глава XXXVI. Вид на малахитовую лужу	329
Глава XXXVII. Зеленый Мыс	339
Глава XXXVIII. Под облаками	349
Глава XXXIX. Землетрясение	357
Глава XL. Сокровище	371

Литературно-художественное издание

ИЛЬЯ ИЛЬФ, ЕВГЕНИЙ ПЕТРОВ
ДВЕНАДЦАТЬ СТУЛЬЕВ

Ответственный редактор Алла Степанова
Художественный редактор Валерий Гореликов
Технический редактор Мария Антипова
Компьютерная верстка Антона Вальского
Корректор Анна Быстрова

Знак информационной продукции
(Федеральный закон № 436-ФЗ от 29.12.2010 г.):   12+

Подписано в печать 09.07.2014. Формат издания 75 × 100 $^1/_{32}$.
Печать офсетная. Тираж 5000 экз. Усл. печ. л. 16,92. Заказ № 2016/14.

ООО «Издательская Группа „Азбука-Аттикус"» —
обладатель товарного знака АЗБУКА®
119334, г. Москва, 5-й Донской проезд, д. 15, стр. 4

Филиал ООО «Издательская Группа „Азбука-Аттикус"»
в Санкт-Петербурге
191123, г. Санкт-Петербург, наб. Робеспьера, д. 12, лит. А

ЧП «Издательство „Махаон-Украина"»
04073, г. Киев, Московский пр., д. 6 (2-й этаж)

Отпечатано в соответствии с предоставленными материалами
в ООО «ИПК Парето-Принт».
170546, Тверская область, Промышленная зона Боровлево-1,
комплекс № 3А.
www.pareto-print.ru

ПО ВОПРОСАМ РАСПРОСТРАНЕНИЯ ОБРАЩАЙТЕСЬ:

В Москве:
ООО «Издательская Группа „Азбука-Аттикус"»
Тел.: (495) 933-76-00, факс: (495) 933-76-19
E-mail: sales@atticus-group.ru; info@azbooka-m.ru

В Санкт-Петербурге:
Филиал ООО «Издательская Группа „Азбука-Аттикус"»
Тел.: (812) 327-04-55, факс: (812) 327-01-60
E-mail: trade@azbooka.spb.ru; atticus@azbooka.spb.ru

В Киеве:
ЧП «Издательство „Махаон-Украина"»
Тел./факс: (044) 490-99-01. E-mail: sale@machaon.kiev.ua

Информация о новинках и планах, а также условия сотрудничества
на сайтах: www.azbooka.ru, www.atticus-group.ru

AAKB1522202R